KB176580

부활 2

톨스토이 지음 | 김학수 옮김

문예출판사

Воскресение

Лев Николаевич Толстой

| 차 례 |

2부

(하)

9

새벽녘에야 겨우 잠든 네흘류도프는 이튿날 늦게 눈을 떴다.

정오에 관리인이 불러온 일곱 명의 선발된 농부들이 과수원 사과나무 밑에 모였다. 관리인은 땅에 박은 말뚝 위에 탁자를 마련해놓고, 의자를 몇 개 준비해놓고 있었다. 농부들에게 모자를 쓰게 하고 걸상에 앉히기까지 꽤 오랜 시간이 걸렸다. 군인 출신 농부는 오늘 깨끗한 각반에 짚신을 신었는데, 장례식 때의 군대 예식대로 다 떨어진 자기 모자를 꼿꼿이 가슴 앞에 받쳐 들고 서 있었다. 그중 미켈란젤로의 모세같이 생긴 반백의 곱슬곱슬한 수염을 하고 구릿빛으로 그은 이마 언저리에 백발이 성성한 위엄 있고 어깨가 딱 벌어진 노인이 큼직한 모자를 집어 쓰고 집에서 갓 지어 입은 카프탄 자락을 여미면서 걸상 곁으로 다가가 앉자, 다른 농부들도 그의 뒤를 따라 의자에 가서 앉았다.

농부들이 다 앉기를 기다렸다가 네흘류도프는 그들 맞은편에 앉아서 계획안이 쓰여 있는 종이를 탁자에 펼쳐놓고는 팔꿈치를 괴고 내용을 설명하기 시작했다.

농민의 수가 적었기 때문인지, 아니면 자기를 잊고 이 일에 열중했기 때문인지 네흘류도프 역시 이번에는 아무 혼란도 느끼지 않았다. 그는 자기도 모르게 곱슬곱슬한 흰 수염에 어깨가 딱 벌어진 노인에게 남달리 주의를 돌리면서 그 노인에게서 찬부의 의견을 기대했다. 그러나 네흘류도프가 그 노인에게 걸었던 기대는 들어맞지 않았다. 풍채가 당당해 보이는 노인은 찬성이라도 할 듯이 아름다운 촌장풍의 머리를 끄덕이기도 하고 다른 농부들이 반대하는 말을 들으면 얼굴을 찡그리고 옆으로 흔들기도 했지만, 실은 네흘류도프의 말을 가까스로 알아듣고 있었다. 그것도 다른 농부들이 자기들 말로 쉽게 얘기했을 때에야 비로소 알아듣는 것 같았다. 그보다는 촌장연한 노인과 나란히 앉아 있는 체소한 애꾸눈 농민이 네흘류도프의 이야기를 훨씬 더 잘 이해하고 있었다. 그는 더덕더덕 기운 소매 없는 무명 외투에 헐어서 쭈그러진 장화를 신었고 턱수염이라곤 거의 찾아볼 수 없는 노인이었는데, 네흘류도프가 나중에 안 일이지만 난로를 놓아주는 일꾼이었다. 이 노인은 눈썹을 찡긋찡긋 움직이면서 열심히 듣다가, 네흘류도프가 하는 말을 곧 자기들 말로 옮겨서 설명했다. 또 한 사람, 키가 작은 탄탄한 몸집에 흰 턱수염을 하고 영리하게 눈을 반짝이는 노인 역시 이해가 빨랐다. 그는 기회 있을 때마다 네흘류도프의 말을 농담조로 비꼬면서 자신의 영리함을 과시하는 듯했다. 군인 출신의 그 사내 역시 군대 생활로 우둔해지지만 않았더라도, 또 무의미한 군대 용어를 남용해서 혼란만 일으키지 않았더라도 쉽사리 문제를 이해할 수 있었을 것이다. 그러나 누구보다도 가장 진지하게 문제를 대하고 있는 사람은 집에서 짠 옷을 입고 새 짚신을 신은, 턱수염이 짧고 코가 길며 굵직한 저음으로 말하는 키 큰 농부였다. 이 농부는 무엇이든 잘 이해해서 다만 필요한 때만 입을 열었다. 나머지 두 노인―한 사람은 어제 집회에서 네흘류도프의 제안에 한사코 반대를 외치던, 이가 없는 노인이었고, 또 한 사람은 후리후리한 키에 살갗이 희고 앙상한 다리에 탄탄히 각반을 두르고 구두를 신은, 사람 좋아 보이는 절름발이 노인이었다―은 시종 주의 깊게 듣기만 할 뿐 거의 말이 없었다.

네흘류도프는 먼저 토지 사유에 대한 자신의 의견을 말했다.

"토지라는 것은 내 생각에……" 하고 그는 말했다. "팔든지 사든지 해서는 안 되는 것입니다. 왜냐하면 토지를 팔 수 있다면 돈 있는 사람이 모두 사버릴 테고, 토지를 갖지 않는 사람한테서 토지 사용에 대한 대가를 마음대로 받아낼 수 있기 때문입니다. 그래서 나중에는 땅 위에 서기만 해도 돈을 받으려고 할 겁니다." 그는 스펜서의 이론을 인용해서 이렇게 덧붙였다.

"그러면 몸에 날개를 붙이고 날아다닐 수밖에 없겠군요!" 하고 턱수염이 흰 노인이 눈웃음을 치며 말했다.

"그건 사실이야" 하고 코가 긴 노인이 굵직한 베이스로 말했다.

"정말 그렇군요" 하고 군인 출신인 사나이가 말했다.

"계집애가 송아지에게 주려고 풀을 좀 뜯었다고 해서 잡아 가두니 말이야." 사람 좋아 보이는 절름발이 노인이 말했다.

"우리 땅은 5킬로미터나 떨어진 곳에 있지만, 땅을 빌리려고 해도 땅값을 깎아줄 생각은 않고 엄청나게 비싸게 매겨서 갚을 도리가 있어야죠" 하고 이가 없는 성급한 노인이 말했다. "마음대로 골탕을 먹이는 거예요. 농노 시대보다 나을 게 하나도 없어요."

"나도 그렇게 생각하고 있소" 하고 네흘류도프는 말했다. "토지 소유는 죄악이라고 생각하오. 그래서 토지를 당신들에게 내주려는 거요."

"참 고마우신 말씀입니다" 하고 모세같이 턱수염이 곱슬곱슬한 노인이 말했다. 그러나 그는 아직도 네흘류도프가 토지를 빌려주려는 것으로 알고 있는 것이 분명했다.

"내가 여기 온 것도 실은 그 때문이오. 나는 더는 토지를 갖고 싶지 않소. 그러니 토지를 어떻게 처리해야 할지 잘 생각해야 한단 말이오."

"생각할 게 뭐가 있습니까, 농민들에게 나누어주면 그만이지" 하고 이가 없는 성급한 노인이 말했다.

네흘류도프는 그 말을 듣자 성의 있는 자신의 계획이 의심받고 있다고 느끼고 처음에는 좀 당황하지 않을 수 없었다. 그러나 곧 마음을 가다듬고 그 말을 기화로 자기가 하려던 얘기를 털어놓기 시작했다.

"물론 나는 기꺼이 땅을 나누어주겠소" 하고 그는 말했다. "그런데 도대체 누구에게 어떻게 나누어주란 말입니까? 어떤 농민에게? 당신들에게만 주고 제민스코예(약간의 토지를 가진 이웃 마을이다) 사람에겐 주지 않아도 좋단 말입니까?"

모두 말이 없었다. 그런데 군인 출신만이 "그렇습니다" 하고 대답했다.

"자, 그럼" 하고 네흘류도프는 말했다. "한 가지 묻겠는데, 만일 황제께서 지주의 토지를 몰수해서 농민에게 나누어주라고 명령했다면, 당신들은 어떻게 하겠소?"

"아니, 그런 말이 있습니까?" 이가 없는 노인이 물었다.

"아니, 그런 말이 있다는 게 아니라, 그저 그렇게 물어보는 것뿐이오. 만일 황제께서 지주의 땅을 몰수해서 농민에게 나누어주라고 말씀하셨다면, 당신들은 어떻게 하겠느냐 말이오."

"어떻게 하다니요, 사람 수대로 지주나 소작인이나 다 똑같이 나누어 가져야죠." 난로 일을 하는 일꾼이 재빨리 눈썹을 아래위로 움직이면서 말했다.

"달리 도리가 없지 않습니까, 인원수대로 나눠야지요" 하고 하얀 각반을 치고 사람 좋아 보이는 절름발이 노인이 맞장구를 쳤다.

모두 그 의견이 좋다고 노인의 말에 찬성을 표했다.

"인원수대로라니, 어떻게 한다는 거죠?" 하고 네흘류도프가 물었다. "머슴한테도 나눠준다는 건가요?"

"그건 안 됩니다." 군인 출신 사나이가 쾌활하고 용감한 표정을 지으려고 애쓰면서 이렇게 말했다.

그러나 분별이 있는 키 큰 농부는 그 말에 동의하지 않았다.

"나눠준다면, 모두 골고루 나눠줘야 합니다." 그는 잠시 생각에 잠긴 뒤에 굵직한 목소리로 이렇게 말했다.

"그건 안 됩니다." 미리부터 반박하려고 준비하고 있던 네흘류도프는 이렇게 말했다. "만약 다 똑같이 나눠준다면 직접 일하지 않고 밭을 갈지 않는 사람들, 이를테면 지주, 하인, 요리사, 관리, 서기 같은 모든 도시 사람들은 제 몫으로 받은 것을 곧 부자들에게 팔 겁니다. 그렇게 되면 다시 토지는 부자의 손 안으로 들어가게 됩니다. 그러나 자기 손으로 경작하는 사람은 식구가 늘어도 토지는 이미 매점되어 있으니까 다시 땅을 얻으려고 부자의 수중에 들어가게 된다, 그 말입니다."

"그렇습니다" 하고 군인 출신 사나이가 대뜸 동의했다.

"토지는 팔지 못하게 하고, 제 손으로 농사짓는 사람에게만 주면 되지 않느냐 말이에요" 하고 난로공은 화난 듯이 군인 출신의 말을 가로채며 말했다.

이 말에 네흘류도프는 누가 직접 경작을 하고 또 누가 팔아버릴지 분간할 수 없다고 반대했다.

그때 키가 크고 분별 있게 생긴 노인이 조합을 만들어서 경작을 하면 어떻겠느냐고 제안했다.

"그래서 농사짓는 사람에게는 나누어주고, 짓지 않는 사람에게는 주지 않는 게 어떻겠습니까?" 하고 나직하고 준엄한 목소리로 말했다.

이 공산주의적인 제안에 대해서도 네흘류도프는 논증을 마련해 놓고 있었다. 그래서 그는 모두가 다 같이 가래와 말을 가지고 있어야 하고 또 각자가 다른 사람에게 뒤떨어지지 않게 하기 위해 모든 것, 곧 말과 가래와 탈곡기를 비롯한 모든 농기구를 공유해야 하며 또 그렇게 하려면 모든 사람이 합심해야 한다고 말했다.

"우리네 농민들은 죽을 때까지 합심하지 못합니다" 하고 성급한 노인이 말했다.

"싸움이 그칠 날이 없으니까요" 하고 흰 턱수염을 기른 노인이 눈웃음을 치며 말했다. "아낙네들은 서로 눈알을 뽑으려고 덤벼들 겁니다."

"그리고 땅을 분배하더라도 토질 문제는 어떻게 하면 좋겠소" 하고 네흘류도프는 말했다. "도대체 무슨 기준으로 누구에게는 옥토를 주고, 또 누구에게는 진흙땅과 모래땅을 준단 말이오?"

"다 골고루 할당하면 되지 않습니까?" 하고 난로 놓는 일꾼이 말했다.

이에 대해서 네흘류도프는 토지 분배 문제는 한낱 조합에 한한 것이 아니라 여러 현의 토지 분배에 관한 문제라고 항변했다. 만약 토지를 농민들에게 무상으로 준다면, 무슨 기준으로 어떤 사람에게는 좋은 땅을 주고 어떤 사람에게는 나쁜 땅을 주겠는가? 누구나가 좋은 땅을 차지하려고 할 것은 틀림없었다.

"옳으신 말씀입니다" 하고 군인 출신 사내가 말했다.

다른 사람들은 말이 없었다.

"그렇기 때문에 이것은 그렇게 간단한 문제가 아닙니다" 하고 네흘류도프가 말했다. "이 문제에 대해서는 우리뿐 아니라 많은 사람들이 생각하고 있습니다. 미국의 조지라는 사람도 같은 생각을 했는데, 나는 그의 견해에 찬성하고 있소."

"나리가 주인이시니까 나리께서 나누어주시면 되는 겁니다. 이러쿵저러쿵 말할 게 뭐 있습니까? 나리 마음대로 하세요" 하고 성난 노인이 말했다.

네흘류도프는 자기 얘기를 가로채는 노인의 말에 어리둥절했으나, 그 말을 불쾌하게 생각하는 사람이 자기 혼자만이 아니라는 것을 알고 마음이 흐뭇해졌다.

"잠깐 참아요, 세묜 아저씨, 나리의 말씀을 들어봅시다그려" 하고 분별 있는 농부가 위압적인 목소리로 나직이 말했다.

네흘류도프는 이 말에 용기를 얻어 헨리 조지의 단일세 안(案)을 그들에게 설명하기 시작했다.

"토지는 그 누구의 것도 아닙니다. 오직 하나님의 것입니다." 그는 이렇게 시작했다.

"그렇습니다, 틀림없는 말씀입니다." 몇 사람이 대답했다.

"토지는 공동의 것입니다. 모든 사람은 토지에 대해 똑같은 권리를 갖습니다. 그리고 누구나가 좋은 땅을 가지려고 합니다. 그럼 똑같이 나누어 가지려면 어떻게 해야 좋을까요? 그것은 좋은 토지를 가진 사람이 토지를 갖지 않은 사람에게 각자의 토지에 해당되는 땅값을 지불하는 겁니다." 네흘류도프는 자문자답하듯이 이렇게 말했다. "그러나 이런 경우 누가 누구에게 지불할 것인가를 정하기란 매우 곤란한 일입니다. 그러나 공동 비용으로 돈을 저축할 필요가 있으니까 토지를 가진 사람이 그 토지에 해당하는 땅값을 공동 비용으로 지불하도록 하면 됩니다. 그렇게 하면 누구나, 누구나 다 평등해집니다. 결국 토지를 사용하고 싶은 사람은 좋은 토지에 대해서는 많이 지불하고 나쁜 토지에 대해서는 조금 지불하는 거죠. 그러니까 토지를 사용하고 싶지 않은 사람은 한 푼도 내지 않아도 좋습니다. 토지를 사용하는 사람만이 공동 비용으로 돈을 지불한다, 그 말입니다."

"옳은 말씀입니다" 하고 난로 일꾼이 눈썹을 움직이면서 말했다. "좋은 땅을 가진 사람이 더 내는 건 당연해요."

"그 조지라는 사람은 보통 머리가 아닌데." 풍채가 좋은 고수머리 노인이 말했다.

"다만 우리 힘으로 그 돈을 갚을 수만 있다면야" 하고 사태의 추이를 미리 짐작한 듯 키 큰 농부가 굵은 베이스로 말했다.

"그 금액은 너무 비싸도 안 되고, 또 너무 싸도 안 됩니다. 비싸면 갚을 길이 없어서 손해가 날 테고, 싸면 서로 사겠다고 할 테니까요.

그래서 바로 그 점을 잘 해결하고 싶은 겁니다."

"옳은 말씀입니다. 그렇지요, 사실 그렇습니다" 하고 농부들은 말했다.

"정말 머리가 좋은 사람이군" 하고 어깨가 넓은 고수머리 노인이 말했다. "그 조지란 사람은 어떻게 그런 생각을 했을까."

"그런데 제가 만일 토지를 갖고 싶다면 어떻게 되는 겁니까?" 하고 싱글벙글 웃으면서 관리인이 말했다.

"빈터가 있으면 그걸 얻어 농사를 지을 수도 있겠지" 하고 네흘류도프가 대답했다.

"당신이 뭐가 필요하단 말이오? 그렇지 않아도 배가 부를 텐데" 하고 눈웃음을 치는 노인이 말했다.

이것으로 집회는 끝났다. 네흘류도프는 자신의 제안을 다시 한 번 설명했으나, 이번에도 즉답은 요구하지 않고 마을 전체 사람들과 상의해서 회답을 보내달라고 말했다.

농민들은 마을 사람들과 상의해서 회답하겠다고 말한 후, 작별 인사를 하고는 각자 흥분에 사로잡힌 채 집으로 돌아갔다. 큰 소리로 떠들면서 돌아가는 그들의 말소리가 오랫동안 길가에서 들려왔다. 그들의 말소리는 그날 밤 늦게까지 마을 쪽에서 냇가를 건너 들려왔다.

이튿날 농민들은 일손을 놓고 주인 나리가 제안한 문제를 협의했다. 집회는 두 파로 갈라졌다. 한 파는 주인의 제안이 유리하고 의심의 여지가 없다고 인정했으나, 다른 한 파는 그 속에 간계가 숨어 있다고 믿고 그 정체를 알 수 없어 더욱 두렵다고 했다. 그러나 사흘째

되던 날 주인이 제안한 조건을 모두 수용하기로 합의를 보고, 전체 결의를 보고하려고 네흘류도프를 찾아왔다. 이렇게 합의를 보게 된 데는 어떤 노파의 설명이 많은 영향을 미쳤다. 그 노파는 주인의 제 안에 조금도 의심할 만한 점이 없다며 그들의 의구심을 일소해주었 다. 노파는 그가 영혼을 생각하기 시작했고, 또 그 영혼을 구제하려 고 이런 일을 하는 것이라고 설명했다. 이 설명은 그가 파노보에 머 무는 동안 많은 돈을 적선했다는 사실로 입증되었다. 네흘류도프가 이곳에서 돈을 희사하게 된 깃은 농민들이 처해 있는 비참한 궁핍 상태를 처음으로 보고 그 빈궁에 놀란 나머지 그들에게 돈을 주는 것은 현명한 방법이 아님을 알면서도 주지 않을 수가 없었기 때문이 다. 게다가 지금 그의 수중에는 지난해에 쿠즈민스코예에서 판 산림 대금과 농기구를 판 계약금까지 해서 많은 돈이 들어와 있었다.

지주가 구걸하는 사람들에게 돈을 준다는 소문이 퍼지자 많은 사람들이, 특히 아낙네들이 사방에서 몰려와 도와달라고 청했다. 그는 이런 사람들을 어떻게 대우해야 할지, 누구에게 얼마를 줄지 결정하는 문제에서도 도대체 어떤 기준을 둬야 할지 도무지 갈피를 잡을 수가 없었다. 그는 도움을 바라는 가난한 사람들에게 자기가 갖고 있는 많은 돈을 주지 않을 수도 없다고 생각했다. 그러나 원하 는 대로 무턱대고 주는 것은 무의미했다. 이런 상황에서 벗어나기 위한 유일한 방법은 이곳을 떠나는 것이었다. 그는 재빨리 그 방법 을 실행에 옮겼다.

파노보에서 묵던 마지막 날, 네흘류도프는 안채로 들어가 거기 남아 있는 물건들을 조사해보았다. 그는 거기서 고모가 쓰던, 사자 머리에 청동 고리가 달린 낡은 마호가니 장롱 아래 서랍에서 많은 편지를 발견했다. 편지에 끼어 사진 한 장이 나왔다. 그것은 소피야 이바노브나와 마리야 이바노브나, 대학 시절의 그 자신, 그리고 순결하고 쾌활하며 아름답고 또 삶의 기쁨에 넘쳐 있던 카튜샤가 찍힌 사진이었다. 이 집에 있는 물건 가운데 네흘류도프는 편지와 사진만 챙겼다. 그 나머지는 만날 빙글빙글하는 관리인의 주선으로 파노보에 있는 그의 집과 가구 일체를 10분의 1의 헐값으로 사들인 물방앗간 주인에게 넘겨주었다.

　네흘류도프는 지금 쿠즈민스코예에서 재산을 잃는 것을 아까워하던 그때를 떠올리며, 어째서 그런 생각이 들었을까 하고 스스로 놀라지 않을 수 없었다. 그는 지금 끝없는 해방의 기쁨과 새로운 땅을 발견한 탐험가만이 맛볼 수 있는 새로운 감정에 휩싸였다.

10

　도시로 돌아온 네흘류도프는 도시의 모든 것이 유달리 새롭고 기괴하게 느껴지는 데 놀랐다. 그는 가로등이 켜진 저녁녘에 역에 내려 집으로 돌아왔다. 방방마다 아직도 나프탈렌 냄새가 풍겼고, 아그라페나 페트로브나와 코르네이는 둘 다 녹초가 되어 기분이 좋지 않았을 뿐만 아니라 줄에 널고 말려서 챙겨두는 것 말고는 아무 쓸모도 없어 보이는 물건들을 처리하느라 말다툼까지 하고 있었다. 네흘류도프의 방은 쓰지도 않았는데 정리가 안 돼 있었고, 트렁크가 흩어져 있어서 드나들기가 거북했다. 네흘류도프의 귀가는 일종의 묘한 타성에 따라 수행되고 있는 이 집안 일에 확실히 방해가 되는 것 같았다. 농촌의 빈곤 상태를 목격하고 온 네흘류도프에게는 (자기도 한때는 이 속에서 살아오긴 했지만) 이 모든 미치광이 같은 생활이 지극히 못마땅하게 느껴졌다. 그래서 그는 아그라페나 페트로브나에게 누나가 와서 집안의 일을 완전히 처분할 때까지 그녀 자신이 필요하다고 생각하는 물건들을 정리해달라고 부탁하고는, 그 이튿날 바로 하숙집을 정해 옮기기로 결심했다.

네흘류도프는 아침부터 집을 나와 감옥에서 그리 멀지 않은 곳에서 처음 눈에 뜨인, 지저분한 가구가 딸린 두 칸짜리 아파트를 빌린 다음, 자기가 골라놓은 짐들을 운반해 오도록 지시한 뒤에 변호사한테 갔다.

밖은 추웠다. 소나기가 내린 뒤 봄철에 흔히 오는 추위가 닥쳐온 것이다. 살을 에는 듯한 바람이 불어와 얇은 외투를 입은 네흘류도프의 몸을 떨리게 했으므로 그는 걸음을 빨리하여 몸을 녹여보려고 했다.

그의 기억 속에는 시골 사람들, 아낙네들, 어린아이, 늙은이, 또 그가 이번에 처음 본 빈곤과 고통, 더욱이 생긋거리면서 살이 없는 다리를 흔들어대고 겉늙어 보이던 갓난애의 모습이 되살아났다. 그는 무심결에 그들과 이 도회지 사람들을 비교해보았다. 고깃간, 생선 가게, 기성복 가게 앞을 지나면서 그는 마치 난생처음 그런 사람들을 보듯이, 시골에서는 한 사람도 찾아볼 수 없는 말쑥한 옷차림에 기름기가 도는 살찐 상인들의 모습을 보고 새삼스레 놀라지 않을 수 없었다. 이들은 자기 상품에 대해서 아무런 지식도 없는 사람들을 속이기 위한 노력을 무익하기는커녕 지극히 유익한 일이라고 확신하고 있는 것 같았다. 큼직한 궁둥이에 단추가 잔등에 달린 옷을 입은 마부도, 금줄을 두른 모자를 쓴 문지기도, 앞치마를 두른 고수머리 하녀도, 특히 사륜마차 속에 자빠져서 사람을 업신여기는 풀어진 눈으로 행인들을 쳐다보고 있는, 목덜미를 면도한 고급 마차의 마부들도 모두 한결같이 배가 불러 있었다. 그는 이런 사람들 가운데 자기도 모르게 토지를 빼앗기고 도회지로 쫓겨 온 시골뜨기들도 있다는 것을 알게 되었다. 그중에는 도회지의 온갖 생활 조건을 잘 이용하고 양반 신세가 되어 자기들의 처지를 기뻐하는 사람도 있었지만, 도회지에 나왔으나 촌에 있을 때보다 더 못한 처지에 놓여 그때보다 훨씬 더 비참한 생활을 하는 사람도 있었다. 어느 지하실 창가에서 일하고 있는 구두장이 같은 자들은 네흘류도프에게 이런 비참한 축에 드는 사람으로 여겨졌다. 비누 냄새가 풍겨 나오고 김이 서려 있는 활짝 열린 창문 앞에 서서 앙상한 두 팔을 걷어 올리고 다림질을 하고 있는, 파리하게 여윈 얼굴에 머리가 헝클어진 세탁부도 그러했거니와, 앞치마를 두르고 맨발에 구두를 신은 채 네흘류도프 앞으로 걸어오던, 머리끝에서 발끝까지 페인트투성이인 두 칠장이 역시 그러했다. 그들은 팔꿈치까지 소매를 걷어 올린, 볕에 그을고 비쩍 마른 파리한 팔로 페인트 통을 나르며 연방 욕지거리를 퍼붓고 있었다. 얼굴은 지쳐빠지고 성난 듯한 표정이었다. 흔들흔들 마차를 타고 가는, 새까만 얼굴에 먼지투성이인 짐마차꾼도 그러한 표정이었다. 길모퉁이에 서서 동냥을 하는, 남루한 옷차림에 얼굴이 부은 사나이와 아이를 거느린 여자들도 모두 같은 표정이었다. 그 같은 표정을 한 얼굴은 네흘류도프가 지나가던 술집의 열려 있는 창 안에서도 볼 수 있었다. 술병과 찻잔을 늘어놓은 지저분하고도 조그만 탁자 사이를 비틀거리면서 흰옷을 입은 종업원이 일을 하고 있었다. 땀이 배고 얼굴이 빨개진 손님들은 얼간이 같은 표정으로 앉아서 소리를 지르거나 노래를 불렀다. 창가에 앉아 있던 한 사나이는 눈썹을 치켜세우고 입술을 삐죽 내민 채 무슨 생각을 하는지 멍청히 눈앞을 바라보고 있었다.

'그들은 모두 이런 곳에 모여 있는 걸까?' 하고 네흘류도프는 찬 바람과 함께 휘몰아치는 먼지와, 사방에 퍼져 있는 갓 칠한 페인트의 역한 냄새를 들이마시면서 이렇게 생각했다.

어느 거리에서 무슨 쇠붙이를 운반하는 짐마차 대열과 나란히 걷게 된 그는 울퉁불퉁한 포장길에서 쇠붙이가 내는 요란한 소음으로 귀가 먹먹하고 머리가 아플 지경이었다. 그는 마차 대열을 앞지르려고 걸음을 재촉했다. 그때 갑자기 요란스러운 쇳소리 사이로 자신의 이름을 부르는 소리가 들려왔다. 걸음을 멈춘 그는 자기보다 조금 앞에서 콧수염 끝을 뾰족하게 세운, 번들번들 빛나는 원기 왕성한 얼굴의 군인을 보았다. 그는 고급 마차 위에서 손을 흔들며 유난히 흰 이를 드러내고 싱글싱글 웃고 있었다.

"네흘류도프! 자네 아닌가?"

첫 순간에는 네흘류도프도 기뻤다.

"아, 셴보크!" 하고 네흘류도프는 반가운 소리로 그를 맞았지만, 곧 반가워할 일이라곤 아무것도 없다고 느꼈다.

그는 그때 고모네 영지에 들렀던 바로 그 셴보크였다. 네흘류도프는 오랫동안 그를 만나지 못했다. 그는 빚이 많은 데다 연대를 나와서도 기병 행세를 하며 그럭저럭 부자들과 교제하고 있다는 소문만 듣고 있었다. 쾌활하고도 만족스러워 보이는 그 표정이 그 소문을 증명해주었다.

"마침 잘됐군, 자넬 만나다니! 이 거리에는 아는 사람이 하나도 없으니 말이야. 아니, 자네도 꽤 늙었군그래." 마차에서 내려 양어깨를 펴면서 그는 말했다. "걸음걸이를 보고 곧 자넨 줄 알았네. 같이 식사라도 하러 가세. 어디 먹을 만한 곳이 없나?"

"글쎄, 시간이 있을지 모르겠군." 네흘류도프는 친구의 감정이 상하지 않게 이 자리를 벗어날 궁리만 하면서 이렇게 대답했다. "그건 그렇고, 자넨 어떻게 여길 다 왔나?" 하고 그는 말했다.

"좀 볼일이 생겨서. 후견 일일세. 난 이래봬도 후견인이라네. 사마노프의 재산을 관리하고 있어. 자네도 알지, 그 부자를? 어리석긴 하지만 5만 4천 정보나 가지고 있거든." 그는 마치 자기가 그 5만 4천 정보를 마련해놓기라도 한 듯이 자랑스럽게 말했다. "관리는 엉망진창이었어. 토지는 전부 농민에게 빌려주었는데 그놈들이 한 푼도 물지 않아서 체납금이 8만 루블이 넘는 형편이었지. 그런 걸 내가 1년 동안 전부 개혁해서 7할 이상의 수입을 올렸다네. 어때?" 하고 그는 득의양양해서 말했다.

네흘류도프는 재산을 전부 탕진해버리고 도저히 갚을 수 없게 된 셴보크에게 공교롭게도 어떤 특별한 보호자가 나타나 쓰러져가는 부자 노인의 후견인 역을 맡게 해주었고, 그가 지금은 그것을 뜯어먹고 산다는 소문을 들은 적이 있었다.

'자, 어떻게 해야 이자에게 모욕을 주지 않고 헤어질 수 있을까?' 네흘류도프는 기름 바른 수염에 번드르르 혈색 좋은 얼굴을 바라보면서, 또 어디 맛있는 데가 없느냐는 둥 후견 사무를 어떻게 정리했다는 둥 자랑하며 허물없이 지껄이는 친구의 말을 들으면서 이렇게 생각했다.

"그건 그렇고, 어디서 식사를 하지?"

"그런데 시간이 없군그래." 네흘류도프는 시계를 보면서 말했다.

"아, 그래, 그럼 오늘 밤 경마가 있는데, 오지 않겠나?"

"아니, 난 못 가네."

"오게. 내 말은 없지만 그리샤의 말에 거는 거야. 자네도 알지? 그잔 멋진 말을 가지고 있거든. 꼭 오게, 같이 저녁 식사나 하세."

"저녁 식사도 어렵겠어." 네흘류도프는 웃으면서 말했다.

"아니, 왜 그러나? 지금 어디로 가지? 뭣하면 태워다 주겠네."

"변호사한테 가는 길일세. 바로 저 모퉁이에 사는 사람이야" 하고 네흘류도프는 말했다.

"참, 자네, 감옥에서 무슨 일을 하고 있다면서? 감옥의 고문이라도 됐나? 코르차긴 일가 사람에게서 들었네만" 하고 셴보크는 웃으며 말했다. "그 사람들은 이미 떠나버렸다네. 도대체 어떻게 된 건가, 이야기 좀 해보게!"

"그래, 모두 사실이야" 하고 네흘류도프는 대답했다. "하지만 길가에서 어떻게 그런 말을 할 수 있겠나!"

"아, 그렇군. 자넨 본디부터 좀 괴짜였으니까. 그럼 경마에는 올 수 있겠지?"

"아니, 못 가겠어. 갈 수도 없거니와 가고 싶지도 않네. 제발 화내지 말게."

"그런 일로 무슨 화를 내겠나. 그런데 자넨 지금 어디 있지?" 그는 이렇게 묻더니 갑자기 정색을 하고, 멍청히 한 곳을 응시하며 눈썹을 치켜세웠다. 뭔가 생각해내려고 하는 것임에 틀림없었다. 네흘류도프는 그의 얼굴에서 조금 전 술집 창가에서 본 한 사나이의 표정, 눈썹을 치켜세우고 입술을 삐죽 내밀고 있던 그 사나이와 똑같은 무딘 표정을 발견했다.

"몹시 추운 날씨로군! 안 그래?"

"그렇군."

"물건 산 건 가지고 있지?" 셴보크는 마부에게 물었다.

"자, 그럼 잘 가게, 자네를 만나서 퍽 반가웠네." 셴보크는 이렇게 말하고 네흘류도프의 손을 꼭 쥔 다음 마차에 뛰어올랐다. 그는 새로 산 흰 양피 장갑을 낀 큼직한 손을 번들거리는 얼굴 앞으로 내저으면서 유난히 흰 이를 드러내며 씽긋 웃었다.

'나도 저랬을까?' 변호사의 집으로 발길을 옮기면서 네흘류도프는 이렇게 생각했다. '그렇다. 꼭 저렇지는 않았더라도 저렇게 되려고 노력했고, 또 한평생 저렇게 살아가리라고 생각했었다.'

11

변호사는 순번을 무시하고 네흘류도프부터 만나주었다. 그는 곧 자기가 조사한 메니쇼프 모자 사건에 대한 이야기를 하면서 근거 없는 기소에 한껏 분개했다.

"이건 정말 말도 안 되는 사건입니다" 하고 그는 말했다. "보험금이 탐난 나머지 집주인 자신이 불을 질렀다는 건 거의 의심의 여지가 없지만, 그보다도 문제는 메니쇼프 모자의 범죄가 전혀 증명되지 않았다는 점입니다. 증거가 전혀 없단 말입니다. 이건 예심판사의 특별한 배려와 검사보의 부주의에서 비롯된 일입니다. 이 사건이 만일 지방이 아니라 여기서 심리된다면, 나는 승소를 보증하겠고 보수 또한 한 푼도 안 받겠습니다. 그리고 또 하나의 사건, 황제께 낼 페도시야 비류코바의 청원서는 이미 작성해놓았습니다. 페테르부르크에 가시게 되면 직접 제출하시고 탄원하십시오. 그렇지 않으면 사법부로 조회가 넘어가고, 또 사법부에서는 귀찮은 일에서 한시바삐 손을 떼려고 제멋대로 회답을 하게 마련이죠. 즉 기각되고 만사는 허사로 끝나고 만다, 그 말씀입니다. 그러니까 유력한 분에게 부탁하도록 에쓰셔야 할 겁니다."

"아니, 황제 폐하한테까지 탄원해야 하나요?" 하고 네흘류도프는 물었다.

변호사는 웃음을 터뜨렸다.

"그건 최고의 방법이고, 최종심이기도 합니다. 그리고 유력한 분들이란 청원위원회 서기나 주사들을 말합니다. 그건 그렇고, 부탁하신 일은 이뿐이었죠?"

"아니, 또 하나, 분리파 교도들한테서 이런 편지를 받았습니다." 네흘류도프는 분리파 교도들에게 받은 편지를 호주머니에서 꺼내면서 이렇게 말했다. "만일 이 사람들 말이 사실이라면, 이건 정말 무서운 일입니다. 나는 오늘 그들을 만나서 자초지종을 들어볼 생각입니다."

"보아하니 당신은 감옥 안의 모든 불평이 흘러내리는 깔때기나 병목이라도 되신 것 같군요" 하고 변호사는 웃음을 지으면서 말했다. "일이 너무 많아요. 그러다간 다 감당해내시지 못할 겁니다."

"아니, 이건 정말 놀랄 만한 일입니다." 네흘류도프는 이렇게 말하고, 사건 진상을 요약해서 설명하기 시작했다. 내용은 이러했다.

마을 사람들이 성경을 읽으려고 모였더니 상부 사람이 와서 그들을 해산했다. 그들은 그다음 일요일에 다시 모였다. 그러자 마을 순경을 불러서 조서를 꾸미고 그들을 재판에 회부해버렸다. 예심판사는 심문하고, 검사보는 기소장을 작성하고, 재판부는 기소를 승인해 재판에 부쳤다. 검사보는 논고를 하고, 증거물로는 책상에 성경책이 놓였다. 그리하여 그들은 유형 선고를 받았다. "이런 놀라운 일이 어디 있습니까?" 하고 네홀류도프는 말했다. "정말 이런 일이 있을 수 있을까요?"

"아니, 뭐가 놀랍단 말씀이십니까?"

"사건 전부지요. 상부의 지시대로 움직이는 경관이야 그렇다 치더라도, 기소장을 작성하는 검사보는 그래도 교양 있는 사람이 아니냔 말이에요."

"바로 그 점에 오해가 있으신 겁니다. 우린 흔히 검사나 재판관을 무슨 새로운 자유주의적 인물로 생각합니다. 하긴 그들도 한때는 그랬습니다만, 월급날인 20일에만 정신이 팔려 있는 보통 관리에 지나지 않습니다. 그들은 월급을 받고 있는 한 더 많은 월급을 받기를 원하고, 그들의 주의나 주장도 그만큼 제한을 받습니다. 그래서 그들은 닥치는 대로 기소하고, 재판하고, 판결해버리는 겁니다."

"그렇지만 이런 법률이 어디 있습니까! 다른 사람들과 함께 성경을 읽었다고 유형에 처하다니."

"성경을 읽어줄 때 규정된 것 이외의 해석을 함으로써, 다시 말하면 교회의 해석을 비난했다는 것만 입증되면 유형 정도가 아니라 징역도 받게 됩니다. 대중 앞에서 정교 교의를 비난한 자는 형법 제196조에 의거해 유형을 받게 되어 있습니다."

"그런 법이 어디 있습니까!"

"하지만 사실입니다. 나는 언제나 재판관들에게 이렇게 말한답니다" 하고 변호사는 말을 이었다. "판사님들을 바라볼 때마다 감사의 마음을 느끼지 않을 수 없다고요. 왜냐하면 나나 당신이나 우리 모두가 감옥에 들어가지 않고 있는 건 오로지 그들의 자비 덕분이니까요. 사실 우리네 특권을 박탈해서 그리 멀지 않은 곳으로 유형쯤 보내는 건 그들로서는 밥 먹기보다 쉬운 일입니다."

"그러나 만일 그런 식으로 법률의 적용과 부적용이 판사나 검사의 자유재량에 달렸다면, 재판은 무엇 때문에 존재합니까?"

변호사는 유쾌한 듯 껄껄 웃었다.

"무슨 그런 질문을 다 하십니까! 공작님, 바로 그게 철학이라는 겁니다. 그리고 그런 문제라면 더 얘기할 기회도 있습니다. 토요일에 한번 들러주시지 않겠습니까. 학자, 작가, 예술가들과 만날 수 있을 겁니다. 일반적인 문제는 그때 논의하도록 하죠." 변호사는 '일반적인 문제'라는 말에 특히 풍자적으로 힘을 주어 발음하면서 이렇게 말했다. "집사람하고는 아시는 사이죠? 꼭 와주십시오."

"네, 되도록이면."

네흘류도프는 자기가 거짓말을 하고 있다고 느끼며, 되도록이면 토요일 밤에 변호사 집에 모이는 학자나 작가, 예술가들의 서클에 가담하지 않겠다고 생각하면서 이렇게 대답했다. 재판관들이 자기들 마음대로 법률을 적용할 수도 있고 적용하지 않을 수도 있다면 재판소는 무의미할 것이라고 네흘류도프가 말했을 때, 변호사의 그 비웃음과 '철학'이라든가 '일반적인 문제'라고 말하던 그 어조는 변호사나 그의 동료들이 모든 면에서 네흘류도프 자신과 얼마나 동떨어진 생각을 하고 있는가를 말해주었다. 네흘류도프는 셴보크 같은 옛 친구하고는 거리를 두게 되었지만 변호사와 그의 동료들과의 거리는 그나마 한층 더 멀다고 느꼈다.

12

감옥까지는 멀기도 했지만 이미 시간도 늦어 네흘류도프는 마차를 집어타고 감옥으로 갔다. 어느 거리에 이르자 영리하고 선량해 보이는 마부는 네흘류도프를 돌아다보고, 건축 중인 굉장한 건물을 손가락으로 가리켰다.

"자, 얼마나 큰 공사입니까!" 하고 그는 마치 자기도 그 건축 공사에 조금이라도 관계가 있는 양, 그리고 그것을 자랑이나 하듯이 말했다.

사실 그 저택은 거대한 규모였고, 어딘지 모르게 복잡하고도 기발한 양식으로 건축되고 있었다. 통나무 발판이 우뚝 솟은 건물을 둘러싸고, 얇은 판자 울타리가 건물과 한길을 가로막고 있었다. 발판 위에서는 석회투성이 인부들이 개미 떼처럼 왔다 갔다 했다. 돌을 쌓는 사람이 있는가 하면 돌을 쪼는 사람도 있고, 또 무거운 통과 광주리를 위로 올리는 사람도 있고 빈 통과 광주리를 가지고 내려오는 사람도 있었다.

건축 기사인 듯 뚱뚱하게 살찌고 말쑥하게 차린 신사는 발판 언저리에 선 채 위를 가리키면서, 공손하게 듣고 있는 블라디미르 지방 출신의 청부업자에게 뭐라고 지껄이고 있었다. 빈 마차와 짐을 실은 마차들이 건축 기사와 청부업자가 서 있는 바로 옆을 지나면서 쉴 새 없이 문을 드나들었다.

'일을 하는 사람이나 시키는 사람 모두 한결같이 이렇게 하는 것을 당연하게 여기고 있다. 그러나 그들의 집에서는 애를 밴 아낙네들이 중노동에 시달리고, 아사에 직면한 아이들은 누더기 모자를 쓰고 두 다리를 뻗치면서 늙은이 같은 얼굴로 히죽거리고 있다. 그런데도 그들은 이 아무 쓸모도 없는 궁전 같은 집을 어리석기 짝이 없는 어느 쓸모없는 인간을 위해서, 자신들을 착취하고 약탈하고 있는 바로 그 장본인들 가운데 한 사람을 위해서 짓지 않으면 안 된다' 하고 네흘류도프는 그 건물을 바라보면서 생각했다.

"정말 쓸모없는 건물이군" 하고 그는 자기 생각을 입 밖에 내어 말했다.

"쓸모없다니요?" 마부는 모욕이라도 받은 듯이 이렇게 반문했다. "여러 사람에게 일자리를 주니 고마울 수밖에요. 절대로 쓸모없지 않습니다."

"하지만 저 일은 필요 없는 일이란 말이오."

"그렇지만 짓고 있으니 필요한 걸 테죠" 하고 마부는 반대했다. "그래서 많은 사람들이 먹고사는걸요."

네흘류도프는 입을 다물었다. 차바퀴 소리가 요란해 말하기가 어려웠다. 감옥 가까이에 왔을 때 마차는 울퉁불퉁한 포석 길에서 자갈길로 나섰기 때문에 얘기하기가 좋아졌다. 마부는 다시 네흘류도프를 돌아보았다. "그런데 올핸 왜 이렇게 많은 사람들이 도시로 몰려드는지 모르겠어요. 무서울 지경입니다" 하고 마부는 마부석에서 몸을 돌리고는 톱과 도끼를 들고 앞에서 걸어오는, 반코트를 입고 어깨에 배낭을 짊어진 채 시골서 올라오는 품팔이 노동자 한 떼를 가리키면서 말했다.

"예년보다 많단 말인가?" 하고 네흘류도프는 물었다.

"많다마다요! 지금 어딜 가나 사람으로 득실거려 야단입니다. 고용주는 사람을 나무토막처럼 내동댕이치는 판입니다. 가는 곳마다 사람들 천지예요."

"어째서 그럴까?"

"사람이 늘었으니까 그렇지요. 갈 데가 있어야지요."

"사람이 느는 것하고 무슨 관계가 있나? 왜 시골에 붙어 있지 않지?"

"시골에서 할 일이 있어야죠, 땅이 없는데."

네흘류도프는 아픈 곳을 찔린 느낌이었다. 사람들은 하필 아픈 곳을 찔렸다고 생각하지만, 실은 아픈 곳을 찔렸을 때만 유독 그 아픔을 더 느끼는 데 지나지 않는다.

'정말 어디서나 다 똑같을까?' 하고 그는 생각했다. 그래서 그는 마부에게 당신 마을에는 토지가 얼마나 있고, 당신 자신이 얼마만 한 땅을 가지고 있으며, 또 무엇 때문에 당신은 도시에 살고 있느냐고 묻기 시작했다.

"우리 마을에는 한 사람이 1정보씩 땅을 갖게 되어 있습니다, 나리. 저는 3인분을 가지고 있지요" 하고 마부는 신이 나서 말했다. "저희 집에는 아버지와 동생이 있습죠. 다른 동생 하나는 군대에 나가 있습니다. 그래서 아버지와 동생이 농사를 짓고 있습니다만, 별로 할 일도 없어서 동생 녀석도 모스크바로 나오고 싶어 합니다."

"토지를 빌릴 수는 없나?"

"요즈음 토지를 어디서 빌립니까? 그전 지주들은 토지를 다 없애버리고 지금은 상인들 손으로 넘어가버렸죠. 상인들은 땅을 빌려주지 않습니다, 그들이 직접 농사를 지으니까요. 우리 마을의 땅은 프랑스 사람이 소유하고 있지요. 전 지주한테서 샀습니다만 절대로 빌려주지 않습니다. 그래서 끝장이 난 거죠."

"그 프랑스인이란 어떤 사람이오?"

"뒤파르라는 프랑스 사람입니다만, 어쩌면 아실지도 모르겠군요. 그는 큰 극장에서 배우들의 가발을 만들어 팔았는데, 상사가 잘돼 톡톡히 한몫 잡았지요. 그래서 먼젓번 여지주의 땅을 몽땅 사버렸단 말입니다. 지금은 그 사람이 주인으로 우리를 자기 마음대로 부리고 있습니다만, 다행히 그는 사람이 좋은데 그 여편네가 러시아 출신으로 개처럼 성미가 못돼먹어서 야단입니다. 농민들을 어찌나 못살게 구는지 큰 골칫거리죠. 자, 이제 감옥에 다 왔습니다. 어디로 가실까요, 현관 쪽에다 댈까요? 들여보내지 않을지도 모릅니다만."

13

오늘은 마슬로바가 어떤 표정을 하고 있을까 하는 생각과, 그녀 자신이나 옥중에 있는 다른 죄수들에게서 느껴지는 어떤 비밀에 대한 생각으로 심장이 멎는 듯한 기분과 공포를 느끼면서 네흘류도프는 정문 현관의 초인종을 눌렀다. 그는 마중 나온 간수에게 마슬로바에 관해서 물었다. 간수는 잠깐 조사해보더니 마슬로바는 병원에 있다고 말했다. 네흘류도프는 병원으로 갔다. 병원 수위는 마음씨 좋아 보이는 노인이었는데, 곧 그를 안으로 들여보내고 누구를 만나러 왔는지 알고는 소아과 병동 쪽으로 안내해주었다.

온몸에 석탄산 냄새가 밴 젊은 의사가 복도에 있는 네흘류도프 쪽으로 걸어 나오더니 준엄한 어조로 무슨 일 때문에 왔느냐고 물었다. 이 의사는 죄수들을 되도록 관대히 대해서 감옥 관리들은 물론이고 고참 의사하고도 늘 불쾌한 충돌이 그칠 새가 없었다. 그는 네흘류도프가 규정에 어긋난 부탁이라도 하지 않을까 염려되기도 하고, 또 자기는 누구를 막론하고 예외를 허용하지 않는다는 것도 보여주려고 일부러 성난 듯한 표정을 짓고 있었다.

"여기에 여자라곤 없습니다. 소아과 병동이니까요" 하고 그는 말했다.

"그건 알고 있습니다만, 여기 감옥에서 넘어온, 간호사 조수 일을 하는 여자가 있을 텐데요."

"네, 그런 여자가 둘 있는데, 무슨 일이신가요?"

"나는 그중 마슬로바라는 여자와 가까운 사이입니다" 하고 네흘류도프는 말했다. "잠깐 만나보고 싶습니다만……. 나는 그녀의 사건을 상소하려고 페테르부르크로 가는 길입니다. 그런데 이걸 좀 전하고 싶어서요, 그저 사진 한 장일 뿐입니다만." 네흘류도프는 주머니에서 봉투를 꺼내면서 말했다.

"아, 그런 거라면 문제없습니다." 의사는 부드러운 태도로 이렇게 말하고, 흰 앞치마를 두른 노파에게 간호사 일을 하고 있는 여죄수 마슬로바를 불러오라고 했다. "여기 앉으시든, 아니면 응접실로 들어가시지요."

"감사합니다" 하고 네흘류도프는 말했다. 그는 의사의 태도가 누그러진 틈을 이용해 병원에서 마슬로바의 평판이 어떤지 물었다.

"괜찮습니다. 예전 환경을 생각하면 일을 잘하고 있는 편이죠" 하고 의사는 말했다. "아, 벌써 왔군요."

문 하나가 열리더니 늙은 간호사가 나오고 뒤이어 마슬로바의 모습이 나타났다. 그녀는 줄무늬 옷 위에 하얀 앞치마를 두르고 삼각 수건으로 머리를 싸매고 있었다. 그는 네흘류도프를 보자 얼굴을 붉히면서 잠시 망설이는 듯 걸음을 멈추었으나, 곧 눈살을 찌푸리고 눈을 내리깔고는 복도에 깐 양탄자 위를 재빠른 걸음으로 걸어 네흘류도프 쪽으로 다가왔다. 네흘류도프 옆으로 다가온 뒤에도 그녀는 손을 내놓지 않으려다가 마침내 손을 내밀었다. 그녀의 얼굴은 아까보다 더 빨개졌다. 네흘류도프는 그녀가 화냈던 일을 사과한 후 통 만나지 못했으므로 마슬로바가 지금도 그때와 똑같으리라고 생각하고 있었다. 그러나 오늘은 전연 딴판으로, 그녀의 표정에는 새로운 무언가가 서려 있었다. 수줍어하면서도 억제하는 듯한, 그에게 악의라도 품고 있는 듯한 표정이었다(네흘류도프에게는 그렇게 느껴졌다). 그는 의사에게 말한 것처럼 페테르부르크로 가는 길이라고 얘기한 다음, 파노보에서 가져온 사진이 든 봉투를 내주었다.

"이건 파노보에서 찾은 옛날 사진인데, 당신이 기뻐할 것 같아서……. 받아둬요."

그녀는 까만 눈썹을 치켜세우고 무엇 때문에 이런 것을 주느냐고 묻기라도 하듯이 놀란 사팔눈으로 그를 올려다보았으나, 아무 말 없이 봉투를 받아 앞치마에 집어넣었다.

"나는 거기서 당신의 백모님을 만나고 왔소" 하고 네흘류도프는 말했다.

"그러셨어요?" 하고 그녀는 담담히 대답했다.

"이곳은 괜찮소?" 하고 네흘류도프가 물었다.

"네, 괜찮아요" 하고 그녀는 대답했다.

"일이 힘들진 않소?"

"아뇨, 별로. 아직 익숙지는 않지만."

"나도 당신을 위해 무척 기뻐하고 있소. 아무래도 그쪽보다는 나을 테니까."

"그쪽이라니, 어디 말씀이세요?" 그녀는 이렇게 말하고 얼굴을 확 붉혔다.

"그쪽 감옥 말이오." 네흘류도프는 성급히 대답했다.

"어째서 좋단 말씀이시죠?" 하고 그녀는 물었다.

"여기 사람들이 거기보다는 나을 것 같아서. 거기 같은 사람들이 없으니 말이오."

"거기도 좋은 사람들은 많아요" 하고 그녀는 말했다.

"메니쇼프 모자의 사건도 힘써보았는데, 석방되리라고 생각하오" 하고 네흘류도프는 말했다.

"제발 그렇게 됐으면 좋겠어요. 그렇게 좋은 할머니는 없을 거예요" 하고 그녀는 또다시 노파에 대한 칭찬을 되풀이하면서 살며시 웃었다.

"나는 오늘 페테르부르크로 출발하오. 당신 문제는 곧 재심이 있겠지만, 제발 먼저 판결이 취소되었으면 좋겠소."

"취소되건 말건, 이젠 마찬가지예요" 하고 그녀는 말했다.

"아니, 이제라니? 그건 무슨 뜻이지?"

"그저 그렇죠, 뭐." 그녀는 의심쩍은 눈으로 힐끔 그를 바라보고 이렇게 말했다.

네흘류도프는 그 말과 그 눈초리가 그의 결심이 아직도 변하지 않았는지, 아니면 그녀의 거절을 받아들여 그 결심을 바꿨는지 그녀가 알고 싶어 하는 것이라고 생각했다.

"왜 당신이 마찬가지라고 하는지 나는 모르겠소." 그는 말했다. "그러나 나야말로 정말 당신이 무죄가 되건 유죄가 되건 마찬가지요. 당신이 어떻게 되든 나는 내가 말한 대로 실행할 각오니까" 하고 그는 딱 잘라 말했다.

그녀는 머리를 들었다. 까만 사팔눈이 그를 지그시 바라보기도 하고 옆으로 비켜 가기도 했지만, 그녀의 얼굴에는 기쁨이 넘쳐흐르고 있었다. 그러나 그녀는 자신의 눈이 말하고 있는 것과는 전혀 다른 말을 했다.

"그런 말씀은 아무리 하셔도 소용없어요" 하고 그녀는 말했다.

"나는 당신에게 알아달라고 이렇게 말하는 거요."

"그 문제는 이미 끝난 얘기니까 새삼스레 말씀하실 필요도 없어요." 그녀는 간신히 미소를 숨기면서 말했다.

병실에서 떠들썩한 소리가 나더니 아이의 울음소리가 들려왔다.

"저를 부르나 봐요." 그녀는 불안스러운 듯 뒤돌아보며 말했다.

"자, 그럼 안녕" 하고 그는 말했다.

그녀는 네흘류도프가 내민 손을 일부러 못 본 체 악수도 하지 않고 빙그르르 몸을 돌리고는, 억지로 기쁨을 감추면서 빠른 걸음으로 복도에 깔린 양탄자 위를 걸어갔다.

'도대체 그녀에겐 무슨 일이 일어났을까? 무슨 생각을 하는 걸까? 무엇을 느끼고 있는 걸까? 나를 떠보려는 걸까? 아니면 정말 용서할 수 없는 걸까? 자기 생각이나 느낌을 다 말할 수 없거나, 아니면 말하기 싫은 걸까? 기분은 좀 풀어진 걸까? 그렇지 않으면 더욱 원망하고 있는 걸까?' 네흘류도프는 이렇게 자문해보았으나 대답은 나오지 않았다. 다만 한 가지 그가 확실히 알 수 있는 것은 그녀가 변했다는 사실이었다. 그녀의 영혼에 중대한 변화가 일어나고 있다는 사실이었다. 이 변화로 그는 그녀와 결합되었을 뿐 아니라, 이 변화를 일으켜주신 하나님과도 연결된 것이다. 그리고 이 결합은 그를 기쁨과 흥분된 감격으로 이끌어주었다.

소아용 침대 여덟 개가 놓인 침실로 돌아온 마슬로바는 간호사 지시대로 침대를 바로 정리하기 시작했으나, 시트를 들고 너무 몸을 뒤로 젖히는 바람에 미끄러져서 하마터면 넘어질 뻔했다. 목에 붕대를 감은, 회복기에 있는 사내아이가 그 모습을 보고 웃었다. 마슬로바도 더 참을 수가 없어 침대에 걸터앉아 어찌나 큰 소리로 웃어댔는지, 아이들 몇몇도 덩달아 웃음보를 터뜨렸다. 간호사는 화를 내며 그녀를 나무랐다.

"왜 깔깔대고 야단이지? 전에 있던 곳하곤 다르다는 걸 알아야 해! 어서 식사나 가져와요."

마슬로바는 말없이 식기를 들고 가라는 데로 나가다가, 역시 웃는다고 야단을 맞은 붕대 감은 사내아이와 눈이 마주치자 또다시 킥 하고 웃음을 터뜨렸다. 그녀는 하루에도 몇 번씩 봉투에서 사진을 삐죽이 꺼내서는 넋을 잃고 들여다보곤 했다. 그러나 일이 다 끝나고 밤이 되어 동료 간호사하고 둘이서 자는 침실에 혼자 남겨졌을 때 마슬로바는 봉투에서 사진을 완전히 꺼내 들었다. 그러고는 오랫동안 꼼짝도 않고 여러 사람들의 얼굴과 옷차림이며 발코니 계단, 그리고 네흘류도프와 자신의 모습, 또 고모들의 모습을 부각시키고 있는 뒷배경의 관목 숲 등을 매우 세세한 부분까지 정다운 눈길로 쫓으면서 누렇게 색이 바랜 사진을 들여다보았다. 특히 자기 자신의 모습, 이마 언저리에 물결치는 머리카락이나 젊음이 넘쳐나는 아름다운 얼굴에는 반하지 않을 수가 없었다. 그녀는 너무 사진에 열중한 나머지 친구인 간호사가 방으로 들어오는 것도 모르고 있었다.

"그게 뭐야? 그 사람이 준 거니?" 하고 뚱뚱하고 선량해 보이는 간호사가 사진을 들여다보면서 물었다. "아니, 이게 너야?"

"그럼 누구란 말이니?" 생글생글 웃는 얼굴로 친구의 얼굴을 바라보면서 마슬로바는 이렇게 말했다.

"그럼 이 사람은 누구야? 바로 그분 아냐? 이쪽은 그분의 어머니시고?"

"고모야. 근데 정말 난 못 알아보겠니?" 하고 마슬로바는 물었다.

"어떻게 아니? 정말 모르겠다, 애. 전혀 딴 얼굴인걸, 뭐. 아마 이건 10년쯤 전의 사진일 테지!"

"10년이 다 뭐야, 한평생도 더 된 옛날인데" 하고 마슬로바는 말했다. 그러더니 그녀 얼굴에서 갑자기 싱싱하던 표정은 흔적도 없이 사라지고, 침울한 빛이 감돌면서 양미간에는 깊은 주름이 잡혔다.

"그렇지만 그런 데 있으면 생활은 편했을 테지."

"그럼, 편하고말고!" 마슬로바는 눈을 감고 머리를 끄덕이면서 말했다. "그런데 감옥보다도 나을 게 없었어."

"아니, 왜?"

"왜라니? 저녁 8시부터 새벽 4시까지, 그것도 매일 밤인걸."

"그럼 왜 그만두지 않고?"

"그야 그만두고 싶었지만, 그럴 수가 있어야지. 다 쓸데없는 말들이야!" 마슬로바는 이렇게 말하고 벌떡 자리에서 일어나더니 사진을 탁자 서랍에 내던지고는, 분한 눈물을 억지로 참으면서 문을 쾅 닫고 복도로 뛰쳐나갔다. 사진을 보는 동안 그녀는 거기 찍혀 있던 시절의 자신으로 되돌아간 듯했고, 또 당시의 행복했던 일들을 상기하면서 앞으로도 그이와 함께 행복스러울 것만 같은 생각이 들었다. 그러나 동료의 말은 현재의 신분이며 과거의 자기 신상에 대한 모든 것을 생생히 상기시켜주었다. 그 당시에도 막연히 느끼고는 있었으나 굳이 눈을 감고 외면하려던 그 생활의 온갖 공포가 생생히 떠올랐던 것이다. 그녀는 지금 새삼스레 밤마다 이어지던 무서운 생활이 생각났다. 그중에서도 특히 기억에 남는 것은 그녀를 빼내주겠다고 약속한 어떤 대학생을 기다리던 사육제 날 밤의 일이었다. 그날 밤 그녀는 가슴이 넓게 파이고 술에 젖은 빨간 비단 옷을 입고, 헝클어진 머리에는 빨간 리본을 달고 있었다. 녹초가 되도록 지쳐버린 허약한 몸에 술까지 취해 있던 마슬로바는 새벽 2시경에 손님들을 배웅하고 나서, 춤을 추다 잠깐 쉬는 사이에 수척하고 뼈만 남은 얼굴에 부스럼투성이인 바이올린 연주자 옆으로 다가가서 그녀에게 신세타령을 하기 시작했다. 그러자 그 여자도 자기 생활이 괴로워서 견뎌내지 못하겠다며 생활을 바꾸고 싶다고 말했다. 그때 마침 클라라가 와서 세 사람 사이에는 곧 이런 생활을 집어치우자는 의견이 모아졌다. 오늘 밤이 마지막이라고 생각하면서 제각

37

기 자기 방으로 돌아가려던 순간, 갑자기 현관에서 술 취한 손님들의 소리가 들려왔다. 바이올린 연주자는 전주곡을 켜고, 피아노 반주를 하는 여자는 경쾌한 러시아 노래에 맞춰 카드리유 1절을 연주하기 위해 건반을 두드리기 시작했다. 흰 넥타이에 연미복을 입은(2절 때 벗어버렸지만) 왜소하고 땀에 젖은 사내가 술 냄새를 풍기고 딸꾹질까지 하면서 마슬로바를 잡아끌었다. 역시 연미복을 입고 턱수염을 기른 뚱뚱한 또 한 사람이 클라라를 껴안았다. (두 남자는 다른 무도회에서 돌아오는 길이었다.) 그러고는 한참 동안을 빙글빙글 돌면서 외치고 뛰고 마셨다. 이렇게 해서 1년이 지나고, 2년, 3년이 흘러갔다. 그동안 왜 그런 생활을 집어치우지 못했을까! 더욱이 원인은 모두 그에게 있었다. 그러자 다시금 그녀 마음속에는 그에 대한 옛날의 원한이 홀연 고개를 들었다. 그녀는 그를 욕하고 책망해주고 싶었다. 그녀는 오늘 다시 한 번 그를 향해, 나는 당신 뱃속을 환히 꿰뚫고 있으니까 당신 마음대로는 되지 않을 거예요, 육체적으로 이용을 당했어도 정신적으론 이용당하지 않을 거예요, 당신의 그 관대한 마음씨의 이용물이 될 수는 없어요, 하고 왜 말해주지 않았을까. 그 기회를 놓친 게 분했다. 이처럼 자신을 가련하게 생각하고 네흘류도프를 쓸데없이 원망하는 마음을 씻어버리기 위해 그녀는 술을 마시고 싶었다. 감옥이었다면 그녀는 맹세를 어기고 술을 마셨을지도 모른다. 그렇지만 여기서 술을 구하려면 조수에게라도 부탁하지 않으면 안 되는데, 그녀는 그 조수가 두려웠다. 노상 그녀를 집적거렸기 때문이다. 이제 사내하고 관계하는 것도 그녀로서는 진절머리가 났다. 그녀는 잠시 복도 의자에 앉아 있다가 방으로 돌아갔으나, 친구의 물음에는 대꾸도 않고 망쳐버린 자기의 삶을 생각하고 오랫동안 울기만 했다.

14

네흘류도프는 페테르부르크에 세 가지 볼일이 있었다. 원로원에 마슬로바의 상소장을 제출하는 일, 청원위원회에 페도시야 비류코바 사건을 올리는 일, 그리고 베라 보고두호프스카야에게 의뢰받은 슈스토바의 석방을 위해 헌병대나 제3과(일종의 고등경찰)에 힘써보는 일과 요새 감옥에 갇힌 아들과 어머니의 면회를 추진하는 일이었다(이 일에 대해서 베라 보고두호프스카야는 편지를 보내왔다). 그는 나중의 이 두 가지 일을 함께 묶어서 세 번째 용건으로 간주했다. 그리고 네 번째 용건이라 할 수 있는 일이 있었는데, 성경을 읽고 강의해주었다고 해서 캅카스로 유형된 분리파 교도 건이었다. 그는 그 당사자들보다도 자기 자신을 위해 전력을 다해서 이 사건을 천명하리라 다짐했다.

최근 마슬렌니코프를 방문한 뒤로, 특히 시골에 다녀온 후부터 네흘류도프는 반드시 그렇게 하겠다고 결심해서가 아니라 지금까지 자기가 살아온 상류사회를 마음속으로 혐오하게 되었다. 그것은 소수의 편의와 만족을 위해 몇백만 명이 받고 있는 고통이 갖가지 수단으로 숨겨진 사회다. 그리고 이 사회의 사람들은 이러한 고통을 보지도 않고 또 볼 수도 없기 때문에 자연히 자기네 생활이 얼마나 잔인하고 죄악에 차 있는가를 모르고 있다. 그리하여 지금 네흘류도프는 자기 자신에 대한 수치와 책망 없이는 이 사회 사람들하고 교제할 수가 없었다. 그러나 그는 과거의 생활 습관이나, 친척 관계나, 친구 관계 때문에 그 사회로 끌려 들어가지 않을 수가 없었다. 그리고 특히 지금 현재 그의 유일한 관심사라고 할 수 있는 마슬로바를 비롯해 그가 돕고자 하는 고통받는 여러 사람들을 구해내려면, 존경은커녕 왕왕 혐오와 경멸을 느끼게 하는 그 사회 사람들에게 아무래도 원조와 호의를 청하지 않을 수 없었다.

페테르부르크에 도착해 자신의 이모이자 전직 장관의 아내인 차르스카야 백작 부인 댁에 머물게 되자, 네흘류도프는 곧 자신과는 그렇게도 인연이 멀다고 여겨지던 귀족 사회 한가운데로 뛰어들게 되었다. 불쾌한 일이기는 했으나, 그로서도 어쩔 수 없는 일이었다. 이모 집에 머물지 않고 호텔로 가면 이모를 모욕하는 셈이 되고, 더욱이 이모는 발이 넓기 때문에 이제부터 벌이고자 하는 일에도 큰 힘이 되어줄 터였다.

"네 소문을 많이 듣고 있다만, 도대체 어떻게 된 거냐? 이상한 말만 들리니" 하고 백작 부인 카테리나 이바노브나는 그가 도착하자마자 커피를 권하면서 말했다. "Vous posez pour un Howard!(넌 아주 하워드[감옥 개혁을 주창한 영국의 박애주의자]가 됐다더구나!) 죄인을 도와서 감옥을 돌아다니며 개혁을 한다니 말이야."

"아니에요, 그런 일은 없습니다. 그럴 생각도 없고요."

"어떠니, 좋은 일인데. 무슨 소설 같은 사연이 있다던데, 그 얘기나 들려주려무나."

네흘류도프는 마슬로바와 자신의 관계를 있는 그대로 설명했다.

"그래, 생각나는구나. 네가 고모네 집에 가 있을 때 가엾은 엘렌[네흘류도프의 어머니]이 그런 이야기를 한 적이 있다. 그들은 너를 그 양

녀하고 결혼시키려고 했었지(차르스카야 백작 부인은 네흘류도프의 고모들을 항상 경멸했다). 그럼 그 처녀였구나? Elle est encore jolie?(지금도 그렇게 예쁘니?)"

카테리나 이바노브나 이모는 예순 살이었지만 여전히 건강하고 쾌활했으며, 정력에 넘치는 수다스러운 부인이었다. 키가 큰 데다 몹시 뚱뚱하고, 윗입술 언저리에는 까뭇까뭇한 잔털이 눈에 뜨일 정도로 나 있었다. 네흘류도프는 이 이모를 좋아해서 어렸을 때부터 그 정력적이고 쾌활한 성격에 감화되는 버릇이 있었다.

"아닙니다, ma tante(이모님), 그건 모두 옛날이야기입니다. 저는 다만 그녀를 구해주고 싶을 뿐입니다. 그 여자는 우선 아무 죄도 없이 유죄판결을 받았고, 저는 그 점에서도 책임이 있거니와 그 여자의 운명 전체에 대해서도 책임이 있습니다. 그래서 저는 그 여자를 위해 할 수 있는 일이라면 무엇이든지 해야 할 의무가 있다고 생각합니다."

"그러니까 내가 듣기론 네가 그 애와 결혼할 생각이라던데."

"네, 결혼하고 싶습니다만, 그 여자가 원하지 않는군요."

카테리나 이바노브나는 이마를 앞으로 내밀고 눈을 내리깐 다음, 어처구니가 없다는 듯 말없이 조카를 바라보았다. 그러나 갑자기 표정이 변하더니, 그 얼굴에는 만족의 빛이 감돌았다.

"그래, 그 앤 너보다 영리하구나. 정말이지 너 같은 바보가 어디 있겠니! 넌 정말 그 애와 결혼하고 싶은 게냐?"

"꼭 하고 싶습니다."

"그런 데 있던 여자하고?"

"그러니까 더하죠. 그 모든 것이 다 제 죄니까요."

41

"아니, 넌 정말 지독한 바보로구나" 하고 이모는 웃음을 참으면서 말했다. "지독한 바보야. 하지만 내가 너를 좋아하는 건 네가 그런 바보이기 때문이란다." 그녀는 조카의 지적·정신적 상태를 정확히 표현했다고 생각되는 그 말이 각별히 마음에 들기라도 한 듯이 이렇게 되풀이했다.

"아, 그렇지, 마침 좋은 생각이 있다" 하고 그녀는 말을 이었다. "알린이라는 사람이 훌륭한 창녀 갱생원을 경영하고 있는데, 나도 한 번 가보았단다. 정말 더러운 여자들뿐이더구나. 집에 돌아와서 온몸을 깨끗이 씻어낼 정도였지. 그러나 알린은 corps et âme(몸도 마음도) 모두 그 일에 바치고 있거든. 그러니 네 그 여자를 알린한테 맡기는 게 어떻겠니? 그런 여자를 올바르게 만들어줄 사람은 알린밖에 없어."

"그렇지만 그 여자는 징역을 선고받은 사람입니다. 제가 여기 온 것도 실은 그 선고를 파기할 방법을 찾기 위해서랍니다. 그리고 이모님께 부탁하고 싶은 첫 번째 용건도 바로 이겁니다."

"그래, 그 여자 사건은 어디서 맡고 있는데?"

"원로원입니다."

"원로원? 그렇지, 원로원에는 내 사촌 레부시카가 있지. 근데 그는 상훈국(賞勳局)이라서, 글쎄, 그쪽 담당은 아는 사람이 없군그래. 누가 누군지 모두 독일인 같은 사람들만 있어. 게-라든가, 폐-라든가, 데-라는 첫 글자가 붙는 사람 아니면, 이바노프, 세묘노프, 니키틴이라든가, 또는 이바넨코, 시모넨코, 니키텐코 등 pour varier. Des gens de l'autre monde(가지각색의 이름들이라 마치 딴 세상에서 온 사람들 같단 말이다). 그러나 어쨌든 이모부에게 말해보마. 이모부는 그런 사람들을 알고 있을 게야. 이모부는 모르는 사람이 없으니까. 나도 얘기하겠지만 너도 잘 설명해드려라. 이모부가 내 말을 알아들을 때라곤 한 번도 없거든. 아무리 말해도 모른다고만 하시니 말이다. C'est un parti pris(그게 판에 박힌 대답이란다). 남은 다 알아주는데, 글쎄, 이모부만은 모른다지 뭐냐."

이때 긴 양말을 신은 하인이 은쟁반에 편지를 들고 왔다.

"마침 알린한테서 왔구나! 너도 키제베테르의 이야기를 듣게 될 거야."

"누굽니까, 키제베테르가?"

"키제베테르 말이냐? 오늘 와보려무나, 어떤 사람인지 알게 될 테니. 그 사람 설교는 아무리 흉악한 범인이라도 무릎을 꿇고 울면서 참회하지 않고는 못 배길 정도란 말이다."

카테리나 이바노브나 백작 부인은 그 성격에 전혀 어울리지 않게도 기독교의 본질이 속죄에 있다고 생각하는 교리의 열렬한 지지자였다. 그녀는 그 당시 유행하던 이 교리를 전도하는 모임에 나가기도 하고, 자기 집으로 신자들을 불러들이기도 했다. 이 교의는 모든 의식과 성상(聖像)뿐만 아니라 모든 신비스러운 것을 부정하는데도, 카테리나 이바노브나 백작 부인의 집에는 방이란 방은 물론이고 그녀의 침대 위에까지도 성상이 걸려 있었다. 그녀는 교회가 요구하는 모든 규정을 실행하면서도 거기에 아무런 모순도 느끼지 않았다.

"그러니 네 그 막달라(참회한 매춘부)도 그분의 설교를 들으면 좋을 거다. 틀림없이 개심을 할 테니까" 하고 백작 부인은 말했다. "오늘 밤엔 꼭 집에 있어라. 그분의 이야기를 들을 수 있을 테니. 정말 놀랄 만한 사람이란다."

"전 흥미가 없습니다, 이모님."

"두고 봐, 흥미가 있을 테니. 그러니 꼭 돌아와야 한다. 그다음 내게 부탁할 말은 또 뭐가 있지? Videz votre sac(어서 속 시원히 다 말해보렴)."

"또 하나는 요새 감옥 일입니다."

"요새 감옥이라고? 그럼 크리그스무트 남작에게 편지를 써주지. C'est un très brave homme(아주 훌륭하신 분이다). 니도 아마 일 테지, 네 아버지하곤 친구였으니까. Il donne dans le spiritisme(강신술에 몰두하고 있지만). 그러나 그런 건 아무 상관도 없어. 선량한 분이지. 그래, 거기 무슨 볼일이 있다는 거지?"

"거기 수감되어 있는 청년이 어머니와 면회할 수 있도록 부탁하려는 겁니다. 그런데 그건 크리그스무트가 아니라 체르뱐스키 관할이라고 들었는데요."

"체르뱐스키는 좋아하지 않지만, 마리에트 남편이니까 그 여자에게 부탁해도 되겠지. 나를 위해서도 그만한 일은 해줄 거다. Elle est très gentille(무척 마음씨가 고운 여자니까)."

"그리고 또 하나, 어떤 여자에 관한 일인데요, 그 여자는 벌써 몇 달째 갇혀 있는데 아무도 그 이유를 모른답니다."

"아니, 그럴 리가 있나. 아마 그 여자 자신이 더 잘 알고 있을 게야. 그런 단발머리(허무주의자를 일컫는 말) 여자들에겐 자업자득이라고 할 수 있지."

"자업자득인지 어떤지는 모르겠습니다만, 어쨌든 그 사람들은 고통을 받고 있습니다. 이모님은 교인으로 복음서를 믿고 계시면서도 굉장히 잔혹하시군요.”

“그게 무슨 상관이냐. 복음서는 복음서고 싫은 건 싫은 거지. 만일 내가 허무주의자들을 좋아하는 체라도 한다면 더욱 나쁘지 않겠니. 더욱이 그런 단발머리 족속의 허무주의자들은 도저히 참을 수 없으니까 말이야.”

“왜 참으실 수 없다는 거죠?”

“3월 1일(알렉산드르 2세가 암살된 날) 사건이 있었는데도 그런 걸 묻니, 왜 참을 수 없느냐고?”

“그렇지만 그런 여자들이 모두 3월 1일 사건의 참가자는 아니지 않습니까?”

“마찬가지지 뭐냐, 자기 일도 아닌데 왜 참견을 하느냐 말이야? 그런 건 여자가 할 일이 아니야.”

“그럼 그 마리에트는 남의 일에 참견해도 된다는 말씀이십니까?” 하고 네흘류도프는 말했다.

“마리에트? 마리에트는 마리에트지. 그 여자가 어떤 사람인지는 하나님이 아실 거다. 그런데 그 할튜프키나 같은 여자가 다 사람들을 가르치려 드니 말이다.”

“가르치는 것이 아닙니다. 그저 민중을 도우려는 것뿐이죠.”

“그들이 아니라도 누굴 돕고 누굴 돕지 말아야 한다는 것쯤은 다 알고 있다.”

“그러나 농민들의 생활은 말이 아닙니다. 저는 막 시골에서 돌아오는 길입니다만, 농민들은 있는 힘을 다해서 일을 해도 배불리 먹을 수 없는데 우린 이렇게 지나친 사치 생활만 하고 있으니, 과연 이게 옳은 일일까요?” 네흘류도프는 마음이 좋은 이모에게 끌려서 무의식중에 품고 있던 생각을 전부 털어놓고 말았다.

"그럼 넌 어떻게 하라는 거냐, 나도 일을 하고 아무것도 먹지 말란 말이냐?"

"아니, 제가 언제 이모님에게 잡수시지 말라고 그랬어요?" 하고 네흘류도프는 저도 모르게 웃으며 말했다. "저는 다만 다 같이 일하고 다 같이 먹을 수 있었으면 좋겠다고 생각했을 뿐입니다."

이모는 고개를 숙이고 눈을 내리깔더니 호기심에 찬 눈초리로 그를 쳐다보았다.

"Mon cher, vous finirez mal(얘야, 넌 제대로 못 죽을 것 같구나)" 하고 그녀는 말했다.

"아니, 그건 또 왜요?"

이때 키 크고 어깨가 넓은 장군이 방으로 들어왔다. 그는 카테리나 이바노브나의 남편이며 전 국무대신인 차르스키 백작이었다.

"아, 드미트리, 잘 있었니?" 그는 깨끗하게 면도한 뺨을 내밀면서 말했다. "언제 왔지?"

그리고 그는 말없이 아내의 볼에 키스를 했다.

"Non, il est impayable(글쎄, 이 애는 엉뚱한 얘기만 하는군요)" 하고 백작 부인은 말했다. "이 애는 나더러 냇가에 가서 빨래나 하고 감자나 먹으라는 거예요. 이런 바보가 어디 있겠어요. 그렇지만 이 애가 부탁하는 건 좀 들어주세요. 정말 바보야" 하고 그녀는 말을 바꾸었다. "당신도 들으셨지요, 카멘스카야 부인이 몹시 낙심해서 위독한가 봐요" 하고 그녀는 남편에게 말했다. "한번 가보시는 게 어때요?"

"그거 참 큰일이로군" 하고 남편은 말했다.

"그러면 이 애하고 저리 가서 말씀 나누세요. 난 편지를 써야 하니까요."

네흘류도프가 응접실 옆방으로 들어서려는 순간 부인이 뒤에서 소리쳤다.

"그럼 마리에트한테도 편지를 쓸까?"

"네, 이모님."

"단발머리 여자 건은 네가 좋도록 써 넣게 en blanc(여백)을 남겨두마. 마리에트는 남편에게 말해줄 거야. 그럼 그 사람도 잘해줄 테지. 그러니 너도 나를 나쁘다고만 생각해서는 안 돼. 아무래도 그런 여자들은 마음에 들지 않거든, 너의 그 protégées(보호를 받고 있는 사람) 말이다. 하지만 Je ne leur veux pas de mal(나도 그 사람들에게 악의가 있는 건 아니다). 아무튼 잘해봐! 그럼 가보렴. 꼭 와야 한다, 키제베테르 씨의 설교가 있으니까. 우리 함께 기도를 드리자. 너만 싫지 않다면야, Ça vous fera beaucoup de bien(너를 위해서도 큰 도움이 될 거다). 엘렌도 그랬지만 너희 모두 이런 일에 상당히 뒤떨어져 있으니까. 그럼 다녀오너라."

15

이반 미하일로비치 백작은 전 국무대신으로, 신념이 매우 강한 사람이었다. 이반 미하일로비치 백작이 젊을 때부터 견지해온 신념이란 다름 아니라, 새가 벌레를 먹고 날개와 깃털을 지니고 공중을 날아다니는 것이 천분이듯, 그 자신도 고급 요리사가 만든 고급 요리를 먹으며 몸에 잘 맞는 값진 옷을 입고 빠른 준마를 타고 다니는 것이 당연한 일이며, 따라서 그 전부가 자신을 위해 준비되어 있지 않으면 안 된다는 것이었다. 뿐만 아니라 이반 미하일로비치 백작은 각종 국고금을 많이 받으면 받을수록, 다이아몬드가 박힌 휘장을 비롯해서 여러 가지 훈장이 늘면 늘수록, 그리고 지위가 높은 남녀들과 만나서 이야기할 기회가 많으면 많을수록 좋다고 생각했다. 이러한 근본 신념에서 보자면, 그 밖의 것은 모두 무의미하고 흥미 없는 일이라고 이반 미하일로비치 백작은 생각했다. 그 밖의 모든 것은 이렇게 되어도 좋고 저렇게 되어도 상관없었다. 이러한 신념에 입각해 이반 미하일로비치 백작은 40년 동안 페테르부르크에서 생활하고 활약한 결과 국무대신 자리에 앉게 되었던 것이다.

이반 미하일로비치 백작이 이 지위를 얻게 된 중요한 자질은, 첫째로 그가 공문서나 법률의 의미를 잘 이해하고 서투르나마 서류를 제대로 작성하고 철자도 틀리지 않게 쓸 수 있었다는 것, 둘째로 몹시 늠름하고 때에 따라서는 도도할 뿐만 아니라 남이 가까이 갈 수 없을 만큼 위엄을 보이는가 하면 또 한편으로는 야비할 만큼 비굴해질 수 있었다는 것, 셋째로 도덕적으로나 정치적으로나 일반적인 주의와 주장이 전혀 없었기 때문에 필요에 따라 누구하고나 손을 잡을 수 있고 또 헤어질 수도 있었다는 데 있었다. 이와 같이 행동하면서 그는 자신의 체면을 유지해가고 자가당착을 노출하지 않는 데에만 노력해왔다. 그뿐 아니라 자신의 행동 자체가 도덕적이건 비도덕적이건, 그리고 자기 행동으로 러시아제국이나 전 세계에 최대 행복을 가져오건 최대 해악을 가져오건 그런 데는 전혀 관심이 없었다.

그가 국무대신이 되었을 때는 그의 세력권 안에 있는 사람뿐 아니라(그의 세력권에 드는 사람이나 부하의 수는 매우 많았다) 모든 일반인들이나 그 자신까지도 그를 매우 총명한 국가적 인물이라고 생각했다. 그러나 상당한 시간이 지나도록 그는 이렇다 할 만한 일도 하지 못하고 아무 수완도 보이지 않았다. 그래서 생존경쟁의 법칙에 따라 그와 똑같이 서류나 작성하고 해석하는 것을 배운, 아무 주의나 주장도 없는 대표적 관리들에게 떼밀려 하는 수 없이 퇴직하게 되자, 비로소 그가 총명하거나 사려 깊은 인간이 아닐뿐더러 자신만만하기만 하고 대단히 천박한 교육자인 동시에 보수 신문에 실린 사설 정도의 견해밖에 갖지 못한 인물이라는 것이 그 누구에게나 뚜렷이 밝혀졌다. 결국 그라는 인간도 그를 밀어낸 별로 교양 없고 자신만만해 보이는 다른 관리들과 조금도 다를 바 없다는 사실이 판명된 것이다. 그 자신도 그것을 깨달았다. 그러나 해마다 막대한 국고금을 받고 자기 예복에 달 새 장식품을 받는 것이 당연지사라 생각하는 그의 신념은 너무나 확고해서 누구도 쉽사리 말을 꺼낼 수가 없었다. 그래서 그는 연금이라든가, 정부 최고 기관의 일원으로서 받는 봉급이라든가, 또는 여러 가지 회의와 위원회 회장으로서 받는 수당이라는 명목으로 해마다 몇만 루블의 수입을 얻고 있었다. 그 밖에 해마다 어깨와 바지에 새로운 금몰을 달고, 연미복 밑에 새로운 술과 에나멜 성장(星章)을 다는, 스스로도 매우 소중히 여기는 새로운 권리를 받고 있었다. 이 때문에 이반 미하일로비치 백작은 각 방면에 연줄이 많았던 것이다.

이반 미하일로비치 백작은 실무자에게 보고라도 받는 듯한 태도로 네홀류도프의 이야기를 들었고, 다 듣고 나자 그에게 소개장

두 통을 써주겠다고 말했다. 하나는 원로원 상소부의 볼리프 의원 앞으로 보내는 것이었다.

"그 사람에 대해서는 여러 가지로 소문이 구구하지만, dans tous les c'est un homme très comme il faut(어쨌든 훌륭한 인물이지)"하고 그는 말했다. "게다가 그 사람은 내게 신세를 지고 있으니 자기가 할 수 있는 일이라면 해줄 거다."

이반 미하일로비치 백작이 쓴 또 한 통의 편지는 청원위원회의 유력자 앞으로 보내는 것이었다. 네흘류도프가 말한 페노시야 비류코바 사건은 꽤나 그의 흥미를 끌었다. 네흘류도프가 황후께 직접 청원서를 올릴 생각이라고 말하자, 그는 사실 이 사건은 매우 감동적이므로 기회를 봐서 자기가 이야기해도 좋다고 말했다. 그러나 그는 약속을 해주지는 않았다. 어쨌든 청원은 청원대로 내두는 편이 좋을 것이라고 했다. 기회가 있으면, 목요일 petit comité(소위원회)라도 열리면 그때 얘기할 수 있다고 그는 생각했다.

백작이 써준 편지 두 통과 마리에트 앞으로 보내는 이모의 편지를 받자 네흘류도프는 곧 그들을 찾아 나섰다.

그는 우선 마리에트네 집으로 갔다. 그는 그다지 부유하지 않은 귀족 가정에서 자란 그녀를 처녀 시절부터 잘 알고 있었다. 처세술에 능란한 사람과 결혼했다는 것도 알았고, 그 남자에 대한 좋지 못한 소문도 듣고 있었다. 특히 수많은 정치범들을 가혹하게 대하고 괴롭히는 것을 자신의 특수한 의무인 양 여기고 있다는 것도 들어 알고 있었다. 그래서 그는 언제나 그렇듯이, 학대받는 사람들을 돕기 위해 압제자들의 편에 서야 하는 자신의 처지가 참을 수 없이 괴로웠다. 마치 압제자들의 행동이 합법적이라고 인정하듯이, 몇 명

안 되는 유명한 사람들이라 하지만 그들 자신도 모르고 있을 평소의 잔인한 행동을 좀 늦춰달라고 그들에게 머리 숙여 간청하기가 그로서는 정말 참을 수 없이 괴로웠다. 그럴 때마다 그는 언제나 내면의 분열과 불안을 느끼면서 부탁할까 말까 망설이다가 결국 부탁해야겠다고 결심했다. 요컨대 독방에 갇혀 고생하는 불행한 여인이 석방되고 그녀와 그 친척들은 고통을 면하게 될 테지만, 대신 그는 마리에트나 그녀의 남편 앞에서 어색하고 부끄럽고 불쾌한 꼴을 당해야하는 것이다. 뿐만 아니라 자기는 같은 편이 아니라고 생각하는데도 그쪽에서는 아직 자기편이라고 생각하는 그런 자들에게 의뢰자가되어야 하는 자신의 처지에 대해서 그는 일종의 위선을 느꼈고, 그 스스로 옛날의 익숙한 궤도로 빠져들어가 이 사회를 지배하고 있는 경박하고 퇴폐적인 분위기에 자기도 모르게 동화되어가는 듯한 느낌이 들었다. 그는 벌써 이러한 느낌을 카테리나 이바노브나 이모에게서 경험하고 있었다. 오늘 아침만 해도 그는 매우 중요한 일을 그녀와 의논하면서 어느덧 농담조로 빠지고 말았던 것이다.

오랜만에 보는 페테르부르크는 항상 그렇듯이 육체적으로는 자극을 주면서도 정신적으로는 둔화시키는 듯한 인상을 주었다. 모든 것이 깨끗하고 편리하고 잘 설비되어 있었으나, 특히 사람들이 도덕적인 면에 무관심한 탓으로 생활이 너무나 안일해 보였다.

아름답고 말쑥하고 겸손한 마부가 역시 아름답고 말쑥하고 겸손한 순경 옆을 지나, 아름답고 깨끗하게 물을 뿌린 포장길과 역시 아름답고 깨끗한 집들을 지나서 마리에트가 살고 있는 운하 곁의 집으로 그를 데려다 주었다.

현관 주차장에는 눈을 가린 영국 말 두 필을 단 쌍두마차가 서 있고, 볼에 절반이나 수염을 기르고 영국인 같은 제복을 입은 마부가 거만하게 채찍을 들고 마부석에 앉아 있었다.

말쑥하게 제복을 차려입은 문지기가 문을 열어주었다. 그곳에는 금몰이 달린 더 말쑥한 제복을 입고 보기 좋게 턱수염을 기른 하인 한 명과, 깨끗한 새 정복을 입고 총검을 든 당직 사병이 서 있었다.

"장군님은 면회하실 수 없습니다. 사모님도 마찬가지고요. 곧 외출들을 하시니까요."

네흘류도프는 카테리나 이바노브나 백작 부인의 편지를 전하고, 자기 명함을 꺼내 방문객 방명부가 있는 탁자로 다가가 뵙지 못해서 대단히 유감이라는 글을 쓰기 시작했다. 그때 하인이 층계 쪽으로 달려가고 문지기는 현관으로 달려가더니 "준비!" 하고 외쳤다. 당직 사병은 부동자세로 양손을 바지 솔기에 갖다 대고는, 키가 작은 가냘픈 귀부인이 장중한 태도에 어울리지 않을 만큼 총총걸음으로 층계를 내려오는 것을 눈으로 배웅했다.

마리에트는 털이 달린 큼직한 모자를 쓰고, 검은 옷에 검정 코트를 걸치고 까만 장갑을 끼고 있었다. 얼굴은 베일로 가려져 있었다.

그녀는 네흘류도프를 보자 베일을 올리고는 눈이 반짝이는 귀여운 얼굴을 내밀면서 의심적은 시선으로 그를 바라보았다.

"어머나, 드미트리 이바노비치 공작님 아니세요!" 하고 그녀는 명랑하고 즐거운 목소리로 외쳤다. "진작 알아 봤어야 하는데……."

"제 이름까지 기억하고 계셨던가요?"

"기억하고말고요. 저는 동생과 둘이서 당신을 사모한 적도 있었는걸요" 하고 그녀는 프랑스어로 말했다. "당신도 많이 변하셨군요. 아, 정말 유감이에요, 마침 나갈 일이 생겨서. 그렇지만 잠깐 올라가세요." 그녀는 망설이는 듯 걸음을 멈추면서 말했다.

그녀는 벽시계를 보았다.

"역시 안 되겠군요. 카멘스카야 댁의 고별식에 가야 하니, 그분은 몹시 상심하고 계세요."

"카멘스카야라니, 어떤 분이지요?"

"어머, 모르세요? …… 그분 아드님이 결투를 해서 죽었어요. 포젠하고 결투를 했답니다. 외아들이었어요. 무서운 일이죠. 그 어머니가 어찌나 상심하시는지."

"네, 저도 들었습니다."

"그러니 저도 가는 게 좋겠어요. 내일이나 오늘 밤에 다시 와주세요." 그녀는 이렇게 말하고 경쾌한 걸음으로 재빨리 현관 쪽으로 걸어 나갔다.

"오늘 밤에는 찾아뵐 수가 없습니다." 그는 그녀와 같이 현관으로 걸어 나가면서 말했다. "실은 당신에게 부탁이 좀 있어서 왔습니다만." 그는 현관에 대기하고 있는 밤색 말 한 쌍을 바라보면서 말했다.

"무슨 일이신데요?"

"이건 이모님이 쓰신 편지입니다" 하고 네흘류도프는 크게 성명을 박아놓은 좁다란 봉투를 내주면서 말했다. "이걸 보시면 잘 아실 겁니다."

"카테리나 이바노브나 백작 부인께서는 제가 남편 일에까지 영향을 미친다고 생각하시는가 봐요. 그런데 잘못 생각하신 거예요. 전 아무 일에도 간섭할 수 없거니와 또 간섭하고 싶지도 않아요. 하지만 백작 부인이나 당신을 위해서라면 전 물론 언제라도 제 규칙을 깨뜨릴 용의가 있어요. 대체 어떤 일이죠?" 까만 장갑을 낀 조그만 손으로 주머니를 뒤적이며 그녀는 말했다.

"요새 감옥에 한 처녀가 수용돼 있는데, 그 여자는 병자인 데다 사건과도 아무 관계가 없습니다."

"그 여자 이름은요?"

"슈스토바. 리지야 슈스토바라고 합니다. 편지에 쓰여 있습니다."

"잘 알았어요. 되도록 노력해보겠어요."

그녀는 이렇게 말하고 진흙받이의 옻칠이 햇살을 받아 번쩍거리는, 폭신폭신하게 깔개가 깔린 사륜마차에 사뿐 올라타서 파라솔을 폈다. 하인이 마부석에 올라탄 후 마부에게 떠나라고 신호했다. 마차는 움직이기 시작했다. 그러나 그 순간 그녀가 파라솔로 마부의 등을 쳤으므로 반지르르 윤기가 도는 영국 말들은 고삐가 당겨져서 아름다운 목을 움츠리고 날씬한 발로 제자리걸음을 하면서 멈추어 섰다.

"다시 들러주세요. 하지만 그땐 용건 없이 말이에요." 그녀는 이렇게 말하고 방긋 웃어 보였다. 그녀도 자기 미소가 가진 힘을 잘 알고 있었던 것이다. 그러고는 마치 연극이 끝나서 막을 내리듯 베일을 내려 썼다. "자, 갑시다" 하고 그녀는 다시 파라솔로 마부를 건드렸다.

네흘류도프는 모자를 들었다. 순종의 밤색 말은 코를 벌름거리면서 포장길에 말발굽 소리를 내기 시작했다. 이윽고 마차는 울퉁불퉁한 길에서 가끔 새 고무바퀴를 가볍게 퉁기면서 쏜살같이 달려갔다.

16

네흘류도프는 마리에트와 나눈 미소를 생각하면서 머리를 설레설레 흔들었다.

'뒤돌아볼 새도 없이 또다시 그 생활에 휩쓸려 들어갈 뻔했군.' 그는 존경하지도 않는 사람에게 비위를 맞춰야 할 때 항상 일어나는 자기 분열과 의혹을 느끼면서 이렇게 생각했다. 헛걸음치지 않으려면 어디를 먼저 가고 어디를 나중에 가야 하나 생각한 끝에, 네흘류도프는 먼저 원로원으로 갔다. 그는 사무실로 안내되었고, 장엄한 실내에서 공손하고 말쑥하게 차려입은 수많은 관리들을 보았다.

관리들은 마슬로바의 상소장이 이미 수리되어, 이모부가 소개장을 써준 볼리프에게 심리 조사를 위해 넘겨졌다고 설명해주었다.

"원로원 회의는 금주에 있을 예정인데, 마슬로바 건은 이번 회의에 어려울 것 같습니다. 그러나 특별히 청원을 하시면 금주 수요일에 상정될 수도 있을 겁니다" 하고 한 사람이 말했다.

원로원 사무실에서 사건 문의 결과를 기다리는 동안 네흘류도프는 또다시 결투에 관한 이야기와 카멘스키가 피살된 이야기를 자세히 들었다. 그는 여기서 처음으로 페테르부르크를 온통 떠들썩하게 만든 사건의 전말을 알게 되었다. 그 사건은 이러했다. 장교 여럿이 어느 조그마한 술집에서 굴을 먹으며 여느 때처럼 폭음을 하고 있었는데, 그중 한 사람이 카멘스키가 근무하는 연대에 대해서 좋지 않은 말을 했다. 카멘스키는 그를 향해 거짓말쟁이라고 욕을 했다. 그러자 그는 카멘스키를 때렸다. 그 이튿날 결투가 벌어지고, 카멘스키는 복부에 탄환을 맞고 두 시간 만에 숨을 거두었다. 살인자와 결투 입회인은 체포되어 영창에 들어갔으나, 두 주 후면 석방되리라는 것이었다.

네흘류도프는 원로원 사무실에서 청원위원회의 유력자인 보로비요프 남작 댁으로 갔다. 그는 으리으리한 관사에 살고 있었다. 문지기와 하인은 네흘류도프에게 면회일 이외에는 남작을 만날 수 없을뿐더러, 오늘은 황제 폐하를 뵈러 가셨고 또 내일도 보고하러 가시게 되어 있다고 준엄한 어조로 말했다. 네흘류도프는 편지를 내주고는 원로원 위원 볼리프 댁으로 마차를 몰았다.

볼리프는 마침 가벼운 식사를 끝마치고, 여느 때처럼 소화를 잘시키기 위해 시가를 피워 물고 방 안을 왔다 갔다 하면서 네흘류도프를 맞았다. 블라디미르 바실리예비치 볼리프는 과연 un homme très comme il faut(훌륭한 인물)이었다. 그는 자기의 이러한 특질을 높이 평가하면서 그 높은 자리에서 다른 사람들을 내려다보았다. 그리고 그로서는 이 특질을 높이 평가하지 않을 수가 없었는데, 그 덕분에 자기가 원하던 지위를 얻게 되었기 때문이다. 결국 결혼해서 1년에 1만 8천 루블이란 재산을 손에 넣게 되고, 자기 노력으로 원로원 위원 자리를 얻게 되었다. 그는 자신을 훌륭한 인물이라고 생각했을 뿐 아니라 청렴한 기사(騎士)라고 자부하고 있었다. 이 청렴함으로 그는 개인에게서 뇌물을 받지 않았다. 그러나 정부가 요구하는 모든 일을 노예같이 실행하면서, 그 대신 여비라든가 보수라든가 일당이라든가 하는 온갖 돈을 국고에서 받아내는 것은 별로 파렴치하게 생각하지 않았다. 그리고 폴란드 인민들이 국민을 사랑하거나 조상의 종교에 충실하다고 해서 몇백 명이나 되는 무고한 사람들을 파멸시키고, 빈궁 속에 빠뜨리고, 유형에 처하거나 감금하는 것은 조금도 불명예스러운 일이 아닐뿐더러, 오히려 고결하고 남자답고 애국적인 공훈이라고 믿었다. 그는 폴란드의 어느 현 지사였을 때 그런 짓을 했던 것이다. 그는 또한 자기에게 반해버린 아내와 처제의 재산을 모두 자기 앞으로 돌려놓고도 역시 파렴치하다고는 생각하지 않았다. 오히려 집안을 바로잡는 현명한 처사였다고 생각했다.

블라디미르 바실리예비치의 가정에는 개성이라곤 찾아볼 수 없는 아내와 처제(그는 처제의 재산도 자기 수중에 넣어 그녀의 영지를 판 돈을 자기 명의로 예금했다), 얌전하고 어리벙벙하고 못생긴 딸이 있었다. 딸은 괴롭고 외로운 생활을 보냈는데, 요즈음에는 알린이나 카테리나 이바노브나 백작 부인 댁 모임에 나가 복음서 낭독을 하며 삶의 위안을 찾고 있었다.

블라디미르 바실리예비치의 아들은 사람이 좋기는 했으나 열다섯 살 때부터 턱수염을 기르고 술을 마시며 방탕한 생활을 하기 시작해, 스무 살이 될 때까지 죽 그렇게 살다가 학교 하나 제대로 졸업하지 못하고 못된 친구들하고만 사귀어서 빚을 진 나머지, 아버지의 명예를 훼손했다며 집에서 쫓겨나고 말았다. 한번은 그의 아버지가 빚 230루블을 갚아주었고, 다음에는 빚 6백 루블을 갚아주었다. 그때 아들에게, 이것이 마지막이니 개심하지 않으면 집에서 쫓아내 부자의 인연을 끊겠다고 선언했다. 그러나 아들은 개심은커녕 또 천 루블이나 빚을 지고 뻔뻔스럽게도, 오히려 집에서 이렇게 사는 것은 고문이나 마찬가지라며 아버지에게 대들었다. 그때 블라디미르 바실리예비치는 아들에게 어디로든 가버리라면서 이제는 부모도 자식도 아니라고 선언했다. 그때부터 블라디미르 바실리예비치는 아들이 없는 듯한 태도를 취해왔고, 가족들도 누구 하나 그의 앞에서는 아들 이야기를 감히 꺼내지 못했다. 그리고 블라디미르 바실리예비치는 가장 좋은 방법으로 가정을 정리했다고 굳게 믿고 있었던 것이다.

볼리프는 상냥하면서도 다소 조소 어린 웃음을 띠면서—이는 그의 평소 태도고, 다른 사람들보다 우월하다는 무의식적인 표현이기도 했다—실내를 거닐던 걸음을 멈추고 네흘류도프와 인사를 나눈 다음 편지를 받아 읽기 시작했다.

"자, 앉으십시오. 실례입니다만, 거닐면서 말씀을 듣게 해주십시오." 그는 재킷 주머니에 양손을 찌른 채 말쑥하게 정돈된 큼직한 서재를 대각선으로 가볍게 거닐면서 말했다. "이렇게 알게 돼서 정말 반갑습니다. 이반 미하일로비치 백작의 부탁은 되도록 힘써보겠습니다." 그는 재가 떨어지지 않도록 조심스레 입에서 시가를 떼고 향기로운 파란 연기를 내뿜으면서 말했다.

"저는 될 수 있는 대로 빨리 사건이 처리되기만을 바랄 뿐입니다. 만약 피고가 시베리아로 가야 한다면 되도록 빨리 출발하는 편이 좋을 것 같아서요" 하고 네흘류도프는 말했다.

"네, 그렇군요. 니즈니에서 떠나는 첫 번째 기선을 타시겠다는 말씀이군요. 잘 알겠습니다." 남의 말을 듣기가 무섭게 언제나 앞질러 생각하는 볼리프는 특유의 겸손한 웃음을 지으면서 이렇게 말했다. "피고의 이름은 무엇이지요?"

"마슬로바입니다……."

볼리프는 탁자로 다가가더니 다른 서류와 함께 철해둔 서류를 뽑아서 들여다보았다.

"아아, 옳군, 마슬로바. 좋습니다. 동료들에게도 부탁해놓겠습니다. 수요일에 이 사건을 심의하겠습니다."

"그러면 변호사한테 그렇게 전보를 쳐도 되겠습니까?"

"변호사에게 의뢰하셨나요? 무엇 때문에 그런 일을? 그러나 원하신다면 상관없습니다."

"상소 이유가 빈약할지도 몰라서요" 하고 네흘류도프가 말했다. "그러나 이 사건에 대한 선고는 확실히 오해에서 비롯되었습니다."

"글쎄요, 그럴 수도 있겠습니다만, 원로원이 사건의 본질을 심의할 수는 없는 겁니다" 하고 블라디미르 바실리예비치는 시가의 재를 바라보면서 엄숙하게 말했다. "원로원은 다만 법의 적용과 그 해석이 옳은지 그른지만 조사할 뿐입니다."

"이번 경우는 특별하다고 생각합니다마는."

"알고 있습니다, 알고 있어요. 무슨 사건이든 모두 특별한 경우니까요. 우리는 당연히 해야 할 일을 할 뿐입니다. 그것뿐이에요." 담뱃재는 아직 떨어지지 않았지만 금이 가서 위험한 상태였다. "페테르부르크에는 자주 오시지 않습니까?" 볼리프는 재가 떨어지지 않도록 시가를 들며 이렇게 물었다. 그러나 역시 재가 떨어질 것 같았으므로 그는 조심스럽게 재떨이로 가져가서 재를 떨었다. "그런데 카멘스키 사건은 정말 끔찍한 일입니다" 하고 그는 말했다. "훌륭한 청년이었죠. 게다가 외아들이었고요. 그러니 그 어머니의 심정은 어떻겠습니까." 그는 요즈음 페테르부르크에서 떠들고 있는 카멘스키에 대한 이야기를 거의 한마디도 빼놓지 않고 고스란히 되풀이하면서 이렇게 말했다.

그리고 카테리나 이바노브나 백작 부인과 그녀가 열중하고 있는 새로운 종교적 경향에 대해서 말한 다음(블라디미르 바실리예비치는 그 종교적 경향을 비난도 찬성도 하지 않았지만, 그의 고상한 성격으로 보자면 불필요하다고 보는 게 분명했다) 벨을 눌렀다.

네흘류도프는 작별 인사를 했다.

"시간 있으면 만찬에라도 들러주십시오." 볼리프는 손을 내밀면서 말했다. "수요일이 좋습니다. 그때는 확실한 대답을 드릴 수 있을 테니까요."

이미 시간이 늦었으므로 네흘류도프는 이모네 집으로 마차를 몰았다.

17

카테리나 이바노브나 백작 부인 댁에서는 7시 반에 저녁 식사를 들었는데, 그 식사는 네흘류도프가 일찍이 보지 못한 색다른 방식으로 행해졌다. 하인들은 요리를 식탁에 차려놓고 곧 물러나버리므로 식사를 하는 사람들은 제각기 요리를 날라다 먹지 않으면 안 되었다. 남자들은 부인들에게 쓸데없는 수고를 끼치지 않으려고, 또 여자들보다 힘이 센 남성으로서의 남성다운 모든 수고를 아끼지 않으면서 부인들에게 음식을 날라다 주고 자기들도 먹고 마셨다. 접시 하나를 비우고 나면 백작 부인이 식탁의 벨을 눌렀다. 그러면 하인들이 소리도 없이 들어와 재빨리 치우고 다른 접시와 바꾸어놓은 뒤에 다음 요리를 날라 왔다. 요리도 맛있었지만 술맛도 좋았다. 밝고 널찍한 부엌에서는 프랑스인 주방장이 흰옷을 입은 조수 둘을 데리고 일을 하고 있었다. 식사를 하는 사람은 모두 여섯 명이었다. 백작과 백작 부인, 무뚝뚝한 표정으로 식탁에 팔꿈치를 대고 있는 근위 장교인 아들, 네흘류도프, 가정교사인 프랑스 여인, 그리고 시골서 온 백작의 총관리인이었다.

화제는 여기서도 결투로 옮겨졌다. 사람들은 이 사건에 대해서 황제가 어떤 태도를 보였는지 얘기했다. 황제가 피살된 청년의 어머니에게 깊은 동정을 베풀었다는 얘기를 듣자 그들도 그 어머니를 동정했다. 그러나 황제가 동정은 하면서도 군복의 명예를 지킨 가해자에 대한 엄격한 조치는 원하지 않는다는 것을 알자 모두는 군복의 명예를 지킨 가해자에 대해서 너그럽게 생각했다. 다만 카테리나 이바노브나 백작 부인만은 본래의 경솔한 생각에서 가해자를 비난했다.

"그러면 앞으로도 술을 먹고 훌륭한 젊은이들을 마구 쏘아 죽일 테죠. 난 절대로 용서할 수 없어요" 하고 그녀는 말했다.

"난 그 말을 못 알아듣겠는걸" 하고 백작은 말했다.

"알아요, 당신은 언제나 내 말을 못 알아들으시니까요" 하고 백작 부인은 네흘류도프 쪽을 바라보면서 말했다. "남들은 다 알아듣는데 저이만은 몰라준다. 난 그 어머니가 가엾다는 거야. 사람을 죽이고도 태연하다는 게 싫어."

그때까지 말이 없던 아들은 가해자 편을 들면서, 장교는 그렇게 할 수밖에 없었으며, 또 그렇게 하지 않았더라면 군법회의를 통해 쫓겨났을 것이라고 논증하며 어머니에게 제법 거칠게 대들었다. 네흘류도프는 이야기에 끼어들지 않고 잠자코 듣기만 했다. 그도 장교였던 만큼 젊은 차르스키의 논증을 이해할 수는 있었으나 거기에 찬동하지는 않았다. 동시에 그는 감옥에서 만난, 역시 살인을 해서 유형을 선고받은 젊은 미남 죄수와 결투로 상대를 죽인 장교를 자기도 모르게 비교해보았다. 술 때문에 살인을 하게 된 것은 두 사람이 똑같았다. 그런데 농부인 한 사람은 격분한 순간 살인을 저질러 아내와 자식, 그리고 친척과도 헤어져 족쇄를 차고 머리를 박박 깎여 유형을 가게 되었다. 그러나 다른 한 사람은 영창 안의 깨끗한 방에서 맛있는 식사를 하고 좋은 술을 마시고 책을 읽으며, 머잖아 석방되어 전과 같은 생활을 하고 특별한 관심의 대상이 될 것이다.

네흘류도프는 자기가 느끼고 있는 바를 말했다. 처음에는 백작부인도 조카의 의견에 찬성했으나, 나중에는 다른 사람들처럼 입을 다물고 말았다. 그래서 네흘류도프도 자기가 무슨 잘못된 말이라도 한 듯한 느낌이 들었다.

저녁 식사를 끝내고 얼마 안 있어 넓은 홀에는 설교를 위해서 특별히 조각을 한 높은 등받이 의자들이 여러 줄 놓이고, 설교자를 위해서 안락의자와 물병을 놓은 탁자가 준비되었다. 외국 손님인 키제베테르의 설교를 들으려고 손님들이 모여들기 시작했다.

주차장에는 값진 마차들이 늘어섰다. 호화롭게 장식된 홀에는 비단과 비로드와 레이스로 몸을 휘감은 귀부인들이 머리에는 가발을 쓰고 허리를 꼭 졸라맨 채 앉아 있었다. 그들 사이에 군인과 문관들의 모습도 보이고, 문지기 둘과 상인, 그리고 하인과 마부가 섞여 평민도 다섯 명 있었다.

건강한 몸집에 머리가 희끗희끗한 키제베테르는 영어로 말했으나, 코안경을 쓴 젊고 여윈 처녀가 재치 있게 재빨리 통역을 했다.

그는 우리 죄가 너무나 크고 또 그 죄에 대한 형벌 역시 피할 수가 없기 때문에 그 형벌을 예상하며 살아가기란 도저히 견딜 수가 없을 정도라고 말했다.

"친애하는 형제자매 여러분! 우리는 여기서 자기 자신과 자신의 생활을 생각해봅시다. 우리는 무엇을 하고 있는가, 어떻게 살고 있는가, 자비로우신 하나님께 얼마나 죄를 범하고 있는가, 그리스도를 얼마나 괴롭히고 있는가를 생각해봅시다. 그러면 우리에게는 용서도 없거니와 출구도 없고 구원도 없으며, 우리는 멸망할 수밖에 없는 운명에 처해 있음을 알게 될 것입니다. 무서운 멸망과 고통이 우리를 기다리고 있는 것입니다" 하고 그는 울음 섞인 떨리는 목소리로 말했다. "어떻게 하면 구원을 받을 수 있을까요? 형제 여러분, 어떻게 하면 이 무서운 불길에서 구원받을 수 있을까요? 이미 불은 집을 둘러싸는데도 벗어날 길은 없습니다."

그는 잠시 입을 다물었다. 진정 그의 뺨에는 눈물이 흘러내렸다. 지난 8년 동안 그는 자기 설교 중에서도 가장 마음에 드는 이 구절을 읽을 때마다 언제나 목이 떨리고 코가 메어 눈에서는 눈물이 흘러내렸다. 그리고 이 눈물은 그를 더욱 감동시켰다. 방 안에서는 흐느껴 우는 소리가 들렸다. 카테리나 이바노브나 백작 부인은 모자이크 탁자 곁에 앉아 두 손에 얼굴을 파묻은 채 살찐 어깨를 들먹이고 있었다. 마부는 얼빠진 사람처럼 놀란 얼굴로 독일인 설교자를 바라보고 있었는데, 그 얼굴은 마치 설교자가 그의 마차에 부딪히게 되었는데도 비켜나지 않는다는 표정이었다. 대부분 사람들은 카테리나 이바노브나 백작 부인과 같은 자세로 앉아 있었다. 아버지를 닮은 볼리프의 딸은 두 손으로 얼굴을 가린 채 무릎을 꿇고 있었다.

설교자는 갑자기 얼굴을 쳐들더니, 배우들이 기쁜 표정을 지을 때처럼 진심에서 우러나오는 듯한 웃음을 지어 보였다. 그러고는 달콤하고 상냥한 목소리로 말하기 시작했다.

"그러나 구원의 길은 있습니다. 그것은 쉽고도 기꺼운 구원입니다. 그 구원이란 우리를 위하여 십자가 고난을 받으신 하나님의 외아들이 우리를 위하여 흘리신 피입니다. 그리스도의 고난, 그리스도의 피야말로 우리 구원의 길입니다, 형제자매 여러분!" 하고 그는 또다시 눈물 어린 목소리로 말하기 시작했다. "인류의 속죄를 위해 녹생자 예수를 보내주신 하나님께 감사합시다. 그리스도의 거룩한 피는……."

네흘류도프는 불쾌함을 도저히 참을 수가 없어서 슬그머니 자리에서 일어났다. 그리고 얼굴을 찌푸리고 수치스러운 생각을 간신히 억누르면서 발끝으로 걸어 나와 자기 방으로 돌아갔다.

18

이튿날 네흘류도프가 옷을 갈아입고 아래층으로 내려가려고 할 때, 하인이 모스크바에서 온 변호사의 명함을 가져왔다. 변호사는 자기 일 때문에 왔지만, 만일 마슬로바 사건이 가까운 시일 안에 심리된다면 원로원에도 출석할 생각으로 왔다고 했다. 네흘류도프가 친 전보가 변호사하고 엇갈렸던 것이다. 네흘류도프한테서 마슬로바 사건이 언제 심리되며, 심리관이 누구인지 듣자 그는 빙그레 웃었다.

"그렇다면 세 유형의 심사원이 다 모였군요" 하고 그는 말했다.

"볼리프는 페테르부르크형 관리고, 스코보로드니코프는 법률학자며, 베라는 사람은 실천파 법률가입니다. 그중에서도 베가 제일 수완 있는 인물이죠" 하고 변호사는 말했다. "아무튼 그 사람이 제일 믿음직스럽군요. 그런데 청원위원회는 어떻게 되었습니까?"

"실은 오늘 보로비요프 남작을 방문할 생각입니다. 어제 만나지를 못해서."

"당신은 보로비요프가 왜 남작인 줄 아십니까?" 변호사는 네흘류도프가 이 러시아적인 이름에다 외국 칭호를 붙여서 좀 익살맞게 부른 데 대꾸하듯이 이렇게 말했다. "그건 파벨 황제가 무슨 포상으로 그의 조부에게 붙여준 칭호랍니다. 아마 궁정 하인이었나 봐요. 황제께서 매우 마음에 들어했답니다. 그를 남작으로 하겠으니 불평은 하지 말라고 했지요. 결국 이렇게 해서 보로비요프 남작이 생긴 겁니다. 그는 여간 자랑스럽게 여기고 있지 않아요. 약삭빠른 인간이죠."

"나는 지금 그 사람한테로 가는 길입니다" 하고 네흘류도프가 말했다.

"마침 잘됐군요. 함께 갑시다. 제가 마차로 바래다 드리지요."

두 사람이 떠나려고 현관으로 나갔을 때, 네흘류도프는 마리에트의 편지를 가지고 온 하인을 만났다.

Pour vous faire plaisir, j'ai agi tout à fait contre mes principes, et j'ai intercédé auprès de mon mari pour votre protégée. Il se trouve que cette personne peut être relâchée immédiatement. Mon mari a écrit au commandant. Venez donc. bes korystno Je vous attend.(당신에게 만족

을 드리기 위해서 저는 제 주의나 주장하고는 완전히 반대되는 행동을 했습니다. 저는 당신의 보호를 받는 사람을 위해서 남편에게 부탁을 드렸습니다. 그 여자는 곧 석방되리라 믿습니다. 남편이 요새 사령관에게 편지를 보냈으니까요. 다음엔 제발 아무 용건도 없이 와주세요. 기다리겠습니다.)

M.

"자, 어떻습니까?" 하고 네흘류도프는 변호사에게 말했다. "참 기막힌 일이군요! 7개월 동안이나 독방 감옥에 갇혀 있던 여자가 아무 죄도 없다니. 그것도 말 한마디로 이렇게 석방되다니."

"언제나 그런 겁니다. 그러나 어쨌든 당신의 희망은 이뤄진 셈이군요."

"그렇지만 이 성공은 나를 슬프게 만드는군요. 도대체 거기서는 무엇들을 하고 있는 겁니까. 무엇 때문에 그 여자를 가두어두었느냐 말입니다."

"하지만 그런 건 깊이 생각하지 않는 게 좋습니다. 자, 제가 바래다 드리죠" 하고 변호사는 말했다.

그들이 층계로 나오자 변호사가 빌린 훌륭한 마차 한 대가 다가왔다.

"보로비요프 남작 댁으로 가시는 거죠?"

변호사는 마부에게 행선지를 말했다. 선량한 말들은 곧 네흘류도프를 남작의 저택으로 데려다 주었다. 남작은 집에 있었다. 입구에서 첫 번째 방에는 제복을 입은 젊은 관리 한 사람과 두 귀부인이 있었다. 그 관리인은 엄청나게 긴 목에 울대뼈가 튀어나오고 걸음걸이가 몹시 경쾌한 남자였다.

"누구시죠?" 울대뼈가 튀어나온 젊은 관리는 경쾌하고도 우아한 걸음걸이로 부인들 곁에서 네흘류도프 쪽으로 발을 옮기며 이렇게 물었다.

네흘류도프는 자기 이름을 알려주었다.

"남작께서도 선생님 말씀을 하셨습니다. 잠깐만 기다려주십시오."

젊은 관리는 닫혀 있는 문을 열고 들어가더니, 상복을 입고 울고 있는 부인을 데리고 나왔다. 부인은 눈물을 감추려고 베일을 내렸다.

"이리 오시죠." 젊은 관리는 서재 문 쪽으로 사뿐사뿐 다가가더니, 문을 열고 걸음을 멈추면서 네흘류도프에게 말했다.

서재에 들어간 네흘류도프는 프록코트를 입고 머리를 짧게 깎은 중키의 통통한 남자와 마주쳤다. 그는 큼직한 사무용 책상 옆 안락의자에 앉아서 유쾌한 낯으로 앞을 바라보고 있었다. 흰 콧수염과 턱수염 탓에 유난히 붉어 보이는 선량한 얼굴이 네흘류도프를 보자 상냥하게 웃음 지었다.

"이렇게 만나서 정말 반갑습니다. 당신 어머니하곤 옛날부터 잘 알던 사이지요. 당신이 어릴 때 한 번 보고, 장교가 된 뒤에도 만난 적이 있지요. 자, 앉으십시오. 그리고 어서 용건을 말씀해주세요. 네, 네, 그러시군요."

네흘류도프가 페도시야 사건을 이야기하는 동안 그는 짧게 깎은 백발 머리를 끄덕이면서 이렇게 말했다. "어서 계속 얘기해요. 잘 알았습니다. 그렇고말고요. 그건 정말 감동할 만한 이야기군요. 그래, 청원서는 제출하셨나요?"

"청원서는 준비해 왔습니다" 하고 네흘류도프는 주머니에서 청원서를 꺼내면서 말했다. "그러나 저는 이 사건에 특별한 주의를 기울여주셨으면 하고 부탁하고 싶습니다."

"잘 생각하셨습니다. 내가 직접 청원을 하겠습니다" 하고 남작은 그 쾌활한 얼굴에는 조금도 어울리지 않는 동정의 빛을 지어 보이면서 말했다. "정말 동정이 가는군요. 그녀는 아직 어려서 너무 노골적인 행동을 하는 남편이 싫어졌을 게 분명합니다. 그 후 시간이 지나감에 따라 두 사람은 서로 사랑하게 되었다……. 좋습니다, 내가 청원해드리지요."

"이반 미하일로비치 백작도 황제께 청원해주신다고 했습니다."

네흘류도프의 말이 채 끝나기도 전에 남작의 안색은 갑자기 변해버렸다.

"어쨌든 청원서를 사무소에 내도록 하세요. 나도 힘 닿는 데까지 해볼 테니까요" 하고 그는 네흘류도프에게 말했다.

이때 젊은 관리가 자기 걸음걸이를 자랑이라도 하는 듯이 방으로 들어왔다.

"그 부인이 한두 마디만 더 말씀드리겠다는군요."

"그래, 그럼 들여보내요. 그 여자 참 눈물도 많더군. 글쎄, 그 눈물을 다 닦아줄 수만 있다면야! 어쨌든 하는 데까지 해보는 수밖에."

부인이 들어왔다.

"잊어버린 게 있습니다만, 그이가 딸아이를 다른 데로 보내지 않도록 해주세요. 그렇지 않으면 무슨 일이 일어날지 모르니까요."

"그렇게 해드리겠다고 아까 말씀드렸는데요."

"남작님, 부탁입니다. 제발 이 어미 하나를 살려주신다 생각하시고."

그녀는 남작의 손을 잡고 키스하기 시작했다.

"모든 일이 잘될 겁니다."

부인이 밖으로 나가자 네흘류도프도 작별 인사를 하려고 일어섰다.

"할 수 있는 데까지 해보겠습니다. 사법부에도 조회를 해보고요. 뭐라고 회답이 있을 테니까 그때 가능한 방법을 강구하도록 합시다."

네흘류도프는 그곳에서 나와 사무실을 지나쳤다. 원로원에서와 마찬가지로 여기서도 역시 훌륭한 방에서 일하는 훌륭한 관리들을 볼 수 있었다. 모두 복장에서부터 말씨까지 정돈되어 있었으며, 깨끗하고 똑똑하고 엄격했다.

'많기도 하군, 왜 이다지도 많을까? 모두 투실투실 살찌고, 깨끗한 셔츠와 손, 말쑥하게 닦은 구두, 대체 누가 이토록 사치스러운 짓을 시키고 있을까? 죄수들은 물론이고 농민들에 비해서 그들은 얼마나 호화스러운 생활을 하고 있는 것일까?' 네흘류도프는 저도 모르게 이런 생각을 했다.

19

페테르부르크에 감금되어 있는 사람들의 운명을 좌우하는 사람은 훈장이 많으면서도 보통 때는 옷깃에 백십자 훈장 말고는 아무것도 달지 않는, 공로가 많은 독일계 남작 출신 노장군이었다. 세상에서는 그가 약간 망령이 들었다는 소문이 떠돌았다. 그는 캅카스에서 근무할 때 그로서는 더할 나위 없이 소중한 그 십자 훈장을 받았다. 그것은 당시 그가 머리를 짧게 깎고 군복을 입고 총검으로 무장한 러시아 농민을 지휘하여, 자신들의 자유와 집과 가족을 지키려던 천 명이 넘는 사람들을 학살한 공로로 받은 훈장이었다. 그 후 그는 폴란드로 전근했는데, 거기서도 역시 러시아 농민들에게 숱한 악행을 저지르게 한 다음, 그 대가로 많은 훈장과 제복에 달 장식을 받았다. 그 후 다시 어디선가 근무했으나, 지금은 늙어서 훌륭한 저택과 수당과 명예직을 지닌 채 현재의 지위에 머무르고 있었다. 그는 상부에서 내려오는 명령을 엄격히 이행했고, 그 실행을 특히 소중하게 생각했다. 그는 상부의 명령에 특별한 의의를 부여하고, 이 세상의 일은 무엇이든 변경할 수 있지만 상부 명령만은 예외라고 생각했다. 그의 직무는 남녀 정치범들을 요새 독방 감옥에 감금한 다음 10년 동안 그들의 반수가 혹은 미치고, 혹은 폐병으로 쓰러지고, 혹은 스스로 목숨을 끊도록, 즉 어떤 자는 굶어 죽고, 어떤 자는 유리 조각으로 동맥을 끊고, 어떤 자는 목매고, 어떤 자는 불에 타 죽도록 대우하는 데 있었다.

노장군은 자기 눈앞에서 벌어지는 이 모든 사건을 잘 알고 있었으나, 이러한 사건은 조금도 그의 양심을 동요시키지 못했다. 그것은 마치 벼락이나 홍수 같은 자연재해가 그의 양심을 동요시키지 못하는 것이나 마찬가지였다. 이 모든 사건은 황제 폐하의 이름으로 내려오는 상부 명령을 수행하는 데 따른 결과에서 비롯된 일이었다. 이 명령은 반드시 실행되지 않으면 안 되는 것인 만큼 명령 결과에 대해서 생각한다는 것은 전혀 무익한 일이었다. 노장군은 스스로 가장 중요한 직책이라고 생각하는 그 명령의 수행을 조금이라도 소홀히 하지 않기 위해서 그런 생각은 아예 하지 않는 것이 군인으로서의 애국적 의무라고 여겼고, 그런 일에 대해서 생각하는 것을 자기 자신에게 허락하지 않았다.

일주일에 한 번씩 노장군은 직책상 의무에 따라 요새 감옥을 일일이 순시하면서 무슨 요구 사항이 없는지 죄수들에게 물었다. 죄수들은 그에게 가지가지 청을 다 했다. 그는 침착한 표정으로 묵묵히 그들의 말에 귀 기울이곤 했지만, 지금까지 한 번도 그들의 청을 들어준 적이 없었다. 그들의 청은 모두가 규칙에 어긋나기 때문이었다.

네흘류도프가 노장군의 저택으로 다가갔을 때, 탑 위의 시계가 가냘픈 종소리로 신을 찬미하는 국가인 〈하나님께 영광〉을 울리기 시작했고 뒤이어 2시를 쳤다. 이 종소리를 들으면서 네흘류도프는 저도 모르게 12월 당원〔1825년 12월 14일 정치적 개혁을 목적으로 러시아에서 일어났던, 근위 청년 장교를 중심으로 한 혁명가들〕의 수기에서 읽은 내용을 떠올렸다. 매시간 되풀이되는 이 감미로운 음악 소리가 영원히 감금된 사람들에게 어떤 느낌을 주는가에 대한 얘기였다.

네흘류도프가 저택 현관으로 다가갈 무렵 노장군은 어두운 객실에서 자개 박힌 조그만 탁자 앞에 앉아 부하의 동생이며 화가인 젊은이와 함께 접시를 가지고 점을 치고 있었다. 화가의 가늘고 축축하고 연약한 손가락이 노장군의 뻣뻣하고 주름 잡히고 뼈가 드러난 손가락하고 서로 깍지를 끼고 있었다. 이 깍지 낀 두 손은 알파벳이 적힌 종이 위에서 뒤집어놓은 접시와 함께 움직이고 있었다. 접시는 장군이 낸 질문, 즉 영혼은 죽은 후에도 서로 알아볼 수 있을까 하는 질문에 대답하는 중이었다.

하인의 일을 맡아보는 병사 하나가 네흘류도프의 명함을 가지고 들어왔을 때는 잔 다르크의 영혼이 접시를 통해서 말하고 있었다. 잔 다르크의 영혼은 알파벳 문자를 한 자 한 자 이어서 '서로 인식하게 된다'고 했다. 그래서 이 대답이 기록되었다. 병사가 들어왔을 때 접시는 한 번 'P'자에서 멎었다가 'O'자로 가더니, 다시 'S'자로 가서 멎으며 뒤뚱거렸다. 접시가 뒤뚱거린 이유는, 장군 생각으로 다음 문자는 'L'이라야만 했기 때문이다. 즉 그가 생각하기에 잔 다르크는 영혼이 모든 지상의 것 또는 그와 유사한 것에서 스스로를 정화시킨 뒤에야 비로소 서로 인식하게 된다고 말해야 했으므로 다음 문자는 반드시 'L'이어야만 했으나, 화가는 또 화가대로 다음 문자는 반드시 'V'여야 한다고 생각하고 있었다. 화가는 영혼이란 에테르 같은 몸에서 나오는 빛에 의해서 서로 인식하는 것이라고 망령이 대답해주리라 생각했다. 장군은 굵은 흰 눈썹을 음울하게 찌푸리고 손에다 눈을 박은 채, 접시는 저절로 움직이고 있다고 생각하면서 'L'자 쪽으로 접시를 끌어당겼다. 부드러운 머리카락을 귀 뒤로 넘기고 혈색이 나쁜 청년 화가는 그 핏기 없는 파란 눈으로 어두컴컴한 객실 한구석을 바라보다가, 신경질적으로 입술을 떨면서 접시를 'V'자 쪽으로 끌어당겼다. 장군은 놀이를 방해받는 것이 못마땅하다는 듯이 얼굴을 찌푸리고는 잠시 말이 없더니, 명함을 집어 들고 코안경을 썼다. 그러고는 허리가 아프다며 신음 소리를 내고 마비된 손가락을 문지르면서 불쑥 자리에서 몸을 일으켰다.

"서재로 모시게."

"각하, 나머지는 저 혼자 하게 해주십시오" 하고 화가는 자리에서 일어서면서 말했다. "전 지금 영혼의 출현을 느끼고 있으니까요."

"좋아요, 혼자 다 해버려요."

장군은 엄한 어조로 딱 잘라 이렇게 말하고는, 굽어지지 않는 다리로 알맞게 보조를 맞추면서 성큼성큼 서재 쪽으로 걸어갔다.

"잘 오셨습니다." 장군은 네흘류도프에게 사무용 책상 옆의 안락의자를 가리키면서 컬컬한 음성으로 상냥하게 말을 걸었다. "페테르부르크에 오신 지 오래되었소?"

네흘류도프는 온 지 얼마 안 된다고 대답했다.

"공작 부인께서는 건강하신가요?"

"어머니는 돌아가셨습니다."

"참 안됐군요, 유감입니다. 내 아들 녀석이 당신을 만났다고 하더군요."

장군의 아들은 아버지와 같은 길을 걸어 육군 대학을 졸업한 후 정보국에 근무하면서 맡겨진 직무를 무척 자랑스럽게 여기고 있었다. 그의 임무는 간첩을 감독하는 일이었다.

"나는 당신 아버지와 같이 근무했었소, 아주 가까운 사이였지. 근데 어디 근무하고 있소?"

"아무 데도 나가고 있지 않습니다."

장군은 못마땅하다는 듯이 고개를 수그렸다.

"실은 장군께 부탁드릴 말씀이 있어서 왔습니다만" 하고 네흘류도프는 말했다.

"좋아요. 무슨 일이신지?"

"만일 제 청이 부당하다면 용서해주십시오. 그러나 저는 꼭 부탁드려야겠기에."

"도대체 무슨 일인데요?"

"실은 이곳 감옥에 구르케비치라는 사람이 수감되어 있는데, 그의 어머니가 면회를 원하고 있습니다. 만일 그게 안 되면 책이라도 차입할 수 있게 해달라는 것입니다."

장군은 네흘류도프의 청을 듣고 만족의 표정도, 불만의 표정도 보이지 않고 그저 무슨 생각에라도 잠긴 듯이 고개를 갸우뚱하고는 실눈을 하고 있었다. 그러나 그는 규칙대로 대답할 수밖에 없음을 누구보다도 잘 알고 있었기에 네흘류도프의 물음에 대해서는 사실 아무 생각도 하지 않았을뿐더러 그런 문제에는 흥미조차 없었다. 그는 지금 아무 생각도 없이 그저 정신적인 휴식을 취하고 있는 데 지나지 않았다.

"그건 아시다시피 내 마음대로 할 수 있는 일이 아닙니다." 잠시 쉬고 나서 그는 이렇게 말했다. "면회에 관해서는 황제께서 정해놓으신 규칙이 있어 거기 어긋나지 않는 한 허가해드릴 수 있습니다. 그리고 책에 대해서 말하자면, 거기에도 도서관이 있어서 허가된 책만은 볼 수 있게 되어 있습니다."

"그러나 그 사람이 필요로 하는 건 과학 서적이라서요. 공부를 하고 싶다는 겁니다."

"그런 건 믿지 마시오." 장군은 잠시 말이 없었다. "공부하기 위한 것이 아니라, 말썽을 피우기 위한 겁니다."

"그렇지만 그렇게 괴로운 처지에 있으니까 뭔가 시간을 보낼 거리가 필요하지 않을까요" 하고 네흘류도프가 말했다.

"그들은 1년 내내 불평만 하니까요" 하고 장군은 말했다. "우린 그들을 잘 알아요." 장군은 대체로 특수한 불량분자라도 대하는 듯한 어조로 그들에 대해서 말했다. "그렇지만 그들은 여기서 다른 감옥에서는 좀체 볼 수 없는 편의를 제공받고 있습니다" 하고 장군은 말을 이었다.

그는 변명이라도 하듯이, 그리고 마치 죄수들을 살기 좋게 해주는 것이 이 감옥의 중요한 목적이기라도 한 듯이 이곳 죄수들이 받고 있는 온갖 편의에 대해서 상세히 설명하기 시작했다.

"전에는 사실 꽤 가혹한 면도 있었소만, 지금은 아주 좋은 대우를 받고 있지요. 그들은 하루 세 끼 식사를 하는데, 그중 한 끼는 비프스테이크나 커틀릿 따위의 고기 요리를 먹는답니다. 그리고 일요일마다 맛있는 식사가 또 하나 제공되지요. 사실 말이지, 모든 러시아 사람들이 다 이 정도로 식사를 한다면야."

장군은 죄수들의 요구하는 버릇이며 고마워할 줄 모르는 그들의 습성을 증명하려고 수없이 되풀이한 말들을 다시 되뇌기 시작했다. 장군도 다른 노인들과 마찬가지로 일단 자기가 잘 아는 대목에 이르면 자꾸만 되풀이하는 버릇이 있었다.

"그들에게는 종교 서적과 낡은 잡지들도 주고 있습니다. 우리 도서실에는 적당한 서적들이 많이 구비되어 있습니다만, 거의 읽지를 않는단 말이에요. 처음에는 흥미를 느끼고 읽는 듯하지만 곧 그대로 내버려둬서 새 책이 반나마 페이지가 붙은 채로 있기도 하고, 헌책은 페이지조차 뒤적이지 않은 것도 있거든요. 우린 때때로 시험도 해본답니다." 장군은 보통 웃음과는 거리가 먼 이상야릇한 웃음을 지으면서 말했다. "일부러 종잇조각을 끼워놓기도 합니다만, 언제나 그대로 남아 있단 말이오. 그리고 쓰는 게 금지되고 있는 것도 아닙니다" 하고 장군은 말을 이었다. "석판, 석필도 주고 있으니까 그들은 무엇이든 써서 기분을 전환시킬 수가 있습니다. 지우고 또 쓰면 되니까요. 그런데 그것 역시 하지 않는군요. 그렇지만 그들은 무척 빨리 얌전해진답니다. 처음에는 수선을 떨지만 좀 있으면 살도 찌고 몹시 조용해지죠." 장군은 자기가 하는 이야기에 그 얼마나 무서운 의미가 내포되어 있는가를 조금도 의식하지 못하고 이렇게 말했다.

네흘류도프는 그 늙은이의 쉬어빠진 목소리를 들으면서 뼈만 남은 팔다리와 흰 눈썹 밑의 생기 잃은 눈초리, 양쪽 깃 위에 축 늘어진 말쑥하게 면도한 두 볼, 살육의 대가로 받은 것을 유난히 자랑하고 있는 그 백십자 훈장 등을 바라보았다. 그리고 그의 말을 반박하거나 그 말에 내포된 뜻을 설명해준댔자 아무 소용도 없다는 것을 깨달았다. 그러나 네흘류도프는 다른 일에 대해서 용기를 내어 물었다. 오늘 아침 석방 명령이 내려졌다는 통지를 받은 슈스토바란 여죄수의 일이었다.

"슈스토바? 슈스토바라……. 죄수들의 이름을 일일이 다 욀 수는 없거든요. 하도 많아서 말이오." 그는 죄수가 너무 많다고 비난이나 하듯이 이렇게 말했다. 그는 벨을 눌러 서기를 불러오도록 일렀다.

서기를 부르러 간 사이에 그는 정직하고 출신이 좋은 사람들은 (자기도 물론 그중 한 사람임을 암시하면서) 특히 황제에게 필요하니까 네흘류도프도 근무를 하라고 설교했다. "…… 그리고 조국을 위해서도" 하고 그는 덧붙였으나, 그 말은 명백히 음절 효과를 내려고 덧붙인 데 지나지 않았다.

"나는 이렇게 늙기는 했지만, 그래도 힘껏 일하고 있소."

그때 마르고 여윈 몸집에 불안하고도 영리한 눈초리를 한 서기가 들어와서, 슈스토바는 어딘가 묘한 요새에 갇혀 있으며 그녀에 대한 서류는 아직 와 있지 않다고 보고했다.

"서류가 오면 그날로 돌립니다. 우리는 그들을 붙잡아두지 않아요. 남아 있어서 고마울 게 조금도 없으니까요." 장군은 이렇게 말하면서 또다시 장난기 어린 웃음을 지어 보이려고 했으나, 그것은 다만 그의 늙은 얼굴을 찡그리게 한 데 지나지 않았다.

네흘류도프는 이 무서운 노인에게 느낀 혐오와 연민이 뒤섞인 감정을 드러내지 않으려고 애쓰면서 자리에서 일어섰다. 그러나 노인은 또 노인대로 틀림없이 잘못된 길을 걷고 있는 이 경박한 청년, 옛 친구의 아들에 대해서 엄격하게 다룰 필요는 없겠지만 그렇다고 해서 훈계 한마디 없이 그대로 보낼 수도 없다고 생각했다.

"그럼 잘 가시오. 제발 이 노인을 잊지 말아줘요. 나는 당신을 사랑해서 이런 말을 하는 겁니다. 여기 감금되어 있는 사람들하고는 사귀지 말아야 하오. 죄 없는 자라곤 없으니까. 그들은 말할 수 없는 불량자들뿐이란 말이오. 우린 그들을 잘 알아요." 그는 추호도 의심의 여지가 없다는 듯이 이렇게 말했다. 사실 그는 이 점에 대해서 조금도 의심하지 않았으나, 그것은 사실이 그래서라기보다는 만일 그렇지 않다면 자기 자신이 마음껏 훌륭한 생활을 누려온 존경받을 만한 영웅이 아니라 젊을 때부터 양심을 팔아왔고 지금도 역시 계속해서 팔고 있는 악덕한에 지나지 않는다는 것을 자인하지 않을 수가 없었기 때문이다. "무엇보다도 근무를 해야죠" 하고 그는 말을 계속했다. "황제께선 성실한 인간을 필요로 하고 있소……. 또 조국을 위해서도" 하고 그는 덧붙였다. "만일 나나 다른 사람들이 당신처럼 근무를 하지 않는다면 어떻게 되겠소? 도대체 누가 남겠느냐 말이오? 우리가 제도를 비판만 하고 정부를 도우려 하지 않는다면……."

네흘류도프는 깊은 한숨을 내쉬고는 고개를 푹 숙이면서 너그럽게 내민 뼈만 남은 큼직한 손을 잡고 그 방을 나왔다.

장군은 불만스러운 듯이 설레설레 고개를 젓고는, 허리를 문지르면서 다시 응접실로 갔다. 아까 그 화가가 잔 다르크의 영혼에게서 얻은 답을 써놓고 그를 기다리고 있었다. 장군은 코안경을 쓰고 읽었다. '몸에서 발산하는 에테르 같은 빛으로 서로 인식하게 되리라.'

"아아!" 장군은 눈을 감고 동감이라는 듯이 이렇게 말했다. "그러나 모든 빛이 다 같다면 어떻게 구별할 수 있지?" 그는 이렇게 묻고, 다시 화가와 손가락을 마주 끼고 탁자 앞에 앉았다.

네흘류도프의 마차는 문을 나섰다.

"나리, 어쩐지 기분 나쁜 곳이군요." 마부는 네흘류도프를 돌아다보면서 말했다. "기다리다 못해 가버릴까 했습죠."

"그래, 적적한 곳이지." 네흘류도프는 가슴 가득히 숨을 들이쉬면서 그 말에 동의하고는, 하늘을 흐르는 연기 같은 구름이며 오가는 보트와 기선 뒤에서 일렁거리는 네바 강의 반짝이는 잔물결을 바라보았다.

20

이튿날 마슬로바 사건의 심리가 열리게 되어 있었으므로 네흘류도프는 원로원으로 갔다. 그는 이미 마차가 여러 대 머무르고 있는 원로원 건물의 장엄한 주차장에서 변호사와 만났다. 호화롭고 장엄한 계단을 올라 2층에 이르자, 구석구석까지 죄다 아는 변호사는 재판법 제정 연대가 적혀 있는 왼쪽 문으로 갔다. 문턱 맨 앞 긴 방에서 외투를 벗고 수위에게서 심의 위원 모두가 모였으며 마지막 한 사람이 방금 들어갔다는 사실을 알아낸 파나린은 하얀 셔츠의 가슴팍이 보이는 연미복에 흰 넥타이를 맨 채 유쾌하고 자신 있는 태도로 다음 방으로 들어갔다. 옆방은 오른편에 무척 커다란 벽장과 잇닿아서 탁자가 있고, 왼편에 나선 계단이 있어 마침 서류 가방을 겨드랑이에 낀 간략한 복장의 의젓한 관리가 내려오는 참이었다. 이 방에서 먼저 주의를 끈 것은 흰 수염을 길게 드리우고 신사복에 회색 바지를 입은 장로 같은 풍채의 노인이었다. 노인 곁에는 관리 두 명이 정중한 태도로 서 있었다.

백발노인이 벽장으로 들어가 모습을 감추었다. 이때 파나린은 자기와 똑같은 연미복에 흰 넥타이를 맨 한 친구 변호사를 찾아서 곧 활기 넘치는 대화를 나누기 시작했다. 네흘류도프는 방에 있는 사람들을 자세히 바라보았다. 거기에는 방청인이 열다섯 사람 있었는데, 그중 두 명은 여자였다. 하나는 코안경을 쓴 젊은 여자고, 또 하나는 백발의 부인이었다. 지금부터 심리되는 사건은 신문의 명예 훼손 기사에 관한 것이라 어느 때보다 방청인이 많았으며, 그것도 주로 저널리즘 관계자들이었다.

멋진 제복을 입고 뺨이 붉은 호남아인 정리가 한 손에 서류를 들고 파나린에게로 걸어와 무슨 사건으로 왔느냐고 묻고, 마슬로바 사건임을 알자 뭔가 기입하고 사라졌다. 이때 벽장 문이 열리더니 장로 같은 풍채의 노인이 그 안에서 나왔다. 그러나 이미 신사복은 아니고, 반짝반짝 빛나는 기장을 가슴에 달고 금몰이 달린 예복 차림으로 새를 연상시켰다.

아마 노인 자신도 이 우스꽝스러운 복장이 거북한 듯 평소 때보다 훨씬 빠른 걸음으로 허둥지둥 출구 맞은쪽 방문으로 들어갔다.

"저분이 베입니다. 참으로 존경할 만한 인물이지요." 파나린이 네홀류도프에게 말했다. 그리고 그를 친구에게 소개한 다음, 이제부터 심리하게 될 매우 흥미진진한 사건에 대한 이야기를 들려주었다.

심리는 곧 시작되었다. 네홀류도프는 방청인들과 함께 왼쪽 법정으로 들어갔다. 그들은 모두, 파나린도 함께 책(柵)으로 칸을 막은 방청석으로 들어갔다. 그러나 페테르부르크의 변호사만은 책 앞쪽에 있는 변호인석으로 걸어 나갔다.

원로원 법정은 지방재판소 법정보다 조그맣고 구조도 단순했는데, 다른 점이라곤 심의 위원들이 앉는 탁자에 걸려 있는 것이 녹색 나사가 아니고 금몰을 수놓은 새빨간 비로드라는 정도였다. 그러나 공정한 재판을 하는 장소에 따라다니는 부속품들은 똑같이 마련되어 있었다. 쌍두 독수리가 장식된 문진, 십자고상, 황제의 초상 등이 있고, 여기서도 역시 정리가 엄숙히 개정을 선포했다. 전원이 기립하여 법복을 입은 심의 위원들이 입정하고 높은 등받이가 달린 안락의자에 착석해 애써 자연스러운 태도를 가지려고 하면서 탁자에 팔꿈치를 괴는 데까지 지방재판소 때와 꼭 마찬가지였다.

심의 위원은 네 사람이었다. 깨끗이 면도질한 갸름한 얼굴에 강철 같은 눈이 차갑게 빛나는 위원장 니키틴, 입술을 굳게 다물고 흰 손으로 사건 기록을 넘기며 보는 볼리프, 그다음이 곰보 얼굴에 뚱뚱하게 살찐 학자 출신의 법률가 스코보로드니코프, 네 번째가 아까 제일 늦게 온 장로 같은 풍채의 노인 베였다. 위원들과 함께 원로원 서기장 겸 검사국 차장이 들어왔다. 수염 하나 없고 야윈 중키의 젊은 사내로 얼굴빛이 무척 까맣고 수심 어린 검은 눈을 하고 있었다. 네흘류도프는 이 사내가 이상한 제복 차림인 데다 벌써 6년째나 못 만났지만 대학 시절 가장 친했던 친구라는 사실을 알아보았다.

"검사국 차장은 셀레닌이라고 하죠?" 그가 변호사에게 물었다.

"네, 왜요?"

"그 사내라면 잘 압니다. 훌륭한 사람이죠……."

"우수한 검사국 차장이죠. 재바르고요. 그렇다면 그에게 부탁할 걸 그랬군요." 파나린이 말했다.

"그는 어떤 경우에라도 양심에 따라 행동하는 사람이죠." 네흘류도프는 셀레닌과의 우정과 친근했던 시간을 떠올리고는 순수하고 성실한, 그리고 가장 좋은 의미로 '완전한', 사랑스러운 성질을 상기하면서 말했다.

"그러나 이제 와서는 그럴 시간도 없군요." 사건 보고가 시작된 데 귀를 기울이며 파나린은 속삭였다.

지방재판소의 판결을 아무런 수정도 없이 채용한 항소법원 판결에 대한 상고심이 시작되었다.

네흘류도프는 귀를 기울여 눈앞에서 진행되고 있는 일의 의미를 이해하려고 애썼으나, 지방재판소 때와 마찬가지로 당연히 중요하다고 여겨지는 점에 변론이 이르지 않고 지엽적인 일만 문제 삼고 있어 잘 이해할 수 없었다. 문제가 된 것은 어느 주식회사 사장의 사기를 들춰낸 신문의 칼럼 기사였다. 그러므로 중대한 문제는 그 사장이 배임 행위를 한 것이 사실인지 아닌지, 그리고 배임 행위를 막기 위해서는 어떻게 하면 좋은지 하는 점일 것으로 의당 생각되었다. 그러나 그런 점은 조금도 언급되지 않았다. 신문 발행자는 법적으로 그 칼럼 기사를 게재할 권리를 가졌는가, 또 그 기사를 게재함으로써 발행자는 어떠한 죄를 범하게 되는가, 즉 명예훼손인가 아니면 중상인가, 그리고 명예훼손죄 가운데 중상죄가 포함되는가, 그렇지 않으면 중상죄 가운데 명예훼손죄가 포함되는가 등이 다루어졌다. 그 밖에 여러 가지 조문이라든가 어디어디 판례라든가 하여 보통 사람으로서는 통 알 수도 없는 일만 논의되고 있었다.

단 한 가지 네흘류도프가 알 수 있었던 것은, 사건 보고를 하는 볼리프가 어제 자신에게 원로원은 사건의 본질적인 심의에 들어갈 수 없다고 그토록 엄숙히 설명하고도 이 사건에 관해서는 분명히 원판결 파기로 이끄는 치우친 보고를 하고 있다는 것과, 셀레닌이 그 특유의 신중성과는 전혀 어울리지 않게 별안간 정색하며 반대 의견을 들이댔다는 것뿐이었다. 평소 얌전하던 셀레닌이 열을 올려서 네흘류도프는 깜짝 놀랐지만 그만한 이유가 있었다. 다름 아니라 그는 이 주식회사 사장을 돈에 매우 치사스러운 인간으로 알고 있었으며, 게다가 이 사내의 사건 심리 전날 밤에 볼리프가 이 실업가한테서 굉장한 만찬을 대접받은 사실을 우연히 알게 되었기 때문이다. 그래서 지금 볼리프가 아주 신중하기는 하지만 분명히 일방적인 사건 보고를 하는 것을 보자, 셀레닌은 화가 치밀어서 이런 흔한 사건에 신경질이 지나치다 싶을 정도의 태도로 자기 의견을 얘기했다. 이 반론은 분명히 볼리프의 마음을 상하게 한 듯싶었다. 그는 얼굴을 붉히고 몸을 떨었으나, 말없이 놀란 듯한 몸짓을 하며 근엄하면서도 화난 얼굴로 다른 위원들과 함께 평의실로 물러갔다.

"당신은 무슨 사건이라고 하셨죠?" 위원들이 퇴정하자마자 정리가 또 파나린에게 물었다.

"아까 말했잖습니까, 마슬로바 사건이라고요." 파나린이 말했다.

"아, 그러셨죠. 그 사건은 오늘 심리될 예정입니다. 하지만……."

"하지만 뭡니까?" 변호사는 말했다.

"보시는 바와 같이, 사건이 저 정도로 되었으니 위원들이 판결 후 출정하실지 어떨지 알 수 없군요. 전달은 하겠습니다만……."

"그게 무슨 말씀인가요?"

"아니, 전달은 하겠습니다. 말씀드리겠어요." 이렇게 말하고 정리는 무엇인지 서류에 표를 했다.

사실인즉 위원들은 중상에 관한 사건 판결을 선고한 다음에는 마슬로바 사건을 비롯해 나머지 사건 모두를 평의실에서 나오지 않고 차를 마시고 담배를 피우며 처리해버리려 했던 것이다.

21

심의 위원들이 평의실 탁자에 앉자마자 볼리프는 이 사건의 원판결을 파기해야 하는 이유를 무척 유창한 말투로 늘어놓기 시작했다. 위원장은 평소에도 심술궂었지만 오늘은 유달리 더 기분이 좋지 않았다. 법정 심리에서 사건을 듣는 동안 그는 재빨리 자기 의견을 마련해두었으므로 지금은 볼리프의 말은 듣지도 않고 앉아서 자기 생각에만 골몰하고 있었다. 그는 오래전부터 노려오던 중요한 자리에 자신이 아닌 빌랴노프가 임명된 일에 대해 어제 회상록에 쓴 것을 생각하고 있었다. 위원장 니키틴은 자신이 재직 중에 접촉했던 1, 2등 관급의 여러 고관에 관한 의견을 기록해두면 대단히 중요한 역사적 자료가 되리라고 확신하고 있었다. 어제 적어놓은 대목에서는 1, 2등 관급 몇 사람을 혹심하게 비판해두었다. 그는 그 이유에 대해 그들 고관이 현재의 위정자들이 파멸 위기로 몰아넣은 러시아를 건지려는 자신의 노력을 방해했기 때문이라고 회상록에 썼는데, 실제로는 현재보다 봉급을 올리려는 시도를 그 친구들이 방해했다는 것밖에 없었다. 그러나 여하튼 그는 어제 그 대목을 끝마쳤으므로 지금 자손들에게는 이러한 모든 사정이 완전히 새로운 해명을 얻었음이 틀림없다고 생각했다.

"그렇죠, 물론입니다." 그는 볼리프가 자기에게 한 얘기가 무슨 말인지도 모르면서 말했다.

베는 눈앞에 놓인 종이에 화환을 그리면서 침통한 표정으로 볼리프의 이야기를 듣고 있었다. 베는 순수한 자유주의자였다. 그는 60년대(1860년대에 이르러 러시아 지식인 사이의 사회적 자각은 급격히 발달해 자유주의가 널리 사회를 휩쓸었다)의 전통을 신성하게 유지하고 있어서, 가령 엄정 중립에서 이탈하는 경우가 있다면 자유주의를 옹호할 때뿐이었다. 그러므로 이번 사건에서도 명예훼손 고소를 제기한 주식회사 사장이 더러운 인간일 뿐만 아니라, 신문기자를 명예훼손죄로 처벌한다는 것은 출판의 자유를 억압하는 것이라는 이유에서도 상고 기각이라는 쪽을 택했다. 볼리프의 발언이 끝나자, 베는 화환을 미처 다 그리지 못한 채 이런 명백한 일을 증명하지 않으면 안 되는 것을 서글퍼하는 표정과 부드럽고 경쾌한 어조로 상고의 근거가 박약하다는 점을 간단명료하고 자신 있게 설명해 보인 다음, 다시 백발 머리를 숙이고 화환 완성에 몰두했다.

볼리프 맞은편에 앉아서 노상 윗수염과 아랫수염을 굵은 손가락으로 뭉쳐서는 입에 넣고 있던 스코보로드니코프는 베의 발언이 끝나자마자 턱수염을 질근거리는 것을 그만두고 쩡쩡 울리는 커다란 목소리로, 아무리 주식회사 사장이 대단한 악당이라고는 해도 법적 근거만 있다면 자신은 원판결 파기 쪽에 서고 싶지만 그것이 없는 이상 베 씨의 의견에 찬성한다고 말했다. 그는 이렇게 말하고 볼리프에게 따끔히 침을 놓은 것을 내심 기뻐했다. 위원장도 스코보로드니코프의 의견에 동의했으므로 사건은 기각으로 결정됐다. 볼리프는 마치 자기가 비양심적인 두둔을 하다가 폭로된 듯한 꼴이 된 것이 특히 불만스러웠지만, 냉정을 꾸미며 다음 마슬로바 사건 기록을 펴서 열심히 읽기 시작했다. 한편 다른 심의 위원들은 벨을 울려 차를 가져오게 하고 카멘스키 결투와 더불어 페테르부르크 시민의 관심을 모은 사건에 대해서 이야기를 주고받았다. 그것은 형법 제995조에 해당하는 혐의로 체포된 모 국장에 관한 사건이었다.

"정말 추잡한 얘기로군." 베가 사뭇 못마땅한 듯 이렇게 말했다.

"무엇이 나빠요? 어느 독일 문학가의 의견을 쓴 러시아 책을 보여드릴까? 그 작가는 이런 일을 범죄로 보지 않을뿐더러 남자끼리 결혼을 해도 상관없다고 명백히 말했는걸요." 손가락 속에 깊숙이 낀 꾸깃꾸깃한 담배를 쭉쭉 소리 내어 빨면서 스코보로드니코프가 말하고는 커다란 소리로 웃어댔다.

"저런 엉터리 같은." 베가 말했다.

"다음에 보여드리죠." 스코보로드니코프는 책 표제며 발행 연월일, 출판사 이름까지 대면서 말했다.

"뭐, 그 사람은 시베리아 어느 시의 시장이 되어간다는 얘기던데요." 니키틴이 말했다.

"그거 잘됐군. 아마 주교가 십자가를 받들고 마중 나와줄 테지. 그런 주교도 없어선 안 되거든요. 뭣하다면 그런 걸 하나 소개해줄까." 스코보로드니코프는 이렇게 말하고는 꽁초를 받침 접시에 내던지고, 움켜잡힐 만큼 윗수염과 턱수염을 입 안에 꾸겨 넣어 질근거리기 시작했다.

이때 방에 들어온 정리가 마슬로바 사건 심리에 입회하고 싶다는 변호사와 네흘류도프의 희망을 전달했다.

"아, 그래, 이 사건은 말이오" 하고 볼리프가 말했다. "정말 소설 같은 얘기죠" 하고 볼리프는 네흘류도프와 마슬로바의 관계에 대해서 알고 있는 얘기를 모조리 말하기 시작했다.

이에 관해서 한바탕 잡담을 하고 담배를 피우며 차를 마시고 난다음, 위원들은 법정으로 나가 참석했다. 그들은 아까 사건의 판결을 선언하고 나서 마슬로바 사건을 심리하기 시작했다.

볼리프는 그 가느다란 목소리로 마슬로바의 상소 이유를 매우 상세히 설명했다. 이번에도 완전히 공평하다고 할 수는 없고 원판결을 파기하고 싶다는 기분을 노골적으로 드러내며 설명했다.

"덧붙일 말이 있습니까?" 위원장이 파나린에게 말을 던졌다.

파나린은 일어서서 넓고 새하얀 가슴을 내밀듯이 하고 경탄할만큼 박력 있는 정확한 표현을 쓰면서 원심이 법의 올바른 의미를 잘못 짚은 점을 6개 조항에 걸쳐서 지적했다. 그뿐만 아니라 짤막하기는 하나 사건 자체의 본질과 원판결의 놀랄 만한 불합리성까지 언급했을 정도였다. 간결하면서도 힘찬 파나린의 변론 어조는 변론을 하는지 주장을 하는지 알 수 없는 것이었다. 즉 심의 위원들이 그

총명한 법률 지식과 통찰력으로 훨씬 더 사건을 잘 관찰하고 이해하고 있겠지만 감히 자신이 이런 말을 하는 것은 맡은 직책상 하는 수 없다는 듯한 어조였다. 파나린의 변론을 듣고 난 뒤에는 의심의 여지도 없이 원로원이 원판결을 파기할 것이 틀림없다는 생각이 들었다. 변론을 끝내자 파나린은 승리자처럼 회심의 미소를 지었다. 줄곧 변호사를 보고 있던 네흘류도프는 그 미소를 알아차리고 사건 승소를 확신했다. 그러나 심의 위원들을 흘끗 보고서, 미소를 띠고 뽐내는 것은 파나린뿐이라는 사실을 알았다. 심의 위원들과 검사국 차장은 웃음을 띠지도 않고 승리의 기색도 없었으며, 오히려 지루하기만 하고, '자네들 이야기는 실컷 들어왔고, 그런 말은 아무 소용도 없다'고 말하는 듯한 얼굴들이었다. 그래서 그들은 변호사의 변론이 끝나 공연한 속박에서 해방되었을 때 모두 만족하는 듯한 빛을 보였다. 변호사 이야기가 끝나자 위원장은 곧 검사국 차장의 발언을 청했다. 셀레닌은 상고 이유를 모조리 근거 박약으로 보고, 간결하기는 하지만 명쾌하고도 적절하게 상고 기각 의견을 말했다. 뒤이어 심의 위원들은 자리에서 일어나 합의를 위해 평의실로 갔다. 평의실에서는 의견이 둘로 갈라졌다. 볼리프는 원판결 파기를 주장했다. 베도 일의 진상을 이해하고 있었으므로 원법정의 형편과 배심원들의 착오를 자신이 매우 정확하게 이해한 대로 동료들에게 생생히 설명해주면서 역시 원판결 파기를 진지하게 주장했다. 니키틴은 법 전반의 엄정함과 엄격한 형식주의를 옹호하며 반대 의견을 말했다. 사건 전체가 스코보로드니코프의 한 표로 결정되게 되었다. 그런데 그는 상고 기각 편에 섰다. 이유는 주로 도덕적 요구 때문에 이 여자와 결혼하려는 네흘류도프의 결의가 그에게는 다시없이 불쾌하게 여겨졌기 때문이다.

유물론자이자 다윈주의자인 스코보로드니코프는 모든 추상적 도덕성의 표시는 물론 심지어 종교적 현상까지도 경멸해야 할 무지(無知)로 보았을 뿐만 아니라 자기 자신에게까지 모욕이라고 생각하는 사내였다. 한 매춘부를 둘러싼 이런 큰 소동이라든가, 그녀를 변호하기 위해 유명한 변호사와 당사자인 네흘류도프 자신이 원로원으로 왔다는 사실이 그에게는 특히 불쾌했다. 그래서 그는 턱수염을 입에 물고 얼굴을 찡그리면서, 자기는 이 사건에 대해 아무것도 모르지만 상고 이유가 불충분하다는 것은 분명하기 때문에 상고 기각이라는 위원장의 의견에 동의한다고 사뭇 자연스러운 태도로 말했다. 이리하여 상고는 기각으로 결정되고 말았다.

22

"무서운 얘기다!" 서류 가방을 챙긴 변호사와 함께 대기실로 들어가며 네흘류도프는 말했다. "이를 데 없이 뚜렷한 사건인데 형식에 얽매여서 기각하다니. 무서운 일이야!"

"이 사건은 원심에서 잡쳐놓았습니다." 변호사가 말했다.

"셀레닌까지 기각에 찬성하다니, 무서운, 정말 무서운 얘기야." 네흘류도프는 다시금 되뇌었다. "어떻게 하면 좋을까요, 이제부터는?"

"폐하께 청원합시다. 여기 계시는 동안 당신이 직접 제출해주십시오. 문장은 내가 쓸 테니까."

이때 키가 작고 훈장을 여러 개 매단 제복을 입은 볼리프가 대기실로 들어와 네흘류도프한테로 왔다.

"도무지 어쩔 도리가 없었어요, 공작. 상고 이유가 불충분했기 때문에." 그는 눈을 감으면서 좁은 어깨를 움츠리고 이렇게 말하고는 용무 있는 데로 가버렸다.

볼리프에 이어 셀레닌도 왔다. 옛 벗인 네흘류도프가 여기 와 있다는 말을 듣고 온 것이다.

"이런 데서 자네를 만나리라곤 생각지도 못했네." 입가에 웃음을 띠고 네흘류도프에게로 다가와서 그는 말했다. 그러나 그의 눈은 여전히 수심을 띠고 있었다. "자네가 페테르부르크에 있는지도 몰랐어."

"나야말로 자네가 원로원 검사국장인 줄은 몰랐네……."

"차장이야." 셀레닌이 정정했다. "무슨 바람이 불어서 원로원 같은 데 다?" 그는 쓸쓸하고 침울한 얼굴로 옛 벗을 바라보면서 물었다. "자네가 페테르부르크에 왔다는 소식은 들었지만, 무슨 일로 여기엔?"

"여기 온 건 공평한 심의를 받아 아무 죄도 없이 형을 받고 있는 여자를 구하려는 생각에서였네."

"어떤 여성인데?"

"방금 판결이 난 여자야."

"아, 마슬로바 사건이로군." 셀레닌은 상기하면서 이렇게 말했다. "그건 전연 근거 박약한 상고일세."

"문제는 상고에 있는 게 아니고 여자에게 있는 거야. 그 여자는 죄 없이 형을 받고 있으니까 말일세."

셀레닌은 한숨을 지었다.

"흔히 있을 수 있는 일이지, 그렇지만⋯⋯."

"있을 수 있는 정도가 아니라 확실한 일일세."

"어째서 자네가 그걸 알고 있나?"

"배심원이었기 때문이지. 그래서 나는 우리의 과실이 어디에 있는지도 알고 있다네."

셀레닌은 생각에 잠겼다.

"그때 곧 표명을 했디라면 좋았을걸." 그는 말했다.

"표명했지."

"그럼 공판 기록에 남아 있을 거야. 상고장에도 그걸 써두었으면 좋았을 텐데⋯⋯."

늘 바쁘고 사교계에도 거의 얼굴을 내밀지 않는 셀레닌은 아마도 네흘류도프의 로맨스에 대해서 아무것도 모르는 모양이었다. 네흘류도프는 그것을 눈치채고, 마슬로바와의 특별한 관계에 대해서는 이야기하지 않는 편이 좋겠다고 생각했다.

"그러나 지금도 판결이 불합리하다는 것은 분명하지 않나 말이야." 그는 말했다.

"원로원에는 그것을 말할 권리가 없네. 만일 원로원이 원판결 자체의 정당성에 대한 독자적 견지에서 원판결을 마음대로 파기한다면, 원로원이 일체의 거점을 상실해버려 정의를 옹호하기보다 오히려 파괴할 위험을 무릅쓰게 될 것은 말할 나위도 없고." 방금 심리한 사건을 생각하면서 셀레닌은 말했다. "그건 그렇더라도 배심원의 재결이라는 것이 모든 의의를 잃고 말 테니까 말일세."

"내가 아는 건 그 여자에게 아무 죄도 없다는 것뿐일세. 이젠 부당한 형에서 그 여자를 구하려는 마지막 희망도 사라지고 말았네. 최고 사법기관에서 완전한 불법을 확인한 셈이지."

"확인한 건 아니지. 원로원은 사건 자체를 심의하는 것이 아니고, 또 심의할 수도 없으니까." 눈을 좁히면서 셀레닌은 말했다. "한데 자넨 이모님 댁에서 기거한다고 그랬지?" 화제를 바꾸고 싶은 생각을 노골적으로 나타내며 그는 덧붙였다. "어제 이모님한테서 자네가 여기 와 있다는 말을 들었네. 외국에서 온 선교사 모임에 자네와 함께 나오라고 이모님께 초대를 받았지."

"응, 나가봤지만 속이 메스꺼워서 중간에 나왔어." 네흘류도프는 셀레닌이 화제를 딴 데로 돌리는 것을 얄밉게 여기면서 흥미 없다는 듯 말했다.

"허, 속이 메스꺼웠다는 건 또 웬일인가? 분파적인 면에 치우친 데가 있기는 해도 그것 역시 종교심의 표현 아니겠나." 셀레닌이 말했다.

"그건 일종의 야만적인 넋두리에 지나지 않아." 네흘류도프는 말했다.

"아냐, 그렇진 않지. 이런 경우에 우스운 점이 있다면, 우리가 교회의 가르침을 거의 몰라서 교회의 기본 교리를 새로운 발견인 양 착각하고 있다는 것뿐일세." 셀레닌은 자신으로서는 새롭다고 여기는 이 견해를 옛 벗에게 피력하려고 조바심을 치며 말했다.

네흘류도프는 기막힌 듯한 얼굴로 빤히 셀레닌을 쳐다보았다. 셀레닌은 슬픔뿐 아니고 불쾌감까지 띤 눈을 내리뜨려고도 하지 않았다.

"대체 자네, 교회의 교리란 걸 믿고 있나?" 네흘류도프는 물었다.

"물론 믿고 있지." 셀레닌은 생기 없는 시선으로 곧장 네흘류도 프의 눈을 보면서 대답했다.

네흘류도프는 한숨을 쉬었다.

"거참, 놀라운 일이군." 그는 말했다.

"그럼 우리 나중에 또 얘기하세." 셀레닌이 말했다. "곧 가겠네." 공손한 태도로 걸어온 정리에게 그는 말을 던졌다. "꼭 다시 한 번 만나고 싶네" 하고 그는 한숨 섞인 어조로 말했다. "다만 자네를 꼭 붙들 수 있을지? 나는 7시 식사 땐 언제나 집에 있다네. 같이 저녁 식사라도 하게 들러주게나. 나제지진스카야 거리에 있네." 그는 번 지를 대주었다. "세월이 꽤 흘렀군." 헤어져 가면서 또 입술만으로 웃음을 짓고 그는 덧붙였다.

"갈 수 있으면 가겠네." 네흘류도프는 이처럼 짧은 대화 끝에 한 때는 친밀하고 사랑하는 벗이었던 셀레닌이 적(敵)이라고 할 정도 는 아니지만 별안간 아무 인연도 없는, 멀리 동떨어진, 이해할 수가 없는 인간이 되어버렸음을 느끼면서 말했다.

23

네흘류도프가 아는 학생 시절의 셀레닌은 부모에게 효도하는 아들이었고, 충실한 벗이었고, 그 또래로선 퍽 교양 있고 세련된 사 교가였고, 언제 보아도 우아한 미남인 동시에 또 드물게 정의감에 불타는 결백한 인간이었다. 그다지 노력도 않는데 성적은 출중했고 진급 논문을 쓸 때마다 금메달을 받기도 했으나 조금도 잘난 체하지 않았다.

그는 입으로만 말하는 것이 아니라 실제로 자기 젊은 인생의 목적을 사람들에 대한 봉사에 두었다. 그는 공무에 들어간다는 형식밖에는 그러한 봉사를 생각할 수 없었으므로 대학을 졸업하자 곧 자기 실력을 바치기에 적합한 일을 이것저것 종합적으로 검토한 끝에, 결국 법률 제정을 맡는 궁내청 제2과라면 자신도 가장 소용되리라고 생각을 정해 그리로 들어갔다. 그러나 시키는 일을 모두 양심적으로 정확히 정리해갔는데도 그는 이 근무를 통해 사람들에게 유익한 인간이 되고 싶다는 욕구를 만족시킬 수 없었으며, 마땅히 할 일을 하고 있다는 의식을 심중에 불러일으키지 못했다. 허영심 강하고 무척 옹졸한 인간인 직속상관과 충돌하면서 이 불만이 한층 더해지자 그는 제2과를 뛰쳐나와 원로원으로 옮겼다. 원로원 쪽이 나았지만 같은 불만이 여전히 따라다녔다.

그는 노상 자신이 기대하던 일이나 마땅히 그렇게 되어야 할 일과 현실이 사뭇 엉뚱하게 다름을 뼈저리게 느꼈다. 원로원 봉직 중에 친척 누군가가 힘을 써 시종보로 임명된 그는 흰 리넨으로 앞을 대고 금몰이 달린 예복을 입고 이런 요직을 얻어준 사람들에게 인사를 차리기 위해 마차를 타고 돌아다녀야 했다. 그러나 아무리 애써보아도 그는 이 직무에 대한 합리적 설명을 찾아낼 수가 없었다. 관청 근무 당시보다도 한층 강하게 그는 '잘못된 것'임을 느꼈지만, 동시에 한편으로 이번 일로 그에게 커다란 만족을 주었으리라고 믿고 있는 여러 사람들을 낙심시키지 않으려고 이 임명을 거절하지 못했고, 또 한편으로 이 임명은 그의 본성에 있는 저속한 분자를 기분 좋게 간질이기도 했다. 금몰을 수놓은 예복 차림의 자신을 거울에 비쳐 본다든지, 이번 임명으로 일부 사람들 사이에 생긴 존경심을 이용한다든지 하는 것이 퍽 만족감을 주었다.

결혼에서 마찬가지 일이 일어났다. 세속적 관심으로 보자면 호화로운 결혼식이 거행되었다. 그러나 그가 결혼하게 된 주요한 이유 역시, 만일 거절이라도 한다면 이 결혼을 바라는 처녀와 중매한 사람을 모욕하는 셈이 되어 불쾌감을 줄 것이 틀림없다고 생각했기 때문이고, 동시에 젊고 사랑스러운 명문가 딸과의 결혼이 그의 자존심을 도발하여 큰 만족을 주었기 때문이기도 했다. 그러나 얼마 지나지 않아 이 결혼은 관청 근무나 궁정 봉직보다 한층 더 '잘못된 것'임을 알게 되었다. 첫아이를 낳자 아내는 더는 아이 낳기를 싫어하고 화려한 사교 생활을 시작했으므로 그도 하는 수 없이 끌려 들어갔다. 그녀는 그다지 아름답지도 않고, 남편에게 정숙하지도 않았다. 그녀는 이러한 생활 태도로 남편의 생활을 해친 것은 말할 나위도 없지만, 그녀 자신도 엄청난 노력으로 피로 이외에 얻은 것이라곤 아무것도 없는데도 여전히 이런 생활을 계속했다. 생활을 바꾸고자 하는 그의 시도는 친척이며 친지들에게 지지를 받은, 이런 생활이 꼭 필요한 것이라는 그녀의 신념과 충돌하여 벽돌에라도 부딪힌 것처럼 산산조각으로 부서져버렸다.

길게 금발을 늘어뜨리고 언제나 발을 드러내고 있는 그의 딸은 그에게 전혀 낯설게만 느껴졌다. 그것은 특히 아이의 훈육 방식이 자신의 희망과는 전연 달랐기 때문이다. 세상에 흔한 이해 부족이 문제라기보다 아예 서로 이해하려고도 하지 않았고, 남의 눈에 띄지 않고 예의에 억눌린 무언의 냉전이 부부 사이에 벌어지고 있었다. 이 점이 그에게는 가정생활을 다시없이 괴롭게 만들어주었다.

이리하여 가정생활은 관청 근무나 궁정 봉직보다 더 '잘못된 것'으로 판명되었다.

그러나 무엇보다도 '잘못된 것'은 종교에 대한 그의 태도였다. 그는 다른 모든 동료나 동년배와 마찬가지로 지적 성장과 더불어 자신이 교육받아온 종교적 미신의 질곡을 조금도 힘들이지 않고 타파할 수 있었다. 그리고 언제 그런 미신에서 해방되었는지 스스로도 모를 정도였다. 진지하고 결백한 사내였던 그는 한창 젊었던 시절, 대학 시절, 네흘류도프와 친하게 지내던 시절에는 국교의 미신에서 해방된 것을 숨기려 하지도 않았다. 그러나 해를 거듭하여 근무처에서 지위가 올라감에 따라, 특히 당시 사회에 밀려온 보수적 반동사상의 대두와 더불어 이 종교적 자유가 짐이 되기 시작했다. 가정에서의 여러 관계, 특히 아버지가 사망하고 그 추도식 때, 그리고 어머니가 그에게 재계(齋戒)하기를 원하고 또 공론도 어느 정도 이를 요구했다는 일 따위는 그만두더라도, 근무처에서는 끊일 새 없이 기도식이라든가, 성찬식이라든가, 감사 기도라든가, 그 밖의 갖가지 의식에 출석하지 않으면 안 되었다. 피할 수 없는 종교의 표면적 형식에 아무 관련을 맺지 않고 보내는 날이란 거의 없었다. 이런 의식에 참석하는 한 그는 믿지도 않으면서 믿는 듯한 시늉을 한다든가(몸에 밴 정직한 성질로 보아서는 절대 안 될 일이었다), 또는 이런 모든 표면적 형식을 허위로 인정하고 거기에 참가할 필요가 없도록 자기 생활을 뜯어고치든가 둘 중 하나를 선택하지 않으면 안 되었다. 그러나 이 대수롭지 않게 여겨지는 일도 막상 실행에 옮기려고 하니 여러 가지로 애로가 많았다. 가까운 사람들 모두와 끊임없이 싸워야 했을뿐더러, 자기 환경을 바꿔 직무를 포기하지 않으면 안 되었고, 또 자기가 이 직책을 감당해 지금도 벌써 많은 사람들에게 공헌하고 있다고 믿고 앞으로는 한층 더 공헌할 수 있으리라고 기대하는 인류에 대한 모든 이익을 희생하지 않으면 안 되었다. 그리고 이를 실행하는 데는 끝까지 자신의 정당성을 확신하지 않으면 안 되었다. 다소나마 역사를 배우고 종교의 발생이며 기독교의 기원과 분열을 아는 현대의 교양인이라면 누구든 자기 상식의 정당성을 믿지 않고는 못 배기듯이, 그도 자신의 정당성을 확신하고 있었다. 그래서 그는 교회 교리의 진실성을 인정하지 않는 자신이 정당하다고 믿지 않을 수 없었다.

그러나 실생활의 갖가지 외압으로 그처럼 성실한 인간도 조그만 허위를 묵인하지 않을 수 없었다. 그러니까 불합리한 것을 불합리하다고 확인하려면 먼저 불합리한 것을 연구할 필요가 있다고 스스로에게 타일렀다. 그것은 조그만 허위였지만, 지금 그가 빠져 허덕이고 있는 커다란 허위 속으로 그를 끌어들이고 말았다.

그는 자신이 태어나고 양육된 신앙과 주위 모든 사람이 그에게 요구하고 또 이를 인정치 않고는 사람들에게 유익할 자신의 활동을 계속할 수 없는 그리스 정교가 과연 올바른 것인가 하는 질문을 스스로에게 던져보았지만, 결론은 이미 정해져 있었다. 그러므로 그 의문을 해명하기 위해서 그가 손에 든 책은 볼테르도 쇼펜하우어도 스펜서도 콩트도 아니라, 헤겔의 철학서며 비네와 호먀코프의 종교 논문이었다. 그리고 그는 그 책에서 자신에게 필요한 것, 즉 종교적 교리의 안정과 변명 등을 찾아냈다. 그의 이성은 그 속에서 자신이 자라난 종교 교리를 이미 오래전부터 받아들이고 있지 않았다. 그러나 이것이 없으면 생활 전체가 여러 가지 불쾌한 일로 꽉 차는데,

일단 인정해버리면 그런 불쾌한 일이 순식간에 사라져버렸다. 그리고 그는 인간 개개의 지식으로는 진실을 인식할 수 없으며, 진리란 사람들의 결합체에만 계시되고, 유일한 인식 수단은 계시뿐이며, 또 계시는 교회에 의해 보존된다는 따위의 판에 박힌 궤변을 몸에 지니게 되었다. 그리고 그때부터 그는 허위를 행한다는 의식 없이 아주 태연하게 기도식이나 추도식, 미사에 참석하게 되었고, 재계도 하고 성상 앞에서 성호를 긋게 되었으며, 인류에게 이익을 가져온다는, 낙이 없는 가정생활에 위로를 부여해주는 근무 활동을 그대로 유지해갈 수 있었다. 그 자신은 신앙이 있다고 생각했지만, 반면에 그 신앙이라는 것이 다른 무엇보다도 가장 '잘못된 것'임을 느끼고 있었다.

그렇기 때문에 그는 늘 수심 가득한 눈을 하고 있었다. 그리고 이들 허위가 아직 마음속에 굳어지지 않았을 무렵의 벗인 네흘류도프를 만났을 때 그는 그 당시의 자신이 생각났다. 더구나 자기 종교관을 네흘류도프에게 암시한 뒤로는 과거 어느 때보다도 더욱 이 모든 것이 '잘못된 것'으로 느껴져 견딜 수 없을 만큼 슬퍼졌다. 그렇기 때문에 그들 둘은 재회를 서로 약속은 했지만 어느 쪽도 만날 기회를 만들려 하지 않았고, 결국 네흘류도프가 이번에 페테르부르크에 머무는 동안 끝내 두 사람은 다시 만나지 않았다.

24

원로원을 나와 네흘류도프와 변호사는 보도를 나란히 걸었다.

변호사는 자기 마차를 따라오게 하고, 아까 심의 위원들이 평하던 모 국장 사건에 대해 그것이 탄로 난 경위부터 얘기하기 시작했다. 법률상으로는 당연히 징역을 받아야 했지만 그 대신 시베리아 시장으로 임명되었다는 이야기를 했다. 그는 이 사건의 전모와 추악성을 모두 말해버리고 나서, 이번엔 기념비 설립을 위해 모은 기부금을 여러 고관들이 착복한 이야기를 유달리 즐거운 듯이 말하기 시작했다. 오늘 아침에 두 사람은 마차를 타고 그 옆을 지나왔는데 기념비는 아직도 공사 중이었다. 그러고 나서 아무개라는 사내의 첩이 증권으로 몇백만을 벌었다는 이야기와, 뭐라든가 하는 사람이 여편네를 팔아버리고 누구라든가 하는 사람이 샀다는 이야기를 하고 나서, 변호사는 또 국가 요직에 있는 인간이 온갖 사기와 범죄를 저지르면서 감옥은커녕 이곳저곳 관청 의자에 도사리고 앉은 이야기를 지껄이기 시작했다. 아마 변호사에게는 이런 얘기가 무궁무진한 것 같았고, 그 자신에게도 무척 만족을 주는 듯했다. 돈을 벌기 위해서 변호사가 쓰는 수단이 같은 목적을 위해 페테르부르크의 고관들이 사용하는 수단에 비해 아주 정당하고 죄가 없다는 것을 명백히 입증한다고 생각하고 있었기 때문이다. 그러므로 변호사는 네흘류도프가 고관들의 범죄에 관한 마지막 이야기를 끝까지 듣지도 않은 채 작별을 고하면서 마차를 집어타고 강변에 면한 집 쪽으로 돌아가버리자 무척 놀랐다.

네흘류도프는 슬퍼서 견딜 수가 없었다. 그가 슬퍼한 가장 큰 이유는 원로원의 기각이 죄 없는 마슬로바에게 떨어지는 무의미한 고통을 더욱 확실하게 했으며, 이 기각이 그녀와 운명을 연결하려는 자신의 변함없는 결의를 더욱 고통스럽게 만들었기 때문이었다. 게

다가 변호사가 그토록 신이 나서 떠벌려댄 지배적 악의 가공할 만한 이야기와 한때는 상냥하고 솔직하고 고귀했던 셀레닌의 떼밀어 내는 듯한 차갑고 불쾌한 시선이 자꾸 떠올라서 그의 슬픔은 한층 더 심해져갔다.

네흘류도프가 집으로 돌아오니, 문지기가 어느 정도 업신여기는 듯한 표정으로 어떤 여자가 하인 방에서 썼다는 편지를 주었다. 슈스토바의 어머니가 쓴 편지였다. 그녀는 딸을 구해준 은인이며 구원자인 네흘류도프에게 감사를 표하러 왔으며, 바실리예프스키 5번가의 자기 집에 와주기를 간곡히 부탁하고 있었다. 베라 예프레모브나를 위해서라도 꼭 오시기를 바란다고 그녀는 쓰고 있었다. 번거로운 사례의 말씀은 드리지 않을 테니 안심하시고, 오직 한 번 뵙기만 해도 기쁘겠으며, 만일 틈이 나신다면 내일 아침에 와주실 수 없겠느냐는 사연이었다.

또 한 통은 네흘류도프의 옛 벗인 시종 무관 보가트이레프의 편지였다. 네흘류도프는 자신이 준비한 분리파 교도를 위한 청원서를 직접 황제에게 내달라고 이 사내에게 부탁해두었다. 보가트이레프는 그 큼직하고 무게 있는 필체로 청원서는 약속대로 자기가 직접 황제에게 내겠지만, 그래도 네흘류도프가 이 사건의 담당자에게 미리 가서 부탁해두는 것이 좋겠다고 쓰고 있었다.

페테르부르크에 머물며 요 며칠 사이에 받은 인상으로는 네흘류도프는 무슨 일을 성취하려 해도 아주 절망적이라는 심경이었다. 모스크바에서 세웠던 모든 계획은 실생활에 발을 들여놓자마자 환멸을 맛보지 않을 수 없었던 저 청년기의 공상같이 느껴졌다. 그러나 지금 페테르부르크에 있는 이상 계획했던 모든 일을 실행하는 것이 자신의 의무라고 생각했다. 그래서 내일은 보가트이레프를 방문한 뒤에 그의 충고에 따라 분리파 교도 사건을 담당하고 있는 인물을 찾아가보리라 결심했다.

그가 분리파 교도들의 청원서를 가방에서 꺼내 다시금 읽고 있을 때, 노크 소리가 들리더니 카테리나 이바노브나 백작 부인의 하인이 들어와 2층으로 차를 마시러 와달라는 말을 전했다. 네흘류도프는 지금 곧 가겠노라 대답하고, 서류를 도로 가방에 넣고는 이모한테로 갔다. 2층으로 가는 길에 창밖으로 한길을 내다보고 마리에트의 밤색 말 쌍두마차를 발견한 그는 저도 모르게 갑자기 마음이 즐거워지고 웃음까지 나왔다.

마리에트는 모자를 쓴 채로 이번엔 검은 정장이 아니라 별의별 색깔이 혼합된 밝은 느낌의 옷을 입고, 찻잔을 손에 들고 백작 부인 곁에 앉아 웃음을 머금은 어여쁜 눈을 반짝이면서 열심히 지껄이고 있었다. 네흘류도프가 방 안으로 들어갔을 때는 마침 마리에트가 퍽 우스꽝스러운 무슨 점잖지 못한 말을 했는지(웃음의 성질로 네흘류도프는 그것을 알았다) 수염이 엷게 돋은 사람 좋은 카테리나 이바노브나 백작 부인은 그 뚱뚱한 몸을 온통 뒤흔들면서 웃어대고 있었고, 마리에트 자신은 일종의 독특한 mischievous(장난꾸러기) 표정으로 살며시 웃음 띤 입을 일그러뜨리고 정열적이고 명랑한 얼굴은 모로 기울이고는 잠자코 상대방을 바라보았다.

네흘류도프는 두세 마디 들었을 뿐이지만 두 사람의 대화가 지금 페테르부르크에서 두 번째 뉴스가 되고 있는, 시베리아 시장으로 전임된 그 사내의 일화라는 것을 알았다. 그래서 그는 마리에트가 바로 그 일에 대한 어떤 우스운 이야기를 해서 백작 부인이 웃음을 그치지 못하고 있다고 추측했다.

"이러다 날 죽이겠어요."기침을 하면서 그녀는 말했다.

네흘류도프는 인사를 하고 그들 옆에 자리를 잡았다. 그리고 그가 마리에트의 경박함을 꾸짖으려고 하자, 그녀는 그의 얼굴에 감도는 적이 불만스러운 진지한 표정을 알아차리고 곧 그의 마음에 들도록(그를 보았을 때부터 그런 마음이 들었다) 얼굴 표정뿐만 아니라 기분까지도 싹 바꾸었다. 그녀는 별안간 자기 삶에 불만을 느끼며 무엇을 갈구하고 무엇을 지향하는 듯한 진지한 여자가 되었다. 그러나 그러한 태도를 별로 꾸며대는 것은 아니고, 말로는 도무지 표현할 수 없었지만 여하튼 이 순간 네흘류도프가 젖어 있는 것과 똑같은 정신 상태에 놓여 있었다.

그녀는 일이 어떻게 되었는지 그에게 물었다. 그는 원로원에서 패소한 일과 셀레닌을 만난 이야기를 들려주었다.

"아아, 정말 결백하신 분이에요! 그분이야말로 Chevalier sans peur et sans reproche(공포와 비난을 모르는 기사예요). 결백한 분이에요."두 부인은 사교계에 알려진 셀레닌에 대한 인상을 되풀이했다.

"부인은 어떤 분이죠?"네흘류도프는 물었다.

"부인요? 글쎄요, 전 남을 비평하지는 않기로 했어요. 근데 그분은 남편을 이해하지 않고 있어요. 그건 그렇고, 그분까지 기각에 찬성했나요?"그녀가 마음속 깊은 곳에서 동정하며 물었다. "무서운 일이군요. 정말 그 여자가 가엾어요!"하고 그녀는 한숨을 섞어가며 덧붙였다.

그는 이마를 찌푸리고 화제를 바꿔, 요새 감옥에 수용되었던 슈스토바가 그녀의 알선으로 석방되었다는 이야기를 꺼냈다. 그는 남편을 움직여준 그녀에게 감사를 전한 다음, 이어서 힘을 써주는 사람이 없어서 그 여자와 가족들이 겪은 고생을 생각하면 견딜 수 없이 무서워진다고 말하려 하자, 그녀는 다 듣기도 전에 자기대로 불평을 늘어놓기 시작했다.

"제발 아무 말 말아주세요." 그녀는 말했다. "석방해도 좋다고 남편이 말했을 때 저도 곧 그와 똑같은 생각에 흠칫했어요. 죄가 없었다면 무엇 때문에 가둬둔 걸까요?" 그녀는 네흘류도프가 하려던 말을 고스란히 입 밖에 냈다. "정말 분개할 만한 일이에요!"

백작 부인 카테리나 이바노브나는 마리에트가 조카에게 아양을 떠는 것을 눈치채고 마음이 즐거웠다.

"저기 말이야." 두 사람이 한동안 말이 없자 백작 부인이 말했다. "내일 밤 알린한테 가봐요, 키제베테르 선생이 나오신다니까. 당신도요" 하고 마리에트에게 말했다.

"Il vous a remarqué(그분은 네게 관심을 두고 계셨어)." 그녀는 조카에게 말했다. "네가 한 말을 전부 얘기해드렸더니, 모두 좋은 징조니까 너는 반드시 그리스도 앞으로 나아갈 수 있는 사람이라고 말씀하시더라. 그러니 꼭 가봐라. 마리에트, 당신도 좀 권해줘요. 당신도 오는 거예요."

"백작 부인, 첫째로 제겐 공작에게 권고할 자격이 없어요." 그녀는 네흘류도프를 바라보면서 말했다. 그 눈초리는 그와 자기 사이에 백작 부인의 말이나 일반적인 복음서에 대해서 어떤 완전한 합의를 보고 있다는 듯한 빛이 어려 있었다. "그리고 둘째로 저도 그다지 좋아하지 않아요. 잘 아시겠지만……."

"그래요, 당신은 언제나 남들과는 반대로 자기 마음먹은 대로 하는군요."

"마음먹은 대로라니, 그런 일 없어요. 저는 보통 여자들과 똑같은 신앙을 가졌을 뿐인걸요." 그녀는 웃으면서 말했다. "그리고 셋째로" 하고 그녀는 계속했다. "내일은 프랑스 극장에 갈 예정이에요."

"아, 그래! 너 보았니…… 그 여배우 이름이 뭐더라?" 카테리나 이바노브나 백작 부인이 말했다.

마리에트는 유명한 프랑스 여배우 이름을 가르쳐주었다.

"꼭 가보는 게 좋아, 정말 훌륭하니까."

"어느 쪽에 먼저 가는 게 좋겠습니까, 이모님. 여배우입니까, 선교사입니까?" 네흘류도프는 웃음을 띠며 말했다.

"제발 내 말꼬리만 잡지 마라."

"선교사를 먼저 보고, 그 뒤에 프랑스 여배우를 보고 싶군요. 그렇지 않으면 설교에 대한 흥미를 온통 잃어버릴 우려가 있으니까요." 네흘류도프는 말했다.

"아니에요, 프랑스 극장부터 갔다가 그 뒤에 참회하시는 쪽이 더 좋아요." 마리에트가 말했다.

"둘이서 그렇게 날 놀리는 게 아니에요. 선교사는 선교사고, 연극은 연극 아니겠어요. 뭐 구원을 받기 위해서 얼굴을 기다랗게 늘어뜨려 노상 울어 보일 필요는 전혀 없으니까요. 필요한 것은 믿는 일이죠. 그러면 마음이 밝아져요."

"이모님은 어느 선교사보다도 설교에 능하시군요."

"그러시면요" 하고 조금 생각한 뒤에 마리에트가 말했다. "내일 우리 좌석에 오세요."

"가게 될지 어떨지 모르겠습니다만……"

손님이 왔다고 알리러 온 하인 때문에 대화는 중단되었다. 손님은 백작 부인이 회장직을 맡고 있는 자선단체의 비서였다.

"퍽 따분한 분이니 저쪽에서 만나는 게 좋겠군. 나중에 또 오겠어요. 마리에트, 이 사람한테 차라도 주지 않겠어요" 하고 백작 부인은 총총걸음으로 홀을 향해 걸어가며 말했다.

마리에트는 장갑을 벗었다. 약손가락에다 보석 반지를 낀 정력적이고 넓적한 손이 번쩍번쩍 빛났다.

"드시겠어요?" 그녀는 이상한 모양으로 새끼손가락을 내밀고 알코올램프에 얹혀 있는 은 포트에 손을 뻗치면서 말했다.

그 얼굴은 진지하고 슬픈 표정을 띠었다.

"제가 항상 존경하는 의견을 갖고 계시는 분들이 지금의 제 처지와 저를 혼동하고 있다고 생각하면 견딜 수 없을 만큼 안타까워져요."

마지막 말을 입에 올리면서 그녀는 금세라도 울 것만 같은 표정을 지었다. 그 말을 분석해본다면 아무런 의미도 없었고, 또 있다면 매우 애매한 의미뿐인데도 네흘류도프에게는 적잖이 심원하고 진지하게 선량한 말로 여겨졌다. 젊고 아름답고 훌륭한 옷차림을 한 여성이 이런 말과 함께 보내는 빛나는 눈초리가 그토록 마음을 끌었던 것이다.

네흘류도프는 묵묵히 그녀를 바라보면서 그 얼굴에서 시선을 돌리지 않았다.

"당신은 당신 기분과 당신 마음속에 일어난 모든 일을 제가 모른다고 생각하시죠. 그렇지만 당신이 하신 일은 누구나 다 알아요. C'est le secret de polichinelle(세상이 다 아는 비밀인걸요). 저도 감탄하며 당신에게 찬성하고 있어요."

"뭐 그렇게 감탄하실 것까지는 없습니다. 별로 한 일이라곤 없으니까."

"마찬가지 아녜요, 전 당신 기분을 이해하고 또 그 여자의 기분도 잘 아니까요. 그렇지만 좋아요. 좋아요, 그 이야기는 이제 그만둬요." 그녀는 그의 얼굴에서 불만의 빛을 살피고 자기 이야기를 그쳤다. "하지만 그것 말고도 전 알고 있어요. 당신은 감옥에서 일어나는 모든 공포와 고통을 보셨기에" 하고 마리에트는 그의 마음을 끌고 싶은 일념에서 그가 중요하고 소중하게 여기는 일을 여자의 직감으로 알아차리면서 말했다. "괴로워하는 사람을 구해주려고 생각하시죠. 세상 사람들 때문에, 냉혹한 몰인정 때문에 저런 무서운 괴로움을 맛보는 사람들을 구해주려고 생각하시죠…… 이를 위해서는 목숨을 바쳐도 괜찮다는 것도 알아요, 저 자신도 바치고 싶을 정도인걸요. 그러나 인간은 누구든지 자기 운명이 있으니까……"

"그럼 당신은 자신의 운명에 만족하시지 않는다는 말씀인가요?"

"제가요?" 하고 그녀는 이런 질문에 깜짝 놀란 듯이 되물었다. "저는 만족하지 않으면 안 될 처지인걸요. 그래서 만족하고 있죠. 그렇지만 가끔 벌레가 눈을 뜰 때가 있으니까요……"

"하지만 그 벌레를 잠자게 해서는 안 됩니다. 그리고 그 목소리를 믿지 않으면 안 됩니다." 그녀의 수단에 온통 말려들어가며 네흘류도프는 말했다.

그 후에도 네흘류도프는 몇 번이고 그녀와의 이 대화를 수치스럽게 상기했다. 허위라기보다는 그를 흉내 낸 그녀의 말투며, 그가 감옥의 무서움이나 시골에서 받은 인상에 대해 얘기했을 때 사뭇 감동하여 주의 깊게 듣던 그녀의 얼굴을 생각해냈다.

백작 부인이 돌아왔을 때 둘은 이미 단순한 옛 벗이 아니라, 자기네들을 이해해주지 않는 군중 속에서 서로만은 이해하는 둘도 없는 친구인 양 이야기를 주고받고 있었다.

두 사람은 관헌의 불공정함과 불행한 사람들의 괴로움과 농민의 가난함에 대해 이야기했는데, 실제로 열띤 대화를 나누며 서로 물끄러미 쳐다보는 두 사람의 눈은 쉴 새 없이 '저를 사랑해주시겠어요?' 하고 묻고 '사랑합니다'라고 대답하고 있었다. 성적인 감정이 뜻밖에 무지개처럼 화려한 형태를 이루며 서로 상대를 끌어당기고 있었다.

돌아갈 무렵 그녀는 힘이 되어줄 수 있다면 무슨 일이든 하겠다고 그에게 말하고, 중대한 이야기가 있으니 내일 밤에는 잠시 동안만이라도 극장에 와주었으면 좋겠다고 청했다.

"그리고 언제 또 만날지도 모르잖아요?" 하고 그녀는 한숨을 지으며 이렇게 덧붙이고, 반지투성이 손에 조심스럽게 장갑을 끼기 시작했다. "그러니까 내일은 꼭 오시겠다고 약속해주세요."

네흘류도프는 약속했다.

그날 밤 네흘류도프는 자기 방에서 홀로 자리에 들어 불을 끄고 나서도 오랫동안 잠을 이룰 수가 없었다. 마슬로바의 일이며 원로원의 판결, 그리고 그녀를 따라가겠다는 자신의 결의, 토지에 대한 소유권 포기 따위를 생각하고 있는데, 돌연 그러한 문제에 대한 답인 양 '언제 또 만날지?' 하고 말했을 때의 마리에트의 얼굴과 한숨과 눈초리, 그리고 웃음 따위가 마치 금방 눈으로 본 듯 선연히 그려져 그 자신도 빙긋이 웃었을 정도였다. '시베리아로 가는 것이 옳은 일일까?' 그는 자기 자신에게 물었다.

커튼 틈새로 보이는 페테르부르크의 밤은 밝았으나, 이 질문에 대한 답은 막연하기만 했다. 그는 머릿속이 온통 혼란스러웠다. 그는 예전의 기분을 마음속에 불러일으켜보기도 하고 사상의 경위를 상기해보기도 했으나, 그러한 사상도 이미 예전과 같은 설득력을 갖고 있지는 않았다.

'나는 이 모두를 대뜸 생각해보기만 했을 뿐 그것을 생활에 실행해나갈 만한 힘이 없다, 좋은 일을 했는데 후회하는 처지고 보니.' 질문에 대답하지 못한 채 그는 자기 자신에게 오랫동안 맛본 적 없는 슬픔과 절망의 감정을 느꼈다. 이들 문제를 해명할 수 없었던 그는 카드놀이로 대패했을 때 겪곤 하던 답답하고 괴로운 잠에 빠져들었다.

25

이튿날 아침 눈을 떴을 때 네흘류도프가 맨 먼저 느낀 것은 간밤에 무슨 쑥스러운 일을 저질렀다는 기분이었다.

그는 기억을 더듬기 시작했다. 별반 쑥스러운 사건도 없었으며 좋지 않은 행동도 없었다. 그러나 확실히 좋지 않은 생각이 있었다. 카튜샤와 결혼을 하고 농부들에게 토지를 내주는 일만 하더라도 모두 실현 불가능한 꿈이고 도무지 감당해내지 못할 일 같다고, 그런 일은 모두 부자연스럽고 억지로 하는 것 같아서 역시 이제껏 해온 대로 생활하는 것이 낫겠다는 생각이었다.

좋지 않은 행동이야 없었지만 그보다 훨씬 나쁜 것이 있었다. 모든 좋지 않은 행동의 원천이 되는 생각이 있었다. 좋지 않은 행동은 두 번 다시 되풀이하지 않을 수 있고 반성할 수도 있지만, 좋지 않은 생각이란 좋지 않은 행동을 낳는다.

좋지 않은 행동은 다음에 잇닿은 좋지 않은 행동을 위해 길을 닦을 뿐이지만, 좋지 않은 생각은 다짜고짜 사람을 그 길로 끌고 간다.

오늘 아침 네흘류도프는 간밤의 생각을 마음속에 되뇌어보고 비록 잠시 동안일망정 짤도 그런 생각을 믿을 수 있었구나 하고 스스로 놀랐다. 성취하려고 마음먹은 일이 아무리 엉뚱하고 곤란한 일이라도 현재의 자신에게는 그것이 생각할 수 있는 유일한 생활임을 그는 알 수 있었다. 이전 생활로 되돌아가는 것이 아무리 용이하고 익숙한 일일지라도 그것이 죽음일 수밖에 없음을 그는 알고 있었다. 이제 와서 보니 어제의 유혹은 충분히 잠을 자서 졸리지도 않고 자신을 기다리는 소중하고 기꺼운 일 때문에 그만 일어날 시간이라고 생각은 하면서도 잠자리에서 뒹굴며 게으름을 피우는 기분으로 있을 때 간혹 볼 수 있는 상태와 같다고 여겨졌다.

페테르부르크에 머무는 마지막 날인 그날, 그는 아침 중으로 바실리예프스키 섬의 슈스토바를 찾아갔다.

슈스토바의 거처는 아파트 2층이었다. 네흘류도프는 관리인이 가르쳐준 대로 뒷문으로 돌아 곧고 가파른 계단을 올라, 음식 냄새가 풍기는 후텁지근한 부엌으로 불쑥 들어갔다. 앞치마 차림으로 두 소매를 걷어 올리고 안경을 쓴 노부인이 부뚜막 앞에 서서 김이 오르는 냄비 속을 휘젓고 있었다.

"누구를 찾아오셨는지요?" 들어온 사내를 안경 너머로 넌지시

바라보며 여자는 딱딱한 목소리로 물었다.

네흘류도프가 이름을 채 대기도 전에 여자의 얼굴은 놀란 듯한 기쁜 표정을 띠었다.

"어머, 공작님이시군요?" 양손을 앞치마로 닦으면서 여자는 외쳤다. "아니, 왜 뒷문으로 오셨어요? 당신은 우리의 큰 은인이신데요! 난 그 애 어미랍니다. 정말이지 딸 하나를 아주 잃어버릴 뻔했습니다. 뭐라고 감사의 말씀을 드려야 좋을지." 네흘류도프의 손을 잡고 키스하려고 하면서 그녀는 말했다. "제가 어제 찾아뵀었지요. 동생이 자꾸 졸라대기에. 동생도 여기 있습니다. 자, 이리로 오세요, 저를 따라오세요." 슈스토바의 어머니는 좁은 문과 어두컴컴한 복도로 네흘류도프를 안내하면서, 그리고 걷어 올린 옷자락과 머리를 매만지면서 이렇게 말했다. "동생은 코르닐로바라고 하죠, 아마 들어보셨을 거예요." 방문 앞에서 발을 멈추더니 그녀는 목소리를 죽여 덧붙였다. "정치 운동에 가담해 있습니다. 퍽 영리한 여자예요."

슈스토바의 어머니는 복도에서 문을 열고, 조그만 방으로 네흘류도프를 들여보냈다. 탁자 앞 소파에 줄무늬 무명 재킷을 입은 키가 작고 통통한 처녀가 앉아 있었다. 어머니를 닮은 무척 창백한 둥근 얼굴에 아마 빛 고수머리가 굽이치고 있었다. 그리고 그 앞에는 깃에 수를 놓은 러시아풍 루바시카 차림에 검은 수염과 턱수염을 기른 젊은 사내가 안락의자 위에 몸을 둘로 접은 자세로 앉아 있었다. 둘은 이야기에 골몰해 있었는지 네흘류도프가 방에 완전히 들어왔을 무렵에야 겨우 뒤돌아보았다.

"리지야, 이분이 네흘류도프 공작이시다……."

창백한 처녀는 머리카락이 흐트러진 이마 위를 매만지면서 신경질적으로 뛰어 일어나 들어온 손님을 커다란 잿빛 눈으로 깜짝 놀란 듯이 쳐다보았다.

"베라 보고두호프스카야가 부탁하던 바로 그 위험한 처녀란 당신 이었나요?" 웃음 띤 얼굴로 한 손을 내밀면서 네흘류도프가 말했다.

"네, 그렇습니다." 리지야는 이렇게 말하고 입 가득히 아름다운 이를 드러내 보이면서 선량하고 티 없이 웃었다. "이모가 퍽 뵙고 싶어 했어요. 이모!" 하고 그녀는 듣기 좋은 상냥한 목소리로 문간 을 향해 불렀다.

"베라 보고두호프스카야는 당신이 체포되어 무척 근심하고 있 더군요." 네흘류도프는 말했다.

"이쪽으로 오세요, 이쪽이 더 좋을지도 모르겠군요" 하고 리지 야는 방금 그 청년이 일어선, 부서졌지만 폭신한 안락의자를 가리 키면서 말했다. "이쪽은 제 사촌 오빠로 자하로프라고 합니다." 청 년을 바라보는 네흘류도프의 시선을 눈치채고 그녀는 말했다.

청년도 리지야와 마찬가지로 선량한 웃음을 띠면서 손님과 인 사를 나누고, 네흘류도프가 그의 자리에 앉자 자기는 창 밑에서 의 자를 가져와 옆자리를 잡았다. 다른 문에서 열여섯쯤 되어 보이는, 역시 아마 빛 머리의 중학생이 나와 말없이 창가에 가서 앉았다.

"베라 보고두호프스카야는 이모하고 둘도 없는 친구 사이입니 다만, 저는 잘 몰라요." 리지야가 말했다.

이때 흰 재킷에 가죽 벨트를 맨, 매우 호감이 가는 총명한 얼굴 의 부인이 옆방에서 나왔다.

"잘 오셨습니다. 일부러 이렇게 와주셔서 정말 감사합니다." 리 지야와 가지런히 소파에 자리를 잡자 곧 그녀는 입을 열었다. "베라는 어떻습니까? 만나보셨나요? 자기 환경을 어떻게 참고 있나요?"

"조금도 불평하지 않습니다." 네흘류도프는 말했다. "스스로도 원기 왕성하다고 말하더군요."

"아, 베로치카, 정말 그녀답군요." 이모는 웃음 짓고 머리를 끄덕이며 말했다. "그녀를 잘 이해해줘야 해요. 정말 훌륭한 사람이거든요. 언제나 남을 위해서 일하고 자기에 대해서는 아무것도 바라지 않습니다."

"그렇더군요. 자신을 위해서는 한 가지도 바라지 않고 오직 당신 조카의 일만 걱정했어요. 그 사람도 말했습니다만, 당신 조카가 아무 죄도 없이 붙들린 것을 특히 근심하고 있었어요."

"그렇지요." 이모가 말했다. "무서운 일이거든요! 이 애는 저 때문에 그런 고생을 겪었으니까요."

"어머, 당치도 않은 말씀이에요, 이모!" 리지야가 말했다. "난 이모 부탁이 아니었더라도 틀림없이 서류를 맡았을 거예요."

"너보다는 내가 더 잘 아니까 가만있어" 하고 이모는 말을 이었다. "아시겠어요." 네흘류도프에게 얼굴을 돌리면서 그녀는 말을 이었다. "일의 발단은 이러합니다. 어떤 사람이 서류를 잠시 맡아달라고 했습니다만, 제가 그때 집에 없어서 이 애한테 가지고 왔단 말입니다. 그런데 그날 밤, 가택수색을 받아 서류도 압수당하고 이 애도 체포되었지요. 그리고 이제껏 감옥에 갇혀 있으면서 누구에게서 서류를 받았느냐고 문책을 받아온 거랍니다."

"그래도 전 말하지 않았어요!" 하고 리지야는 성가시지도 않은 머리채를 신경질적으로 잡아당기면서 황급히 말했다.

"누가 너보고 말했다더냐." 이모가 받아서 대꾸했다.

"미틴이 체포된 건 결코 제 탓이 아니에요" 하고 리지야는 얼굴이 새빨개지면서 불안스레 두리번거리며 말했다.

"그 얘기는 그만두어라, 리도치카." 어머니가 말했다.

"왜요? 전 얘기하고 싶어요." 리지야는 웃지도 않고 얼굴을 빨갛게 붉힌 채 이제는 머리채를 매만지는 것이 아니라 손가락에 감아붙이면서 자꾸만 사방을 두리번거렸다.

"어제도 넌 이 얘기를 시작하자마자 흥분하지 않았니?"

"괜찮아요……. 내버려두세요, 어머니. 전 자백하지 않았어요. 줄곧 잠자코 있었는걸요. 그 사람들은 이모와 미틴의 일을 두 번이나 심문했지만 전 아무 말도 안 했고, 한마디도 대꾸하지 않겠다고 똑똑히 말해주었어요. 그랬더니 그 페트로프가……."

"페트로프는 형사입니다. 헌병인데, 그야말로 대단한 악당이죠." 이모는 네흘류도프에게 조카의 말을 설명하면서 이렇게 덧붙였다.

"그랬더니 그 사내가" 하고 흥분에 휩싸여 말을 서두르면서 리지야는 계속했다. "저를 달래려 들었어요. '당신이 나한테 하는 얘기는 아무에게도 해를 끼치지 않을뿐더러, 오히려 그 반대로…… 말해주기만 하면 죄 없는 사람들을 석방할 수 있어. 혹시 우리가 이유도 없이 그런 친구들을 고생시키고 있는지도 알 수 없으니까 말이야' 하면서 말이에요. 그래도 전 한마디도 하지 않겠다고 말해줬습니다. 그랬더니 다음엔 이렇게 말하지 않겠어요. '그럼 좋다, 그 대신 내가 하는 말을 부정하지만 마라.' 이렇게 말하고 그 사내는 여러 사람의 이름을 대기 시작하더니, 그중에 미틴을 지적했어요."

"그런 말은 그만둬라." 이모가 말했다.

"이모, 방해하지 말아요." 그녀는 여전히 머리카락을 잡아당기며 노상 두리번거렸다. "그런데 느닷없이 이튿날 미틴이 체포됐다는 걸 알게 됐지요. 옆방에서 벽을 두드려 알려주었어요. 그래서 결국 내가 그 사람을 팔았다고 생각했어요. 그다음부터 얼마나 괴로웠는지, 괴로워서 미칠 것만 같았어요."

"그러나 그 사람이 체포된 건 너하고 아무 관계도 없는 일이야" 하고 이모가 말했다.

"그렇지만 난 몰랐는걸요. 난 생각했어요, 내가 팔았다고. 벽에서 벽으로 걸어 다니면서도 그 일만 생각했어요. 내가 팔았다고 말이에요. 자리에 누워서 눈을 감아도 누군가가 귓전에 속삭이는 거예요. 네가 팔았다, 미틴을 팔았다, 하고요. 착각인 줄 알면서도 듣지 않을 수가 없었어요. 잠들려 해도 잠이 안 오고 생각지 않으려 해도 역시 안 됐어요. 얼마나 무서웠는지!" 리지야는 점점 더 흥분해서 머리카락을 손바닥에 감았다 풀었다 하면서 노상 두리번거리며 말했다.

"리도치카, 진정해." 어머니가 딸의 어깨에 손을 얹으며 말했다.

그러나 리지야는 이미 말을 멈출 수 없었다.

"더 무서웠던 건……" 하고 그녀는 무슨 얘기를 하려다 말을 채 맺기도 전에 갑자기 울음을 터뜨리고, 소파에서 벌떡 일어나더니 안락의자에 부딪히면서 방을 뛰쳐나갔다.

어머니가 뒤를 쫓았다.

"악당들을 교살해라." 창가에 앉아 있던 중학생이 말했다.

"그게 무슨 말이니?" 이모가 물었다.

"아무것도 아니에요……. 그저 그래본 거죠." 중학생은 이렇게 대꾸하고 탁자에 놓인 담배를 집어 피우기 시작했다.

26

"그래요, 젊은 사람에게 그 독방이란 무서운 곳이죠" 하고 이모는 머리를 흔들고 역시 담배를 피우면서 말했다.

"누구나 다 그렇다고 생각됩니다만." 네홀류도프는 말했다.

"아닙니다, 누구나 다 그렇다고는 할 수 없지요." 이모가 대꾸했다. "제가 들은 얘기로 진정한 혁명가에게는 도리어 휴식처가 되고 안식처가 된다더군요. 비합법적인 활동을 하는 인간은 늘 불안과 물리적 궁핍, 그리고 자기를 위해, 남을 위해, 또 과업을 위해 공포 속에서 살아가지요. 그러므로 마침내 체포되어 다 끝나버리면 모든 책임에서 벗어납니다. 자, 앉아서 휴식해라, 하는 거죠. 제가 들은 바로는 체포되면 오히려 기쁨을 맛볼 정도라더군요. 그렇지만 젊고 죄 없는 사람들에게는, 언제나 먼저 붙들리는 것은 리도치카 같은 억울한 인간이지만, 그런 사람들에게 처음 쇼크는 무서운 거랍니다. 자유를 빼앗긴다거나, 난폭한 취급을 당한다거나, 먹는 것이 형편없다거나, 공기가 나쁘다거나, 그 밖에 일반적으로 부자유스러운 일을 겪어서 그렇다는 게 아닙니다. 그런 건 대단치 않은 일이거든요. 가령 부자유가 그 세 곱이 된다 하더라도 처음 옥에 갇혔을 때 받는 그 정신적 쇼크만 없다면 쉽사리 참고 견딜 수가 있습니다."

"당신도 경험하셨습니까?"

"저 말씀이세요? 두 번 들어갔었습니다." 상냥하고도 쓸쓸한 웃음을 띠면서 이모는 말했다. "처음 붙들렸을 때는 역시 아무 죄도 없이 체포됐습니다만." 그녀는 말을 이었다. "스물둘이었지요. 아이가 하나 있었고, 게다가 임신 중이었습니다. 그때 자유를 뺏기고 자식과 남편과 헤어진다는 것이 무척 쓰라리긴 했으나, 내가 이미 인간이 아니라 한 개의 물건이 됐다고 깨달았을 때 느낀 것에 비하면 아무것도 아닙니다. 이를테면 딸에게 작별을 고하려고 하는데, 어서 가서 마차나 타라고 그러더군요. 어디로 데려가느냐고 물으면, 가보면 안다는 대답이에요. 무슨 죄냐고 물어도 대답해주지 않고요. 붙들어 조사를 마치면 옷을 벗기고 번호가 붙은 수의를 입혀 둥근 천장의 감옥으로 끌고 가 문을 열어 집어넣고는 쇠를 잠그고 모두 가버리고, 총을 든 경비병이 혼자 남아서 말없이 돌아다니며 간혹 문의 작은 구멍으로 들여다보곤 할 때 저도 무척 괴로웠습니다. 잊히지 않습니다만, 그때 무엇보다도 화가 났던 건 헌병 장교가 내게 담배를 권한 거예요. 그러니까 이 헌병은 사람이 담배를 좋아한다는 걸 알고 있었던 겁니다. 따라서 사람이 얼마나 자유를 사랑하고 광명을 사랑하는지도 알았을 테고, 또 어머니가 자식을 사랑하고 아이가 얼마나 어머니를 따르는지도 알았을 거예요. 그렇다면 대체 무슨 까닭으로 그 사람들은 귀중한 모든 것에서 무자비하게 나를 떼어놓고 야수처럼 가두어둘 수 있었을까요? 이런 일을 울며 겨자 먹기로 가만히 있을 수는 없습니다. 신과 인간을 믿고 사람이 서로 사랑하는 것을 믿었던 사람이라도 그런 일을 겪은 뒤에는 믿는 것을 그만둘 테니까요. 저는 그때부터 인간을 믿지 않게 되었어요. 성질도 고약해지고요." 그녀는 이렇게 말을 맺고 웃었다.

리지야가 달려 나간 문으로 그녀의 어머니가 들어오더니 리지야의 기분이 퍽 혼란스러워져 나오지 않을 거라고 말했다.

"대체 무엇 때문에 아까운 젊은 생명을 망쳐버리고 마는 걸까요?" 이모가 말했다. "어쩌다 제가 원인이 되었기에 더욱 가슴이 아픕니다."

"시골 공기나 쐬고 마음을 바로잡아주었으면 좋으련만." 어머니
가 말했다. "아버지한테 보낼까 해요."

"정말이지 당신께서 힘써주시지 않았더라면 저 애는 아주 죽고
말았을 거예요." 이모가 말했다. "정말로 고마웠습니다. 그리고 제
가 당신을 뵙고자 한 건 베라 보고두호프스카야에게 이 편지를 전
해주고 싶었기 때문입니다." 호주머니에서 편지 한 통을 꺼내면서
그녀는 말했다. "편지는 봉하지 않았으니까 훑어보신 뒤에 찢어버
리시든 건네주시든 당신 좋으실 대로 해주세요." 그녀는 말했다.
"이 편지에는 별반 거추장스러운 일은 쓰여 있지 않으니까요."

네흘류도프는 편지를 받아 전해줄 것을 약속하고 나서, 자리에
서 일어나 작별을 고하고 밖으로 나왔다.

그는 편지를 읽어보지도 않은 채 봉을 하고, 부탁한 대로 전해주
리라 결정했다.

27

네흘류도프를 페테르부르크에 얽매어둔 마지막 용건은 분리파
교도 사건이었다. 그는 황제 앞에 봉헌하는 그들의 청원서를 연대
시절의 옛 벗인 시종 무관 보가트이레프를 통해서 낼 작정이었다.
아침나절에 보가트이레프를 방문한 그는 이미 출근할 시간이었다
고는 하나 자택에서 아침 식사를 하는 옛 벗을 마침 붙들 수 있었
다. 보가트이레프는 뚱뚱하고 작달막한 키에 편자를 구부릴 정도의

좀처럼 보기 드문 장사였으며, 마음씨 좋고 정직하며 단순한 데다 자유주의적인 사상을 지닌 사내였다. 성질이 그런데도 그는 궁정과 밀접한 관계에 있었으며, 황제와 황실을 경애할 뿐만 아니라 이 최고의 사회에 살면서 좋은 면만 보고 나쁜 면에는 관여하지 않는다는 놀랄 만한 재주를 터득하고 있었다. 그는 절대로 남을 비난하거나 남이 하는 일을 비판하는 일이 없었다. 그는 언제나 말이 없었지만, 어쩌다가는 마치 고함치는 듯한 큰 소리로 웃어대면서 할 얘기만을 말해치웠다. 처세를 위해서 그렇게 하는 것이 아니라 원래 성격이 그랬기 때문이다.

"여, 진객이 오셨군. 어때, 아침이나 같이 드세. 자, 우선 앉게나. 멋진 비프스테이크야. 나는 언제나 실속 본위지. 철두철미하게 말이야, 하, 하, 하. 자, 포도주라도 들게." 그는 빨간 포도주 병을 가리키면서 고함치듯이 말했다. "자네 일을 생각해봤지. 청원서는 내가 봉정하겠네, 내가 직접 내겠어. 그건 문제없네. 근데 갑자기 생각난 일이지만, 그 전에 토포로프한데 가보는 게 좋지 않을까?"

토포로프의 이름을 듣고 네흘류도프는 미간을 찌푸렸다.

"만사는 그 사내가 마음먹기에 달렸네. 결국 황제께서도 그에게 물어볼 테니까 말이야. 어쩌면 그가 자네 희망을 이뤄줄지도 모르거든."

"자네가 권한다면 갔다 오겠네."

"그게 좋아. 그런데 페테르부르크에 대한 감상은 어떤가?" 보가트이레프는 외치듯이 말했다. "말 좀 하게, 어서."

"최면술에 걸린 듯한 느낌일세." 네흘류도프는 말했다.

"최면술이라고?" 보가트이레프는 상대의 말을 되풀이하고 큰 소리로 웃어댔다. "자네 마음대로 하게나." 그는 냅킨으로 윗수염을 닦았다. "여하튼 가보게. 만약 그가 안 해주거든 내게 가져오게나. 내일이라도 내가 낼 테니." 그는 이렇게 외치고 식탁에서 일어나더니 입을 닦을 때와 마찬가지로 무의식적인 동작으로 크게 성호를 긋고는 검을 차기 시작했다. "그럼 오늘은 이만 실례하네. 가봐야 하니까."

"함께 나가세." 네흘류도프는 흐뭇한 기분으로 보가트이레프의 우람하고 넓적한 손을 잡으면서 말했다. 그는 여느 때처럼 무엇인지 건강하고 무의식적인, 청신하고 상쾌한 인상을 품은 채 현관에서 친구와 헤어졌다.

지금부터 하게 될 방문에 무엇 하나 좋은 결과를 기대하지는 않았지만, 어쨌든 네흘류도프는 보가트이레프의 권고에 따라 분리파 교도들의 사건을 마음대로 좌우하는 인물인 토포로프한테로 마차를 달렸다.

토포로프가 차지한 직무는 그 사명으로 보아 내적 모순이 있어서, 어지간히 우매하거나 도덕적 감정이 결핍된 인간이 아니고서는 그 모순을 모를 리가 없었다. 그런데 토포로프는 이 부정적인 두 가지 성질을 다 가지고 있었다. 그가 차지한 직무가 가진 모순이란 이러했다. 즉 신이 손수 지으신 지옥문으로도, 어떠한 인간적 노력으로도 움직일 수 없는 교회를, 폭력을 가미한 외적 수단을 통해 유지하고 보호하는 것이 그의 임무였다. 그토록 신성하고 무엇으로도 움직일 수 없는 신의 제도를, 많은 부하를 거느린 토포로프가 지배하고 있는 인간의 제도가 유지하고 보호하지 않으면 안 되는 것이었다. 토포로프는 이런 데 생각이 미치지 않았다. 아니면 알고 싶지 않았는지도 모른다. 그래서 그는 지옥문으로도 파괴되지 않을 교회를 가톨릭교도나 프로테스탄트의 선교사나 분리파 교도들이 파괴하지나 않을까 하여 무척 마음을 쓰고 있었다. 토포로프는 근본적인 종교 감정이나 인류의 평등과 동포 의식을 잃고 있는 사람들과 마찬가지로, 민중은 자신과 전혀 다른 존재로 성립되고 있으며 자기에게는 없어도 아무 상관이 없지만 민중에게는 필요 불가결한 것이 있다고 굳게 믿었다. 그 자신은 털끝만큼도 신앙을 믿지 않으며 그러한 상태를 도리어 편리하고 흡족하게 여기는 주제에, 민중이 그러한 경지에 도달하면 큰일이라고 생각하고 입버릇처럼 말하듯이 민중을 그런 상태에서 구원하는 것이 자신의 신성한 의무라고 생각했다.

어떤 요리책에 가재는 산 채로 삶아지기를 좋아한다고 쓰여 있는데, 마찬가지로 그 역시 민중은 미신적인 것을 좋아한다고 확신했다. 요리책에서처럼 비유적 의미가 아니라 그냥 그대로 믿어서, 민중은 미신을 좋아한다고 생각하고 또 그렇게 말하고 있었다.

자신이 지지하는 종교에 대해서 그가 갖는 태도는 마치 썩은 고기로 닭을 기르는 양계장 주인의 태도와 같았다. 썩은 고기는 아주 불쾌하지만 닭이 잘 먹기 때문에 그것을 먹여 키우는 것이다.

물론 이베르스크라든가 카잔이라든가 스몰렌스크 같은 지방의 우상숭배는 우매하기 그지없지만 민중이 그것을 사랑하고 믿는 이상 그런 미신을 지지하지 않으면 안 된다는 식으로 토포로프는 생각하고 있었다. 그리고 민중이 미신을 사랑하는 것처럼 보이는 것은 과거와 현재를 불문하고 다름 아닌 토포로프 같은 냉혹 무도한 인간이 존재하기 때문인 데 지나지 않는다는 것을 그는 염두에도 두지 않았다. 즉 그 같은 인간들은 자기네들만 문명의 빛 가운데 살면서 그 빛을 마땅히 비추지 않으면 안 될, 그러니까 무지의 어둠에서 벗어나려고 몸부림치는 민중에 대한 원조에는 사용치 않고 오직 민중을 어둠 속에 가두어두기 위해서만 쓰고 있었던 것이다.

네흘류도프가 응접실로 들어갔을 때 토포로프는 마침 서재에서 원기 왕성한 어느 귀족 출신 여자 수도원장과 대화를 나누고 있었다. 이 여사제는 서부 국경 지방에서 개종을 강요받고 있는 우니아트[정교와 가톨릭의 합동을 생각하는 파] 신도들 사이에서 정교를 지지하며 전도하고 있었다.

특별 임무를 띠고 응접실에 앉아 있던 당직 관리는 네흘류도프의 용건을 묻고, 네흘류도프가 분리파 교도들의 청원서를 황제에게 제출할 의향임을 알자 그 청원서를 한번 보여줄 수 없느냐고 물었다. 네흘류도프가 청원서를 내주자, 관리는 그것을 들고 서재로 갔다. 펄럭이는 베일을 드리운 두건을 쓰고 검은 옷자락을 길게 늘어뜨린 여사제가 손톱을 길게 다듬은 흰 손을 모으고 황옥 묵주를 늘어뜨린 채 서재에서 나와 현관 쪽으로 걸어갔다. 그런데 네흘류도프에게는 들어오라는 말이 없었다. 한편 토포로프는 청원서를 읽으면서 연방 머리를 내젓고 있었다. 힘차고 명쾌한 논리로 쓰인 청원서를 읽으면서 그는 불쾌한 놀라움에 사로잡혔다.

'이런 것이 황제의 손에 들어간다면 이것저것 아주 불쾌한 질문을 받을 뿐 아니라 오해를 불러일으킬지도 모르겠는걸.' 청원서를 다 읽고 나서 그는 생각했다. 그리고 탁자에 그것을 놓고는 벨을 울려 네흘류도프를 부르도록 일렀다.

그는 이 분리파 교도들의 사건을 기억하고 있었다. 전에도 그들의 청원서를 접수한 적이 있었다. 사건은 이러했다. 정교에서 이탈한 이들 크리스천들이 훈시를 받은 다음 재판에 돌려졌는데, 법정은 그들에게 무죄를 선고했다. 이 말을 듣고 정교의 주교와 지사는 그들의 결혼이 합법적이 아니라는 이유로 남편과 아내와 아이들을 제각기 다른 장소로 유형시키려 했다. 그래서 이들이 생이별을 면하게 해달라고 청원서를 냈던 것이다. 토포로프는 이 사건이 처음 자기에게 왔을 때의 일을 생각해냈다. 그때는 이 일을 중지시킬지 말지 퍽 망설였다. 그러나 그들 농민 가족을 분리해서 여러 곳으로 추방하는 명령을 실행한다 해도 별로 해가 되지는 않지만, 그들을 현주지에 그대로 머물러 있게 한다면 정교에서의 이탈이라는 의미로 다른 주민에게 악영향을 끼칠지도 모르는 데다 주교의 열렬한 주장도 있고 해서, 그는 이 사건을 그대로 방치하기로 했었다.

그러나 지금 페테르부르크에 연줄이 많은 네흘류도프 같은 후원자가 붙은 이상, 이 사건은 황제의 눈에 무슨 냉혹 무도한 것으로 비치기도 하겠거니와 외국 신문이 취재할 가능성도 있었으므로 그는 즉시 이례적인 결정을 내렸다.

"아, 잘 오셨습니다." 선 채로 네흘류도프를 맞이하여 무척 바쁜 듯이 말하고는 곧 용건으로 들어갔다. "이 사건은 나도 알고 있습니다. 사람들 이름을 보니까 곧 이 불행한 사건이 생각납니다." 청원서를 집어 들고 네흘류도프에게 보이면서 그는 말했다. "저로서는 이 사건을 상기시켜준 데 대해서 감사를 드리지 않을 수 없습니다. 이건 현 관리들이 너무 열성을 보인 탓이지요……."

네흘류도프는 창백한 얼굴의 무표정한 가면을 불쾌한 기분으로 바라보며 잠자코 있었다.

"이 처분을 철회해서 이 사람들이 현주지에 안주할 수 있도록 곧 명령을 내리겠습니다."

"그럼 이 청원서는 제출하지 않아도 괜찮겠습니까?" 네흘류도프는 말했다.

"물론이지요, 내가 약속하는 거니까요." '내가'라는 말에 어떤 특별한 악센트를 두면서 그는 말했다. 아마도 자신의 성실성과 자신의 말만이 최상의 보증이라고 마음속 깊이 믿고 있는 성싶었다. "그렇지만 지금 여기서 써버리는 것이 좋겠군요. 잠깐 앉아 계십시오."

그는 탁자로 걸어가서 쓰기 시작했다. 네흘류도프는 앉지 않고 폭이 좁게 벗겨진 대머리와 열심히 펜을 놀리는 굵고 푸른 심줄이 도드라진 손을 바라보면서 어째서 이 사내는 이토록 잘해주는 걸까, 아무리 봐도 모든 일에 냉담할 것만 같은 이 사내가 이렇듯 걱정스러운 꼴로 해주는 이유는 뭘까 하고 이상스레 생각했다. 대체 무슨 까닭일까……?

"자, 됐습니다" 하고 토포로프는 봉투를 봉하면서 말했다. "이 일을 당신 의뢰인들에게 얘기해주십시오." 입술을 오므리고 가볍게 웃으며 그는 덧붙였다.

"그렇다면 이 사람들은 대체 무엇 때문에 그런 고생을 한 걸까요?" 봉투를 받아 들면서 네흘류도프는 말했다.

토포로프는 머리를 들더니 마치 네흘류도프의 질문이 만족감이라도 주었다는 듯이 씽긋 웃었다.

"그것을 내 입으로 말하기는 거북하군요. 그러나 우리가 보호하고 있는 민중의 권익은 아주 중요하기 때문에, 종교 문제에 대해서 좀 과도한 점이 있다 할지라도, 현재 널리 퍼져 있는 신앙에 대한 무관심만큼은 두려운 것이 아니고 또 해로운 것도 아닙니다. 그것만은 말할 수 있겠죠."

"그러나 종교라는 미명 아래 선의 첫 번째 요구가 파괴되는 건 무슨 까닭일까요? 온 가족을 뿔뿔이 떼어놓는다든가 하는……."

토포로프는 아마도 네흘류도프의 말을 순진하다고 생각했는지 여전히 너그럽게 웃었다. 네흘류도프가 무슨 말을 하든 토포로프는 지금 자기가 서 있는 넓은 국가적 지위라는 높이에서 보아 모든 것이 순진하다고밖에 생각되지 않음에 틀림없었다.

"한 개인의 견지에서라면 그렇게도 생각될 테죠." 그는 말했다. "그러나 국가적 견지에서 본다면 다소 다른 양상을 띠게 된다는 겁니다. 그건 그렇다 치고, 오늘은 이만 실례합니다." 가볍게 목례하고 손을 내밀면서 토포로프는 말했다.

네흘류도프는 말없이 그 손을 쥐고, 악수한 것을 뉘우치면서 서둘러 밖으로 나왔다.

'민중의 권익이라고.' 그는 토포로프의 말을 되뇌어보았다. '자기 이익일 테지. 자기만의 이익.' 토포로프의 저택을 나오면서 그는 생각했다.

술 밀매로 처벌된 시골 여자를 비롯해 절도죄 젊은이, 부랑죄 석공들, 방화범, 횡령죄 실업가, 그리고 필요한 정보를 얻을 수 있다는 이유만으로 체포된 저 불행한 리지야, 입헌정치를 희망하다가 투옥된 구르케비치 등 정의를 고취하고 신앙을 지지하고 민중을 계몽하려고 하는 여러 기관의 활동을 대표하는 사람들을 하나하나 상기했다. 그러자 네흘류도프의 마음에는 이들 모두가 체포되고 감금되고 유형 보내진 것은 결코 이 사람들이 정의를 문란케 하거나 불법 행위를 저질러서가 아니라, 오로지 관원이나 부자들이 민중에게서 거두어들인 재산을 간직하는 데 이 사람들이 방해가 되었기 때문일 뿐이라는 생각이 떠올랐다.

술을 밀매한 시골 여자도, 거리를 어슬렁거리는 도둑놈도, 선전물을 갖고 있던 리지야도, 미신을 타파하려고 한 분리파 교도들도, 헌법을 요구한 구르케비치도 모두 그런 의미에서 방해를 했다. 네흘류도프에게는 이모부와 원로원 위원과 토포로프를 위시하여 각 성(省)에서 사무를 보는 깨끗하고 단정한 하급 관리에 이르기까지 모든 관리가 죄 없는 사람들이 고생하는 일 따위는 조금도 걱정하지 않고, 어떻게 하면 위험 분자를 일소할 수 있는가 오직 그 일에만 부심하고 있다는 것이 이제는 명백한 사실로 여겨졌다.

그렇기 때문에 한 무고한 사람을 벌주지 않기 위해서 죄인 열 사람을 용서한다는 원칙이 지켜지지 않을뿐더러, 오히려 그 반대로 썩은 부분을 도려내는 데는 신선한 데까지 묻어 나가지 않으면 안 되는 이치로서 정말 위험한 사람을 없애기 위해 아무런 위험도 없는 열 사람을 형벌이라는 수단으로 제거한다.

지금까지 일어나고 있는 모든 일에 대한 이런 설명이 네흘류도프에게는 매우 간단명료하게 여겨졌는데, 너무나 간단명료해서 도리어 그것을 인정하는 데 망설이게 될 정도였다. 그렇게도 복잡한 현상이 이토록 간단한, 무서운 설명만으로 해결되다니, 그럴 수가 있을까? 정의, 선, 법률, 신앙, 신에 관한 그러한 모든 말이 단순한 말에 지나지 않고 가장 야비하고 탐욕스러운 잔인성을 지니고 있다니, 그럴 수가 있을까?

28

네흘류도프는 그날 밤으로 떠날 수도 있었는데, 마리에트와 극장에서 만날 약속을 했으므로 짐짓 가볼 것도 없는 일인 줄 충분히 알면서도 역시 자기 자신에게 마음을 꾸며대며 약속한 이상 지키지 않으면 안 된다고 생각하고 가보기로 했다.

'나는 그 유혹을 이겨낼 수 있을 것인가!' 그는 짐짓 이렇게 생각했다. '마지막으로 한 번 더 시험해보자.'

그는 연미복으로 갈아입고 한없이 되풀이되는 〈춘희〉 2막 때 극장으로 들어갔다. 무대에서는 외국 여배우가 폐병으로 죽어가는 장면을 새로운 연출로 연기하고 있었다.

극장은 만원이었다. 마리에트의 좌석을 묻자, 곧 정중한 안내를 받았다.

복도에 서 있던 제복 차림 하인이 마치 아는 사람인 양 목례를 하고 나서 그를 위해 문을 열어주었다.

건너편 관람석에 앉아 있는 사람들, 그 등 뒤에 선 사람들, 가까이 잔등을 보이고 있는 사람들, 그리고 대중석에 앉아 있는 허연 머리, 반백 머리, 기름 바른 머리, 고수머리 등 이 모든 관객은 비단과 레이스로 된 옷을 입은 날씬한 여배우가 부자연스러운 가느다란 목소리로 독백하는 모습을 열심히 보고 있었다. 문이 열리자 누군가가 쉿 하고 소리를 냈다. 냉한 공기와 훈훈한 공기, 이 두 가지 흐름이 네흘류도프의 얼굴을 스치고 지나갔다.

좌석에는 마리에트 말고도 붉은 오페라 외투를 입고 크고 묵직하게 머리를 튼 귀부인과 두 남자가 앉아 있었다. 한 사람은 속을 알 수 없는 위엄 있는 매부리코에 키가 크고 잘생긴 마리에트의 장군 남편으로, 솜과 염색한 리넨으로 사뭇 군인답게 가슴을 부풀려 올리고 있었다. 또 한 사람은 아마 빛 머리가 벗겨져가고 있었으나 멋진 구레나룻을 기르고 그 가운데 수염을 깨끗이 면도한 사내였다. 날씬하고 품위 있고 우아한 마리에트는 가슴과 어깨를 드러낸 옷을 입고 턱에서 완만한 곡선을 그리며 내려간 건강하고 통통한 어깨를 드러내고 있었는데, 어깨와 목덜미가 맞닿은 곳에 조그만 까만 점이 하나 보였다. 그녀는 곧 뒤돌아보더니, 네흘류도프에게 자기 뒷자리를 부채로 가리켜 보이면서 고맙다는 듯 상냥하게, 그리고 의미심장하게(그에게는 그렇게 생각되었다) 웃어 보였다. 그녀의 남편은 언제나와 마찬가지로 침착한 태도로 네흘류도프를 한 번 쳐다보고 가볍게 머리를 끄덕였다. 그의 태도나 그가 아내와 나눈 시선에는, 자신은 아름다운 아내의 관리자이며 소유자라는 의식이 역력히 엿보였다.

독백이 끝나자 장내는 우레 같은 박수 소리로 들끓었다. 마리에트는 자리에서 일어나 살랑살랑 비단 드레스 자락을 가볍게 여미면서 좌석 뒤쪽으로 나와 네흘류도프를 남편에게 소개했다. 장군은 연방 웃으면서 만나서 기쁘다고 말한 다음, 또다시 침착하고 속을 알 수 없는 침묵에 잠겨버렸다.

"오늘 떠나지 않으면 안 되는데 당신과 약속을 했기에." 마리에트를 마주 바라보면서 네흘류도프는 말했다.

"저야 만나지 않으셔도 좋습니다만, 저 훌륭한 여배우만은 보셔야 하잖아요." 그의 속내에 대답하며 마리에트는 말했다. "마지막 장면은 정말 좋지 않았어요?" 하고 그녀는 남편 쪽으로 얼굴을 돌리며 말했다.

남편은 끄덕여 보였다.

"나는 감동이 일지 않는군요." 네흘류도프는 말했다. "나는 오늘 정말 불행한 사람들을 너무 많이 보고 와서……."

"자, 앉아서 이야기나 들려주세요……."

귀 기울여 듣던 남편이 점점 비꼬는 듯한 엷은 웃음을 짓는 것이 눈에 띄었다.

"나는 오늘 오랫동안 갇혀 있던 끝에 간신히 석방된 그 여자한테 갔다 왔습니다만, 완전히 지쳐버렸더군요."

"저, 당신께 말씀드린 그 아가씨 말이에요." 마리에트가 남편에게 말했다.

"그렇습니까, 석방해줄 수 있어서 나도 참 기쁘다고 생각했습니다." 그는 고개를 끄덕이면서 침착한 어조로 말했으나, 네흘류도프가 보기에도 비꼬는 듯한 웃음이 윗수염 밑에 어리고 있었다. "담배를 한 대 피우고 오겠습니다."

네흘류도프는 마리에트가 무슨 할 얘기가 있다고 했기에 그 말을 꺼내리라 기대하면서 앉아 있었으나, 그녀는 아무 말도 하지 않았고 또 말하려는 눈치도 보이지 않았다. 그녀는 농담조로 연극에 대해 이야기하면서, 이 연극이 네흘류도프에게는 특별한 감명을 줄 것으로 기대하고 있는 성싶었다.

네흘류도프는 그녀가 자기에게 아무 용건도 없고, 다만 어깨와 까만 점을 아낌없이 드러낸 야회복 차림의 아름다움을 남김없이 그에게 보이고 싶었을 뿐임을 깨달았다. 그에게는 그것이 즐겁기도 하고 동시에 싫기도 했다.

그런데 모든 것을 감싸고 있던 아름다움의 베일이 지금 완전히 벗겨졌다고까지는 할 수 없으나, 네흘류도프는 그제야 그 베일 밑에 무엇이 숨어 있는지 알 수 있었다. 그는 마리에트를 바라보면서 그 아름다움에 반하기는 했다. 그러나 몇백 몇천의 눈물과 목숨으로 경력을 쌓아 올린 남편과 함께 살면서 그런 일에는 조금도 아랑곳하지 않는 거짓말쟁이라는 것을 알았다. 이 여자가 어제 한 말도 전부 거짓말이었다. 무엇 때문에 그랬는지 알 수 없고 또 그녀 자신도 몰랐겠지만, 여하튼 그녀가 바라는 것은 그의 마음에 연정의 불꽃이 타오르게 하는 일이었다. 그는 마음이 이끌리기도 했으나 동시에 불쾌하기도 했다. 몇 번이나 돌아가려고 모자에 손이 가면서도 망설이고 있었다. 그러나 마침내 남편이 짙은 윗수염에 담배 냄새를 풍기면서 좌석으로 되돌아와 마치 네흘류도프 따위는 안중에도 없다는 듯이 으스대며 업신여기는 듯한 눈초리로 그를 보았을 때, 그는 열린 문이 채 닫히기도 전에 복도로 나와 외투를 찾아서 극장을 나왔다.

네프스키 거리를 지나 집으로 오는 길에 그는 자기 앞에서 걸어가는 도발적인 옷차림의 매우 몸매 좋고 키가 큰 여성에게 눈길이 갔다. 여자는 넓은 보도의 아스팔트 위를 천천히 거닐고 있어, 그 얼굴에도 몸 전체에도 요염이 넘치는 자신의 매력을 충분히 의식하고 있음이 엿보였다. 지나치는 사람이나 앞질러 가는 사람 모두 그녀를 흘끔흘끔 쳐다보았다. 네흘류도프도 그녀보다 바쁜 걸음으로 그녀를 앞질러서 자기도 모르게 뒤를 돌아보았다. 짙게 화장한 얼굴은 아름다웠다. 여자는 네흘류도프를 보자 눈을 반짝이며 웃었다. 그러자 우스꽝스럽게도 네흘류도프는 순간적으로 마리에트를 떠올렸다. 아까 극장에서 느낀 것과 똑같은 매력과 혐오의 정을 느꼈기 때문이다. 당황한 네흘류도프는 그녀를 앞질러 자기 자신에게 화를 내면서 모르스카야 거리로 꺾어 들었다. 해변으로 나온 그는 순경을 깜짝 놀라게 하면서 이리저리 왔다 갔다 했다.

'내가 극장에 들어갔을 때 그 여자도 역시 저런 웃음을 던졌지.' 그는 생각했다. '그 웃음도, 지금 이 웃음도 의미는 마찬가지다. 다른 것이라면 다만 방금 그 여자가, 내가 탐나거든 돈으로 사고 소용없으면 그냥 가세요, 하고 털어놓고 깨끗이 말한다는 점뿐이지. 저쪽 여자는 사뭇 자기는 그런 것 따윈 생각지 않으며 고상하고 세련된 감정으로 살고 있는 체하지만, 밑바닥에 있는 것은 마찬가지다. 이쪽은 적어도 정직하고 저쪽은 거짓말쟁이인 거야. 그뿐만 아니라 방금 그 여자는 가난 때문에 별수 없이 그런 환경에 빠져들었지만, 그 여자는 아름다운 동시에 더럽고 무서운 정욕을 희롱하며 즐기고 있는 것이다. 지금 거리의 여자는 더럽다기보다 갈증을 느끼는 사람들에게 내미는 냄새 나는 구정물 같지만, 극장에 도사리고 앉은 그 여자는 걸려드는 사람들을 알지 못하는 사이 독살해버리는 독물과도 같다.' 네흘류도프는 귀족단장 부인과의 추악한 관계를 떠올렸다. 그러자 부끄러운 마음이 울컥 치밀었다. '인간 속에 있는 야수성은 흉악한 것이다.' 그는 생각했다. '그 야수성이 그대로의 모양으로 나타날 때, 인간은 높은 정신적 차원에서 굽어보고 멸시하기 때문에 타락하거나 안 하거나 간에 이전의 자세를 견지할 수 있다. 그러나 그 야수성이 겉치레만의 미적이고 시적인 감정의 껍데기를 쓰고 타인의 존경을 요구하게 되면, 인간은 그 야수성을 숭상하여 온통 빠져버려서 선과 악을 구별할 수 없게 된다. 그렇게 되면 정말 무

서운 일이다.'

이제 네흘류도프에게는 이 모든 사실이 궁전이니, 초소 병정이니, 요새니, 강이니, 보트니, 증권거래소 따위가 눈앞에 보이듯이 명백히 인식되었다.

그리고 그날 밤 이 땅에 휴식을 내리는 평온한 어둠도 없고 다만 막연하고 불쾌한, 어디서 흘러나오는지도 모를 부자연스러운 빛만이 남아 있듯이 네흘류도프의 심중에도 휴식을 불러오는 무지의 어둠은 이미 존재하지 않았다. 모든 것이 분명했다. 세상에서 중요하고 훌륭해 보이는 일은 모두 하찮고 보기 싫은 일들이며, 눈부시게 빛나고 사치스러운 것은 모두 여러 사람들에게 아주 당연한, 옛날부터의 죄를 감추는 것들이다. 그러한 죄는 다만 벌을 받지 않을 뿐만 아니라, 인간이 생각해낼 수 있는 아름다움으로 한껏 화려하게 치장되기까지 했다.

네흘류도프는 그것을 잊어버리고 싶었다. 보기 싫었다. 그러나 이미 보지 않을 수도 없었다. 페테르부르크를 뒤덮은 빛의 광원을 볼 수 없듯이 네흘류도프는 이들 모두를 계시해준 빛의 근원을 볼 수 없었다. 또 그 빛은 어두컴컴하고 불유쾌한, 부자연스러운 것으로 여겨졌지만 그는 그 빛을 통해 계시된 것을 보지 않을 수 없었다. 그는 즐겁기도 했거니와 동시에 불안하기도 했다.

29

네흘류도프는 모스크바로 돌아오자마자 만사를 제쳐놓고 우선 원로원이 원판결을 시인했으므로 시베리아로 떠날 채비를 해야 한다는 슬픈 소식을 마슬로바에게 전해주려고 감옥 부속병원으로 달려갔다.

변호사가 작성해준 황제에게 보내는 청원서에 마슬로바의 서명을 받으려고 지금 감옥으로 가는 길이었지만, 그는 그 청원서에 별로 기대를 걸지 않았다. 그리고 이제 와서는 이상하게도 그 성공을 바라지도 않았다. 시베리아로 가서 유형수나 징역수들과 함께 생활할 것만을 생각하고 있었으므로, 마슬로바가 무죄 석방될 경우의 생활은 상상도 하기 어려울 지경이었다. 그는 미국 작가 소로의 말을 상기했다. 미국에 노예제도가 있던 시기에 소로는, 노예제도가 합법적으로 보호되고 있는 나라에서 성실한 시민이 몸을 둘 유일한 장소는 감옥뿐이라고 말했다. 네흘류도프는 페테르부르크에서 모든 것을 알고 난 뒤에 이와 똑같은 생각을 했던 것이다.

'그렇다, 오늘날 러시아에서 성실한 인간이 몸을 둘 유일한 장소는 감옥이다!' 하고 그는 생각했다. 그리고 그는 마차가 감옥으로 다가가서 구내로 접어들자 이 느낌을 직접 피부로 체험했다.

병원 수위는 그가 네흘류도프임을 알자 마슬로바는 이미 병원에 있지 않다고 알려주었다.

"그럼 어디로 갔소?"

"다시 감옥으로 송환되었어요."

"왜 송환되었을까요?" 네흘류도프는 물었다.

"원래가 그런 족속 아닙니까, 각하" 하고 수위는 멸시하는 듯한 엷은 웃음을 띠면서 말했다. "병원 조수하고 붙어먹어서 원장이 쫓아보낸 거죠."

131

네흘류도프는 마슬로바와 그녀의 정신 상태가 자신에게 이토록 밀접해져 있을 줄은 정말이지 생각도 못 했었다. 이 소식은 그를 어리둥절하게 만들었다. 전혀 예기치 못한 커다란 불행에 관한 소식을 들었을 때와 같은 기분이었다. 참으로 괴로웠다. 이 소식을 듣고 처음 느낀 감정은 수치심이었다. 무엇보다도 그녀의 정신 상태가 차츰 달라져간다고 적이 기꺼워하던 자신이 제 눈에도 우스꽝스럽게 보였다. 그의 희생을 받아들이고 싶지 않다던 그 말도, 비난도, 눈물도 모두 되노록 멋있게 그를 이용해먹자는 타락해버린 여자의 온갖 솜씨에 지나지 않았구나 하는 생각이 들었다. 이제 와서 보니, 마지막 면회 때 이미 지금 드러난 교정할 수 없는 타락의 증세가 보인 것 같기도 했다. 거의 본능적으로 모자를 쓰고 병원을 나설 때 이런 생각이 그의 머릿속을 스쳤다.

'자, 이제부턴 어떻게 한다?' 그는 자신에게 물었다. '나는 아직도 그녀한테 매여 있는 걸까? 그녀의 이러한 행동으로 나는 이제 그녀에게서 풀려났다고 볼 수 있지 않을까?' 그는 마음속으로 이렇게 물었다.

그러나 이 질문을 자신에게 던지는 순간, 만약 자기가 해방된 기분으로 그녀를 버린다면 자기 바람처럼 그녀를 벌하는 것이 아니라 스스로를 벌하는 것뿐임을 깨달았다. 그는 두려워졌다.

'말도 안 된다! 무슨 일이 있어도 내 결심을 바꿀 수는 없다. 오히려 내 결심을 굳게 해줄 따름이다. 그녀는 그녀대로 마음 내키는 대로 하라고 내버려두면 된다. 병원 조수와 그런 짓을 한다 해도 상관없다……. 내가 할 일은 양심의 명령에 따라 행동하는 것뿐이다.' 그는 자기 자신에게 타일렀다. '내 양심은 내가 저지른 죄를 보상하기 위해 자유를 희생할 것을 요구하고 있다. 그러므로 비록 형식상으로나마 결혼을 하고 어디로 유배되든 그녀를 따라가겠다는 내 결의는 언제까지라도 변해서는 안 된다.' 그는 고집스럽게 자신에게 말하고 병원을 나와 단호한 발걸음으로 감옥 문을 향해서 걸어갔다.

문으로 다가간 그는 마슬로바를 면회하러 왔다고 소장에게 전하도록 당직 간수에게 부탁했다. 네흘류도프를 잘 아는 당직 간수는 특별히 호의를 베푸는 뜻에서 감옥 안의 중대 소식을 알려주었다. 예전 소장은 해임되고 그 후임으로 다른 엄격한 소장이 들어왔다는 것이었다.

"요즘은 굉장히 엄격해져서 곤란합니다." 간수는 말했다. "마침 소장이 자리에 계시니까 곧 전하긴 하겠습니다만."

간수의 말대로 소장은 감옥 안에 있었으므로 이내 네흘류도프한테로 나왔다. 신임 소장은 광대뼈가 툭 불거지고 키가 큰 건장한 체구의 사내였는데, 동작이 무척 느려서 음울한 인상을 풍겼다.

"면회는 정한 날에 면회실에서 하게 되어 있습니다." 그는 네흘류도프에게는 눈길도 주지 않고 말했다.

"하지만 나는 황제 폐하께 올릴 청원서에 서명을 받으려고 왔습니다."

"저한테 맡기십시오."

"내가 직접 그 여죄수를 만나야 할 용무가 있어서요. 전에는 언제든 허가를 받곤 했습니다만."

"그건 이전 얘기죠." 네흘류도프에게 힐끗 시선을 던지며 소장은 말했다.

"현 지사가 발행한 허가증도 있습니다." 지갑을 꺼내면서 네흘

133

류도프는 강경하게 말했다.

"보여주십시오." 소장은 여전히 상대방의 눈은 보지도 않고 말하더니, 둘째손가락에 반지를 낀 꺼칠꺼칠한 흰 손으로 네흘류도프가 내민 서류를 받아 들고 천천히 훑어보았다. "그럼 사무실로 들어오십시오" 하고 그는 말했다.

이번에는 사무실에 아무도 없었다. 소장은 자기가 직접 면회에 입회할 작정인 듯 탁자 앞에 앉아서 거기 놓인 서류들을 뒤적이기 시작했다. 네흘류노프가 정치범 보고두호프스카야를 면회할 수 없겠느냐고 묻자, 소장은 간단히 그럴 수 없노라고 대답했다.

"정치범과의 면회는 허가하지 않기로 되어 있으니까요." 그는 이렇게 말하고 다시 서류를 열심히 들여다보는 체했다.

보고두호프스카야한테 전할 편지를 호주머니에 가지고 온 네흘류도프는 죄를 저지르려다가 실패하여 탄로 난 사람과도 같은 느낌이 들었다.

마슬로바가 사무실에 들어오자 소장은 얼굴을 쳐들고, 그러나 마슬로바나 네흘류도프는 외면한 채 말했다.

"자, 그럼 어서 만나보십시오!" 그러고는 또 서류를 들여다보기 시작했다.

마슬로바는 전과 마찬가지로 흰 재킷에 스커트를 입고 머릿수건을 쓰고 있었다. 네흘류도프에게 다가와서 그의 시큰둥하고 차가운 얼굴을 보자, 그녀는 얼굴을 새빨갛게 붉히며 눈을 내리깔고는 한 손으로 재킷 자락을 만지작거렸다. 네흘류도프에게는 그녀의 당황해하는 꼴이 병원 수위의 말을 확인해주는 것이라고 생각되었다.

네흘류도프는 전번과 같은 태도로 그녀를 대하려 했으나 악수

를 청하려 해도 선뜻 손이 나가지 않았다. 지금 그녀는 그토록 혐오
의 감정을 일으켰다.

"좋지 않은 소식을 가져왔소." 그는 손을 내밀지 않고 그녀의 얼
굴도 똑바로 보지 않으며 덤덤한 어조로 말했다. "원로원에서 기각
되었소."

"그럴 줄 알았어요." 그녀는 숨 가쁜 듯한 이상스러운 목소리로
말했다.

전 같으면 네흘류도프는 왜 그런 소리를 하느냐, 그럴 줄 알았다
니 그게 무슨 말이냐고 물었을 것이다. 그러나 지금은 다만 물끄러
미 그녀를 바라볼 뿐이었다. 그녀의 눈에는 눈물이 글썽했다.

그러나 그것 역시 그의 마음을 달랠 수는 없었다. 아니 오히려
그녀에 대한 반감을 더욱 부추길 따름이었다.

소장이 일어나서 방 안을 왔다 갔다 하기 시작했다.

네흘류도프는 지금 마슬로바에게 심한 혐오를 느꼈으나, 그래도
역시 원로원의 기각에 대해 유감을 표할 필요가 있다고 생각했다.

"절망해선 안 돼요." 그는 말했다. "황제께 청원서를 내면 잘될 테
니까. 나도 그것을 기대하고 있고……."

"전 그런 걸 생각하고 있는 게 아니에요." 눈물에 젖은 약간 사팔
뜨기 눈으로 호소하듯 그를 쳐다보면서 그녀는 말했다.

"그럼 뭐요?"

"병원에 들르셨다니까 거기서 분명 저에 대한 소문을 들으셨을
텐데요……."

"그래서 어쨌단 말이오? 그런 일은 내가 상관할 바 아니오." 미
간을 찌푸리며 네흘류도프는 냉랭한 어조로 말했다.

그녀가 병원 얘기를 꺼내자, 가까스로 가라앉으려던 모욕받은 긍지로 인한 냉혹한 감정이 다시금 새로운 힘으로 그의 마음속에서 머리를 들었다. '나는 어엿한 귀족이다. 어떤 상류사회 아가씨라도 나와의 결혼을 행복으로 알 것이다. 그러한 내가 이런 여자의 남편이 되어주겠다고 하는데 이 여자는 그사이를 못 참아 병원 조수 따위와 정을 통하지 않았는가' 하고 그는 증오에 찬 눈으로 그녀를 쏘아보면서 생각했다.

　"자, 여기 청원서에 서명하시오." 그는 호주머니에서 커다란 봉투를 꺼내 탁자에 놓으면서 말했다. 그녀는 스카프 끝으로 눈물을 닦고 탁자 앞으로 다가서며, 어디다 어떻게 쓰면 되느냐고 물었다.

　그가 어디에 어떻게 써야 한다고 가르쳐주자, 그녀는 왼손으로 오른손 소매를 매만지면서 탁자 앞에 앉았다. 그는 마슬로바의 등 뒤에 선 채, 흐느낌을 참지 못해 이따금 떨리는 그녀의 등을 잠자코 바라보았다. 그의 마음속에서는 선과 악의 두 감정이 싸우고 있었다. 모욕당한 자신의 긍지와, 괴로움을 참지 못하고 있는 그녀에 대한 연민이었다. 그러나 마침내 후자가 승리를 거두었다.

　진심으로 그녀를 불쌍하게 여긴 것이 먼저였는지, 아니면 자기 자신을 깨닫고 지금 그녀를 책망하고 있는 자신의 죄나 추행을 생각해낸 것이 먼저였는지 분명치 않았으나, 어쨌든 그는 갑자기 자신의 죄가 깊음을 깨닫는 동시에 그녀를 가엾다고 느꼈다.

　그녀는 청원서에 서명을 하고 잉크가 묻은 손가락을 스커트에 문지르고 나서 그를 바라보았다.

　"무슨 일이 있었건, 또 앞으로 무슨 일이 있건 내 결심은 절대로 변하지 않을 거요." 네흘류도프는 말했다.

그녀를 용서한다는 생각이 그녀에 대한 연민과 상냥스러운 감정을 한층 강하게 만들었다. 그는 그녀를 위로해주고 싶어졌다.

"나는 말한 대로 실행하겠소. 당신이 어디로 추방되든 함께 따라가겠소."

"쓸데없는 일이에요." 그녀는 얼른 가로막았으나 그 얼굴은 온통 환하게 밝아진 것 같았다.

"여행 중에 무엇이 필요할지 잘 생각해두시오."

"특별히 필요한 건 아무것도 없을 것 같아요. 정말 여러 가지로 감사합니다."

소장이 그들에게로 다가왔다. 네흘류도프는 주의를 받을 때까지 기다리지 않고 그녀와 작별 인사를 나누었다. 그리고 이제껏 한 번도 느껴보지 못한 고요한 기쁨과 마음의 평안과 만인에 대한 사랑의 감정을 경험하면서 밖으로 나왔다. 마슬로바의 어떤 행동도 그녀에 대한 자신의 애정을 바꿀 수 없다는 의식이 네흘류도프의 마음을 즐겁게 하고, 완전히 새로운 높은 곳으로 날아오르게 했다. 조수와 정을 통하건 말건 그것은 전적으로 그녀의 자유다. 내가 그녀를 사랑하는 건 결코 나 자신 때문이 아니라 그녀를 위해서, 그리고 신을 위해서니까.

그러나 마슬로바가 병원에서 쫓겨난 원인이 되고, 또 네흘류도프가 실제로 있었던 일이라고 믿어버린 조수와의 사건이란 이러했다. 마슬로바가 여조수의 심부름으로 달여 먹을 약을 가지러 복도 끝에 있는 약국으로 갔을 때, 공교롭게도 거기에는 벌써 오래전부터 그녀의 뒤를 추근추근 쫓아다니던 여드름투성이 키 큰 조수 우스티노프가 혼자 있었다. 마슬로바가 끌어안으려고 덤벼드는 사내의 손을 뿌리치고 힘껏 떼밀자, 사내는 약 선반에 부딪히고 선반에서 유리병 두 개가 떨어져 박살이 났다.

때마침 복도를 지나가던 병원장은 기물이 부서지는 소리를 들었고, 그 순간 새빨갛게 상기되어 뛰쳐나오는 마슬로바를 보고 버럭 화를 내며 소리쳤다.

"이봐, 여기 와서까지 망측한 짓을 하면 내쫓고 말겠어. 대체 왜 야단이야?" 원장은 조수 쪽으로 얼굴을 돌리고 안경 너머로 엄하게 노려보았다.

조수는 쓴웃음을 흘리며 변명하기 시작했다. 원장은 얘기를 끝까지 듣지도 않고 얼굴을 들어 이번엔 안경알을 통해서 그를 한 번 바라보고는 병실로 가버렸다. 그리고 그는 그날로 소장에게 마슬로바 대신 좀 더 품행이 얌전한 여자를 간호 조수로 보내달라고 말했다. 마슬로바와 병원 조수의 관계란 요컨대 이 정도에 지나지 않았다. 하필이면 사내와 정을 통했다는 누명으로 병원에서 내쫓긴 것이 마슬로바는 특히 원통했다. 그도 그럴 것이, 그렇잖아도 벌써부터 싫증이 날 대로 난 남자들과의 육체관계는 네흘류도프를 만난 뒤로 더욱더 진저리가 날 지경이었기 때문이다. 그녀의 과거와 현재의 환경으로 판단하여 모든 사내가, 심지어는 그따위 여드름투성이 조수조차도 그녀를 능욕할 자격이 있다고 생각하고는 냉정하게 거절을 당하면 도리어 놀란 듯한 표정을 짓는다는 것이 그녀에게는 참을 수 없는 모욕이었고, 그녀 스스로 제 몸에 대한 연민과 슬픔을 느끼게 했다. 오늘도 그녀는 네흘류도프를 만나는 대로 부당한 누명에 대한 변명을 해보려고 했다. 언제든 그의 귀에도 들어갈 일이었기 때문이다. 그러나 변명을 시작하려다가, 그래 봐야 그가 믿지도 않을 테고 자기변명이 도리어 그의 의혹을 확증해주는 데 지나지 않을 것 같아서, 눈물이 목구멍으로 솟구침을 느끼며 입을 다물었던 것이다.

마슬로바는 두 번째 면회 때 네홀류도프에게 자기 입으로 분명히 말했듯, 자신은 결코 그를 용서하지 않았으며 미워하고 있다고 생각했고 또 그렇게 믿어왔다. 그러나 그녀는 벌써 오래전부터 또다시 그를 사랑하게 되었고, 사랑하기 때문에 그가 바라는 것을 저도 모르는 사이에 차츰 실행해가고 있었다. 술도 담배도 끊었고, 교태 부리는 짓도 그만두었고, 간호 조수로 병원에도 들어갔다. 결혼하려 드는 희생의 마음을 알아달라고 그가 말을 꺼낼 때마다 그토록 깨끗이 거절해온 것도 자기가 일단 입 밖에 낸 자랑스러운 말을 되뇌어보고 싶었기 때문이기도 했지만, 가장 큰 이유는 자신과의 결혼이 그를 불행하게 하리라는 것을 알았기 때문이었다. 그의 희생은 결코 받아들이지 않으리라 다짐하고 있었으나, 네홀류도프가 자기를 경멸하며 여전히 옛날 그대로의 여자로 여기고 자기 마음속에 생긴 변화를 알아주지 못한다고 생각하면, 그녀는 가슴이 미어지도록 괴로웠다. 지금 네홀류도프는 그녀가 병원에서 무슨 망측한 짓을 저질렀다고 생각하고 있을지도 모른다. 이 일이 그녀에게는 징역형 최종 판결이 내렸다는 소식보다 더 괴로웠다.

30

마슬로바가 첫 번째 이송대에 끼여 보내질지도 몰랐으므로 네흘류도프는 출발 준비를 시작했다. 그러나 해야 할 일이 너무 많아서 아무리 시간이 있다 해도 도저히 다 처리해낼 수는 없을 것만 같았다. 그리고 그 일이라는 것이 이전과는 사뭇 성질이 달랐다. 이전에는 대체 무엇을 해야 할지 생각을 짜내야 했고, 일의 흥미도 오직 드미트리 이바노비치 네흘류노프 한 개인에만 한정되어 있었다. 그러나 인생의 모든 흥미가 자기 자신에게 기울어져 있었는데도 그 당시는 무슨 일이건 모두 지루했다. 그런데 이젠 모든 일이 자기 자신이 아니라 타인에 관한 일뿐인데도 전부 다 흥미로울 뿐만 아니라 매력적이며, 더욱이 그런 일이 산더미처럼 있었다.

그뿐만 아니라 이전의 자기 자신에 관한 일은 모두 언제나 짜증이 나고 화를 돋울 뿐이었는데, 타인을 위해서 하는 현재의 일은 대개 즐거운 기분을 자아냈다.

이때 네흘류도프가 전념하는 일은 세 종류로 나뉘었다. 그는 늘 일을 꼼꼼하게 처리하는 습관대로 그렇게 분류하고, 그 분류에 따라서 가방 세 개에다 각각 서류를 나누어 정리했다.

첫 번째는 마슬로바와 그 구출에 관한 일이었다. 이젠 황제 앞으로 제출한 탄원서를 지지받기 위한 준비와, 시베리아로 떠날 채비를 하면 된다.

두 번째 일은 영지 정리였다. 파노보에서는 지대(地代)를 농민들의 공동 비용으로 충당한다는 조건으로 토지를 농민에게 나누어주었다. 그러나 이 협정을 확고히 하려면 계약서와 유언장을 작성해서명을 해두어야 했다. 쿠즈민스코예에서는 역시 그가 정한 대로 자신이 지대를 받도록 되어 있었으나, 그 기한을 정해야 했고 또 그 돈에서 얼마나 생활비에 충당하고 얼마나 농민들을 위해 남겨줄지 정해야만 했다. 시베리아로 가는 데 비용이 얼마나 들지 알 수 없었으므로 이미 수입을 반으로 줄이기는 했으나 나머지 수입까지 완전히 포기할 만한 결심은 서 있지 않았다.

세 번째는 점점 늘어가는 죄수들의 부탁을 들어주는 일이었다.

처음 한동안 도움을 청해오는 죄수들과 접촉하게 되었을 때 그는 그들의 운명을 가볍게 해주려고 애써서 청원을 시작했다. 그러나 얼마 안 가서 부탁하는 사람의 수가 너무나 많아져서 그들 하나하나를 도와줄 수가 없음을 깨닫고, 부득이 네 번째 일을 다시 만들게 되었다. 최근에는 다른 무엇보다 이 일에 가장 많은 관심을 쏟고 있었다.

네 번째는 이른바 형사재판이라고 하는 이 놀라운 제도가 대체 무엇이며, 무엇 때문에 어디서 출현했는가 하는 의문을 해결하는 일이었다. 왜냐하면 그곳 수감자들과 친숙해진 감옥이라는 것도, 또 그에게는 참으로 기이한 이 형법에 희생된 몇백 몇천의 사람들이 무참히 고생하는 페트로파블로프스크 요새 감옥에서 사할린에 이르기까지의 모든 감금 시설로 치더라도 모두가 형사재판의 결과에 따른 것이었기 때문이다.

죄수들과의 개인적 교류, 변호사와 감옥 사제와 소장에게서 들은 이야기, 죄수들의 수기 따위를 통해 네흘류도프는 보통 범죄자라고 불리는 죄수들이 다섯 부류로 나뉜다는 결론에 도달했다.

첫 번째 부류는 방화범 혐의를 받은 저 메니쇼프처럼, 또는 마슬로바처럼 순전히 오판(誤判)에 희생된 전혀 무고한 사람들이었다. 이 부류의 죄수는 그다지 많지 않아서 감옥 사제의 관측으로는 7퍼센트 정도라고 했지만, 그들의 처지는 특히 네흘류도프의 관심을 끌었다.

두 번째 부류를 이루는 것은 격노라든가, 질투의 발작이라든가, 주정이라든가 하는 특수 상황에서 저지른 행위 때문에 재판을 받은 사람들이었다. 그들을 재판하고 처벌하는 사람들도 만약에 그러한 상황에 놓인다면 십중팔구는 그런 범죄를 지지를 것임에 틀림없었다. 네흘류도프가 보는 바로는 이 부류가 전체 죄수의 거의 반수 이상을 차지했다.

세 번째 부류는 자신들 생각에 따르면 매우 당연한, 오히려 좋다고도 믿어지는 행위를 했는데도 그들과는 아무 상관도 없는 법률을 쓴 인간이 범죄로 판단해 처벌된 사람들로 이루어졌다. 이 부류에는 밀주를 팔거나 들여온 사람, 대지주의 숲이나 국유림에서 풀을 베고 장작을 마련한 사람들이 속했다. 도둑질로 생활을 이어가던 산사람이나 교회 재물을 노략질한, 신앙이 없는 사람들 따위도 이 부류에 속했다.

네 번째 부류를 형성하는 것은 정신적인 면에서 사회의 평균 수준보다 높은 위치에 있다는 이유만으로 범죄자 무리에 끼어든 사람들이었다. 분리파 교도가 그렇고, 독립을 외치며 폭동을 일으킨 폴란드인이나 체르케스인도 그렇고, 반정부 음모를 꾸몄다는 이유로 재판을 받은 사회주의자며 파업 참가자들인 정치범도 그렇다. 사회의 가장 훌륭한 계층에 속하는 그들의 수효는 네흘류도프가 보기에 상당수에 달했다.

끝으로 다섯 번째 부류는 사회에 대한 그들의 죄보다도 차라리 그들에 대한 사회의 죄가 훨씬 크다고 생각되는 사람들로 형성되었다. 돗자리를 훔쳤다는 젊은이를 비롯해 네흘류도프가 감옥 안팎에서 만난 다른 몇백 명이 그러했듯이, 모든 것에서 버림받아 끊임없는 박해와 유혹에 머리가 마비된 사람들이었다. 이를테면 생활환경이 범죄라고 불리는 행위를 하지 않을 수 없는 데까지 조직적으로 그들을 몰아넣은 것이나 다름없었다. 네흘류도프의 관찰에 따르면, 요즈음 그들 가운데서 그가 사귄 몇 사람, 도둑이며 살인자 대부분이 거의 이 부류에 속했다. 새로운 학파가 범죄자 유형으로 부르며, 사회에서 이들의 존재야말로 형법이나 형벌의 필요성을 증명하는 가장 큰 이유라고 보는 타락하고 부패해버린 사람들도, 좀 더 가까이 사귀어본 결과 이 부류에 넣게 되었다. 이러한 이른바 타락한 범죄적이며 변태적인 사람들도, 네흘류도프의 의견으로는 앞서 말한 사회에 대한 그들의 죄보다 그들에 대한 사회의 죄 쪽이 훨씬 큰 사람들과 다를 바 없으나, 그들 자신에 대해서 사회가 현재 직접 죄가 있다는 것은 아니고 전 시대, 즉 그들의 부모나 조상들에게 이미 죄가 있다는 것이다.

　이런 사람들 가운데서 특히 그를 놀라게 한 사람은 오호틴이라는 상습 절도범이었다. 매춘부의 사생아로 술집에서 자란 그는 서른 살이 될 때까지 순경보다 품성이 훌륭한 인간은 한 번도 만나보지 못했다. 그는 젊은 시절부터 도둑 패에 끼어들었는데, 반면에 비범한 유머 재능을 타고나서 사람들의 마음을 자기에게 쏠리도록 했다. 그는 네흘류도프에게 도움을 청했을 때조차 자기 자신에 대해서, 재판관이나 감옥에 대해서, 모든 법칙과 형법뿐만 아니라 신의 계율에 대해서까지 익살을 부리지 않고는 못 배겼다. 또 한 사람은 표도로프라는 잘생긴 사내로 일단의 도둑을 거느리고 어느 늙은 관리를 살해한 뒤 금품을 강탈한 죄수였다. 그는 그야말로 부당하게 집을 빼앗긴 농부의 아들로서 그 후 군대에 징집되었고, 거기서도 장교의 정부와 놀아나 치도곤을 당했다. 그는 정열적이고 매력적인 성격의 소유자로서, 무엇이 어떻게 되든 삶을 향락하고 보자는 인간이었다. 또 그는 지금껏 무슨 이유에서든 향락을 스스로 억제하려는 인간을 한 번도 만난 일이 없었으며, 인생에 향락 말고 다른 목적이 존재한다는 말 따위는 한마디도 들어본 적이 없었다. 네흘류도프는 그들 두 사람 다 풍부한 소질을 타고났으면서도, 내버려둔 식물이 제멋대로 자라기도 하고 비뚤어지기도 하듯이 제멋대로 자라 비뚤어진 데 지나지 않는다는 것을 잘 알았다. 그는 또 그 우둔함과 잔인성 때문에 반발심을 불러일으키는 한 부랑자와 한 여자를 보았다. 그러나 그는 그들에게서 이탈리아 학파들이 말하는 범죄자 유형을 찾아낼 수는 없고 다만 개인적으로 불쾌한 인상을 주는 인간을 보았을 뿐인데, 그런 종류의 인간이라면 연미복을 입거나 레이스로 장식한 호화로운 옷을 입은 사람들 중에서도 얼마든지 볼 수 있었다.

이처럼 여러 부류에 속한 사람들이 감옥에 갇혀 있었다. 그런데 어째서 그들과 똑같은 다른 사람들은 자유의 몸으로 세상을 활보할 뿐만 아니라 심지어 그들을 재판하기까지 하는가. 바로 이것이 이때 네흘류도프가 몰두해 있는 네 번째 일이었다.

처음 한동안 네흘류도프는 이런 의문에 대한 해답을 책에서 찾아내리라 기대하고 이 문제에 관한 서적을 닥치는 대로 사들였다.

롬브로소〔이탈리아의 범죄인류학 창시자〕, 가로팔로〔이탈리아의 범죄학자〕, 페리〔이탈리아의 범죄학자〕, 리스트〔독일의 경제학자이자 사회평론가〕, 모즐리〔영국의 심리학자〕, 타르드〔프랑스의 사회심리학자〕 등의 저작을 사서 그 책들을 열심히 읽었다. 그러나 읽으면 읽을수록 그는 더욱더 환멸을 느낄 뿐이었다. 학계에서 어떤 역할을 하기 위해서가 아니라, 즉 저술을 하고 논쟁을 하고 교수를 하기 위해서 학문을 대하는 것이 아니라 비근한 인생 문제를 해결하려고 학문에 임하는 인간이 으레 맛보는 것을 그도 역시 경험했다. 과학은 형법에 관한 매우 복잡하고 곤란한 여러 가지 문제에 수많은 해답을 주고는 있지만, 그가 해답을 구하려는 질문만은 아무 답도 주지 않았다. 그가 묻는 것은 매우 단순한 일이었다. 다 같은 인간이면서 도대체 무슨 이유로, 또 무슨 권리로 어떤 사람들이 다른 사람들을 감금하고, 못살게 굴고, 유형을 보내고, 매질을 하고, 죽이는 것일까? 그러나 그에게 준 해답은 여러 가지 이론뿐이었다. 즉 인간은 자유의지가 있는가 없는가, 두개골이나 다른 측량으로써 그 인간이 범죄형인지 아닌지를 식별할 수 있는가? 범죄에서 유전은 어떤 역할을 하는가? 선천적인 부도덕성이란 존재하는? 도덕이란 대체 무엇인가? 광기란 무엇인가? 타락이란 무엇인가? 기질이란 무엇인가? 기후, 음식, 무지, 모방, 최면술, 정욕 따위는 범죄에 어떤 영향을 미치는가? 도대체 사회란 무엇인가? 사회의 의무란 무엇인가? …… 등등에 관한 이론이었다.

이러한 이론들은 네흘류도프에게 언젠가 학교에서 돌아오는 어린 소년에게 질문하여 얻은 대답을 상기시켰다. 네흘류도프는 그 소년에게 맞춤법을 배웠느냐고 물어보았다. '배웠어요' 하고 소년은 대답했다. '그럼 다리라고 써봐라.' '다리라니, 무슨 다리요? 개

다리요?' 교활한 얼굴로 소년은 대꾸했다. 네흘류도프가 자신의 단 하나의 기본적인 물음에 대해 학술 서적에서 찾아낸 해답도 바로 그와 똑같은 반문 형식의 대답이었다.

학술 서적들에는 현명하고 학문적이고 흥미로운 내용이 많았다. 그러나 무슨 권리가 있기에 어떤 사람들이 다른 사람들을 벌주느냐 하는 가장 중요한 대목에 대한 해답은 없었다. 그런 해답이 없을뿐 더러 모든 이론이 형벌을 설명하고 변호하는 것을 목적으로 삼고 형벌의 필요성을 자명한 이치로 보고 있었다. 네흘류도프는 많은 책을 읽었는데, 일하는 틈틈이 읽어 해답을 발견하지 못한 것을 자신의 피상적인 연구 탓으로 돌리고, 오래지 않아 해답을 찾아내게 되리라 기대했다. 그래서 최근에 이르러 자기 앞에 제시되기 시작한 해답의 진실성까지도 아직 충분히 믿을 수 있는 경지에까지는 이르지 못하고 있었다.

.

31

카튜샤 마슬로바가 속한 이송대의 출발은 7월 5일로 예정되어 있었다. 네흘류도프는 바로 그날 그녀를 따라서 길을 떠날 준비를 했다. 출발 전날 네흘류도프의 누나와 자형이 그를 만나러 이 도시로 왔다.

네흘류도프의 누나인 나탈리야 이바노브나 라고진스카야는 남동생보다 열 살이나 위였다. 네흘류도프는 어느 정도 이 누나의 영향을 받고 자랐다. 그녀는 그가 어릴 때부터 그를 무척 귀여워했고,

나중에 그녀가 출가할 무렵에는 거의 또래처럼 의좋게 지냈다. 당시 그녀는 스물다섯 살 처녀였고 그는 열다섯밖에 안 된 소년이었다. 그 무렵 그녀는 이제는 고인이 된 그의 친구 니콜렌카 이르테네프를 사랑했었다. 남매는 둘 다 니콜렌카를 사랑했는데, 니콜렌카에게도 자신들에게도 모든 사람을 결합하는 선의가 있음을 인정하고 사랑했던 것이다.

그 후 남매는 둘 다 타락하고 말았다. 동생은 군대 근무와 방탕한 생활로 타락했으며, 누나는 육욕적으로 사랑한 사내와 결혼함으로써 타락했다. 그러나 그 남자는 그들 남매가 가장 신성하고 귀중하다고 여겨온 모든 것을 사랑하지 않았을 뿐만 아니라, 그것이 무엇인지 이해하려 들지도 않았으며, 한때 그녀가 생활신조로 삼았던 도덕적 완성이라든가 뭇사람에 대한 봉사라든가 하는 모든 경향을 자기 멋대로 해석해서 자기만족과 겉치레에 불과한 허영심의 유혹일 뿐이라고 생각했다.

라고진스키는 이름도 재산도 없는 사내였으나 무척 요령이 좋은 관리로서, 자유주의와 보수주의 사이를 교묘히 누비고 헤엄치면서 이 두 사조 중에서 때와 장소에 따라 자기 생활에 더 나은 결과를 가져오는 쪽을 이용하고, 특히 여자가 잘 따르는 어떤 특별한 소질을 이용해 사법계에서 상당히 눈부신 출세를 해왔다. 이미 청년기가 지났을 무렵 그는 외국에서 네흘류도프 일가와 알게 되어, 역시 젊다고는 할 수 없는 처녀 나탈리야를 온통 몸이 달아 어쩔 줄 모르게 만들어서 적합한 결혼이 아니라고 생각한 어머니의 의향은 거의 무시하고 결혼했다. 네흘류도프는 스스로에게도 감추고 그러한 감정과 싸우고 있었지만, 자형이란 사람을 몹시 증오했다. 이 사내의 저속한 감정과, 자만심 강하면서도 속 좁은 점이 네흘류도프의 마음에 들지 않았다. 그러나 그보다 더욱 못마땅했던 것은 자기 누나가 그렇게도 성격이 빈약한 사내를 그토록 열렬히 이기적이게 육체적으로 사랑하는 데다가, 사내의 마음에 들고 싶은 나머지 남편의 좋은 요소를 모조리 짓눌러버렸다는 점이었다. 나탈리야 누나가 텁석부리에 대머리가 번쩍이는 자만심 강한 사내의 아내라고 생각하면, 네흘류도프는 언제나 마음이 아팠다. 그는 이 사내의 아이들에게까지 혐오의 감정을 억누를 수가 없었다. 그래서 누나가 곧 아기를 낳는다는 소식을 들을 때마다, 자기들과는 전혀 다른 인간인 그 사내한테서 무슨 나쁜 병이라도 옮아온 것처럼 언제나 마음이 서글퍼지곤 했다.

라고진스키 부부는 아이들을 떼어놓고 둘이서만 왔다. 그들에겐 아들 하나와 딸 하나가 있었다. 그들은 최고급 호텔의 최고급 방에 유숙했다. 나탈리야 이바노브나는 곧 어머니의 옛집으로 마차를 달렸으나 거기서 동생을 만나지 못하고, 아그라페나 페트로브나한테서 동생이 하숙집으로 이사했다는 말을 듣고 그리로 찾아갔다. 낮에도 등불이 켜져 있고 불쾌한 냄새가 나는 어두컴컴한 복도에서 만난 더러운 하인이 공작은 부재중이라고 그녀에게 말했다.

나탈리야 이바노브나는 동생 방에 들어가서 몇 자 적어놓고 가겠다고 했다. 하인은 그녀를 공작의 방으로 안내했다.

두 칸으로 된 조그만 방으로 들어가면서 나탈리야 이바노브나는 찬찬히 방 안을 둘러보았다. 어디를 보나 낯익은 정결함과 단정함이 눈에 들어왔으나, 동시에 그전의 네흘류도프에게서는 전혀 볼 수 없던 검소한 가구 등속에 그녀는 놀랐다. 책상에는 청동 개 조각이 달린 문진이 놓여 있었다. 그리고 서류철이며 서류며 필기도구가 질서 정연하게 놓여 있고, 형법 관련 법령집과 헨리 조지의 영서(英書), 그리고 낯익은 활 모양의 상아 칼이 끼어 있는 타르드의 프랑스어 책도 보였다.

그녀는 책상에 다가앉아서 꼭 오늘 중으로 호텔에 와달라는 편지를 써놓고는, 자기 눈으로 본 것에 대해서 기가 막히다는 듯이 설레설레 머리를 가로저으면서 호텔로 돌아갔다.

지금 나탈리야 이바노브나는 동생에게 관계되는 두 가지 문제에 관심을 가지고 있었다. 하나는 카튜샤와의 결혼 문제인데, 이 얘기는 누구나가 다 화제로 삼고 있어 그녀 역시 자기 고장에서 소문을 들었던 것이다. 또 하나는 농부들게 토지를 분배하는 문제로서, 이 또한 모르는 사람이라곤 없었으며 대부분의 사람에겐 정치적인 어떤 불온한 행위처럼 여겨지고 있었다. 카튜샤와의 결혼 문제는 한편으로 나탈리야의 마음에 들었다. 그녀는 동생의 그런 결단성이 좋았고, 거기서 출가 전 행복했던 시절의 동생과 그녀 자신의 모습을 보는 것 같았다. 그러나 한편으로 동생이 그런 무서운 여자와 결혼한다는 것은 생각만 해도 소름이 끼칠 지경이었다. 그리고 그런 생각이 더 강했기 때문에, 그녀는 어려운 일이라는 걸 잘 알면서도 힘 닿는 한 잘 타일러서 마음을 돌리게 해야겠다고 결심했다.

또 다른 문제, 곧 농민들에게 토지를 분배한다는 문제는 그녀에게 그다지 중요하지 않았다. 그러나 그녀의 남편이 이 문제로 무척 분개하여 처남을 타이르도록 요구했다. 그런 행동은 무분별과 경박함과 오만이라는 말로 설명할 수도 없으며, 설명을 붙일 수 있다면 자기를 과시하고 뽐내고 소문을 퍼뜨려 화제의 주인공이 되고자 하는 허영심의 표현에 지나지 않는다고 남편은 말했다.

"농부들에게 토지를 나누어주고 땅값까지 녀석들 스스로 사용케 하다니, 도대체 거기에 무슨 의의가 있는 거야?" 하고 그는 말했다. "차라리 농민 은행을 통해서 녀석들에게 팔면 되잖아. 그거라면 그런대로 의의가 있을 수도 있지. 어쨌든 그런 건 미치광이 짓이나 다를 바 없단 말이야." 이그나티 니키포로비치는 벌써 후견인 문제를 염두에 두고 이렇게 말하면서, 처남의 엉뚱한 의도에 관해서 좀 강성하게 타일러보라고 아내를 다그쳤다.

32

집에 돌아와서 책상에 놓인 누나의 편지를 발견한 네흘류도프는 곧장 호텔로 그녀를 찾아갔다. 저녁 무렵이었다. 라고진스키는 별실에서 쉬고 있었으므로 나탈리야 이바노브나가 혼자서 동생을 맞았다. 그녀는 허리가 잘록한 비단옷에 가슴에 빨간 리본을 달고, 검은 머리는 유행하는 헤어스타일로 돌돌 말아 틀어 올리고 있었다. 동갑인 남편을 위해 좀 더 젊게 보이려고 애쓰고 있음이 분명했다. 동생을 보자 그녀는 벌떡 소파에서 일어나 옷자락을 살랑거리면서 종종걸음으로 다가와 그를 맞았다. 두 사람은 키스를 나누고 웃으면서 말없이 서로의 모습을 바라보았다. 말로는 다 표현할 수 없는, 헤아릴 수 없을 만큼 많은 뜻이 담긴, 그리고 모든 것이 진실에 가득 찬 눈빛을 서로 주고받고는 인사말이 오가기 시작했다. 그러나 그 말엔 이미 진실이 없었다.

"누님은 좀 살이 찌고 더 젊어지셨군요" 하고 그는 말했다.

그녀는 만족한 듯 입술을 벙긋거렸다.

"넌 좀 야위었구나."

"그런데 자형은?" 하고 네흘류도프는 물었다.

"지금 쉬고 계셔. 간밤에 잠을 못 자서."

할 말은 많았으나 얼른 말이 나오지 않았다. 서로의 시선만이 해야 할 말은 아직 안 하고 있다고 말해줄 뿐이었다.

"아까 너한테 갔었지."

"네, 알고 있어요. 난 집을 나와버렸어요. 집이 너무 크고 혼자 살기엔 오히려 쓸쓸해서. 그리고 난 아무것도 소용없으니 누님이 모두 가져가세요, 가구든 뭐든."

"아그라페나 페트로브나한테 들었다. 아까 거기도 들렀었지. 네 말은 고맙긴 하다만······."

이때 호텔 하인이 은 찻잔을 날라 왔다.

하인이 찻잔을 늘어놓는 동안 그들은 잠자코 있었다. 나탈리야 이바노브나는 탁자 앞의 안락의자로 옮겨 앉아 말없이 차를 따랐다. 네흘류도프도 말이 없었다.

"하지만 드미트리, 난 모든 걸 알고 있단다." 나탈리야는 동생을 흘낏 바라보고 나서 결심한 듯 이렇게 말했다.

"아, 그래요, 누님이 다 아신다니 기쁩니다."

"너는 그런 과거를 가진 여자의 마음을 고칠 수 있다고 생각하니?" 하고 나탈리야 이바노브나는 말했다.

그는 조그만 의자에 팔꿈치도 걸치지 않고 꼿꼿이 앉아서, 누나가 하는 말을 잘 이해하고 잘 대답하려고 주의 깊게 귀를 기울였다.

조금 전 마슬로바와의 면회로 환기된 기분이 아직도 그의 마음을 부드러운 기쁨과 모든 사람에 대한 호의로 넘치게 해주고 있었다.

"난 그 여자를 고치려는 게 아니라 나 자신을 고치려는 겁니다." 그는 대답했다.

나탈리야 이바노브나는 한숨을 내쉬었다.

"결혼 말고도 달리 방법이 있을 텐데."

"그래도 난 그것이 최선의 방법이라고 생각합니다. 뿐만 아니라 그 여자와 결혼을 힘으로써 내가 남에게 소용이 되는 세계로 들어갈 수도 있으니까요."

"난 그렇게는 생각지 않는단다." 나탈리야 이바노브나는 말했다. "그렇게 해서 네가 행복해지리라고는 생각지 않아."

"문제는 나 한 사람의 행복에 있는 것이 아닙니다."

"그야 물론이겠지. 그렇지만 그 여자에게 양심이라는 게 있다면 그 여자도 결코 행복해질 수 없을 거야. 그걸 바라지도 못할 거고."

"그 여자는 바라고 있지도 않습니다."

"알겠어. 그러나 인생이란 것은……."

"인생이란 뭡니까?"

"다른 것을 요구하고 있거든."

"마땅히 우리가 해야 할 일을 요구할 뿐 그 밖엔 아무것도 요구하고 있지 않습니다." 네흘류도프는 눈언저리와 입가에 잔주름이 몰려 있기는 하지만 그래도 여전히 아름다운 누나의 얼굴을 바라보며 말했다.

"난 이해할 수 없어." 한숨을 쉬며 그녀는 말했다.

'가엾게! 어쩌면 누님은 저렇게도 변해버렸을까?' 네흘류도프는 결혼 전의 그녀를 회상하면서, 그리고 그녀의 상냥한 마음씨와 관련된 소년 시절의 수많은 추억을 상기하면서 이렇게 생각했다.

이때 라고진스키가 언제나처럼 머리를 꼿꼿이 세우고 넓은 가슴을 활짝 펴고서, 웃음 띤 얼굴에 안경과 대머리와 검은 구레나룻을 빛내면서 부드럽고 가벼운 걸음걸이로 들어왔다.

"여, 오래간만이군. 잘 있었소?" 그는 부자연스럽게 의식적으로 말에 힘을 주면서 인사말을 건넸다. (결혼 후 얼마 동안 두 사람은 '자네'라고 허물없는 말투를 쓰려고 노력했지만 결국은 '당신'이라는 말투로 굳어 버리고 말았다.)

그들은 악수를 나누었다. 라고진스키는 안락의자에 앉았다.

"둘이 이야기를 나누는데 내가 방해를 하는 건 아닌가요?"

"아뇨, 난 내가 하는 말이나 행동을 누구에게도 감추려 하지 않으니까요."

그의 얼굴과 털북숭이 손을 보고 보호자연한 자신만만한 너그러운 말투를 듣자 네흘류도프의 부드러운 기분은 순식간에 가셔버렸다.

"우린 지금 드미트리의 계획에 대해 얘기하던 중이에요." 나탈리야 이바노브나가 말했다. "차 드릴까요?" 찻잔을 집어 들면서 그녀는 덧붙였다.

"아, 주시오. 그래, 그 계획이 뭔지 들려줄 수 있겠소?"

"죄수 이송대를 따라서 시베리아로 갈 작정입니다. 그 죄수들 속에 내가 죄를 지은 여자가 끼여 있어서요" 하고 네흘류도프는 대답했다.

"내가 듣기론 그냥 따라가기만 하는 것이 아니라 그 이상의 계획이 있다고 하던데요."

"네, 만일 그 여자가 원한다면 결혼할 작정입니다."

"그래요? 그러나 불쾌하지 않다면 그 동기를 설명해줄 수 있겠소? 난 도무지 이해할 수가 없군요."

"동기란 것은, 즉 그 여자가…… 애초에 타락의 길을 걷게 된 원인이……." 네흘류도프는 뜻대로 표현되지 않자 스스로에게 화가 났다. "동기는, 그러니까, 죄는 내가 지었는데 벌은 그 여자가 받았다는 데 있습니다."

"벌을 받았다면 그 여자에게도 전혀 죄가 없지는 않았겠죠."

네흘류도프는 불필요한 흥분에 사로잡히면서 사건의 전말을 이야기했다.

"알겠어요, 그건 재판장의 실수였군요. 배심원들의 답신서가 소홀했다는 데도 원인이 있고요. 그러나 그런 경우를 위해서 원로원이라는 게 있지 않소."

"원로원에서도 기각되었습니다."

"기각되었다면 요컨대 충분한 상고 이유가 없었다는 게 아닙니까." 재판 결과는 언제나 진실하다고 하는 속론(俗論)을 믿고 있는 듯한 어조로 라고진스키는 말했다. "원로원은 사건의 본질적인 심리에는 개입할 수 없어요. 그러나 재판이 정말로 잘못된 것이라면 황제 폐하 앞으로 청원서를 내야겠지요."

"물론 청원서를 내긴 했지만 성공할 가망은 전혀 없습니다. 법무성으로 문의가 가면 법무성은 원로원에 조회할 테고, 원로원은 자기들 결정을 되풀이할 테니까요. 결국은 어느 경우나 마찬가지로 죄 없는 사람이 벌을 받게 되는 겁니다."

"아니, 첫째로 법무성은 원로원에 조회할 리가 없소." 라고진스키는 겸양의 웃음을 띠며 말했다. "법무성은 재판소에서 사건 기록을 가져다가 만일 잘못을 발견하면 새로 판결을 내리니까요. 그리고 둘째로 죄 없는 사람이 벌을 받는다는 건 절대 있을 수 없는 일이지요. 만일 있다고 하더라도 극히 드문 예외예요. 역시 벌을 받는 것은 죄가 있는 사람이란 말이오." 자신만만한 웃음을 지으면서 라고진스키는 천천히 말했다.

"그렇지만 나는 그와 정반대라고 믿습니다." 네흘류도프는 자형에게 반감을 느끼면서 말했다. "재판으로 유죄판결을 받은 사람들의 태반은 무죄라고 나는 확신하고 있어요."

"그건 또 어째서요?"

"문자 그대로 무죄란 말입니다. 그 여자가 독살 사건에서 완전히 무죄인 것처럼. 그리고 최근에 내가 만난 한 농부도 살인죄라는 누명을 썼습니다만 역시 아무 죄도 없는 사람입니다. 그리고 방화범으로 몰렸던 어느 모자도 무죄였습니다. 집주인이 제 손으로 방화했는데, 하마터면 그 모자가 죄를 뒤집어쓸 뻔했거든요."

"그야 물론 오판이란 늘 있었고 앞으로도 있을 거요. 인간이 만든 제도니까 역시 완벽하다고야 할 수 없지 않습니까."

"그리고 죄수들 중에는 자라온 특정 환경 때문에 자기들이 저지른 행위를 범죄로 여기지 못하는 사람들이 상당히 많습니다. 그들도 역시 무죄라고 봐야 합니다."

"실례지만 그건 좀 편견인 것 같소. 어떤 도둑이라도 도둑질은 나쁘다, 도둑질을 해서는 안 된다, 도둑질은 사람의 도리에 어긋나는 행위다, 하는 것쯤은 다 알고 있으니까요." 약간 남을 얕보는 듯한 자신만만하고 침착한 웃음을 띠면서 라고진스키는 말했다. 그 웃음이 특히 네흘류도프에게 불쾌감을 주었다.

"아니, 모릅니다. 그저 도둑질을 해서는 안 된다고 가르칠 뿐입니다. 그러나 그들은 공장주가 자신들의 노동력을 착취해 임금을 착복하고 정부가 숱한 관리를 채용해서 세금이라는 형식으로 끊임없이 자신들의 돈을 수탈하는 것을 목격해 알고 있습니다."

"그쯤 되면 이미 무정부주의랄 수밖에 없군요." 라고진스키는 처남의 말뜻을 조용히 이렇게 단정했다.

"무정부주의인지 뭔지는 모르겠습니다만 난 사실을 있는 그대로 말하고 있을 뿐입니다." 네흘류도프는 계속했다. "그들은 정부가 자기들의 돈을 수탈하고 있다는 사실을 알고 있습니다. 우리 지주가 원래 공동의 재산이어야 할 토지를 그들한테서 빼앗음으로써 오랜 세월에 걸쳐 도둑질을 하고 있다는 것도 그들은 알고 있습니다. 그리고 그들이 그 도둑맞은 토지에서 난로에 땔 나뭇가지라도 주워 모을라치면 우리는 그들을 감옥에 처넣고, 그들로 하여금 스스로를 도둑이라고 느끼게 하려 한다는 것도 그들은 알고 있습니다. 도둑은 자기네들이 아니라 자기네들의 토지를 훔쳐간 놈이라는 것도, 도둑맞은 것을 도로 찾는 것은 자기네 가족에 대한 의무라는 것도 그들은 잘 알고 있단 말입니다."

"이해할 수 없는 말인데요. 설령 이해된다 하더라도 나는 동의할 수 없군요. 토지란 누군가의 사유재산이 되지 않을 수 없어요. 가령 당신이 그 토지를 나누어준다 하더라도 말이오." 라고진스키는 네흘류도프를 사회주의자라고 믿었고, 사회주의 이론의 요구는 모든 토지를 평등하게 나누는 일이지만 그런 분할 방식이 지극히 어리석은 짓임을 확신했으므로, 상대방의 의견을 쉽사리 뒤엎을 수 있다는 생각에서 침착하고도 자신만만한 어조로 말하기 시작했다. "가령 당신이 오늘 토지를 평등하게 나누어준다 하더라도, 내일이면 다시 더욱 근면하고 수완 있는 사람들의 손으로 넘어가고 말 거요."

"아무도 토지를 평등하게 분배하려고는 생각지 않습니다. 토지란 누구의 사유재산일 수 없으니까요. 사거나 팔거나 할 수는 없단 말입니다."

"사유권이란 원래부터 인간에게 주어진 거예요. 사유권 없이는 토지를 경작하려는 흥미도 애당초 생기지 않을 테니까요. 사유권을 폐지해보시오, 우리는 야만시대로 되돌아가고 말 거요." 토지 사유에 대한 갈망은 토지가 필요한 증거라는 것을 반박할 여지가 없으리라는 속론을 되풀이하면서 라고진스키는 권위자다운 어조로 말했다.

"그 반대입니다. 그렇게 되면 지금처럼 지주들이 건초 위에 자빠져 있는 개처럼 자기들은 아무 일도 하지 않으면서 능력 있는 사람에게 토지 사용을 허가하지 않는 일 따위는 없어지고, 또 토지를 방치해두는 일도 없어질 겁니다."

"이봐요, 드미트리 이바노비치, 그건 정말 미친 사람의 생각이란 말이오! 도대체 요즘 세상에 토지 사유 폐지가 말이 된다고 생각하오? 실례지만 그건 당신의 옛날부터의 꿈에 지나지 않아요. 그러나 나는 여기서 솔직히 말하겠소……." 라고진스키의 얼굴은 창백해지고 목소리는 떨려 나왔다. 분명히 이 문제는 그와 밀접한 관계가 있는 듯했다. "나로서는 이 문제의 실제적인 행동에 나서기 전에 다시 한 번 신중히 생각해보도록 권하고 싶소."

"내 개인적인 문제를 가지고 하시는 말씀인가요?"

"네, 그래요. 특별한 지위에 있는 우리는 누구나 그 지위에서 생기는 의무를 다해야만 해요. 우리가 그 속에서 태어나 조상에게 이어받은 생활환경을 유지해가지 않으면 안 되고, 또 우리 자손에게 고스란히 전해주어야만 한단 말이오."

"그러나 내가 우리 의무라고 보는 것은……."

"좀 기다려주시오." 상대방에게 말할 틈을 주지 않고 라고진스키는 계속했다. "나 자신이나 내 아이들을 생각해서 이런 소릴 하는 게 절대 아니오. 내 아이들의 재산은 튼튼히 보장되어 있고 현재 나는 가족이 충분히 살아갈 만큼 수입을 올리고 있으니 아이들도 아무런 아쉬움 없이 살아갈 수 있으리라고 여겨지니까요. 그러니까, 이렇게 말하면 실례지만, 당신의 일시적이고 즉흥적인 행동 계획에 대해 항의한다고 해서 달리 개인적인 이해관계 때문에 그러는 건 결코 아니라는 걸 알아주시오. 나는 다만 원칙적으로 당신 의견에 동의할 수 없다는 것뿐이니까요. 그래서 나는 당신에게 좀 더 생각해보도록, 그리고 책 같은 것도 좀 더 읽어보도록 충고하고 싶소……."

"아니, 내 문제는 나 자신이 해결하게 해주십시오. 어떤 책을 읽을 필요가 있는지 그런 것도 나 자신이 알아서 할 문제니까요." 네흘류도프는 안색이 핼쑥해지면서 말했다. 두 손이 싸늘해지는 것 같았다. 그는 자기 자신을 제어할 수 없음을 느끼자 입을 다물고 차를 마시기 시작했다.

33

"그런데 아이들은 잘 있나요?" 잠시 마음을 가라앉힌 다음 네흘류도프는 누나에게 물었다.

그녀는 자기 시어머니인 할머니한테 아이들을 맡기고 왔노라고 대답했다. 남편과 동생의 논쟁이 끝난 것을 무척 다행스럽게 생각한 그녀는, 옛날에 네흘류도프가 검둥이와 프랑스 계집애라고 이름 붙인 인형을 상대로 곧잘 놀던 것처럼 요즘 자기 아이들도 인형을 가지고 여행 놀이를 하며 논다는 얘기를 했다.

"그런 걸 다 기억하고 계시는군요?" 네흘류도프는 웃으면서 말했다.

"글쎄, 그 애들도 너하고 똑같이 그렇게 놀지 않겠니!"

불쾌한 대화는 끝났다. 나탈리야는 마음이 놓였지만, 남편이 있는 자리에서 동생하고만 통하는 얘기를 하는 것도 어색해서 공통된 화제를 꺼내려고 페테르부르크의 최근 소식을 얘기하기 시작했다. 결투로 외아들인 카멘스키를 잃은 그 어머니의 슬픔에 대해서였다.

라고진스키는 질투에서 비롯된 살인을 일반적인 형사범에서 제외한다는 제도에는 찬성할 수 없다는 의견을 말했다.

그의 이 의견은 네흘류도프의 반박을 불러일으켰다. 그래서 다 토론해버리지 않은 문제에 대해서 다시금 논쟁을 시작하고 싶은 마음이 치밀어올랐으나, 이번에는 양쪽 다 생각하는 바를 죄다 말하지 않고 서로 상대방을 비판하면서 자기 신념만을 고집했다.

라고진스키는 네흘류도프가 자기를 비판하고 자기가 하는 일을 경멸하고 있음을 깨달았으므로 상대방의 생각이 잘못되었음을 지적해주려 했다. 한편 네흘류도프는 자형이 자신의 토지 문제에 대해 쓸데없는 참견을 한 것을 못마땅하게 여겼음은 물론이고(하긴 마음속으로 자형이나 누나나 그 아들이 자신의 상속자로서 발언할 자격이 있다고는 느꼈지만), 이 시야가 좁은 사나이가 너무나도 자신만만하고 침착한 태도로 현재의 자신으로서는 의심의 여지가 없이 우열하고 범죄적인 것으로 여기는 문제를 여전히 정당하고 합리적인 것으로 보고 있다는 점이 내심 불쾌하기 그지없었다. 무엇보다도 그 자신만만한 태도가 네흘류도프의 비위를 몹시 건드렸다.

"그럼 재판소는 어떻게 해야 한다는 건가요?"하고 네흘류도프는 물었다.

"결투에서 살아남은 한 사람은 보통 살인범으로 다루어 징역형을 내려야 해요."

네흘류도프는 또다시 손끝이 싸늘해짐을 느꼈다. 그는 열띤 어조로 입을 열었다.

"그럼 어떻게 된다는 겁니까?"그는 물었다.

"공평해지는 거죠."

"마치 공평이라는 게 재판의 목적인 양 말씀하시는군요"하고 네흘류도프는 말했다.

"그럼 달리 무슨 목적이 있다는 거요?"

"계급적 이익의 옹호에 불과해요. 내가 보기에 재판이란 우리 지주 계급에게 유리한 현행 제도를 유지하기 위한 행정상의 무기에 지나지 않습니다."

"사뭇 새로운 견해로군."침착한 웃음을 띠고 라고진스키는 말했다."그러나 보통 재판소는 좀 다른 사명이 있다고 생각하는데요."

"이론상으로는 그렇겠지만, 내가 보기에 실제로는 그렇지가 않습니다. 재판소의 목적은 다만 현재의 사회를 유지하는 데 있을 뿐입니다. 이것을 위해서 재판소는 일반 사회의 수준보다도 위에 서서 이를 향상시키려 드는 사람들, 이른바 정치범이라고 불리는 사람들과, 수준 이하에 서 있는 이른바 범죄자라고 불리는 사람들을 박해하고 벌주고 있는 것입니다."

"동의할 수 없는데요. 우선 정치범이라고 불리는 사람들이 일반 수준보다 우수하다는 데 어폐가 있어요. 그런 친구들은 대부분 역시 좀 다른 데가 있긴 하지만, 지금 당신이 일반 수준보다 낮다고 보는 범죄자 유형의 친구들과 마찬가지로 쓸모없는 사회의 쓰레기에 지나지 않는다고 나는 봐요."

"그렇지만 나는 재판관과는 비교도 안 될 만큼 훌륭한 사람들을 알고 있습니다. 예컨대 저 분리파 교도들은 모두 정신적으로 견고한 사람들입니다……."

그러나 라고진스키는 좀처럼 제 말이 꺾이는 일 없는 사람들이 으레 그렇듯 네흘류도프의 말에는 귀를 기울이지 않고, 그럼으로써 상대방을 더욱 불쾌하게 만들면서 자기 얘기만 계속해댔다.

"그리고 재판소가 현행 제도의 유지를 목적으로 삼는다는 말에도 나는 동의할 수 없어요. 재판소는 재판소대로 자기 목적을 추구하고 있으니까요. 이를테면 죄인을 교도한다든지……."

"감옥에 가둬놓고 교도한다니, 고마운 말씀이군요." 네흘류도프는 말했다.

"혹은 배제한다든지" 하고 라고진스키는 끄떡 않고 자기 말을 계속했다. "즉 사회의 존립을 위협하는 타락 분자, 야수 같은 친구들을 배제하는 거예요."

"바로 그것이 문제입니다. 재판소는 그 무엇도 안 하고 있으니까요. 지금 사회에서는 그것을 실행할 만한 수단이 없는 겁니다."

"그건 어째서죠? 모를 소리군요." 억지로 웃음을 띠면서 라고진스키는 물었다.

"내가 하고 싶은 말은 이렇습니다. 원래 합리적 형벌이란 두 가지밖에 없습니다. 옛날에 사용되던 체형과 사형 말입니다. 그런데 인간의 성격이 온화해짐에 따라 점차로 사용하지 않게 되었지요." 네흘류도프가 말했다.

"그런 말을 당신 입에서 듣다니, 신기하다 해야 할까 놀랍다고 해야 할까……."

"그러나 인간을 혼내주고 그런 짓을 두 번 다시 못 하도록 만드는 것은 합리적인 방법입니다. 그리고 사회에 유해하고 위험한 분자의 목을 베는 것도 아주 이치에 닿는 일이겠죠. 어쨌든 이 형벌은 두 가지 다 합리적 의미를 지닙니다. 그런데 무위도식과 나쁜 본보기로서 타락해버린 인간을 감옥에 가둬놓고 먹는 데 곤란이 없는 의무적인 무위의 환경과 가장 타락한 인간의 무리 속으로 들어가게 하는 것이 대체 어떤 의미를 지닌다는 겁니까? 그렇지 않으면 무슨 심사인지 모르겠으나 한 사람당 5백 루블 이상이나 비용을 들여, 그것도 국비로 툴라에서 시베리아의 이르쿠츠크로, 혹은 쿠르스크에서 다른 먼 변방으로 그들을 이송하는 것은 또 무슨 의의가 있습니까?"

"그렇지만 사람들은 모두 국비 여행을 겁내고 있잖소. 더욱이 그 국비 여행이나 감옥이 없다면 우리가 지금 이렇게 태평스레 앉아 있지는 못할 거요."

"그러나 감옥은 우리의 안전을 보장해줄 만한 힘이 없어요. 왜냐하면 그 죄수들은 한평생 거기 갇혀 있는 게 아니고 형기가 차면 석방되니까요. 뿐만 아니라 이런 제도에서는 도리어 사람들을 악과 타락의 극단에까지 몰아넣고 말기 때문에 위험을 증대시키고 있는 셈이지요."

"그렇다면 징벌 제도를 더 완전하게 만들어야 한다는 뜻인가요?"

"감옥을 완전하게 할 수는 없습니다. 감옥을 완전하게 하려면 국민 교육에 들이는 비용보다 오히려 더 많은 비용이 들 테니까, 국민에게 새로운 부담을 더할 뿐입니다."

"그러나 징벌 제도의 결함을 내세워 재판 그 자체를 부정할 수는 없지 않소?" 다시금 라고진스키는 처음의 이야기에는 귀도 기울이지 않고 자기 이야기를 계속했다.

"그 결함을 바로잡을 수는 없습니다." 목청을 돋우며 네홀류도프는 말했다.

"그럼 어떻게 하면 좋단 말이오? 죽이지 않으면 안 된다는 건가요? 아니면 어느 정치가가 말한 대로 눈알을 빼버려야 한다는 건가요?" 득의양양한 웃음을 지으며 라고진스키는 말했다.

"그렇죠, 잔학하기는 하지만 그것이 목적에는 맞겠죠. 현재 시행되고 있는 제도는 잔학할 뿐만 아니라 목적에도 부합되지 않고, 게다가 우매하기 짝이 없습니다. 정말이지 정신이 올바른 인간이 어떻게 이런 졸렬하고 잔악한 형사재판 일에 참여할 수 있는지 이해할 수 없을 지경입니다."

"나는 바로 그런 일에 참여하고 있는 사람이오." 얼굴이 해쓱해지면서 라고진스키는 말했다.

"그야 당신 자유입니다. 그러나 나로서는 이해할 수가 없단 말입니다."

"당신은 이해할 수 없는 일이 너무 많은 것 같군요." 라고진스키는 떨리는 소리로 말했다.

"재판소에서 나는 보았습니다. 어느 검사보 따위는 정상적인 인간이라면 누구나 동정하지 않을 수 없는 불행한 소년을 무슨 수를 쓰든 유죄로 만들려고 기를 쓰며 날뛰더군요. 그리고 분리파 교도가 성서를 읽었다 해서 그길 유죄로 만들려는 다른 검사 한 명도 보았습니다. 요컨대 재판소에서 하는 일이란 이처럼 무의미하고 잔학한 행동뿐입니다."

"그런 식으로 생각한다면 나도 근무할 수 없겠군요." 라고진스키는 이렇게 대꾸하고 자리에서 일어났다.

네흘류도프는 자형의 안경 밑이 이상하게 번쩍이는 것을 보았다. '눈물이 아닐까?' 하고 네흘류도프는 생각했다. 사실 그것은 분통의 눈물이었다. 라고진스키는 창가로 다가가서 손수건을 꺼내더니, 헛기침을 하면서 안경을 훔치기 시작했다. 그러다가 결국은 안경을 벗고 눈을 닦았다. 소파로 돌아온 라고진스키는 시가에 불을 붙이고 더는 한마디도 하지 않았다. 네흘류도프는 이렇게까지 자형과 누나를 슬프게 한 것이 마음 아프고 부끄럽기까지 했다. 더군다나 내일 출발하면 이제 두 번 다시 못 만나게 될 게 아닌가? 그는 혼란스런 심정으로 그들에게 작별을 고하고 집으로 돌아왔다.

'내가 한 말이 진실이라는 것만은 틀림없다. 적어도 자형은 반박을 하지 못했으니까. 그렇다고 내가 그렇게까지 말할 필요는 없었어. 불쾌감을 참지 못해 자형한테 모욕적인 말을 하고 가엾은 누님

까지 슬프게 만들다니, 나도 별반 달라지지 않은 모양이군' 하고 그
는 생각했다.

34

마슬로바를 포함한 죄수 이송대는 오후 3시에 역을 출발하게 되
어 있었으므로, 네흘류도프는 감옥에서 이송대가 나오기를 기다려
철도역까지 함께 따라가기 위해 12시 전까지 감옥으로 가야겠다고
생각했다.

짐과 서류를 정리하다가 네흘류도프는 자기 일기를 펼쳐 들고
그중 몇 군데와 제일 마지막 부분을 다시 읽어보았다. 그 마지막 부
분은 그가 페테르부르크를 떠나기 직전에 쓴 것이었다. '카튜샤는
내 희생을 바라지 않고 오히려 자기를 희생하려 한다. 그녀도 이겼
고 나도 이긴 것이다. 그녀의 내면에 일고 있는 변화가 내 마음을 기
쁘게 해준다. 그렇다고 믿기엔 가슴 떨리는 일이지만, 그녀의 내면
에는 확실히 어떤 변화가 일어나고 있는 것 같다. 그렇다고 믿기엔
너무나 가슴 벅찬 일이지만, 확실히 그녀는 갱생하고 있는 것 같다.'
그리고 그다음에는 계속해서 이렇게 쓰여 있었다. '나는 심한 고통
과 동시에 커다란 기쁨을 경험했다. 오늘 병원에서 그녀의 행실이
나쁘다는 말을 들었다. 그러자 갑자기 말할 수 없는 고통을 느꼈다.
이렇게 못 견디게 괴로우리라고는 생각지도 못했다. 그녀가 말할
때도 혐오와 증오의 감정을 금할 길 없었지만, 다음 순간 문득 나 자
신의 일을 상기하고는 과거에 수없이 죄를 저질러 왔으며 현재도

마음속으로 그녀를 증오함으로써 죄를 짓고 있다는 데 생각이 미치자, 갑자기 나 자신이 미워지는 동시에 그녀가 측은해졌다. 나는 곧 마음이 가벼워졌다. 자기 자신의 흠을 항상 제때 발견할 수만 있다면 우리는 더 좋은 인간이 될 수 있을 것이다.' 그리고 그는 오늘 날짜로 이렇게 써 넣었다. '오늘 나는 나탈리야 누님을 찾아갔으나, 나 자신의 불쾌한 기분 때문에 공연히 좋지 않은 태도로 짓궂게 대했다. 그래서 아직까지도 마음이 괴롭다. 그러나 어쩔 도리가 없지 않은가? 내일부터는 새로운 생활이 시작된다. 낡은 생활은 이것으로 작별이다. 영원히! 여러 가지 감명 깊은 일이 많았지만, 아직도 그것들을 하나로 정리할 수가 없다.'

그가 이튿날 아침 눈을 뜬 즉시 느낀 기분은 자형과의 사이에 일어났던 일에 대한 뉘우침이었다.

'이대로 그냥 출발할 수는 없다'고 그는 생각했다. '호텔로 찾아가서 사과하고 와야지.'

그러나 시계를 들여다보니 이미 그럴 여유가 없었다. 죄수들이 출발하기 전에 도착하려면 급히 서둘러야만 했다. 황급히 준비해서 문지기와 페도시야의 남편 타라스를 시켜 역으로 짐을 지워 보내고 나서, 네흘류도프는 처음 눈에 띈 마차를 잡아타고 감옥으로 몰았다. 타라스는 그와 함께 시베리아로 가게 되어 있었다. 죄수 열차는 네흘류도프가 탈 우편 열차보다 두 시간 앞서 출발하게 되어 있었으므로, 그는 다시 돌아오지 않을 작정으로 하숙집에 셈을 모두 치렀다.

7월의 무더위가 깔려 있었다. 간밤의 무더웠던 기운이 아직 가시지 않은 거리의 포석이며 집이며 함석지붕들이 움직이지 않는 뜨거운 대기 속으로 열기를 내뿜고 있었다. 간혹 바람이 불어온다 해도 먼지와 페인트 냄새가 뒤섞인 후텁지근한 공기를 불어 끼얹을 뿐이었다. 한길에도 사람의 그림자는 적었고, 길 가는 사람도 건물 그늘 쪽을 걸어가고 있었다. 다만 까맣게 햇볕에 그을린 도로 인부들만이 짚신을 신고 길 복판에 앉아서 뜨거운 모래 속에 깔아놓은 돌을 망치로 두들기고 있었다. 표백이 잘 안 된 흰 여름 제복에 오렌지 빛 권총 끈을 늘어뜨린 표정이 음울한 순경은 기운 없이 몸을 움직이면서 길 한가운데 서 있었다. 흰 눈가리개 사이로 양쪽 귀만 삐죽 나온 말들을 달고 햇살을 받는 쪽에만 커튼을 내려 친 철도마차가 방울을 울리면서 거리를 오갔다.

네흘류도프가 감옥에 이르렀을 때 죄수 이송대는 아직 떠나지 않은 상태였고, 감옥에서는 새벽 4시부터 시작된 이송 죄수 인수인계라는 성가신 일이 아직도 계속되고 있었다. 이번에 보내지는 인원수는 남자 죄수 623명, 여자 죄수 64명이었다. 이들 전원을 일일이 죄수 명부와 대조하고 병약자를 가려내어 호송병에게 넘겨주어야 했다. 신임 소장과 두 부소장, 감옥 의사와 그 조수, 호송 장교와 서기 등은 뜰 안의 담 그늘에 마련된, 서류며 사무용품이 놓인 탁자 옆에 앉아서 연달아 차례대로 나오는 죄수들을 한 사람씩 검사하고, 조사하고, 신문하고는 장부에 기록했다.

탁자는 벌써 반쯤이나 햇살을 받고 있었다. 찌는 듯한 더위에다 바람마저 없고, 모여 서 있는 죄수들의 입김 때문에 숨이 막힐 정도로 무더웠다.

"도대체 어찌 된 셈이야, 언제 끝날지 모르겠군!" 키 크고 뚱뚱한 몸집에 어깨가 솟아오른, 팔이 짧고 얼굴이 빨간 호송대장은 콧수염으로 덮인 입술에 노상 담배를 물고 있었는데, 길게 담배 연기를 내뿜고 나서 이렇게 말했다. "이거 정말 못 해먹겠는걸. 도대체 어디서 이렇게 많이 긁어모아 왔지? 아직도 많이 남았나?"

서기가 장부를 조사해보았다.

"아직 남자 죄수 24명에 여자 죄수가 그대로 남아 있습니다."

"이봐, 뭘 그러고 서 있어! 빨리 이리로 오라고!" 호송대장은 아직 조사가 끝나지 않아서 한곳에 몰려 서 있는 죄수들을 보고 야단쳤다.

죄수들은 줄을 지어 차례를 기다리면서, 그것도 그늘이 아닌 뙤약볕에서 벌써 세 시간 넘게 서 있었다.

감옥 안에서는 이런 일이 진행되고 있었지만, 밖에서는 문 옆에 여전히 총을 든 경비병이 서 있고 죄수들의 짐과 병약자들을 태워 가기 위한 짐마차가 스무 대가량 대기하고 있었다. 한 귀퉁이에는 집안사람들이나 친구들이 다만 한 번 만나보기라도 하려고, 그리고 가능하면 말이라도 한마디 건네고 무슨 선물이라도 쥐여주려고 죄수들이 나오기를 목이 빠지게 기다리고 있었다. 네흘류도프도 이 사람들 속에 끼어들었다.

그는 거기서 한 시간가량 서 있었다. 한 시간이 거의 다 지나서야 정문 안쪽에서 쇠사슬 소리와 발걸음 소리, 호령 치는 소리, 기침소리, 숱한 사람들의 나직한 말소리가 들려왔다. 5분쯤 그러고 있는 동안 간수들은 옆문을 들락날락했다. 드디어 출발이라는 호령이 들렸다.

정문이 커다란 소리를 내며 열리자 쇠사슬 소리가 한층 똑똑히 들려왔다. 흰 제복에 총을 멘 호송병들이 밖으로 나와서 익숙하고 잘 훈련된 동작으로 문 앞에 넓고 정연한 원을 그리며 정렬했다. 그들이 정렬을 마치자 새로운 구령 소리가 들리고, 박박 깎은 머리에 납작한 모자를 쓰고 어깨에 배낭을 멘 죄수들이 한 손으로는 등의 배낭을 붙잡고 다른 빈손은 보조에 맞춰 흔들면서 족쇄 찬 발을 끌며 2열 종대로 나왔다. 맨 처음 나온 것은 남자 징역수들로, 모두가 똑같은 회색 바지에 등에 기호가 들어 있는 수의를 입고 있었다. 젊은이도, 늙은이도, 홀쭉이도, 뚱뚱이도, 창백한 이도, 머리털 붉은 이도, 새까만 이도, 콧수염을 기른 이도, 턱수염을 늘어뜨린 이도, 턱수염이 없는 이도, 러시아인도, 타타르인도, 유대인도 모두가 족쇄 소리를 내면서 어디 여행이라도 떠나는 듯 씩씩하게 손을 흔들면서 나왔는데, 열 걸음쯤 나오더니 멈추어 서서 조용히 4열 종대로 열을 지었다. 뒤이어 계속해서 똑같이 머리를 깎고 똑같은 복장을 한 죄수들이, 족쇄만 차지 않았을 뿐 역시 두 사람씩 수갑을 찬 채 연이어 나왔다. 유형수들이었다……. 이들도 역시 씩씩하게 걸어 나와 멈추어 서자 4열 종대로 늘어섰다. 다음은 농민조합의 추방인들이었고, 그 뒤를 이어 여죄수들이 같은 순서로 걸어 나왔다. 처음엔 잿빛 수의에 머릿수건을 쓴 징역수, 다음은 유형수와 자원해서 따라가는 도시 복장이나 시골 복장을 한 여자들이 잇따랐다. 잿빛 수의 옷자락에 젖먹이를 안고 있는 여자들도 몇 명 있었다.

여죄수들과 함께 아이들도 따라갔다. 사내아이도 있고 계집아이도 있었다. 이 아이들은 마치 말 떼 속의 망아지처럼 여죄수들 틈에 끼여 따라가고 있었다. 남죄수들은 이따금 기침을 하거나 간혹 말을 주고받을 뿐 잠자코 서 있었으나, 여죄수들은 끊임없이 지껄였다. 네흘류도프는 마슬로바가 나왔을 때 이내 그녀를 발견했으나, 그녀의 모습은 곧 인파에 묻혀버렸다. 그다음엔 다만 인간다운 모습을 잃은, 특히 여자다운 특징을 잃어버린 동물, 아이들과 배낭을 짊어지고 남죄수 뒤를 줄레줄레 따라가는 잿빛 동물 무리만이 눈에 들어왔다.

감옥 안에서 이미 죄수 전원의 점호를 해놓고도 호송병들은 아까의 인원수와 맞춰보면서 또 인원 점검을 시작했다. 이 일은 무척 오래 걸렸다. 특히 죄수 여릿이 자리를 바꿔서 호송병의 계산을 헛갈리게 했으므로 더욱 시간이 거렸다. 호송병들은 증오심을 품은 채 조용히 복종하고 있는 죄수들을 떠다밀고 욕을 퍼부으면서 다시 점검을 시작했다. 인원 조사가 끝나 호송대장이 구령을 내리자, 죄수 무리에 일대 혼란이 일어났다. 몸이 약한 남죄수와 아이들이 서로 앞다퉈 짐마차로 달려가서 먼저 배낭을 처넣고는 기어오르기 시작했다. 울부짖는 젖먹이를 안은 여자와, 자리싸움을 하는 철없는 아이들과, 표정이 어두운 남죄수들이 제각기 짐마차에 자리를 잡고 앉았다.

죄수 몇 사람은 모자를 벗고 호송대장에게 다가가서 무엇인지 부탁을 했다. 나중에 네흘류도프가 안 일이지만, 그들은 짐마차에 태워달라고 청을 한 모양이었다. 네흘류도프가 보고 있노라니, 호송 지휘관은 부탁하는 상대를 쳐다보지도 않고 잠자코 담배를 피우다가 느닷없이 그 짧은 손을 죄수의 머리 위로 쳐들었다. 그러자 죄수는 자기를 때리는 줄 알고 중대가리를 움츠리면서 비켜났다.

"그렇담 좀 편안하게 해줄까, 맛을 보게 말이야! 네놈이라면 걸어서도 갈 수 있어!" 장교가 호통을 쳤다.

장교는 오직 한 사람, 족쇄를 차고 비틀거리는 호리호리한 노인만을 마차에 타도록 허가했다. 네흘류도프가 보고 있노라니, 노인은 납작한 모자를 벗어 들고 성호를 그으면서 마차 옆으로 갔으나, 그 노쇠한 발에 채워진 족쇄 때문에 다리를 쳐들 수가 없어 오랫동안 마차에 기어오르지 못했다. 짐마차에 타고 있던 시골 여자가 노인의 손을 잡아끌어 올려주었다.

　모든 짐마차가 배낭으로 가득 차고 그 배낭 위에 허가받은 죄수들이 모두 자리를 잡자, 호송대장은 군모를 벗어 이마와 대머리와 불그스름하게 살찐 목덜미를 손수건으로 닦고는 성호를 그었다.

　"앞으로 가!" 하고 그는 구령을 내렸다.

　호송병들은 총을 절그럭거리고, 죄수들은 모자를 벗고 성호를 긋기 시작했다. 왼손으로 성호를 긋는 자도 있었다. 전송하는 사람들이 뭐라고 외치면 죄수들도 이에 대답해 고함을 지르고, 여자들 사이에서는 울음소리가 터져 나왔다. 흰 제복을 입은 호송병들에 에워싸인 죄수 대열은 족쇄 찬 발로 흙먼지를 일으키면서 움직이기 시작했다. 호송병이 선두에 서고, 그 뒤로 족쇄 소리를 울리면서 4열 종대 징역수들이 잇따르고, 다음은 유형수와 두 사람씩 손에 수갑을 찬 농민조합원들, 그다음이 여죄수들이었다. 그 뒤를 이어서 배낭과 병약자들을 가득 실은 짐마차가 따랐다. 한 짐마차 위에는 얼굴을 감싼 여자가 높이 앉아 한없이 흐느끼고 있었다.

35

　죄수 대열은 꽤 길어서 선두가 시야에서 사라질 무렵에야 배낭을 신고 병약자를 태운 짐마차가 움직이기 시작했다. 짐마차가 움직이자 네흘류도프는 기다리게 했던 마차를 타고 죄수 행렬을 앞질러 가도록 일렀다. 남죄수들 가운데 아는 얼굴이 있나 살펴본 뒤에 여죄수들 중에서 마슬로바를 찾아 차입한 물건을 받았는지 물어보기 위해서였다. 날은 찌는 듯이 무더웠다. 바람이 없었으므로 몇천의 발들이 일으키는 먼지는 길 한가운데를 걸어가는 죄수들 머리 위에 줄곧 자욱하게 떠올라 있었다. 죄수들의 발걸음이 빨랐기 때문에 네흘류도프가 탄 마차의 느린 속도로는 쉽사리 그들을 앞지를 수가 없었다. 이 낯설고 괴상한 인간들은 똑같은 신발에 똑같은 복장을 한 몇천의 발을 보조 맞춰가면서, 마치 자기 자신을 고무하기라도 하는 듯이 빈손을 흔들면서 굽이치듯 줄지어 전진했다. 그 수가 너무나도 많고 모두가 똑같은 복장을 하고 있는 데다가 그들이 놓여 있는 상태가 대단히 기묘했으므로, 네흘류도프에게는 인간이 아니라 뭔가 유별나고 두려운 생물인 양 느껴졌다. 그러나 징역수 무리에서 살인범 표도로프를 발견하고, 유형수 가운데 익살꾼 오호틴과 언젠가 도움을 청해온 부랑인을 보자 그의 이러한 인상도 곧 사라지고 말았다. 거의 모든 죄수가 자기들을 앞질러 가는 마차와 그 위에 올라타 자신들을 바라보는 신사를 곁눈질로 돌아보았다. 표도로프는 네흘류도프를 알아보았다는 신호로 고개를 끄덕여 보였고, 오호틴은 한쪽 눈을 끔벅여 보였다. 그러나 그들은 야단을 맞을까 염려했는지 인사말을 건네지는 않았다.

여죄수들의 대열 옆에 이르자 네흘류도프는 곧 마슬로바의 모습을 찾아냈다. 그녀는 둘째 줄에 있었다. 맨 끝에는 얼굴이 붓고 다리가 짧은, 눈이 까만 못생긴 여자가 옷자락을 허리띠에 찔러 넣고 있었다. 바로 그 '멋쟁이' 여자였다. 두 번째는 간신히 발을 끌고 가는 임신부였고, 세 번째가 마슬로바였다. 그녀는 배낭을 어깨에 메고 앞을 보며 걷고 있었다. 마음을 결정한 안정된 얼굴이었다. 그녀와 같은 줄에 나란히 선 네 번째 여죄수는 짤막한 수의를 입고 농촌식으로 머릿수건을 맨 젊고 아름다운 여자로 걸음걸이도 씩씩했다. 페도시야였다. 네흘류도프는 마슬로바에게 차입한 물건은 받았는지, 기분은 어떤지 물으려고 마차에서 내려 행진해 가는 여죄수들 쪽으로 다가갔다. 그러자 옆에서 걷던 호송병 하사관이 급히 달려왔다.

"이보시오, 행렬에 접근하면 안 됩니다. 금지되어 있습니다." 하사관은 뛰어오면서 외쳤다.

가까이 와서 네흘류도프라는 것을 알자(감옥에서는 이미 누구나 다 네흘류도프를 알고 있었다), 하사관은 거수경례를 하고 네흘류도프 옆에 멈춰 서서 말했다.

"지금은 안 됩니다. 역에 가서라면 좋습니다만 여기선 금지되어 있습니다. 이봐, 처지면 안 돼, 빨리 걷지 못할까!" 그는 이렇게 죄수들에게 호통을 치는 이런 더위에도 아랑곳하지 않고 멋진 새 장화를 번쩍이면서 자기 자리로 되돌아 달려갔다.

네흘류도프는 보도로 물러가서 마부에게 뒤따라오라고 이르고는 대열을 지켜보며 걸어갔다. 죄수 대열이 지나는 곳마다 동정과 공포가 얽힌 주의를 끌었다. 마차에 탄 사람들은 창으로 얼굴을 내밀고 죄수들이 보이지 않을 때까지 눈으로 전송했다. 길 가던 사람들은 걸음을 멈추고 놀라움과 두려움의 표정으로 이 무시무시한 구경거리를 바라보았다. 가까이 다가가 적선을 하려는 사람도 있었다. 적선은 호송병이 대신 받았다. 최면술에 걸린 듯이 대열의 뒤를 따라 걷는 사람도 있었으나, 이내 멈춰 서서 고개를 내저으며 죄수들의 뒷모습을 눈으로 전송했다. 이 집 저 집 현관과 대문에서는 서로 부르거나 이끌어내고, 밖으로 달려 나오는가 하면 창문에서 떨어질 듯이 몸을 내밀고는 꼼짝도 않고 말없이 이 무서운 행렬을 바라보기도 했다. 어느 네거리에서 이 행렬은 한 호화로운 사륜마차의 앞을 가로막았다. 마부석에는 등줄기에 두 줄로 단추를 단 제복을 입은, 혈색 좋고 엉덩이가 커다란 마부가 앉아 있고, 뒷좌석에는 부부가 자리 잡고 있었다. 파리하게 여윈 아내는 빛깔이 환한 모자를 쓰고 화사한 파라솔을 손에 들었으며, 남편은 실크해트에 색이 엷은 값비싼 여름 코트를 입고 있었다. 부부 맞은편에는 아이들이 앉아 있었다. 아마 빛 머리를 풀어헤치고 역시 화려한 파라솔을 손에 든 꽃같이 아리따운 소녀와, 긴 리본을 단 해군 모자를 쓴 목이 가느다랗고 광대뼈가 불거진 여덟 살쯤 된 소년이었다. 남편은 죄수 행렬에 발이 묶기기 전에 빨리 우회하지 않았다고 화난 듯이 마부에게 투덜거렸고, 아내는 사뭇 불쾌한 듯 눈을 가늘게 뜨고 미간을 찌푸리면서 비단 파라솔로 얼굴을 푹 가리고 햇살과 먼지를 피하고 있었다. 엉덩이가 큰 마부는 주인 자신이 이 길로 가라고 일러놓고는 이제 와서 부당하게 불평하는 소리를 들으면서 얼굴을 찡그렸다. 그는 굴레와 목덜미가 땀에 젖은, 털이 반들반들한 검정말이 뛰어나가려고 날뛰는 것을 간신히 억누르고 있었다.

순경은 이 호화로운 마차의 주인을 위해서 대열을 잠깐 멈추게 하고 마차를 통과시키려고 애썼지만, 이 행렬에는 아무리 유복한 신사라도 감히 무찌를 수 없는 침울한 엄숙성이 있음을 느꼈다. 그로서는 부귀에 대한 경의의 표시로 거수경례를 하고, 만일의 경우에는 마차에 탄 사람들을 방비할 것을 약속이라도 하는 양 엄숙한 눈초리로 죄수들을 노려보는 것이 고작이었다. 그 때문에 마차는 행렬이 전부 통과할 때까지 기다리지 않으면 안 되었다. 배낭과 그 위에 걸터앉은 여죄수들을 가득 실은 마지막 짐마차가 요란스럽게 통과했을 때에야 겨우 움직일 수 있었다. 짐마차 위에서 히스테리를 부리던 여자는 진정되어 있었으나, 이 호화로운 사륜마차를 보자 또다시 울음을 터뜨리며 울부짖기 시작했다. 마부가 고삐를 약간 늦춰주자 그제야 검정말 두 필은 포장도로 위에 말발굽 소리를 요란하게 울리며 고무바퀴 위에서 경쾌하게 진동하는 마차를 별장으로 끌고 갔다. 부부와 딸, 그리고 목이 가느다랗고 광대뼈가 불거진 소년은 별장으로 놀러 가는 길이었다.

아버지도 어머니도 소녀나 소년에게 지금 본 것을 설명해주지 않았다. 그러므로 아이들은 지금 본 광경의 의미를 스스로 풀이하지 않으면 안 되었다.

소녀는 아버지와 어머니의 표정을 생각해본 끝에, 그 사람들은 자기 부모나 친지들과는 완전히 다른 나쁜 사람들이 틀림없으므로 당연히 그런 꼴을 당해야 한다는 식으로 의문을 해결했다. 그렇기 때문에 소녀는 그저 무섭기만 했고 그 사람들이 보이지 않게 되자 몹시 기뻐했다.

그러나 죄수들의 행렬을 눈도 깜박이지 않고 바라보던 목이 긴 소년은 의문을 전혀 다른 식으로 풀었다. 저 사람들은 소년 자신이

나 그 밖의 모든 사람과 조금도 다를 데가 없는 똑같은 사람들이며, 따라서 누군가가 저 사람들에게 해서는 안 될 나쁜 짓을 한 것이라고, 소년은 신에게 직접 계시라도 받은 듯 조금도 의심치 않고 똑똑히 믿었다. 소년은 그들이 불쌍했다. 그리고 족쇄를 차고 머리를 깎인 사람들에 대해서도, 그들에게 족쇄를 채우고 그들의 머리를 깎아버린 사람들에 대해서도 똑같은 공포를 느꼈다. 그러했기 때문에 소년은 금세라도 울음을 터뜨릴 듯이 입술이 부풀어 올랐지만, 그래도 이런 경우에 운다는 것은 부끄러운 일이라 생각하면서 울음을 터뜨리지 않으려고 기를 쓰며 참았다.

36

네흘류도프는 죄수들과 보조를 맞추어 빠른 걸음으로 걸었으나, 얇은 옷에다 여름 코트를 걸쳤을 뿐인데도 굉장히 더웠다. 더욱이 먼지와 거리를 뒤덮은 뜨거운 공기 때문에 숨이 막힐 지경이었다. 그는 2, 3백 미터쯤 걸어가다가 다시 마차를 타고 앞으로 나갔으나, 마차로 한길 중앙에 나오자 더위가 한층 더 심하게 느껴졌다. 그는 어제 매형과 나눈 대화를 떠올려보려 했다. 그러나 그러한 생각도 이미 오늘 아침같이 마음을 흥분시키지는 않았다. 죄수 행렬의 출발과 그 인상이 그런 생각을 가려버렸다. 아니, 그보다도 더위 때문에 더욱 견딜 수가 없었다. 어느 담 옆 나무 그늘에 모자를 벗은 두 실업학교 학생이 자신들 앞에 무릎을 꿇고 있는 아이스크림 장사 앞에 서 있었다. 생도 하나는 벌써 뿔로 만든 스푼을 빨면서 입맛을 다시고 있었으나, 또 한 아이는 노란 것이 수북이 담긴 컵을 기다리고 있었다.

"이 근처에 무엇이든 마시는 데는 없나?" 뭐든지 좀 찬 것을 마시고 싶은 생각에 네흘류도프는 마부에게 물었다.

"좀 더 가면 좋은 데가 있습니다." 마부는 이렇게 말하고 모퉁이를 돌아 커다란 간판이 걸린 입구로 네흘류도프를 안내했다.

카운터에 있던 루바슈카(러시아 민족 의상으로, 두꺼운 리넨으로 만든 블라우스 또는 상의) 차림의 뚱뚱한 점원과, 처음엔 깨끗했겠으나 지금은 더러워진 옷을 입은 하인은 손님이 없어 탁자 앞에 앉아 있다가 이 낯선 손님을 호기심 어린 눈으로 바라보면서 주문을 받았다. 네흘류도프는 소다수를 주문하고 창에서 되도록 떨어진, 더러운 상보가 덮인 탁자에 앉았다.

차 세트와 투명한 유리병이 놓여 있는 저쪽 탁자 앞에는 두 사내가 앉아서 이마의 땀을 닦으며 무슨 계산을 하고 있었다. 한쪽 사내는 살빛이 검고 머리가 벗겨졌으며, 라고진스키와 마찬가지로 뒤통수와 가장자리에만 검은 머리가 남아 있었다. 이 인상이 또다시 네흘류도프에게 매부와 어제 주고받은 말이며, 출발 전에 누님과 그를 다시 한 번 만나두고 싶다는 생각을 불러일으켰다. '떠날 때까진 도저히 그럴 여유가 없을 거다.' 그는 생각했다.

'그보다는 편지를 쓰는 게 낫겠다.' 그리고 편지지와 봉투와 우표를 사 오라 이르고, 쉬잇 하고 거품이 이는 찬 소다수를 마시면서 뭐라고 쓸까 궁리하기 시작했다. 그러나 마음이 혼란해서 생각을 마무를 수가 없었다.

'정다운 나타샤, 어제 매부와 그런 얘기를 한 찌뿌드드한 인상을 안고서 그대로 떠날 수는 없습니다……' 하고 그는 쓰기 시작했다. '그다음을 뭐라고 쓸까? 어제 한 말을 용서해달라고 해야 할까? 그러나 나는 생각한 그대로 말했을 뿐이다. 만일 내가 사과한다면, 그 사나이는 내가 한 말을 철회했다고 생각하겠지. 그리고 또 내 문제에 참견하려고 들겠지. 아니, 그럴 수는 없다.' 자존심 강하고 자기 마음을 이해해주지도 않는 남이나 다름없는 그 사나이에게 끓어오르는 증오감을 느끼면서, 네흘류도프는 쓰던 편지를 호주머니에 쑤셔 넣고 셈을 치르고는 밖으로 나와 마차로 죄수들의 대열을 쫓았다.

더위는 더욱 심해졌다. 벽이랑 돌이 흡사 뜨거운 김을 내뿜는 것 같았다. 잔뜩 달아오른 포장도로를 밟는 발이 타는 듯했다. 바니시로 빛을 낸 마차의 흙받이에 손이 닿았을 때만 해도 네흘류도프는 불에 덴 듯한 느낌을 받았을 정도였다.

말은 먼지투성이 울툭불툭한 길에 말발굽 소리를 단조로이 울리면서 나른한 걸음걸이로 천천히 걸어갔다. 마부는 노상 꾸벅꾸벅 졸았다. 네흘류도프는 아무 생각도 없이 멍청히 앞을 바라보고 있었다. 비탈길에 접어들자 커다란 주택 문전에 많은 사람들이 모여 있고, 총을 멘 호송병들이 서 있었다. 네흘류도프는 마차를 멈추게 했다.

"무슨 일입니까?" 그는 이 저택 문지기에게 물었다.

"죄수가 어떻게 된 모양입니다."

네흘류도프는 마차에서 내려 군중 속으로 걸어갔다. 보도와 가까워짐에 따라 완만히 경사진 포장도로의 울툭불툭한 돌 위에, 코가 납작한 붉은 얼굴에 턱수염을 기른 몸집 큰 중년 죄수가 회색 수의를 입은 채 발보다 머리를 낮게 하고 쓰러져 있었다. 주근깨투성이 양팔은 손바닥을 밑으로 하고 내던져진 채로 반듯이 나자빠져 있었고, 부풀어 오른 앞가슴은 오랜 간격을 두고 규칙적으로 뛰고 있었으며, 흐느끼는 듯한 소리를 빨아들이면서 눈망울이 움직이지 않는 핏발 선 눈으로 허공을 응시하고 있었다.

얼굴을 찌푸린 순경이며, 행상인, 우체부, 점원, 양산을 받친 늙은 여자, 빈 광주리를 든 중대가리 소년들이 서 있었다.

"감옥에 처박아둬서 쇠약해진 거죠. 온통 허약해빠진 걸 이런 불더위 속으로 끌어냈으니." 점원이 다가온 네흘류도프에게 말을 걸며 누군가를 비난하는 투로 말했다.

"죽을 것만 같아요." 양산을 받친 여자가 울먹이는 소리로 말했다.

"셔츠를 풀어줘야 해요." 우체부가 말했다.

순경이 굵은 손가락을 떨면서 힘줄이 두드러진 붉은 목덜미의 끈을 퉁명스럽게 풀기 시작했다. 순경은 흥분해서 얼떨떨해 보였지만, 그래도 군중을 야단치는 일만은 필요하다고 생각한 모양이었다.

"뭣 때문에 모여드는 거야? 안 그래도 더운데. 바람을 막지 마."

"의사가 증명해서 몸이 약한 사람은 남겨두지 않으면 안 돼요. 이렇게 되면 죽은 사람을 호송하는 것과 뭐가 다르겠소" 하고 점원은 법률 지식을 과시하는 듯한 어조로 말했다.

순경은 셔츠 끈을 다 풀고 나서, 몸을 일으켜 주위를 둘러보았다.

"물러들 가요, 당신들하곤 관계가 없는 일이니. 구경거리가 아니오!" 하고 공감을 얻으려는 표정으로 네흘류도프를 돌아보면서 말했지만, 상대의 시선에서 공감을 찾지 못했으므로 호송병을 뒤돌아보았다.

그러나 호송병은 한편에 선 채로 한쪽이 달아빠진 뒤축만을 보면서 순경의 곤경에는 전혀 관심이 없었다.

"누구에게 관계가 있는 일인지는 모르지만 당사자는 거들떠보지도 않네. 질서는 사람을 죽여도 좋은 건가?"

"아무리 죄수라도 다 같은 인간인데." 군중 속에서 누군가가 말했다.

"머리를 더 높이 하고 물을 줘야 해요." 네흘류도프가 말했다.

"가지러 갔습니다." 순경은 이렇게 대답하고 죄수 겨드랑이 밑으로 손을 넣어 가까스로 몸을 얼마쯤 높은 데로 끌어올렸다.

"왜 이렇게들 모여 있는 거야?" 갑자기 윗사람인 듯한 단호한 말소리가 들리고, 유난히 정결한 눈부신 흰 양복에 그보다 더 반짝반짝 빛나는 긴 가죽 장화를 신은 경찰서장이 죄수 주위에 몰려 있는 군중을 향해 잰걸음으로 다가왔다. "모두 돌아가! 뭣 때문에 이런 데 서 있는 거야!" 서장은 무엇 때문에 군중이 모여 있는지 알지도 못하면서 호통을 쳤다.

바로 곁에까지 와서 빈사의 죄수를 보더니 그는 마치 이런 사태를 예기하고 있었다는 듯이 고개를 끄덕이면서 순경을 돌아보았다.

"대체 어찌 된 일인가?"

순경은 죄수들의 행진 중에 이 죄수가 쓰러졌는데 호송병이 그냥 내버려두라는 명령을 했다고 보고했다.

"그럼 할 수 없군. 서로 데려가야지, 마차를 불러."

"문지기가 부르러 갔습니다." 순경은 경례를 하며 말했다.

점원이 또다시 더위에 관한 이야기를 하려고 했다.

"자네하고 무슨 관계가 있나, 응? 어서 가던 길이나 가." 서장은 이렇게 말하고 엄한 눈으로 잔뜩 노려보았으므로 점원도 입을 다물었다.

"물을 먹이지 않으면 안 됩니다." 네흘류도프는 말했다.

서장은 네흘류도프를 엄한 눈으로 쏘아보았으나 아무 말도 안 했다. 문지기가 물이 든 컵을 가져오자, 그는 순경에게 물을 먹이라고 일렀다. 순경이 축 늘어진 머리를 들어서 그 입에 물을 부어 넣으려고 했으나 죄수는 물을 먹지 않았다. 물이 턱수염을 타고 흘러내려 죄수의 앞가슴과 올이 성긴 먼지투성이 셔츠를 적셨다.

"얼굴에 끼얹어줘!" 하고 서장이 명령하자, 순경은 납작한 모자를 벗기고 붉은 고수머리와 머리통 위로 물을 끼얹었다.

죄수는 깜짝 놀란 듯이 눈을 떴으나 자세는 달라지지 않았다. 얼굴에는 먼지로 더러워진 물이 흘러내렸지만, 숨은 여전히 헐떡였고 온몸은 쉴 새 없이 바르르 떨리고 있었다.

"이 마차는 뭐냐? 이걸 쓰면 되잖아." 서장이 네흘류도프의 마차를 가리키며 순경에게 말했다. "이봐, 이리 와!"

"손님이 있어요!" 마부는 눈을 내리깐 채 퉁명스럽게 대답했다.

"이건 내 마차인데요." 네흘류도프는 말했다. "하지만 마음대로 써주십시오. 대금은 내가 치르겠습니다." 마부를 뒤돌아보고 그는 이렇게 덧붙였다.

"자, 뭘 꾸물거리고 있는 거야?" 서장이 고함쳤다. "빨리 태워!"

순경과 문지기와 호송병은 빈사의 죄수를 들어서 마차로 옮겨 자리에 앉히려고 했으나, 제 힘으로 몸을 가눌 수가 없는 죄수는 머리를 뒤로 젖히고 자리에서 미끄러져 내렸다.

"눕히도록 해" 하고 서장이 명령했다.

"괜찮습니다. 서장님, 제가 이대로 데려가겠습니다." 빈사의 죄수와 가지런히 좌석에 허리를 꽉 묻고 우람한 오른팔로 상대의 겨드랑이를 안으면서 순경이 말했다.

호송병은 맨발에 농민화를 신은 발을 쳐들어 마부석 아래로 뻗치게 했다.

서장은 사방을 돌아보더니, 길에 떨어져 있는 빵떡 모양의 죄수 모자를 집어 뒤로 축 늘어진 그의 젖은 머리에 씌워주었다.

"가!" 하고 그는 명령했다.

마부는 화닌 듯이 흘깃 쳐다보고 머리를 흔들더니, 호송병과 함께 경찰서 쪽으로 마차를 되돌렸다. 죄수와 나란히 앉은 순경은 머리가 사방으로 흔들리며 미끄러져 내리려는 죄수의 몸을 노상 고쳐 앉히고 있었다. 호송병은 마차와 나란히 걸으면서 죄수의 다리를 고쳐주었다. 네홀류도프는 그들 뒤에서 따라갔다.

37

빈사의 죄수를 태운 마차는 소방 감시원 곁을 지나 서에 닿자 안뜰로 들어가 어느 입구 앞에 멈춰 섰다. 안뜰에서는 소매를 걷어 올린 소방수들이 큰 소리로 이야기들을 하고 껄껄거리며 수레를 닦고 있었다.

마차가 멈추자마자 몇몇 순경이 마차를 둘러싸고 죽어가는 죄수의 겨드랑이 밑이며 다리를 붙잡아 삐걱거리는 마차에서 안아 내렸다.

죄수를 실어 온 순경은 마차에서 내리며 저린 한 손을 흔들고는 모자를 벗고 성호를 그었다. 빈사 상태의 죄수는 문간에서 계단을 따라 2층으로 운반되었다. 네흘류도프는 그 뒤를 따라갔다. 병자를 운반해 들어간 좁고 더러운 방에는 나무 침상이 네 개 놓여 있었다. 두 침대에는 셔츠 바람 병자가 두 사람 앉아 있었다. 하나는 목에 붕대를 감고 입이 삐뚤어진 사내고, 또 하나는 결핵 환자였다. 나머지 두 침상은 비어 있었다. 그 하나에 죄수를 눕혔다. 그때 번쩍이는 눈동자에 노상 눈썹을 움직거리는 작달막한 사내가 속옷과 양말 바람에 바쁜 걸음걸이로 사뿐 다가와 물끄러미 죄수를 내려다보고, 그다음 네흘류도프를 쳐다보더니 큰 소리로 깔깔거리며 웃어댔다. 이는 경찰 병실에 수용되어 있는 광인이었다.

"모두 날 놀라게 하려는 거군." 광인은 말을 꺼냈다. "안 돼, 그렇게는 안 될걸."

병자를 운반해 온 순경들에 이어 서장과 병원 조수가 들어왔다.

조수는 병자 곁으로 다가가서 아직 부드럽기는 하지만 이미 죽은 사람처럼 창백하고 누런 주근깨투성이 손을 잠시 잡았다가 놓았다. 손은 힘없이 죄수의 배로 떨어졌다.

"틀렸군요." 조수는 머리를 흔들고 이렇게 말했지만, 다만 형식적으로 후줄근하게 젖은 죽은 자의 거친 천 셔츠를 걷어 올리고 자신의 고수머리를 귀 뒤로 쓸어 올린 뒤에 이미 움직이지 않는, 누렇게 뜬 가슴에 귀를 갖다 댔다. 모두 말이 없었다. 조수는 몸을 일으키고 다시 머리를 흔들면서 열린 채 움직이지 않는 파란 한쪽 눈의 눈꺼풀을 만져보고 다른 눈꺼풀도 만져보았다.

"놀랄 것 없어, 놀랄 것 없어." 광인은 쉴 새 없이 조수에게 침을 뱉으면서 말했다.

"어떻소?" 서장이 물었다.

"어떠냐고요?" 조수가 되물었다. "시체실 행이군요."

"잘 좀 봐주시오, 확실하오?" 서장이 물었다.

"너무 늦었어요" 하고 조수는 걷어 올렸던 죄수의 가슴을 덮으면서 말했다. "그러나 일단 마트베이 이바느이치를 부르러 보낼 테니까 봐달라고 해야지요. 페트로프, 가보고 오게." 조수는 이렇게 말하고 시체 곁을 떠났다.

"시체실로 운반해." 서장이 말했다. "자넨 사무실로 가서 인수증에 서명을 해주게." 시종 죄수의 곁을 떠나지 않고 있던 호송병 쪽을 보고 그는 말했다.

"네, 알겠습니다." 호송병은 대답했다.

순경은 시체를 들어서 다시 계단 밑으로 운반했다. 네흘류도프도 뒤를 따라가려고 했으나 광인이 그를 가로막았다.

"당신은 악당들하고 한패가 아닐 테지. 그렇다면 담배를 한 대 줘." 광인이 말했다.

네흘류도프는 담배를 꺼내서 그에게 주었다. 광인은 눈썹을 움직거리면서 무척 재빠른 말로 모두 최면술을 써서 자기를 괴롭힌다는 이야기를 하기 시작했다.

"그들은 모두 내 적이기 때문에 내 영혼을 팔게 해서 나를 괴롭히고 못살게 하는 거요……."

"실례하겠습니다." 네흘류도프는 이렇게 말하고는 그의 말을 끝까지 듣지도 않고 시체를 어디로 옮기는지 알아보려고 마당으로 나갔다.

시체를 둘러멘 순경들은 벌써 마당을 지나 지하실 입구로 들어

서는 중이었다. 네흘류도프는 그리로 가려고 했는데 서장이 불러
세웠다.

"당신은 무슨 용건이죠?"

"아뇨, 별로." 네흘류도프는 대답했다.

"용건이 없으면 돌아가주십시오."

네흘류도프는 그의 말대로 순순히 자기 마차가 있는 곳으로 되
돌아갔다. 마부는 졸고 있었다. 네흘류도프는 그를 흔들어 깨우고
다시 역으로 마차를 달렸다.

그가 백 걸음도 가기 전에 또다시 총을 든 호송병이 따라가는 짐
마차를 만났다. 짐마차 위에는 이미 죽은 듯한 다른 죄수가 누워 있
었다. 죄수는 마차 위에 반듯이 누워 있었다. 빵떡모자가 긴 수염을
기른 얼굴을 코언저리까지 덮고 있었는데, 박박 깎은 머리는 마차
가 흔들릴 때마다 건들건들 흔들리며 부딪치고 있었다.

두꺼운 장화를 신은 마부는 짐마차와 나란히 걸어가고, 짐마차
뒤에는 순경이 하나 따르고 있었다. 네흘류도프는 자기 마부의 어
깨를 가볍게 쳤다.

"무슨 일들을 저렇게 할까요!" 말을 세우면서 마부는 말했다.

마차에서 내린 네흘류도프는 짐마차 뒤를 따르며 소방 감시원
곁을 지나 경찰서 마당으로 들어갔다. 마당에 있는 소방수들은 이
제 수레를 다 씻었고, 수레를 놓아두었던 자리에는 키 크고 뼈가 앙
상한 소방서장이 푸른 줄을 두른 모자를 쓰고 양손을 호주머니에
찌른 채 서서, 방금 소방수가 그의 앞으로 끌고 온 목덜미가 굵은 누
런 수말을 엄한 눈으로 바라보고 있었다. 말은 앞다리 하나를 절름
거렸다. 소방서장은 옆에 서 있는 수의에게 투덜거리며 얘기하고

185

있었다.

경찰서장도 거기 서 있었다. 두 번째 송장을 보고 그는 짐마차 쪽으로 걸어갔다.

"어디서 주워 왔어?" 못마땅한 듯이 머리를 흔들며 그는 물었다.

"스타라야 고르바토프스카야 거리입니다." 순경이 대답했다.

"죄수인가?" 소방서장이 물었다.

"네, 그렇습니다."

"오늘 벌써 두 사람째로군." 경찰서장이 말했다.

"암, 그렇기 마련이지, 이렇게 덥고 보면." 소방서장은 이렇게 말하고는 절룩거리는 누런 말을 끌고 온 소방수에게 고함을 쳤다. "모퉁이 마구간에 넣어둬! 말을 병신 만들다니, 이런 개자식, 말은 너 따위 악당들보다 훨씬 비싸단 말이야."

죽은 사람은 먼젓번과 마찬가지로 순경들이 짐마차에서 들어올려 병실로 운반했다. 네흘류도프는 최면술에 걸린 사람처럼 그 뒤를 따랐다.

"무슨 용건입니까?" 순경 하나가 물었다.

그는 대꾸도 않고 시체가 운반된 방으로 갔다.

광인은 나무 침상에 걸터앉아서 네흘류도프가 준 담배를 맛있게 빨고 있었다.

"아, 돌아왔군!" 광인은 이렇게 말하고 깔깔거리고 웃었는데, 죽은 사람을 보자 미간을 찌푸렸다. "또야." 그는 말했다. "질려버렸어. 난 어린애가 아니란 말이야. 그렇잖아?" 질문을 던지는 듯한 웃음을 띠면서 그는 네흘류도프를 바라보았다.

네흘류도프는 죽은 이를 보았다. 이미 아무도 막는 사람이 없었다. 좀 전까지 모자에 가려졌던 얼굴도 다 볼 수 있었다. 아까 죄수가 추했던 것과는 아주 반대로, 이번 사내는 얼굴도 몸도 뛰어나게 아름다웠다. 사나이로서 한창인 연배였다. 반쯤 깎인 머리는 흉했지만, 지금은 완전히 생기를 잃은 검은 눈 위에 두드러진 그다지 높지 않은 시원한 이마도 매우 아름다웠거니와, 가느다란 검은 콧수염 위의 오뚝한 코도 아름다웠다. 이미 푸르죽죽해진 입술에는 미소가 어리어 있고, 조그만 턱수염은 얼굴 아랫부분을 둘러싸고, 머리를 깎인 한쪽 옆에는 조그맣고 아름다운 귀가 보였다. 얼굴 표정은 침착하기도 하거니와 엄숙하기도 하고 선량하기도 했다. 그 얼굴을 보노라면 이 사나이에게서 정신생활의 어떤 가능성이 무너져버렸는가를 알 수 있었지만, 그것에 대해서는 말하지 않는다 해도 족쇄를 채운 발이나 손의 가는 뼈라든가 균형 잡힌 팔다리의 탐스러운 근육만을 보더라도 그가 얼마나 아름답고 힘차고 민첩한 인간이었는지 알 수 있었다. 가령 동물로서 보더라도 절룩거린다고 해서 소방서장이 그토록 화를 내던 저 누런 수말 따위보다는 훨씬 안정된 존재였다. 그런데도 사람들은 이 사나이를 죽여놓고 누구 하나 인간으로서의 그를 슬프게 생각지 않을뿐더러, 쓸모없이 죽어버린 노동용 동물로서도 별로 슬퍼하지 않았다. 이 사내의 죽음이 모든 사람의 마음에 불러일으킨 오직 한 가지 감정은 부패가 염려되는 시체를 치워야 할 번거로움에 대한 귀찮음이었다.

조수를 거느린 의사와 서장이 병실로 들어왔다. 의사는 어깨가 딱 벌어진 튼튼해 보이는 사내로, 견직 양복을 입고 있었다. 홀쭉한 바지는 살찐 넓적다리를 팽팽히 감싸고 있었다. 경찰서장은 키가 작고 뚱뚱한 사내였는데, 공처럼 둥글고 붉은 얼굴은 볼을 부풀어

올리고 공기를 들이켜서 천천히 내뿜는 버릇 때문에 한층 더 둥글어 보였다. 의사는 죽은 이의 나무 침상 곁에 앉아서 아까 조수가 했던 것처럼 맥을 짚어보기도 하고 심장에 귀를 갖다 대기도 하고는 바지를 잡아당기며 일어섰다.

"이보다 더 확실한 죽음은 없습니다." 그는 말했다.

경찰서장은 입에 가득 숨을 들이쉬고 천천히 내뿜었다.

"어느 감옥에서 왔지?" 그는 호송병에게 물었다.

호송병은 대답하면서 죽은 이의 발에 채워진 족쇄를 가리켰다.

"이걸 풀도록 하지. 고맙게도 대장장이가 있으니까." 서장은 이렇게 말하더니 또 볼을 불룩하게 하고 천천히 숨을 내쉬면서 문 쪽으로 향했다.

"어째서 이렇게 되었을까요?" 네흘류도프는 의사에게 물었다.

의사는 안경 너머로 그를 쳐다보았다.

"어째서라뇨? 왜 일사병으로 죽느냐는 말인가요? 겨우내 일광이 비치지 않는 곳에서 운동도 않고 갇혔던 자가 갑자기 햇살을 받았기 때문이죠. 특히 오늘 같은 날에 대열에 끼여 행진을 하면 바람이 통하지 않거든요. 그래서 졸도하는 겁니다."

"그럼 왜 이런 날에 호송하는 겁니까?"

"그런 건 그 사람들에게 물어주시오. 대체 당신은 누구십니까?"

"저는 관계없는 사람입니다만."

"아, 그래요……. 그럼 실례합니다, 시간이 없어서요." 의사는 이렇게 말하고 화난 듯이 바지를 아래로 잡아당기고 병자들의 침상 쪽으로 갔다.

"이봐, 좀 어떤가?" 그는 목에 붕대를 감은 입이 비뚤어진 파리

188

한 사나이에게 말을 걸었다.

한편 광인은 자기 침상에 앉아서 담배를 끄고, 노상 의사를 향해 침을 뱉어대고 있었다.

네흘류도프는 마당으로 내려가 소방대의 말과 청동 투구를 쓴 감시원 등의 곁을 지나 문으로 나와서는, 또 마부가 졸고 있는 마차를 타고 다시 역으로 달렸다.

38

네흘류도프가 역에 닿았을 때 죄수들은 이미 유리창에 창살이 박힌 열차에 올라타 있었다. 플랫폼에는 전송 나온 사람 몇몇이 서 있었다. 열차 가까이로 가는 것이 금지되고 있었기 때문이다. 호송병들에게도 오늘은 유난히 성가신 일이 많은 날이었다. 감옥에서 역까지 동행하는 동안에 네흘류도프가 목격한 두 사람 말고도 또 세 사람이 일사병으로 쓰러져 사망했다. 그중 한 사람은 처음 두 명과 마찬가지로 가까운 경찰서에 수용되었지만, 둘은 이 역에 와서 쓰러졌다(1880년대 초 부트이르스키 감옥에서 니즈니노브고로드 역으로 수인을 이송하던 도중 그날 하루 사이에 죄수 다섯 명이 일사병으로 쓰러진 일이 있다).

그러나 호송병들이 걱정하던 일은 호송 과정에서 마땅히 더 살수 있었을 인간이 다섯이나 죽었다는 것이 아니었다. 그런 일에는 관심이 없었다. 그들의 마음을 사로잡은 것은 이런 경우에 법이 명하는 일을 남김없이 하지 않으면 안 된다는 사실이었다. 즉 시체를 적당한 장소로 보내는 일, 그들의 서류며 소지품을 해당 기관에 인계하는 일, 니즈니로 가지고 가야 할 명부에서 그들의 이름을 삭제하는 일 들은 참으로 귀찮은 일이거니와 이런 무더위 속에서는 더욱 견딜 수 없는 일이었다.

호송병들은 이런 일 때문에 무척 분주했다. 그래서 그 일이 전부 끝나기 전에는 네흘류도프를 비롯해서 열차 곁으로 가기를 원하는 전송 나온 사람들이 허가를 받을 수 없었다. 그렇다고는 하나 네흘류도프만은 들어가게 되었다. 호송대 하사관에게 돈을 쥐여주었기 때문이다. 그 사람은 네흘류도프를 들여보냈지만, 다만 얘기를 되도록 빨리 끝내고 지휘관의 눈에 뜨이지 않게 떠나달라고 당부했다. 객차는 전부 열여덟 칸이었는데, 지휘관의 찻간을 제외하고는 모두 죄인들로 가득 차 있었다. 객차 창문 옆을 지나가면서 네흘류도프는 안의 상황에 귀를 기울였다. 어느 찻간에서나 쇠사슬 소리며 지껄이는 소리며 무의미한 상말을 퍼붓는 소리 따위가 들렸으나, 네흘류도프의 예상과는 달리 도중에 쓰러진 친구 얘기는 아무데서도 들리지 않았다. 화제는 배낭과 음료수와 좌석을 골라잡는 얘기뿐이었다. 한 찻간의 창을 들여다보던 네흘류도프는 중앙 통로에서 호송병이 죄수들의 수갑을 끌러주는 것을 보았다. 죄수들이 손을 내밀면 호송병이 열쇠로 수갑을 끌러주고, 또 다른 호송병이 수갑을 모으고 있었다. 네흘류도프는 남죄수 찻간을 지나서 여죄수의 찻간으로 다가갔다. 두 번째 찻간에서 오오, 하나님, 오오, 하나님! 하는 소리가 섞인 억양이 없는 여자의 신음 소리가 들렸다.

네흘류도프는 그 곁을 지나 호송병이 가르쳐준 대로 세 번째 찻간의 창문으로 걸어갔다. 창에 얼굴을 가까이 대자마자 뭉클한 땀 냄새가 짙게 밴 열기가 창 안쪽에서 훅 풍겨 나오고 여자들의 높은 목소리가 똑똑히 들려왔다. 수의와 재킷을 입고 땀투성이의 붉은 얼굴을 한 여죄수들이 자리 잡고 앉아서 커다란 소리로 지껄이고 있었다. 창살에 바싹 갖다 댄 네흘류도프의 얼굴은 모두의 주의를 끌었다. 가까운 데 있던 여죄수들은 입을 다물고 그에게로 다가왔다. 마슬로바는 스카프를 벗고 재킷만 입은 채 반대쪽 좌석에 앉아 있었다. 이쪽 가까이에는 살빛이 흰 페도시야가 여전히 웃음을 띤 채 앉아 있었다. 네흘류도프를 알아본 그녀는 마슬로바를 쿡 찌르고 한 손으로 창을 가리켰다. 마슬로바는 얼른 일어나서 검은 머리에 스카프를 쓰더니 땀이 밴 붉은 얼굴에 생기를 되살려 방긋 웃으면서 창문턱으로 와서 창살에 매달렸다.

"대단한 더위군요." 기꺼운 듯이 웃으면서 그녀는 말했다.

"물건은 받았소?"

"네, 받았어요. 고마워요."

"뭐 필요한 게 없소?" 찌는 듯한 차 안에서 흡사 난로의 열처럼 후끈한 열기가 흘러나옴을 느끼면서 네흘류도프는 물었다.

"네, 아무것도 필요 없어요. 고맙습니다."

"뭐 좀 마실 거라도 있었으면." 페도시야가 말했다.

"그래요, 무얼 좀 마셨으면." 마슬로바가 되뇌었다.

"아니, 거긴 물도 없소?"

"있습니다만 벌써 다 마셔버렸어요."

"그럼 지금 곧 호송병에게 부탁하고 오겠소." 네흘류도프는 말했다. "이제부터 니즈니까지 다신 못 만날 테니까."

"그럼 당신도 정말 가시는 건가요?" 마슬로바는 그럴 줄 몰랐다는 듯이 말하고 네흘류도프를 기쁜 눈으로 바라보았다.

"다음 열차로 가겠소."

마슬로바는 아무 말도 안 했지만, 잠시 후 깊은 한숨을 내쉬었다.

"저, 나리, 죄수가 열둘이나 기진맥진해서 죽어버렸다는 것이 사실입니까?" 표정이 험한 늙은 여죄수가 남자 같은 무뚝뚝한 소리로 물었다.

코라블료바였다.

"열둘이라고는 듣지 못했고, 내가 본 것은 두 명이었소." 네흘류도프는 말했다.

"들리기로는 열둘이라고 합니다. 대체 그런 못된 짓을 하고도 그 녀석들은 마음이 편안할까요? 악마 같은 녀석들이지."

"여죄수 중에는 병난 사람이 없소?" 네흘류도프는 물었다.

"여자 쪽이 더 튼튼한걸요." 키가 작은 다른 여죄수가 웃으며 말했다. "다만 한 사람이 별안간 산기가 있어서요. 저렇게 신음하고 있습니다." 그녀는 아까부터 끊임없이 신음 소리가 들려오는 이웃 찻간을 가리키며 말했다.

"아까 뭐 필요한 것은 없느냐고 물으셨죠?" 마슬로바는 기쁨의 미소를 억지로 참으려고 애쓰면서 말했다. "저 여자를 남게 해주실 수는 없을까요, 저렇게 괴로워하고 있으니까요. 대장에게 말씀 좀 해주셨으면."

"좋소, 말해보겠소."

"그리고 또 한 가지, 저 여자를 남편 타라스하고 만나게 해줄 수는 없으신지요." 웃음 띤 눈길로 페도시야를 가리키면서 그녀는 덧붙였다. "그분도 당신과 함께 갈 거예요."

"이보시오, 얘기를 해서는 안 됩니다." 이렇게 말하는 호송대 하사관의 목소리가 들렸다. 그는 아까 네흘류도프를 들여보낸 그 사내가 아니었다.

네흘류도프는 그곳을 떠나 산기를 일으킨 여자와 타라스의 일을 부탁하기 위해 지휘관을 만나러 갔지만 오랫동안 찾을 수가 없었다. 호송병에게 물어도 만족스런 대답을 들을 수 없었다. 그들은 눈코 뜰 새 없이 바빴다. 죄수를 어디론가 데리고 가는 자도 있고, 자기들의 식료품을 사려고 뛰어 다니는 자도 있고, 여기저기에 자기들의 짐을 쑤셔 넣는 자도 있고, 호송 지휘관과 동행하는 부인의 치다꺼리에 들러붙어 있는 자도 있었지만 누구 하나 네흘류도프의 질문에 제대로 대답해주지 않았다.

네흘류도프가 호송 지휘관을 찾아낸 것은 벌써 두 번째 벨이 울린 뒤였다.

지휘관 장교는 입을 덮고 있는 윗수염을 짧은 손으로 매만지면서, 어깨를 추켜세우고 조장에게 뭐라고 잔소리를 하고 있었다.

"무슨 용건입니까, 대체?" 그는 네흘류도프에게 물었다.

"저 열차에 해산을 하려는 여죄수가 있는데 좀 어떻게 해줘야 할 것 같아서……."

"아니, 그냥 낳게 내버려두십시오. 어떻게 되겠지요." 짧은 손을 힘차게 흔들며 자기 찻간으로 걸어가면서 호송 지휘관은 말했다.

이때 호루라기를 손에 든 차장이 지나갔다. 이윽고 마지막 벨이 울렸다. 그러자 플랫폼에서 전송하는 사람들 사이에서, 또 여죄수 찻간에서 울음소리와 통곡이 터져 나왔다. 네흘류도프는 타라스와 플랫폼에 서서 창살문 안으로 머리를 깎인 남죄수들의 모습이 보이는 차량이 한 칸 또 한 칸 차례차례로 지나가는 것을 보았다. 그다음 여죄수의 첫 번째 차량이 나타났다. 창에는 머릿수건을 쓴 머리와 아무것도 안 쓴 머리가 엉겨 있었다. 그 뒤를 이어 여자의 신음 소리가 들리는 두 번째 차량이 지나가고, 그다음에 마슬로바가 타고 있는 세 번째 차량이 지나갔다. 그녀는 다른 여죄수들과 함께 창문 곁에 서서 네흘류도프를 바라보고 서글픈 웃음을 지어 보였다.

39

네흘류도프가 타고 갈 여객열차가 발차하기까지는 앞으로 두 시간이나 남아 있었다. 처음에 네흘류도프는 이사이에 한 번 더 누나한테 다녀올까 생각했으나, 오늘 아침부터 여러 가지 사건으로 몹시 흥분하고 지쳐 있었으므로 일등 대합실 긴 의자에 앉아 있는 사이에 저도 모르게 갑자기 졸음에 휩쓸려 모로 눕자마자 손을 볼 밑에 괴고 깊은 잠에 빠졌다.

연미복 가슴에 배지를 달고 냅킨을 손에 든 종업원이 그를 불러 깨웠다.

"여보세요, 여보세요, 네흘류도프 공작님 아니십니까? 어떤 부인이 당신을 찾고 계신데요."

네흘류도프는 눈을 비비면서 벌떡 일어나, 자신이 지금 있는 장소와 아침부터 겪은 일을 죄다 떠올렸다.

그의 머릿속에 떠오른 것은 죄수들의 행렬이며, 시체며, 창살 달린 열차와 거기 감금된 여죄수들이며, 특히 한 여죄수가 아무도 돕는 사람 없이 진통으로 괴로워하던 일이며, 또 한 여죄수가 쇠창살 속에서 슬픈 웃음을 띠고 자기를 바라보던 일들이었다. 그러나 지금 그의 눈앞에 있는 현실은 전혀 다른 광경이었다. 거기에는 술병이며, 꽃병이며, 촛대며, 식기 따위를 늘어세운 식탁이 있고, 그 주위를 경쾌한 걸음걸이로 종업원들이 돌아다니고 있었다. 홀 안쪽의 찬장 앞에는 과일을 담은 그릇과 술병들을 앞에 놓고 식당 주인이 서 있고, 그 앞에는 이쪽으로 등을 돌리고 많은 여객들이 서 있었다.

모로 누운 몸을 일으켜 고쳐 앉고 조금씩 머리가 말짱해지는 동안 네흘류도프는 식당에 있는 모든 사람이 문간에서 일어난 일을 호기심이 어린 눈으로 바라보고 있는 것을 알아챘다. 그도 그쪽을 바라보았다. 가볍게 하늘거리는 베일을 얼굴에 걸치고 안락의자에 걸터앉은 귀부인을 의자째 들고 운반해 가는 사람들의 행렬이 눈에 들어왔다. 앞에서 들고 가는 하인은 네흘류도프도 안면이 있는 얼굴이었다. 뒤에서 들고 가는, 모자에 금테를 두른 사내도 안면이 있는 현관지기였다. 의자 뒤에는 머리가 곱슬곱슬하고 앞치마를 두른 점잖은 하녀가 보따리며, 가죽 케이스에 든 뭔지 모를 동그란 물건이며, 우산을 들고 따라가고 있었다. 이어서 아래턱이 처지고 목이 중풍 환자 같은, 여행복 차림을 한 코르차긴 공작이 가슴을 내밀고 뒤따르고, 그 뒤에는 미시와 사촌 미샤, 그리고 네흘류도프와 안면이 있는 목이 길고 울대뼈가 튀어나온 외교관 오스텐이 여느 때와 마찬가지로 명랑한 얼굴 표정으로 뒤따르고 있었다. 그는 웃고 있는 미시에게 설득조로, 그러나 분명히 농담 섞인 태도로 무슨 말인가 하면서 걸었다. 맨 나중에 의사가 화난 듯한 얼굴로 담배를 피우면서 따르고 있었다.

코르차긴 일가는 교외 영지에서 니즈니노브고로드 철도 연변에 있는 부인의 여동생 영지로 이사 가는 길이었다.

의자를 든 사람과 하녀와 의사의 행렬은 마침 그곳에 있는 사람들에게 호기심과 존경을 불러일으키면서 부인 대합실로 들어갔다. 노공작은 식탁에 가서 앉자 곧 종업원을 불러 주문을 하기 시작했다. 미시와 오스텐도 식당에 남아서 근처에 자리를 잡으려고 했으나, 그때 입구에서 아는 여인을 발견하고 그쪽으로 걸어갔다. 아는 여인이란 바로 나탈리야 이바노브나였다. 나탈리야 이바노브나는 아그라페나 페트로브나를 데리고 주위를 두리번거리면서 식당으로 들어섰다. 그녀는 미시와 동생을 거의 동시에 찾아냈다. 그녀는 네흘류도프에게는 가볍게 끄덕이기만 하고 먼저 미시 쪽으로 걸어갔다. 그러나 미시와 키스를 나누고는 곧 동생 쪽으로 왔다.

"간신히 찾았구나." 그녀는 말했다.

네흘류도프는 일어서서 미시와 미샤와 오스텐과 인사를 나누고는 선 채로 얘기하기 시작했다. 미시는 교외 별장이 타버려서 하는 수 없이 이모 댁으로 이사를 간다고 했다. 오스텐은 이 기회를 이용해서 화재에 대한 우스꽝스러운 일화를 말하기 시작했다.

네흘류도프는 오스텐의 얘기에는 귀를 기울이지 않고 누님에게 말했다.

"누님이 와주셔서 정말 기쁩니다." 그는 말했다.

"난 벌써 오래전에 와 있었단다." 그녀가 말했다. "아그라페나 페트로브나와 둘이서 말이다." 그녀는 아그라페나 페트로브나를 손가락으로 가리켰다. 그녀는 레인코트에 모자를 쓰고, 이야기에 방해가 되지 않으려고 먼 데서 수줍은 듯이 목례를 보냈다. "여기저기 찾아다녔어."

"난 여기서 그만 깜빡 잠이 들어버렸어요. 와주셔서 정말 기뻐요." 네흘류도프는 되뇌었다. "누님에게 편지를 쓰던 참이었어요." 그는 말했다.

"정말?" 그녀는 놀라며 말했다. "용건은?"

미시는 남매 사이에 내밀한 얘기가 시작되는 것을 눈치채고, 자신의 기사들과 함께 그 자리를 물러났다.

네흘류도프는 누구 것인지 모를 짐과 담요와 마분지 통 따위가 놓인 창가 비로드 의자에 누나와 함께 앉았다.

"어제 누님한테서 돌아와 다시 한 번 찾아가 사과할까 생각했어요. 하지만 어떻게 생각할지 몰라서." 네흘류도프는 말했다. "매부에게 실례되는 말을 해서 나도 무척 괴로웠어요."

"나도 알고 있었어, 믿고 있었어." 누나가 말했다. "너도 그럴 작정은 아니었을 거라고. 그렇지만 너도 알잖니……."

누나의 눈에 눈물이 괴었다. 그녀는 동생의 손을 잡았다. 누나의 말은 또렷하지 않았지만, 그는 충분히 이해하고 누나가 말하려던 그 뜻에 감동되었다. 그녀의 말은 그녀의 사랑, 곧 자신의 전부를 지배하고 있는 남편에 대한 사랑 말고도 자신에게는 동생에 대한 사랑이 매우 중요하고 귀중하며, 동생과의 불화는 아무리 사소한 일이라도 말할 수 없는 괴로움을 준다는 뜻이었다.

"고마워요, 정말 고마워요, 누님……. 그런데 누님, 오늘 제가 무엇을 봤는지 아십니까?" 갑자기 그는 두 번째 죄수의 시체를 생각하면서 말했다. "두 사람의 죄수가 살해됐답니다."

"어떻게 살해됐니?"

"맹랑하게 살해됐어요. 이런 더위에 끌려갔으니까요. 일사병으로 둘 다 쓰러졌어요."

"그럴 수가 있니! 어떻게? 오늘? 지금?"

"네, 지금 난 그 시체를 보고 왔습니다."

"하지만 어떻게 살해됐니? 누가 죽었어?" 나탈리야 이바노브나가 말했다.

"죄인들을 강제로 끌어낸 자들이죠." 누님이 이런 문제까지 남편과 같은 눈으로 보고 있음을 느끼면서 화가 난 어조로 네흘류도프는 말했다.

"어머나, 저런!" 두 사람에게 다가온 아그라페나 페트로브나가 말했다.

"그래요, 우린 그런 불행한 사람들이 어떤 취급을 당하는지 손톱만큼도 이해하지 못하고 있습니다. 그러나 반드시 알아둘 필요가 있습니다." 노공작을 바라보면서 네흘류도프는 말했다. 노공작은 냅킨을 두른 채 술잔을 앞에 놓고 식탁에 앉아 있었는데, 바로 이때 네흘류도프를 뒤돌아보았다.

"여, 네흘류도프!" 그는 큰 소리로 불렀다. "더위도 잊을 겸 한잔 안 하시겠소? 여행 전의 술은 좋은 겁니다!"

네흘류도프는 사양하고 몸을 돌렸다.

"하지만 이제부터 뭘 할 작정이지?" 나탈리야 이바노브나는 말을 이었다.

"할 수 있는 일은 다 하겠어요. 저로서도 뭔지는 알 수 없지만, 여하튼 하지 않으면 안 된다는 것만은 느끼고 있습니다. 그러니까 내가 할 수 있는 일이라면 무엇이든지 할 작정입니다."

"그래, 그래, 그건 나도 알고 있어. 하지만 그 일은?" 누나는 웃음을 짓고 코르차긴을 눈으로 가리키면서 말했다. "완전히 끝장이 나 버렸니?"

"네, 완전히 끝났습니다. 그리고 어느 쪽도 미련은 없다고 생각합니다."

"유감이야. 난 정말 유감이야. 난 저 사람이 아주 좋은걸. 그렇지만 할 수 없는 일이지. 그런데 넌 무엇 때문에 자신을 그렇게 결박하려고 드니?" 그녀는 조심스레 덧붙였다. "무엇 때문에 가는 거지?"

"가지 않으면 안 되기 때문에 가는 겁니다." 이 대화를 끝내고 싶다는 듯이 네흘류도프는 진지한 표정으로 매정하게 말했다.

그러나 곧 그는 누나에 대한 매정함이 미안해졌다. '왜 나는 내 생각을 모조리 말하려고 하지 않는가?' 그는 생각했다. '아그라페나 페트로브나에게도 들려주면 좋지 않은가.' 늙은 하녀를 흘끔 보고 그는 제 자신에게 말했다. 아그라페나 페트로브나의 존재가 자신의 결의를 누나에게 다시 한 번 반복해두겠다는 기분을 한층 격려해주었다.

"누님은 카튜샤와 결혼하려는 내 계획에 대해서 말씀하시는 거죠? 알고 계시겠지만, 난 그렇게 하기로 결심했습니다. 그러나 그녀는 단호히 거절했습니다." 그는 말했다. 이 얘기를 할 때는 언제나 그렇듯이 목소리가 떨렸다. "그녀는 내 희생을 바라지 않고 오히려 자기 쪽에서 지금과 같은 환경에 있는 몸으로서 퍽 많은 것을 나를 위해 희생하고 있습니다. 나로서도 비록 그것이 일시적이라고 해도 그녀의 희생을 받아들일 수는 없습니다. 그래서 나는 어디까지라도 그녀를 따라가서 될 수 있는 한 그녀를 돕고, 그녀의 운명을 가볍게 해주리라 생각한 겁니다."

나탈리야 이바노브나는 아무 말도 안 했다. 아그라페나 페트로
브나는 영문을 모르겠다는 듯이 나탈리야 이바노브나를 보고 머리
를 흔들었다. 이때 부인 대합실에서 다시금 그 행렬이 나왔다.

잘생긴 하인 필립과 현관지기가 공작 부인을 나르고 있었다. 공
작 부인은 하인들을 멈추게 하고서 네흘류도프를 손짓해 부르더니,
슬프고 애처로운 표정으로 자기 손을 꽉 쥐지나 않을까 근심하면서
반지투성이의 새하얀 손을 그에게로 내밀었다.

"Épouvantable(지독하군요)!" 하고 그녀는 더위에 대해서 말했다.
"이런 더위는 참을 수가 없어요. Ce climat me tue(이런 기후에선 죽을
것만 같아요)." 그녀는 러시아 기후의 대단함에 대해 한바탕 얘기한
다음, 네흘류도프에게 놀러오라고 청하고는 의자를 든 사람에게 신
호했다. "그럼 꼭 들러주세요." 그녀는 들려 가는 안락의자 위에서
기다란 얼굴을 네흘류도프에게 돌리고서 이렇게 덧붙였다.

네흘류도프는 플랫폼으로 나왔다. 공작 부인 일행은 오른쪽 1등
차로 갔다. 네흘류도프는 짐을 날라주는 인부와 자기 짐을 어깨에
멘 타라스와 함께 왼쪽으로 나갔다.

"이 사람은 내 친구예요." 네흘류도프는 타라스를 가리키면서
누나에게 말했다. 타라스 얘기는 전에 누님에게 한 적이 있었다.

"아니, 3등차로 가니?" 네흘류도프가 3등차 앞에 서서 짐을 진
인부와 타라스가 찻간으로 들어가는 것을 보고 있자, 나탈리야 이
바노브나가 물었다.

"네, 이쪽이 더 마음 편합니다. 타라스하고 함께 가니까요." 그는
말했다. "그리고 또 한 가지 해둘 말은" 하고 그는 덧붙였다. "아직

쿠즈민스코예의 토지는 농부들에게 나누어주지 않았으니, 내가 죽으면 누님 아이들이 상속하게 되어 있습니다."

"드미트리, 그런 말은 하지 마." 나탈리야 이바노브나는 말했다.

"그리고 토지를 나눠준다고 하더라도 이것만은 말할 수 있습니다. 토지 이외의 나머지 재산은 전부 애들 겁니다. 왜냐하면 난 아마도 결혼하게 되지 않을 것 같고, 또 결혼을 하더라도 아이는 생기지 않을 테니 말입니다. 그러니까……."

"드미트리, 부탁이야, 그런 말은 제발 그만둬" 하고 나탈리야 이바노브나는 말했지만, 네흘류도프는 자신의 말을 듣고 누나가 기뻐하는 것을 눈치챘다.

앞쪽 1등차 앞에는 그리 많지 않은 사람들이 무리 지어 서서 코르차긴 공작 부인이 운반된 찻간을 아직도 들여다보고 있었다. 다른 사람들은 모두 자기 자리에 앉아 있었다. 뒤늦게 온 승객들은 허둥지둥 플랫폼 판자를 쾅쾅 울리며 달려오고, 차장들은 문을 닫고 돌아다니면서 승객을 자리에 앉히고 전송 나온 사람들을 밖으로 내보내고 있었다.

네흘류도프는 햇볕에 달아서 무더운 악취가 풍기는 찻간으로 들어갔으나 곧 승강구로 나왔다.

유행모를 쓰고 케이프를 걸친 나탈리야 이바노브나는 아그라페나 페트로브나와 나란히 열차 앞에 서서 열심히 뭔가 화제를 찾으려 했으나 찾지 못한 듯했다. 'écrivez(편지 부탁해)' 하는 말조차 할 수 없었다. 왜냐하면 벌써 오래전부터 그들 남매는 여행 가는 사람들의 이런 판에 박힌 문구를 웃음거리로 여겼기 때문이다. 금전 문제와 유산에 대한 조금 전의 짧은 대화가 둘 사이에 이루어지려던 육친으로서의 정다운 관계를 한꺼번에 부숴버리고 말았다. 그들은 지금 서로 남남끼리 같은 서먹서먹한 기분을 맛보고 있었다. 그러므로 나탈리야 이바노브나는 기차가 덜컹하고 움직이기 시작했을 때는 차라리 기꺼웠을 정도로 몇 번이나 머리를 저으면서 쓸쓸해 보이는 상냥한 얼굴로 "잘 가, 드미트리! 잘 가!"라고 말하는 것이 고작이었다. 기차가 다 가버리고 말자, 그녀는 동생과의 대화를 남편에게 어떻게 전하면 좋을까 생각했다. 그 얼굴은 걱정스러운 듯한 진지한 표정이었다.

네흘류도프도 역시 누나에 대해서는 지극히 좋은 감정뿐이고 누나에게 숨긴 일도 없었지만, 누나와 얼굴을 맞대고 있는 것이 거북하고 답답해서 한시라도 빨리 자리를 뜨고 싶었다. 전에 그토록 가까웠던 나탈리야는 이미 존재하지 않고 지금은 다만 남과 다름없는 불쾌하고 거무튀튀한 털북숭이 남편의 노예만 있을 뿐이라는 생각을 하지 않을 수 없었다. 그는 똑똑히 보았다. 누나의 얼굴이 특별한 생기로 환히 빛난 것은 자신이 누나의 남편에게 관심 있는 문제, 그러니까 농민에 대한 토지 분배라든지 유산에 관해서 얘기했을 때 뿐이었다. 그리고 이것은 그를 슬프게 했다.

40

온종일 태양에 달궈진 데다가 사람이 잔뜩 들어박힌 넓은 3등차 찻간의 더위란 그야말로 숨통이 막힐 지경이었으므로, 네흘류도프는 객차 안으로 들어가지 않고 그대로 승강구에 있었다. 그러나 거기서도 숨을 쉴 수 없었다. 이윽고 열차가 거리를 벗어나 틈새 바람이 불어왔을 때에야 비로소 네흘류도프는 가슴 가득히 숨을 들이켰다. '그렇다, 죽인 것이다.' 아까 누나에게 한 말을 그는 자신에게 되뇌었다. 오늘 하루의 모든 인상 가운데서도 입가에 미소를 머금은 채 이마에 엄한 표정을 짓고 파랗게 깎인 쪽 머리에 조그맣고 도톰한 귀가 공연히 눈에 띄던 두 번째 죽은 이의 아름다운 얼굴이 이상스러울 만큼 역력히 마음속에 떠올랐다. '무엇보다도 무서운 것은 그 사람이 살해되었는데 누가 죽였는지 전연 모른다는 사실이다. 여하튼 살해당한 것만은 틀림없다. 다른 죄수들과 함께 그 사나이도 마슬렌니코프의 명령으로 끌려 나온 것이다. 마슬렌니코프 녀석은 필연코 관례대로의 명령을 내려, 인쇄된 표제가 붙은 서류에 그 바보 같은 서명을 했음이 틀림없다. 그러므로 물론 자신에게 죄가 있다고는 결코 생각지도 않을 것이다. 하물며 죄수들을 진찰한 의사가 자신에게 죄가 있다고는 꿈에도 생각하지 않을 것은 뻔한 일이다. 그 의사는 자기 직무를 정확히 이행하고 병약자를 골라냈을 뿐, 이렇게 대단한 더위에 이렇게 늦게, 그리고 이렇게 많은 사람을 한꺼번에 데리고 가리라고는 도저히 예측하지 못했을 것이다. 그럼 소장은? 그러나 소장은 이러이러한 날 이만한 인원수의 남녀 징역수와 유형수를 송치하라는 명령을 수행했을 뿐이다. 호송 지휘관 역시 어디서 죄수 몇 명을 인계받고 어디서 몇 명을 인도하는 것이 그의 임무이고 보면, 그에게도 죄가 있다고는 할 수 없다. 그는 여느 때처럼 정해진 대로 죄수들을 인솔해서 갔을 뿐이며, 내가 본 저 두 사람처럼 튼튼한 사내가 이겨내지 못해서 죽으리라고는 미처 생각하지 못했을 것이 틀림없다. 이렇게 되고 보면 아무에게도 죄가 없다. 그러나 사람이 살해된 것은 사실이다. 역시 그 죽음에 대해서 책임이 없는 그 사람들에게 살해되었다고 볼 수밖에 없다.'

'이런 일은 모두' 하고 네흘류도프는 다시금 생각했다. '지사라든지, 소장이라든지, 경찰이라든지, 순경이라든지 하는 자들이 인간에 대해서 인간적인 태도로 대할 필요가 없는 경우가 이 세상에 존재한다고 믿는 데서 비롯된 것이다. 마슬렌니코프나 소장이나 호송 지휘관이 가령 지사나 소장이나 장교가 아니었다면, 그들 역시 다른 사람들과 마찬가지로 이런 염천에 이렇게 많은 인원수를 한덩어리로 내보낼 수 있을지 스무 번은 생각했을 테고, 또 도중에도 스무 번은 휴식을 취해서 쇠약하거나 숨을 헐떡거리는 사람을 보면 대열에서 빼내어 나무 그늘로 데려가서 물을 먹이고 쉬게 해주었을 것이다. 그리고 그런 불행이 일어나면 동정을 보였을 것이다. 그런데 그들은 그러지 않았을 뿐 아니라, 다른 사람이 동정을 표하는 것까지 방해했다. 왜냐하면 그들은 자기 앞의 인간을 보지 않고, 또 인간에 대한 자기의 의무를 보지 않고 다만 자기의 직무와 그 요구만을 중대시하며 그것을 인간관계의 요구보다 중히 여겼기 때문이다. 모든 문제는 이 한 가지에 있다.' 네흘류도프는 생각했다. '우리는 가령 한 시간이라도, 혹은 어떤 예외적인 특수한 경우에라도 인간애보다도 더 중대한 것은 없음을 인식하지 않는 한, 사람에게 죄를 범하면서 그것을 죄라고 생각하지 않고 태연히 있을 수는 없다.'

네흘류도프는 이러한 생각에 골몰한 나머지 어느덧 날씨가 변한 것도 모르고 있었다. 태양은 앞으로 낮게 떨어져 나간 구름 조각 뒤에 모습을 숨기고, 서쪽 지평선에서는 엷은 잿빛 먹구름이 뭉게뭉게 솟아오르고, 어딘지 먼 곳에서는 어느새 고마운 빗줄기가 들과 숲 위로 비스듬히 좍좍 퍼붓고 있었다. 그 비구름 속에서는 우기(雨氣)를 품은 습기 찬 공기가 흘러내렸다. 간혹 번개가 구름을 뚫고, 요란한 기차 소리와 뇌성은 점점 심하게 뒤섞였다. 구름은 점차 가까워지고, 바람에 쫓기는 빗줄기가 사선으로 흩뿌리며 네흘류도프의 코트에 드문드문 자국을 남기기 시작했다. 그는 반대쪽으로 옮겨 가서 축축하고 상쾌한 공기와 오랫동안 비에 굶주렸던 대지의 곡물 냄새를 들이마시며, 창밖을 달려가는 들이며, 숲이며, 누렇게 익어가는 호밀밭이며, 아직도 초록이 선연한 귀리밭의 줄무늬며, 그리고 꽃이 피어 있는 암녹색 감자밭의 검은 밭두렁 등을 바라보았다. 모든 것이 바니시를 칠한 듯 광이 나기 시작했다. 녹색은 한층 녹색으로, 노란색은 한층 노란색으로, 그리고 검정색은 한층 검정색으로 윤이 나 번들거렸다.

"더 와라, 더 와!" 은혜로운 비를 받아 생기를 되찾은 밭이며, 뜰이며, 채소밭을 보고 기뻐하면서 네흘류도프는 말했다.

줄기찬 비도 오래 계속되지는 않았다. 비구름 일부는 비가 되어 쏟아져 내리고 일부는 그대로 흘러가버려 축축한 대지에는 마지막 가는 빗줄기가 곧바로 내리고 있을 뿐이었다. 태양이 다시 얼굴을 내밀고 모든 것이 반짝거리기 시작했다. 동쪽 지평선 위에 높지는 않지만 선명한 무지개가 걸렸다. 보랏빛이 유달리 눈에 뜨이는 한쪽 마구리가 뚝 끊어진 무지개였다.

'그런데 난 무슨 생각을 하고 있었지?' 이들 모든 자연의 변화가 끝나고 열차가 좌우에 높다란 비탈면이 치솟은 내리받이를 내려가기 시작했을 때 네흘류도프는 자신에게 물었다. '그렇다, 저 소장이나 호송병이나 직원들 거의가 본래는 대부분 온화하고 선량한 인간

인데도, 다만 공직에 매여 있다는 이유만으로 그토록 나쁜 짓을 하게 된다. 그런 생각을 하고 있었다.'

그는 감옥에서 벌어지는 일을 얘기해주었을 때 마슬렌니코프가 보인 무관심한 태도며, 소장의 엄격한 태도며, 짐마차에 죄수를 태워주지 않을 뿐 아니라 객차 안에서 여죄수가 진통에 괴로워하는데도 거들떠보지 않던 호송 지휘관의 잔인함 등을 생각했다.

'그자들은 관직에 매여 있다는 이유만으로 가장 소박한 동정의 마음마저 받아들이지 않는 냉혈한이 되어버렸다. 공무원으로서의 그들에겐 마치 이 돌로 다진 땅에 비가 스며들지 않듯이 인간애의 마음이 깃들지 않는 것이다.' 여러 가지 돌로 다져놓은 깎아지른 비탈을 빗물이 스며들지 않고 여러 줄기로 흘러내리는 것을 바라보면서 네흘류도프는 생각했다. '하긴 이런 철로 축대는 돌로 다질 필요가 있을지도 모른다. 그러나 식물 생장력을 잃어버린 이 흙을 보기란 슬픈 일이다. 이 흙도 축대 위에 보이는 저 흙과 마찬가지로 곡식과 풀과 숲과 나무들을 돋아나게 할 수 있었으리라. 인간도 이와 똑같다.' 네흘류도프는 생각했다. '아마도 지사니, 소장이니, 순경이니 하는 사람들이 필요할지 모른다. 그러나 인간으로서의 중요한 특징, 서로에 대한 사랑과 동정을 잃은 인간을 보기란 정말 무서운 일이 아닐 수 없다.'

'요컨대 그자들은 율법이 아닌 것을 율법으로 인정하고, 신이 직접 인간의 마음속에 아로새긴 영구불변의 어찌할 수 없는 율법을 율법적으로 인정치 않는다는 데 모든 문제가 있다. 그리고 또 그렇기 때문에 그자들과 상대하고 있으면 언제나 괴로운 것이다.' 네흘류도프는 생각했다. '나는 왠지 그들을 무서워하고 있다. 사실 그들은 무서운 인간이다. 강도보다도 무섭다. 강도라면 아직 연민의 정을 기대할 수 있지만, 그자들은 인간을 동정할 줄 모른다. 그들은 식물의 성장을 억제하고 있는 돌 같아서 동정심이라곤 털끝만큼도 없다. 이것이 그들의 무서운 점이다. 푸가초프나 라진〔대규모 반란을 일으켜 황제 정부에 위협을 준 카자흐 반란의 두 지도자〕이 무섭다고들 하지만, 그자들 쪽이 천 배나 더 무섭다!' 그는 계속 생각에 잠겼다. '가령 이런 심리학 문제가 있다고 치자. 현대인들에게 죄의식 없이 가장 무서운 악행을 저지르게 만들려면 어떻게 하면 좋을까? 그 문제를 해결하는 방법은 하나뿐이다. 그러니까 현재 있는 대로의 사람이 되는 것이다. 즉 그들을 지사나, 소장이나, 장교나, 경관으로 만들어야 한다. 말인즉슨 첫째로 국가 공무란 사람들에게 인간적인 형제 같은 태도를 갖지 말고 인간을 물건 취급해도 상관없다는 것을 그들이 믿지 않으면 안 된다. 둘째로 그 국가 공무를 집행하는 사람들은 다른 사람들에 대한 행위의 결과가 각자에게 돌아오지 않도록 잘 조직되어 있음을 믿을 필요가 있다. 이러한 조건 없이는 오늘 내가 목격한 것 같은 무서운 사건이 행해질 이유가 없다. 요컨대 이런 일은 모두 인간이 서로 사랑 없이 교섭할 수 있는 경우가 있다고 생각하는 데서 비롯되지만, 실제로 그런 경우란 있을 수 없다. 여기에 모든 문제가 있다. 물건이라면 애정 없이도 다룰 수가 있다. 나무를 베거나, 벽돌을 굽거나, 쇠를 달구는 것은 애정이 없더라도 할 수 있으리라. 그러나 애정 없이 결코 인간을 다룰 수는 없다. 마치 세심한 주의를 기울이지 않고 꿀벌을 다룰 수 없는 것과 마찬가지다. 그것이 곧 꿀벌의 특성이기 때문이다. 그래서 조심해서 꿀벌을 다루지 않으면 꿀벌도 망쳐버리고 자신도 해를 입기 마련이다. 인간의 경우도 마찬가지다. 그 이외의 길이란 있을 수 없다. 왜냐하면 인간끼리의 상호 애정이야말로 인간 생활의 근원인 율법이기 때문이다. 하기야 인간은 억지로 일을 할 수도 있지만 억지로 사람을 사랑할 수는 없다. 그렇다고 해서 애정 없이 사람들에게 접촉해도 좋다는 이유는 성립되지 않는다. 특히 남에게 무엇을 요구할 경우에는 더욱 그렇다. 그래서 사람들에게 애정을 느끼지 못할 땐 가만히 앉아 있는 편이 더 낫다.' 네흘류도프는 자신에 대해서 이렇게 생각했다. '그리고 자기 자신이나, 아니면 무엇이든 마음에 드는 물건을 상대하고 있는 것이 좋다. 다만 인간만은 상대하면 안 된다. 해를 받지 않고 유익하게 음식을 먹을 수 있는 것은 식욕이 일어났을 때뿐이고, 마찬가지로 해를 보지 않고 유익하게 인간과 접촉할 수 있는 것은 애정이 있을 때뿐이다. 어제 매형을 만났을 때처럼 애정 없이 사람들과 접한다든지 하면, 오늘 내가 목격한 것같이 다른 인간들에 대한 냉혹함이나 잔인함이 그야말로 끝이 없어지고 이제까지의 생활에서 안 대로 자기 자신에 대한 고민도 끝이 없어진다. 그렇다, 정말 그렇다.' 네흘류도프는 생각했다.

'이제 됐다, 됐어!' 견딜 수 없는 무더위 뒤의 시원함과, 벌써 오래전부터 마음을 괴롭히던 문제가 이를 데 없이 명쾌하게 해결되었다는 의식에서 이중으로 기쁨을 느끼면서 그는 이렇게 되뇌었다.

41

네흘류도프가 자리를 잡은 찻간은 반쯤 승객으로 차 있었다. 하인, 직공, 노동자, 백정, 유대인, 점원, 여자들, 그리고 직공의 아내들이 있었고, 그 밖에도 병정 하나와 마나님풍 여자가 둘 있었다. 하나는 젊었고, 또 하나는 드러낸 팔뚝에 팔찌를 낀 중년 부인이었다. 그리고 모표가 붙은 검은 모자를 눌러쓴, 차림새가 위엄 있어 보이는 신사가 있었다. 이 사람들은 모두 자리를 정하고 가만히 앉아 있었다. 해바라기 씨를 까먹는 사람, 담배를 피우는 사람, 옆의 승객과 활기 있게 잡담하는 사람도 있었다.

타라스는 네흘류도프의 자리를 지키면서 행복한 표정으로 통로 오른쪽에 앉아서, 맞은편에 앉은 나사 코트를 입고 근육이 우람한 사내와 원기 있게 얘기를 나누고 있었다. 네흘류도프가 나중에 안 일이지만, 그 사내는 일을 구하러 가는 정원사였다. 네흘류도프는 타라스한테 가기 전에 무명 코트를 입은 풍채가 훌륭한 흰 턱수염 노인 옆 통로에서 발을 멈췄다. 노인은 시골티 나는 옷차림을 한 젊은 여자와 얘기하고 있었다. 그 여자 곁에서는 거의 백색에 가까운 머리를 짧게 묶고 새 사라판(농촌에서 주로 입는 긴 여성복으로, 소매는 없고 벨트를 맨다)을 입은 일곱 살쯤 된 계집아이가 마룻바닥에 닿지 않는 발을 건들건들 흔들며 앉아서 쉴 새 없이 해바라기 씨를 까먹고 있었다. 네흘류도프를 돌아보더니 노인은 자기 혼자 앉아 있던 번들거리는 좌석에서 코트 자락을 끌어당기고 상냥스레 말했다.

"자, 앉으시지요."

네흘류도프는 고맙다고 말하고 내준 자리에 앉았다. 네흘류도프가 자리에 앉자마자 그 여자는 중단된 이야기를 이어갔다. 그녀는 모스크바에 있는 남편을 방문하고 돌아가는 길이었는데, 남편이 거기서 자기를 맞이해주던 이야기를 하고 있었다.

"사육제 때도 다녀왔지만, 하나님의 은혜로 이번에도 만나고 왔답니다." 그녀는 말했다. "크리스마스에 또 갈까 해요."

"좋은 일이야." 네흘류도프를 바라보면서 노인은 말했다. "가끔 가보는 것이 좋지, 안 그러면 젊은 사내 일이란 모르는 거야. 도시 생활을 하는 사이에 그만 바람이 날지 모르니까."

"아이, 할아버지도. 우리 애아범은 그런 사람이 아니랍니다. 그런 어리석은 짓은 절대로 안 해요. 순진한 사람이에요. 번 돈은 한 푼도 남기지 않고 보조리 집으로 보내줘요. 이 아이를 보는 걸 정말 기뻐해서, 그 기뻐하는 모습은 이루 말할 수 없을 정도예요." 그녀는 생글생글 웃으며 말했다.

해바라기 씨를 뱉으며 어머니 얘기를 듣던 계집아이는 마치 어머니 말을 뒷받침하듯 침착하고 영리한 눈으로 노인과 네흘류도프의 얼굴을 바라보았다.

"거참, 굉장히 똑똑한 사람이군그래. 그렇다면 더욱 좋은 일이야." 노인은 말했다. "그런데 저건 안 하나?" 통로 건너편에 앉은, 직공으로 보이는 부부를 눈으로 가리키면서 노인은 덧붙였다.

직공인 듯한 남편은 보드카 병을 입에 대고 목을 젖힌 채 꿀꺽꿀꺽 들이켰으며, 여편네 쪽은 병을 끄집어낸 자루를 손에 든 채 물끄러미 남편을 보고 있었다.

"아뇨, 우리 애아범은 술도 안 마시고 담배도 안 피워요." 노인의 이야기 상대를 하고 있는 여자는 또 서방 자랑을 늘어놓을 기회가 마련된 것을 좋아하며 이렇게 말했다. "할아버지, 정말이지 우리 애아버지 같은 사람도 드물어요. 이분 같아요." 그녀는 네흘류도프에게로 얼굴을 돌리며 말했다.

"정말 좋은 일이군." 술을 마시는 직공을 바라보며 노인은 되뇌었다.

직공은 몇 모금 마시더니 그 병을 여편네에게 건넸다. 여편네는 병을 받아 들고 웃으며 머리를 흔들면서 역시나 입으로 가져갔다. 자신에게 쏠린 네흘류도프와 노인의 시선을 알아차리고 직공은 그들 쪽으로 얼굴을 돌렸다.

"왜 그래요, 나리? 술을 마시면 안 된다는 거요? 우리가 일하고 있을 때는 누구 한 사람 봐주지도 않는데, 이렇게 마시기만 하면 모두 흘끔흘끔 쳐다본단 말이야. 내가 번 돈으로 나도 마시고 여편네에게도 한턱 쓰고 있는 거요. 그뿐입니다."

"아, 옳은 말이오." 뭐라고 대답해야 좋을지 몰라서 네흘류도프는 이렇게 말했다.

"그런데 나리, 내 마누라는 이래봬도 꽤 단단하답니다! 그리고 나를 소중히 해주니까 나도 대만족이지요. 왜냐고요? 우리 마누라는 날 아주 소중히 여기거든요. 안 그래, 마브라?"

"자, 당신이나 마셔요, 난 됐어요" 하고 그녀는 남편에게 병을 내주면서 말했다. "또 쓸데없는 소릴 하는군요." 그녀는 덧붙였다.

"보세요, 이렇다니까요" 하고 직공은 말했다. "귀여운 여편네죠. 하지만 때때로 기름 안 친 바퀴처럼 삐걱삐걱 소리를 내서 야단이죠. 그렇잖아, 마브라?"

마브라는 웃으면서 취한 듯이 손을 내저었다.

"또 시작했군……."

"그렇잖아, 귀엽고 좋은 여편네지. 하지만 그것도 어느 시기까지만 그렇지, 조금이라도 고삐를 늦추면 무슨 짓을 할지 알 수도 없습죠……. 정말입니다, 제가 말하는 건. 나리, 용서하세요. 술에 취하고 보니 어쩔 수 없군요……." 직공은 이렇게 말하더니 웃고 있는 여편네의 무릎을 베개 삼아 자려고 드러누웠다.

네흘류도프는 잠시 동안 노인과 함께 앉아 있었다. 노인은 자기 신세타령을 하기 시작했다. 노인은 난로장이로서 53년간 일하는 동안 난로를 헤아릴 수 없을 만큼 만들었으므로 이젠 좀 쉬려고 생각하고 있지만, 도무지 그럴 틈이 없다고 했다. 이번에도 모스크바로 가서 자식들에게 일자리를 마련해주고 가족들의 살림을 돌보러 마을로 돌아가는 길이라는 이야기였다. 노인의 이야기를 다 듣고 나서 네흘류도프는 타라스가 잡아둔 자리로 갔다.

"자, 나리, 이리 앉으시지요. 배낭은 이쪽으로 치울 테니까요." 타라스 맞은편에 앉은 정원사가 네흘류도프의 얼굴을 쳐다보며 상냥스럽게 말했다.

"좁긴 합니다만 그런대로 괜찮습니다." 언제나 웃고 있는 타라스가 노래 부르듯이 이렇게 말하고는, 그 힘센 두 팔로 30킬로나 되는 자기 배낭을 새털처럼 살짝 쳐들어 창가로 옮겼다. "자리는 넉넉합니다. 없다면 서 있어도 상관없고 의자 밑에라도 들어갈 수 있으니까 근심할 필요는 없습니다. 불편할 것도 없어요!" 선량하고 친절한 표정으로 얼굴을 환히 빛내면서 타라스는 말했다.

타라스는 스스로 자신을 평해서 안 마셨을 때는 도무지 말주변이 없지만 술만 들어가면 멋있는 말이 자꾸만 머리에 떠올라서 무슨 소리라도 다 하게 된다고 말했다. 사실 술을 안 먹었을 때의 타라스는 대개 꿀 먹은 벙어리였지만, 또 그가 술을 마시는 일이란 좀처럼 없고 특별한 경우일 뿐이지만, 일단 술이 들어가면 엄청나게 유쾌한 말재주를 부렸다. 그때는 솔직하고 정직한 태도로, 특히 그 순량해 보이는 파란 눈에 다정한 빛을 띠고 끊임없이 입가에 상냥한 웃음을 지으면서 여러 가지 이야기를 재미있게 지껄였다.

오늘 그는 바야흐로 그런 상태에 있었다. 네흘류도프가 와서 그의 이야기는 잠시 중단되었다. 그러나 짐을 치우고 전처럼 자리에 앉자, 농부다운 두 손을 무릎에 놓고 정원사의 눈을 똑바로 바라보면서 얘기를 계속하기 시작했다. 그는 이 새로운 친지에게 여편네 사건에 대해 이야기하고 어떤 죄목으로 유형이 되었으며, 왜 자신이 지금 여편네를 따라 시베리아로 가는가에 대해서 자세히 얘기하고 있었다.

네흘류도프는 이제까지 한 번도 이 얘기를 소상히 들어본 일이 없었으므로 흥미를 갖고 들었다. 그가 왔을 때는 마침 이미 독살 미수가 일어나 그것이 페도시야의 소행이라고 집안에서 알게 되었다는 대목이었다.

"지금 전 제 자신의 슬픈 과거를 털어놓는 중이에요." 친밀한 태도로 네흘류도프를 바라보면서 타라스는 말했다. "이렇듯 자기 일처럼 들어주는 분을 만나서요. 세상 이야기를 하던 중에 털어놓고 싶은 생각이 들었습니다."

"그렇고말고." 네흘류도프는 말했다.

"그래서 모든 것이 탄로가 나버렸지요. 어머니는 독이 든 그 밀떡을 들고 '지서에 갔다 온다'고 하시는 거예요. 그런데 아버지라는 분은 사리가 밝은 노인이니까 '그러지 말고 좀 참아요, 할멈. 며느리는 아직 어려서 제가 저지른 일을 저도 알지 못하니 동정을 해줘야지. 자기도 알게 될 거요'라고 말씀하셨어요. 그러나 어머니는 말을 듣지 않는 거예요. '그런 계집을 내버려둔다면 진딧물처럼 집안 식구를 모두 죽이고 만다'면서 지서로 달려가셨지 뭡니까요. 그러자 곧 순경이 오고…… 증인을 부르는 소동이 난 거죠."

"그래, 당신은 어떻게 됐소?" 정원사가 물었다.

"난 말이오, 복통으로 뒹굴며 토해버렸지요. 오장육부가 죄다 뒤집히는 것 같아서 말 한마디 할 수 없었습니다. 한편 아버님은 곧 짐마차에 말을 달고 페도시야를 태우더니 지서로 데려갔는데, 거기서 이번엔 예심판사한테로 데리고 갔습니다. 그런데 말이오, 여편네는 처음부터 자기 죄를 모두 인정했던 것처럼 예심판사 앞에서도 전부 사실 그대로 경위를 밝혀서 고백했답니다. 어디서 비상을 손에 넣어 어떻게 밀떡 속에 섞었다는 걸 말이오. '뭣 때문에 그런 짓을 했나?' 하고 물으니까, '그 사람은 정나미가 떨어져서요, 그런 사내하고 같이 사느니 차라리 시베리아로 가는 게 나아요.' 그런 사내라는 건 나를 가리키는 말이지요." 타라스는 빙긋이 웃으며 말했다. "요컨대 모든 것을 고백한 셈이지요. 그러니 감옥에 가게 된 건 당연하죠. 아버지 혼자서 털털대고 돌아오셨지요. 그런데 마침내 농사일이 바빠지고, 여자란 어머니뿐인 데다가 그 어머니마저 편찮으셨습니다. 그래서 보석으로 꺼낼 수는 없을까 생각했지요. 아버지가 어느 관리 한 사람을 찾아갔으나 소용이 없어서 다른 관리에게 부탁하러 갔습니다. 이렇게 대여섯 명은 쫓아다녔을 겁니다. 이젠 그만다 단념해버리려던 터에 우연히 어떤 관리 한 사람을 알게 됐죠. 그 관리는 좀처럼 찾아볼 수 없을 만큼 약삭빠른 사람이었습니다. '5루블만 주면 보석시켜주지' 하는 거예요. 결국 3루블로 낙착했습니다. 난 여편네 옷을 저당 잡혀서 그 돈을 물었죠. 그 사나이가 이런 서류를 써주더군요." 타라스는 마치 사격 이야기라도 하는 것처럼 늘어진 말투로 뇌까렸다. "그때 일은 즉석에서 해결이 났지요. 나도 그 무렵엔 일어나 있어서 거리까지 여편네를 마중 나갔습니다. 거리에 도착하자 난 곧 여관집에 말을 맡겨두고 서류를 가지고 감옥으로 갔습니다. '무슨 일이오?'라고 묻기에 이러저러한 일로 여편네가 감옥에서 신세를 지고 있다고 설명했습니다. 그러자 '서류는 있나?' 하고 묻기에 얼른 서류를 내주었더니, 상대방은 그걸 보고 '조금 기다리고 있어' 하더군요. 난 거기 벤치에 앉아서 기다렸지요. 이미 정오가 지난 무렵이었습니다. 이윽고 관리가 나와서 '바르구쇼프가 당신이오?' '예, 접니다.' '그럼 데리고 가요' 하더군요. 곧 문이 열리더니 여편네가 집 나갔을 때와 같은 옷차림으로 끌려 나왔어요. '자, 갑시다.' '당신, 걸어왔어요?' '아냐, 마차로 왔지' 하는 말을 주고받고서 우리는 여관에 들러 셈을 치른 다음 말을 마차에 달고 나머지 건초를 전부 망태에 쑤셔 넣었습니다. 여편네는 수건을 푹 쓰고 그 위에 앉았죠. 그리고 집으로 돌아갔습니다만, 여편네도 말이 없고 나도 말이 없었습니다. 집에 가까이 왔을 무렵 여편네가 '여보, 어머님은 안녕하세요?'라고 묻기에, '무사하시지.' '아버님은?' '편안하셔.' 그리고 이렇게 말하더군요. '여보, 타라스, 용서해주세요, 내가 바보였어요. 난 내가 무슨 짓을 하는지도 몰랐어요.' 그래서 나도 말해주었지요. '그렇게 근심할 건 없어. 난 벌써부터 용서하고 있어.' 그러고는 더 말이 없었습니다. 집에 도착하자 여편네는 곧 어머니 발밑에 엎드려 빌었지요. 어머니는 '하나님이 용서해주실 거다'고 말씀하시고, 아버님은 무사한 것을 기뻐하시며 이렇게 말씀하셨어요. '옛날 일을 생각할 필욘 없다. 이제부터 마음을 잡고 잘 살아야지. 지금은 그런 쓸데없는 소릴 늘어놓을 때가 아니야. 곡식을 거둬들여야 한다. 밭갈이를 잘한 데다 거름을 잔뜩 주었더니 고맙게도 보리가 낫이 들어가지 않을 정도로 대풍작이라 온통 자리를 깔아놓은 듯 덮여 있단다. 빨리 거둬들여야 해. 너도 내일 타라스와 함께 나가서 거둬들이도록 해라.' 그때부터 여편네는 곧 일을 하기 시작했답니다. 깜짝 놀랄 만큼 일을 잘했단 말입니다. 우리 집에선 그 무렵 3정보가량 밭을 빌려 부치는데, 다행히 호밀도 귀리도 드물게 보는 풍작이었습니다. 내가 베어놓으면 여편네는 묶고, 때론 둘이서 베기도 했습니다. 나도 일에는 능숙해서 무슨 일이든 합니다만, 여편네는 더 능숙해서 무슨 일이든 척척 해치웠습니다. 민첩하고 젊고 원기가 왕성했지요. 너무 열심히 해서 오히려 내 편에서 일을 좀 일찍이 마무리할 정도였답니다. 집으로 돌아오면 손가락이 붓고 팔이 쑤시고 해서 좀 쉬어야 하는데도 여편네는 저녁도 먹지 않고 헛간으로 달려가서 내일 아침에 쓸 새끼 다발을 마련하는 거예요. 이만저만 달라진 게 아니죠!"

"그래, 당신한테도 상냥해졌나요?" 정원사가 물었다.

"말할 것도 없이 온통 내게 정이 들어버려 그야말로 일심동체가 되었지요. 내가 생각하는 것을 훤하게 알아차린단 말이오. 그토록 화를 내던 어머니까지도 '우리 집 페도시야는 다시 태어난 것 같군, 아주 다른 사람이 되었어'라고 말씀하셨어요. 어느 날 우리 둘이서 보리 짚단을 거둬들이러 갔는데, 그때 짐마차 마부석에 앉아서 내가 물어봤지요. '이봐, 페도시야, 왜 그런 엄청난 일을 생각해낸 거야?' '왜라뇨, 당신과 같이 살기 싫었기 때문이죠, 뭐. 차라리 죽는 게 낫다, 도무지 살고 싶지 않다고 생각했어요.' 그래서 난 또 물어보았죠. '지금은 어때?' '지금은 당신 생각뿐이에요'라고 하잖겠어요." 타라스는 말을 멈추고 기쁜 듯이 웃다가 갑자기 머리를 흔들었다. "그런데 보리타작도 끝나서 내가 삼베를 씻으러 갔다 돌아와 보니" 하고 잠시 그는 말을 끊었다. "관청에서 소환장이 와 있지 않겠어요! 재판을 한다는 거죠. 그런데 우리는 무엇 때문에 재판을 하는 건지 그 생각조차 잊고 있었단 말입니다."

"그야말로 귀신이 씌었다고 말할 수밖엔 없겠군." 정원사가 말했다. "그렇지 않고는 인간이 인간을 죽이려는 생각을 품을 수 있겠소? 우리 마을에도 그런 사람이 하나 있었는데……" 하고 정원사가 말을 꺼내려고 하는데 마침 기차가 속력을 늦추기 시작했다. "역인가 보군." 그는 말했다. "한잔 마시고 올까?"

이야기는 중단되었다. 네흘류도프는 정원사를 따라 찻간을 나와 플랫폼의 비에 젖은 판자 위로 내려섰다.

42

아직 찻간에서 나오기 전에 네흘류도프는 작은 방울을 여러 개 단 살진 준마를 세 필 내지 네 필씩 단 호화로운 마차가 역전 광장에 몇 대인가 머물러 있는 것을 보았다. 비에 젖어 거무튀튀한 플랫폼을 내려서는데 1등차 앞에 사람들이 모여 있었다. 그중에서도 값진 날개깃을 단 모자를 쓰고 레인코트를 입은 키 크고 뚱뚱한 귀부인과, 값진 목걸이를 한 살찐 큰 개를 데리고 자전거복을 입은 다리가 가늘고 키가 후리후리한 청년이 눈에 띄었다. 그들 뒤에는 비옷

이랑 우산을 손에 든 하인이며 마부들이 마중 나와 있었다. 이 사람들에게는, 뚱뚱한 귀부인을 위시해서 기다란 코트 자락을 한 손으로 받들고 있는 마부에 이르기까지 모두에게 침착한 자신감과 유복한 인상이 아로새겨져 있었다. 그 둘레에는 곧 부자에게 아첨하는 비굴한 사람들로 담이 생겼다. 빵떡모자를 쓴 역장을 비롯해 헌병이며, 여름이면 언제나 열차가 도착할 때마다 구경하러 오는 구슬목걸이에 러시아식 옷차림을 한 야윈 처녀들이며, 전신 기사며, 남녀 승객 등이 모여들었다.

네흘류도프는 개를 데리고 있는 젊은 청년이 코르차긴의 아들인 중학생이라는 것을 알았다. 살찐 귀부인은 공작 부인의 동생으로 코르차긴 일가는 그녀의 영지로 이사해 오는 길이었다. 금줄이 든 제복에 장화를 신은 여객 전무는 객차 문을 열고, 필립과 흰 앞치마를 두른 짐꾼이 접는 의자에 얼굴이 긴 공작 부인을 정중한 태도로 모셔내는 동안 문을 붙들고 서 있었다. 언니와 동생은 서로 인사를 나누고, 공작 부인이 사륜마차를 타고 갈지 포장마차를 타고 갈지 의논하는 프랑스 말 대화가 들렸다. 파라솔 상자를 든 고수머리 식모를 끝으로 하는 행렬은 정거장 출구 쪽으로 움직이기 시작했다. 네흘류도프는 그들과 만나서 또 작별 인사를 하기가 싫었으므로 출구까지 가기 전에 걸음을 멈추고 행렬이 지나가기를 기다렸다. 공작 부인과 아들, 미시, 의사, 그리고 하녀가 앞장을 서고 노공작이 처제와 함께 뒤에 남았다. 네흘류도프는 앞에까지 가지 않았으므로 두 사람의 프랑스 말 대화가 드문드문 들려올 뿐이었다. 간혹 있는 일이지만, 공작이 입에 올린 말 한마디가 어찌 된 까닭인지 억양이며 목소리까지 고스란히 네흘류도프의 기억에 남았다.

"Oh, il est du vrai grand monde, du vrai grand monde!(오오, 그 사나이야말로 정말 상류사회의 인간이야, 정말 상류사회의 인간이야!)" 노 공작은 누구에 대해서인지 자신감 가득 찬 큰 소리로 이렇게 말하고는, 공손한 차장이랑 짐꾼들을 데리고 처제와 함께 출구 쪽으로 나갔다.

마침 이때 역 한 모퉁이에서 짧은 털외투에 짚신을 신고 배낭을 짊어진 노동자들이 플랫폼에 나타났다. 그들은 가벼운 걸음걸이로 성큼성큼 첫 번째 찻간으로 다가가서 올라타려고 했으나 곧 차장에게 내쫓기고 말았다. 노동자들은 발을 멈출 사이도 없이 앞다퉈 서로 발을 밟으며 다음 찻간으로 가서 찻간 모서리와 문턱에 배낭을 부딪히면서 올라타기 시작했으나, 다른 차장이 정거장 입구 쪽에서 그들의 거동을 보고 몹시 야단을 쳤다. 찻간에 올랐던 노동자들은 곧 허둥지둥 그곳을 뛰쳐나와서 여전히 가벼운 걸음걸이로 성큼성큼 그다음 찻간으로 갔다. 그것은 네흘류도프가 타고 있는 칸이었다. 차장이 또다시 그들을 가로막았다. 그들은 더 가볼 셈으로 발을 멈췄는데, 네흘류도프는 그들에게 그 찻간에는 아직 자리가 남아 있으니 들어가라고 말해주었다. 노동자들은 그의 말을 좇았고 네흘류도프도 그들을 따라 객차 안으로 들어갔다. 노동자들은 재빨리 자리를 잡으려고 했으나 모표 단 모자를 쓴 신사와 두 부인은 이 차 안에서 노동자들이 자리를 잡으려는 것을 자신들에 대한 모욕으로 생각하고 단호하게 그들을 내쫓기 시작했다. 노동자들은 20명 정도로, 늙은이도 있고 아주 젊은 사람도 있었는데, 모두가 새까맣게 햇볕에 그을려서 지친 듯한 홀쭉한 얼굴들이었다. 그들은 아마도 자기들이 잘못했다고 느낀 듯이 곧 다시 좌석과 벽과 문턱에 배낭을 부딪히면서 찻간을 빠져나가 더 앞으로 가려고 했다. 마치 세계의 끝까지라도 가서 앉으라고 명령을 하면 못 위에라도 앉을 듯한 기세였다.

"어디를 가는 거야, 자식들! 여기 앉아 있도록 해!" 그들과 마주친 다른 차장이 그들에게 외쳤다.

"Voilà encore des nouvelles!(또 새로운 소식이 있어요!)" 두 부인 중 젊은 부인이 자신의 유창한 프랑스어로 네흘류도프의 주의를 끌 수 있다고 강력히 확신하는 듯한 어조로 이렇게 말했다. 팔찌를 낀 부인은 노상 코를 벌름거리고 미간을 찌푸리면서, 악취를 풍기는 노동자와 동석하게 된 불쾌감에 대해서 투덜대고만 있었다.

노동자들은 큰 위험에서 벗어난 인간이 느끼는 기쁨과 안도감 속에 걸음을 멈추어 각각 자리를 잡고, 어깨를 흔들어 등에 진 무거운 배낭을 내려서 좌석 밑에 쑤셔 넣었다.

타라스와 얘기하던 정원사는 자기 자리로 돌아갔으므로 타라스 옆과 앞에 빈자리 셋이 생겼다. 노동자 세 사람이 거기에 자리를 잡았다. 그러나 네흘류도프가 그들 옆으로 다가오자, 그 품위 있는 신사복에 놀라며 일어나서 비키려고 했다. 네흘류도프는 그대로 앉아 있으라고 말하고, 자기는 통로가의 손잡이 나무에 걸터앉았다.

나란히 앉은 두 사람 중에서 쉰 살쯤 되어 보이는 노동자는 이상하다는 듯이 놀란 빛까지 띠고서 젊은 노동자와 얼굴을 마주 보았다. 네흘류도프가 보통 신사들처럼 욕하거나 쫓아내지도 않고 오히려 자리를 양보해주었다는 것이 그들을 깜짝 놀라게 하고 어리둥절하게 만든 것이다. 그들은 이 때문에 무슨 곤란한 일이라도 생기지 않을까 하고 은근히 근심했을 정도였다. 그러나 별로 짓궂은 계획이 있어 보이지도 않고 네흘류도프가 소탈하게 타라스와 얘기하는 모습을 보자, 그들은 마음을 놓고 젊은 남자를 배낭 위에 앉히고는 네흘류도프에게 자리에 앉아달라고 권하기 시작했다. 네흘류도프 맞은편에 앉은 나이 들어 보이는 노동자는 처음에는 몸을 움츠리고 나리에게 닿지 않도록 짚신 신은 두 발을 애써 오므리고 있었으나, 곧 네흘류도프와 타라스와 사귀어 얘기하게 되고, 또 얘기 도중에 특히 그의 주의를 끌고 싶은 대목에 이르면 손등으로 네흘류도프의 무릎을 칠 정도가 되었다. 그는 자기 신세타령을 하며, 토탄지(土炭池)에서의 일을 얘기했다. 그는 그 토탄지에서 두 달 반 동안 일하고 지금 집으로 돌아가는 길이었으나, 고용될 때 임금 일부를 선불로 받아서 집에 있는 동생 앞으로는 10루블씩밖에 보내지 못했다고 말했다. 그의 말에 따르면, 그들의 일은 무릎까지 물속에 잠긴 채 해 뜰 때부터 해 질 때까지 점심때 두 시간의 휴식이 있을 뿐 계속해서 해야 하는 작업이었다.

"익숙하지 않은 사람에겐 꽤 힘든 일입니다." 그는 말했다. "그렇지만 한참 견디고 나면 아무렇지도 않아요. 그런데 먹을 것이 나빠서 탈이지요. 처음 한동안은 지독한 걸 먹이더군요. 그러나 나중에는 모두 화를 냈더니, 이내 먹을 것도 점점 좋아지고 일하기도 수월해졌습지요."

그 뒤에 다시 그는 자기가 이로써 벌써 28년째나 날품팔이를 하고 있는데, 번 돈은 고스란히 집에 보내고 있어 처음엔 아버지에게, 그다음은 형에게, 그리고 지금은 집안을 돌보고 있는 조카에게 송금을 해주고, 자기는 1년에 번 돈 50, 60루블 중에서 2루블이나 3루블을 담배와 성냥 값으로 쓸 뿐이라고 말했다.

"하긴 죄스러운 얘깁니다만, 너무 피로할 땐 보드카를 한잔 할 때도 있습지요." 그는 죄스러운 듯한 웃음을 지으면서 덧붙였다.

그는 또 고향에서는 그들 대신에 여자들이 집안일을 한다는 얘기며, 오늘 출발 전에 고용주가 모두에게 보드카를 반 통이나 사준 얘기며, 동료 하나는 죽고 또 하나는 병이 들어 돌아오는 중이라는 얘기를 들려주었다. 그가 말한 병자는 같은 찻간 구석에 앉아 있었다. 얼굴이 유난히 창백하고 자줏빛 입술을 한 어린 소년이었다. 그는 아마도 열병에 시달리고 있는 것이 분명했다. 네흘류도프는 곁으로 가보았는데, 젊은이가 너무나도 엄하고 고통스러운 눈초리로 그를 보는 바람에 이것저것 질문해서 성가시게 구는 대신 그 나이 많은 노인에게 키니네를 사주도록 충고하고 종이에 약명을 적어주었다. 그는 약값을 주려고 했지만, 나이 많은 노동자는 자기가 사주겠다고 말하면서 사양했다.

"나도 지금까지 무척 여러 곳을 돌아다녔지만, 이런 나리는 지금까지 한 번도 만난 적이 없단 말이오. 두들겨 패기는커녕 자리까지 양보해주시다니. 역시 나리도 여러 부류가 있군요." 그는 타라스를 바라보며 이렇게 말을 맺었다.

'그렇다, 이것이야말로 정말 새로운 다른 세계다.' 네흘류도프는 노동자들의 거칠고 앙상한 팔다리며, 조잡한 옷가지며, 햇볕에 그을리고 지쳐빠진 듯한 상냥한 얼굴을 바라보면서 생각했다. 정말 인간다운 노동 생활의 진지한 흥미와 기쁨과 고통을 체현(體現)하고 있는, 정말 새로운 사람들 속에 자기가 있음을 느꼈던 것이다.

'이야말로 진짜 상류사회다.' 아까 코르차긴 공작이 하던 말과, 아무 쓸모도 없는 가련한 관심밖에는 갖지 않은 코르차긴 일가의

화려하고 나태한 세계를 머릿속에 그려보면서 네흘류도프는 생각
했다.

그리고 그는 새로운 미지의 아름다운 세계를 발견한 여행자의
기쁨을 몸소 경험했다.

3부

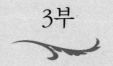

1

마슬로바가 끼여 있는 죄수 대열은 약 5천 킬로미터를 지나왔다. 페름까지는 마슬로바도 형사범들과 함께 기차와 배로 왔지만, 이곳에 이르러 비로소 보고두호프스카야의 권고대로 그녀를 정치범 쪽으로 옮기려는 네흘류도프의 노력이 결실을 맺었다.

페름까지의 여행은 마슬로바에게 육체적으로나 정신적으로 매우 괴로웠다. 육체적으로는 협소하고 불결한 공간과 짓궂게 달려드는 벌레 때문에 한시도 편히 쉴 수가 없었고, 정신적으로는 이러한 벼룩이나 이에 못지않게 징그러운 남자들 때문에 참을 수 없는 괴로움을 맛보았다. 그들은 숙박지마다 교대되기는 했으나, 아무리 교대해도 성가시게 쫓아다니는 것은 마찬가지여서, 조금도 마음을 놓고 있을 수가 없었다. 여죄수와 남죄수, 간수, 호송병들 사이에는 파렴치한 성적 방종의 관습이 있었으므로 여자는 누구나, 특히 젊은 여자는 만약 자신이 여자로서의 지위를 이용하고 싶지 않다고 생각한다면 항상 경계하지 않으면 안 되었다. 끊임없는 이 공포와 싸움의 상태는 매우 괴로웠다. 마슬로바는 특히 매력적인 용모와 누구나가 다 아는 그 전력 때문에 유달리 더 이런 습격을 받기 쉬웠다. 그녀가 귀찮게 집적거리는 남자들에게 응수했던 단호한 거절은 남자들에게 모욕으로 간주되어, 그들 사이에서는 그녀에 대한 증오심마저 생겨났다. 이러한 분위기에서 다소나마 그녀의 처지를 편하게 해준 것은 그녀가 페도시야와 타라스하고 가깝게 지내고 있다는 사실이었다. 자기 처가 그런 습격을 받았다는 사실을 알게 된 타라스는 아내의 몸을 보호하려고 일부러 체포당하기를 자원해서, 니즈니에서부터는 쇠수로서 여행을 같이하고 있었다.

정치범 쪽으로의 이동은 여러 가지 점에서 마슬로바의 처지를 개선해주었다. 정치범들은 숙사도 식사도 좋았을 뿐만 아니라 난폭한 대우를 받는 일도 적었는데, 무엇보다도 마슬로바가 정치범 대열로 옮겨 오면서 앞서 얘기한 사내들의 행패가 없어지고 지금의 그녀가 안타까이 잊으려고 애쓰는 과거를 줄곧 생각하지 않고 지내게 되었다는 점에서 처지가 훨씬 좋아졌다. 그러나 이 이동이 가져다준 가장 큰 이익은 그녀가 몇몇 인물을 새로 알게 되고 그들에게서 가장 유익하고도 결정적인 감화를 받았다는 점이다.

마슬로바는 숙박지에서만은 정치범과 함께 있도록 허락받았지만, 건강한 여성인 이상 행진은 형사범들과 함께하지 않으면 안 되었다. 그녀는 톰스크에서부터 줄곧 이런 식으로 걸어왔다. 그녀와 함께 역시 걸어서 이동하는 사람들 가운데 정치범 둘이 있었다. 한 명은 보고두호프스카야와 면회했을 때 네흘류도프에게 깊은 감동을 준 양처럼 상냥스러운 눈을 한 아름다운 처녀 마리야 파블로브나 시체티니나였고, 다른 한 명은 역시 면회 때 네흘류도프의 주의를 끈, 이마 밑에 눈이 깊숙이 꺼져 들어가고 머리카락이 헝클어진 거무죽죽한 남자로 야쿠츠크로 유형되어 가는 시몬손이라는 정치범이었다. 마리야 파블로브나가 도보 대열에 끼게 된 것은 짐마차의 자기 자리를 임신한 여자에게 양보했기 때문이지만, 시몬손은 계급적 특권을 이용하는 것이 불공정하다고 보았기 때문이었다. 그래서 이들 세 사람은 마차로 늦게 출발하는 다른 정치범들과는 별도로 언제나 아침 일찍 형사범들과 함께 출발했다. 큰 도시에 도착하는 전날 밤 숙영지에서도 역시 그랬다. 그 도시에 도착하면 새로운 호송 지휘관이 수인대를 인계하게 되어 있었다.

날씨가 좋지 않은 9월 이른 아침이었다. 싸늘한 돌풍이 휘몰아치는 가운데 눈이 내렸다가 비로 변했다가 했다. 남자 약 4백 명, 여자 약 50명으로 이루어진 죄수들은 모두 숙영지 구내에 모여 있었는데, 일부는 각 반장에게 이틀 치 식비를 내주고 있는 호송 하사관 둘레에 모여 있었고, 일부는 숙박소 마당에 들어온 물건 파는 여자들에게서 음식을 사고 있었다. 돈 계산을 하거나 값을 흥정하는 죄수들의 떠드는 소리와, 물건 파는 아낙네들의 목소리가 시끄럽게 들려오고 있었다.

카튜샤와 마리야 파블로브나는 둘 다 반코트에 머릿수건을 푹 쓰고 장화 차림으로 숙박소에서 마당으로 나와, 물건 파는 여자 쪽으로 발길을 돌렸다. 물건 파는 여자들은 바람을 피해 북쪽 건물 담 옆에 앉아서 앞다퉈 서로 자기 상품을 권했다. 갓 구운 빵, 만두, 생선, 국수, 보리죽, 간(肝), 쇠고기, 달걀, 우유 등이었다. 돼지 새끼 통구이를 파는 사람도 있었다.

고무 입힌 잠바를 입고 털양말 위에 고무 덧신을 노끈으로 잡아 맨 시몬손(그는 채식주의자였으므로 동물을 죽여 만든 가죽 제품은 사용하지 않았다)도 수인대의 출발을 기다리면서 역시 마당으로 나와 있었다. 그는 입구 계단 옆에 서서 머리에 떠오른 사상을 수첩에 적어 넣고 있었다. 그 사상이란 이런 것이었다.

'가령 세균이' 하고 그는 적어 넣었다. '인간의 손톱을 관찰하고 연구한다면 이를 무기물로 보았을 것이 틀림없다. 마찬가지로 우리는 지각을 관찰하고 지구를 무기물로 인정하고 있다. 이것은 잘못이다.' 마슬로바가 달걀이며, 도넛 다발이며, 생선이며, 갓 구운 빵들을 사서 사루에 넣고 마리야 파블로브나가 물건 파는 여자에게 돈을 치르고 있을 때, 죄수들 사이에 동요가 일더니 곧 물을 끼얹은 듯 조용해지고 모두 정렬하기 시작했다. 지휘관이 나와서 출발 전 마지막 지시를 내렸다.

모든 것이 여느 때처럼 진행되었다. 인원 점호가 끝나 족쇄를 검사하고, 수갑을 채우고, 행진하는 자는 둘씩 한쪽으로 묶였다. 그때 갑자기 지휘관의 노기등등한 외침 소리와 사람을 때리는 소리, 그리고 아이의 울음소리가 들려왔다. 그 순간 모든 것이 조용해졌으나, 이윽고 웅성거리는 불평 소리가 군중 속에 퍼져갔다. 마슬로바와 마리야 파블로브나는 소동의 현장으로 발을 옮겼다.

2

소동의 현장으로 접근한 마리야 파블로브나와 카튜샤는 다음과 같은 광경을 목격했다. 큼직한 갈색 윗수염을 기른 체격 좋은 장교가 얼굴을 찌푸리고 죄수의 얼굴을 때린 오른쪽 손바닥을 왼손으로 문지르면서 쉴 새 없이 상스럽고 난폭한 욕지거리를 퍼붓고 있었다. 그 앞에는 짧은 겉옷에다 더 짧은 바지를 입고 머리를 반쯤 깎인 깡마른 남자 죄수가 피가 나도록 두들겨 맞은 얼굴을 한 손으로 문지르면서, 또 한 손으로는 요란스러운 소리로 울부짖는 계집아이를 수건에 싸안은 채 서 있었다.

"이 자식아, 말썽 부리면 치도곤을 당한다는 걸 가르쳐주마. 애새끼를 여자들한테 넘겨주란 말이야." 장교는 상스러운 욕지거리를 퍼부으며 고함을 쳤다. "빨리 채워!"

장교는 추방령을 받고 유형되고 있는 이 농민조합원에게 수갑을 차라고 요구했고, 이 농부는 톰스크에서 티푸스로 아내를 잃은 다음부터 자기 손으로 딸을 줄곧 안고 왔으므로 수갑을 찰 수가 없다고 말했는데, 공교롭게도 기분이 좋지 않던 장교의 비위를 거슬러 순순히 명령에 복종하지 않았다고 해서 때려눕혀진 것이었다(D. H. 리네프의 책《수인숙박소》에 쓰여 있는 사실이다).

언어맞은 남자 앞에는 호송병 한 명과 한 손에 수갑을 낀 검은 턱수염의 죄수가 어린아이를 안은 매 맞은 죄수와 장교를 어두운 표정으로 흘끔흘끔 번갈아 보며 서 있었다. 장교는 딸을 빼앗으라는 명령을 호송병에게 되풀이했다. 죄수 무리에서는 불평하는 소리가 점점 높아갔다.

"톰스크에서부터 수갑을 차지 않고 왔단 말이오." 뒤뜰에서 목쉰 소리가 이렇게 말했다.

"그 아이를 어디로 보낸다는 거요?"

"그런 법은 없어." 다시 누군가가 말했다.

"누구야, 지금 말한 놈은?" 장교는 마치 벌에라도 쏘인 것처럼 죄수 무리 속으로 뛰어들며 외쳤다. "내가 법을 가르쳐주마. 누구야, 말한 놈은? 네놈이냐? 네놈이지?"

"모두 다 말했어요. 그건……." 얼굴이 넓적하고 뭉툭한 사나이가 말했다.

그는 말을 채 끝마칠 수가 없었다. 장교가 두 손으로 그의 얼굴을 때리기 시작했기 때문이다.

"네놈은 폭동을 일으킬 셈이냐? 폭동이 어떤 건지 보여줄까? 닥치는 대로 개새끼처럼 쏘아 죽일 테다. 그쪽이 더 상관한테 칭찬을 받을 거야. 자, 아이를 빼앗아!"

죄수 무리는 쥐 죽은 듯이 조용해졌다. 기를 쓰며 울어대는 딸아이를 호송병 하나가 떼어놓자, 또 하나가 순순히 한 손을 내밀고 있는 죄수에게 수갑을 채웠다.

"여자들한테 넘겨버려."

군도의 가죽 끈을 매만지면서 장교가 호송병에게 외쳤다. 계집아이는 수건 속에서 손을 빼내려고 바동거리면서, 얼굴을 홍당무처럼 붉히고 끊임없이 울부짖었다. 군중 속에서 마리야 파블로브나가 나와서 호송병 쪽으로 걸어갔다.

"장교님, 저에게 이 아이를 데려가게 해주십시오."

계집아이를 안고 가던 호송병은 걸음을 멈추었다.

"너는 누구냐?" 장교가 물었다.

"정치범입니다."

맑고 아름다운 눈을 한 마리야 파블로브나의 아름다운 얼굴이 (장교는 인계받을 때부터 그 여자를 눈여겨보았었다) 장교에게 어떤 영향을 미친 것이 분명했다. 그는 무슨 궁리라도 하는 듯이 말없이 그녀를 바라보았다.

"나는 어느 쪽이든 상관없으니 좋도록 하시오. 이놈들을 동정해 주는 것은 괜찮지만, 만일 탈주하면 누가 책임을 지지?"

"아이를 데리고 그 사람이 어떻게 탈주할 수 있겠어요?" 마리야 파블로브나가 말했다.

"당신하고 얘기할 틈이 없으니 원한다면 데려가요."

"내주어도 좋습니까?" 호송병이 물었다.

"내줘라."

"자, 이리 온." 계집애를 달래면서 마리야 파블로브나는 말했다.

그러나 계집아이는 호송병 손에서 아버지한테로 가려고 바둥거리면서 악을 쓸 뿐, 마리야 파블로브나한테는 오려고 하지 않았다.

"잠깐 기다려요, 마리야 파블로브나. 나한테는 올 거예요." 봉지에서 도넛을 꺼내면서 마슬로바는 말했다.

전부터 마슬로바를 알고 있던 계집아이는 그녀의 얼굴과 도넛을 보더니 그 손에 안겼다.

주위는 조용해졌다. 문이 열리고 죄수들은 밖으로 나가 정렬했다. 호송병들은 또 인원 점호를 했다. 짐마차에 배낭을 쌓고 새끼줄을 치고 그 위에 병약자를 태웠다. 마슬로바는 계집애를 안은 채 페도시야와 나란히 여죄수들 대열에 섰다. 지금까지 일어난 일을 줄곧 지켜보던 시몬손은 모든 지시를 마치고 이미 자기 여행 마차에 올라타려는 장교를 향해 성큼성큼 단호한 걸음걸이로 다가갔다.

"당신이 하신 일은 옳지 않습니다, 장교님." 시몬손은 말했다.

"제자리로 돌아가 있어. 자네들이 참견할 일이 아냐."

"당신에게 꼭 알려야겠기에 말씀드리는 겁니다만, 당신이 한 일은 옳지 않습니다." 짙은 눈썹 아래서 뚫어지게 장교를 응시하면서 시몬손은 말했다.

"준비는 다 됐나? 앞으로 가!" 장교는 시몬손을 거들떠보지도 않고 구령을 내린 뒤에 마부인 병사의 어깨를 붙들고 마차에 올랐다.

죄수 대열은 움직이기 시작했다. 대열은 길게 줄지어 양쪽에 도랑이 있고 마차 자국이 나 있는 밀림 속 진흙길로 접어들었다.

3

최근 6년 동안 도시에서 보낸 음탕하고 사치스럽고 나태한 생활과 2개월 동안 형사범들과 함께 보낸 감옥 생활 뒤에 정치범들과 같이하는 현재의 생활이 카튜샤에게는 온갖 괴로운 조건이 앞에 놓여 있다 해도 더없이 즐거웠다. 비교적 좋은 식사를 하면서 하루 20에서 30킬로미터씩 이틀 걷고 하루 쉰다는 여정이 육체적으로 그녀를 튼튼하게 해주었고, 또 새로운 벗들과의 교제는 그녀가 지금까지 아무 의미도 두지 않았던 인생의 흥미를 일깨워주었다. 그녀의 말에 따르면, 지금 함께 걷고 있는 이런 훌륭한 사람들을 지금껏 전혀 알지 못했을 뿐만 아니라 존재조차 상상해보지 못했다고 했다.

"유죄판결을 받았을 때 나는 울었어요." 그녀는 곧잘 이렇게 말했다. "그렇지만 나는 하나님께 평생 감사하지 않으면 안 돼요. 일생토록 알지 못할 일을 알게 되었으니까요."

그녀는 별다른 노력도 없이 매우 쉽게 이 사람들을 움직이는 동기를 이해했을 뿐만 아니라, 민중 출신의 한 사람으로서 마음속 깊이 공명하고 있었다. 그녀는 이 사람들이 귀족을 등지고 민중을 위해서 일어난 사람들이라는 점도 이해했다. 이 사람들이 자신도 귀족이면서 민중을 위해 특권과 자유와 생명을 버렸다는 생각이 들자, 그녀는 특히 이 사람들을 높이 평가하고 숭배하지 않을 수 없었다.

그녀는 새로운 친구 모두에게 탄복했으나 그중에서도 마리야 파블로브나에게 제일 감탄하고 있었다. 그녀에 대해서는 비단 탄복했을 뿐만 아니라 일종의 특별한 존경심 같은 기꺼운 애정으로 사모하고 있었다. 유복한 장군의 가정에 태어나 3개 국어를 말하는 이 아름다운 처녀가 아주 단순한 노동자처럼 행동하고, 유복한 오빠가 보내주는 것을 고스란히 남들에게 나누어주며, 자신의 외모 따위에는 조금도 관심을 기울이지 않을 뿐 아니라 옷이나 신발도 보통보다 초라한 것을 지니고 있다는 점이 그녀를 놀라게 했다. 조금도 교태를 부리지 않는다는 특징이 마슬로바를 놀라게 했고, 또 그녀의 마음을 매혹해버렸다. 마슬로바는 마리야 파블로브나가 자신의 아름다움을 알고 있고 또 그러한 의식을 즐겁게 생각하면서도, 자기 용모가 남성에게 주는 감명을 기뻐하지 않을뿐더러 오히려 그것을 두려워하고 연애에 대해서 지독한 혐오와 공포를 느끼고 있다는 것을 알았다. 남자 동지들은 그 일을 알고 있었으므로 그녀에게 사랑을 느낀다 하더라도 전혀 내색하지 않고, 남자 동지를 대하는 태도로 그녀를 대하고 있었다. 그러나 이런 사정을 모르는 남자가 그녀를 성가시게 구는 일도 가끔 있었다. 그녀의 말로 그럴 때 그들에게서 자신을 구하는 것은 그녀가 특히 자랑 삼는 뛰어난 완력이었다.

"한번은 말이야," 그녀는 웃으면서 이야기를 들려주었다. "한길에서 어떤 신사가 지겹게 달라붙어서 어떻게 해도 떨어지지 않는 거야. 그래서 힘껏 잡아 흔들었더니 놀라서 도망쳐버리더군." 그녀의 말에 따르면, 혁명가가 된 것도 아이 적부터 귀족 생활에 혐오를 느껴 소박한 사람들의 생활을 사랑했기 때문이라고 했다. 객실에 통 얼굴을 내밀지 않고 식모 방이나 부엌이나 마구간에 틀어박혀 있어서 늘 꾸중만 들었다는 것이다.

"그렇지만 말이야, 식모랑 마부와 이야기하면 즐거웠지만 신사 숙녀하고 함께 있으면 지루해서 죽을 지경이었어." 그녀는 말했다. "그 뒤에 여러 가지 일을 이해하게 되자 우리 생활이 매우 잘못된 것임을 알게 되었어. 어머니는 돌아가셨고 아버지는 싫었고, 그래서 열아홉 되던 해에 동무들과 집을 뛰쳐나와 노동자로서 공장에 들어갔던 거야."

그녀는 공장을 그만두고 시골서 살다가 다시 도시로 와서, 비밀 인쇄소가 있던 집에서 체포되어 징역을 언도받았다. 마리야 파블로브나는 자기 입으로 결코 말하진 않았지만, 카튜샤가 다른 사람들한테 들은 얘기로는 가택수색을 받았을 때 어둠 속에서 동지 한 사람이 저지른 발포의 죄를 스스로 떠맡았기 때문에 징역이 선고되었다고 했다.

카튜샤는 그녀를 알게 된 뒤로 마리야 파블로브나가 어디에 있든, 또 어떠한 환경에 놓이든 결코 자기 자신의 일 따위는 생각지도 않고 크건 작건 남을 위하고 남을 도우려는 생각에만 골몰하고 있다는 것을 알았다. 그녀의 친구 가운데 한 사람인 노보드보로프라는 남자는 농담조로 그녀를 평하기를, 자선 도락에 열중해 있다고 말했다. 그 말은 사실이었다. 그녀 생활의 모든 흥미는 사냥꾼이 들새를 찾듯이 타인에게 봉사할 기회를 찾는 데 있었다. 이 도락이 어느덧 버릇이 되고 인생의 사업이 되었다. 그리고 그녀는 이를 매우 자연스럽게 해치워서 그녀를 아는 사람은 모두 이제 그런 걸 그다지 높이 평가하지도 않고 오히려 먼저 요구하기에 이르러 있었다.

마슬로바가 자기네 반에 들어왔을 때 마리야 파블로브나는 그녀에게 혐오와 불결함을 느꼈다. 카튜샤는 그것을 눈치챘다. 그리고 얼마 후 마리야 파블로브나가 스스로 애써서 특별히 상냥하고 친절하게 대해주는 것도 알았다. 이 비범한 여성의 친절미와 상냥함은 마슬로바를 감동시키고 마음속 깊이 경탄하게 했으며, 나중에는 마슬로바 자신도 모르게 그녀의 견해를 받아들여 그녀를 모방할 정도가 되었다. 그리고 카튜샤의 이 헌신적인 사랑도 마리야 파블로브나를 감동시켜 그녀 역시 카튜샤를 사랑할 정도가 되었다.

이 두 여성을 친근하게 맺어준 또 하나의 동기는 그녀들이 성생활에 대해서 품고 있는 혐오감이었다. 한 사람은 두려움을 남김없이 체험했기 때문이고, 또 한 사람은 아직 경험하지 않았으므로 성생활이라는 것을 이해할 수 없는, 동시에 인간의 품위를 더럽히는 모욕적인 것으로 보았기 때문이다.

4

마리야 파블로브나의 영향은 마슬로바의 마음속에 하나의 감화를 주었다. 이는 마슬로바가 마리야 파블로브나를 사랑했기 때문이었다. 또 하나의 감화는 시몬손이 주었는데, 이는 시몬손이 마슬로바를 사랑했기 때문이었다.

인간은 누구나 어느 정도까지는 자신의 사상으로, 또 어느 정도까지는 타인의 사상으로 생활하고 행동한다. 어느 정도까지 자기 사상으로 생활하고 어느 정도까지 타인의 사상에 의뢰하느냐 하는 점에 인간의 주요한 한 가지 차이가 존재하는 것이다. 어떤 사람들은 대개 자기 사상을 일종의 지적 유희로 이용하고 자기의 이성을 벨트가 풀린 제동기처럼 취급해서, 행동에서는 타인의 사상, 그러니까 관습이라든가 전통이라든가 법률 따위를 따른다. 그러나 또한 자신의 사상을 모든 활동의 주요한 원동력으로 보고, 거의 언제나 자기 이성의 요구에 따르지만 아주 간혹, 그것도 비판적인 검토를 거친 뒤에야 타인의 결정에 따르는 사람들도 있다. 시몬손은 바로 이러한 인간이었다. 그는 모든 일을 자기 이성으로 검토하고 결정하며, 일단 결정한 것은 반드시 실행에 옮기는 사람이었다.

아직 중학생이었을 무렵, 그는 당시 재무성 관리였던 아버지가 벌어 모은 재산이 부정한 수단으로 마련된 것이라고 여기고 그 재산을 모두 민중에게 나눠주어야 한다고 아버지에게 말했다. 그러나 아버지는 그 말에 귀 기울이기는커녕 오히려 그를 꾸짖었고, 그는 집을 뛰쳐나와 아버지의 재산으로 사는 것을 그만두었다. 그리고 그는 현존하는 모든 악(惡)은 민중의 무교육에서 비롯된다고 단정하고, 대학을 졸업하자 인민파(人民派)에 가담해 교사로서 농촌으로 내려가 학생과 농민들에게 자기가 옳다고 인정하는 일을 대담하게 선전하고 허위라고 생각되는 것을 낱낱이 부정해버렸다.

그는 체포되어 재판을 받았다.

재판을 받을 때 그는 재판관들에게는 자신을 재판할 권리 따위는 없다는 결론에 이르렀고, 그것을 그대로 말했다. 그러나 재판관들은 그의 의견을 인정치 않고 재판을 계속했고, 그는 묵비권을 쓰기로 결심하여 무엇을 물어도 침묵으로 밀고 나갔다. 그는 아르한 겔스크 현에 유형을 갔다. 유형지에서 그는 자신의 활동 전체를 정의할 수 있는 종교적 교리를 스스로 만들어냈다. 그 교리란 이러했다. 이 세계에 존재하는 만물은 모두 살아 있으며 생명을 안 가진 것이란 존재하지 않는다. 우리가 무생물 또는 무기물이라고 생각하는 것은 우리가 이해할 수 없는 어떤 거창한 유기체의 일부에 지나지 않는다. 따라서 그 거창한 유기체의 일부인 인간의 사명은 이 유기체의 생명과 살아 있는 각 부분의 생명을 보존하는 데 있다는 것이 그의 교리였다. 그러므로 그는 생명을 죽이는 행위를 범죄로 보고 전쟁과 사형에 반대하며, 인간뿐만 아니라 동물을 죽이는 것조차 반대했다. 결혼에 관해서도 그에게는 자기 이론이 있었다. 그러니까 생식 행위는 인간의 하등 기능에 지나지 않으며, 최고의 기능은 이미 현존하는 것에 봉사하는 일밖에 없다는 것이다. 그는 이 사상의 확증을 혈액 속 백혈구에서 찾아냈다. 그가 생각하기에 독신자는 이 백혈구 같은 존재로서, 그 사명은 유기체의 약한 분자나 병든 분자를 도와주는 데 있다는 것이다. 그도 젊은 시절에는 한때 무척 방탕에 젖기도 했지만, 이렇게 결정한 다음부터는 자신의 교의대로 생활해왔다. 그는 자기 자신을 마리야 파블로브나와 마찬가지로 이 세계의 백혈구라고 자인하고 있었다.

카튜샤를 향한 애정이 이 이론을 침범하는 것은 아니었다. 왜냐하면 그의 애정은 플라토닉했으며, 이러한 애정은 약자에게 봉사하는 백혈구로서의 활동을 방해하지 않을뿐더러 오히려 고무해준다고 생각했기 때문이다.

그는 정신적인 문제를 자기 나름대로 해결했을 뿐만 아니라 현실적인 문제도 대부분 자기 나름대로 해결했다. 현실적인 모든 문제에 대해서 그에게는 자기 이론이 있었다. 몇 시간 일하고, 몇 시간 휴식하고, 어떻게 먹고, 어떻게 입고, 어떻게 난로를 때고, 조명은 어떻게 하는가 하는 일까지 원칙이 서 있었다.

이와 동시에 시몬손은 사람들 앞에서 유달리 겸손하고 수줍어했다. 그러나 무슨 일을 일단 결정해버리면 그땐 아무도 그를 말릴 수 없었다.

이런 인간이었기에 카튜샤를 사랑하게 됨으로써 그녀에게 결정적인 영향을 줄 수 있었다. 카튜샤는 여자의 직감으로 곧 이를 알아냈다. 이런 비범한 인간의 마음에 사랑을 일으켰다는 의식은 그녀 자신에 대한 평가를 높여주었다. 네흘류도프가 그녀에게 결혼을 신청한 것은 관대한 마음과 과거의 사정에 따른 일이었으나, 시몬손은 현재 있는 그대로의 그녀를 사랑하고 다만 사랑하기 때문에 사랑하는 것뿐이었다.

그뿐만 아니라 그녀는 시몬손이 자신을 모든 여성보다 한층 뛰어난, 어떤 특별한 높은 정신적 특질을 갖춘 비범한 여성으로 보고 있음을 느꼈다. 그녀로서는 어떤 특질이 있다고 생각하는지 알 수 없었지만, 어쨌든 그의 기대에 어긋나지 않기 위해 자신이 상상할 수 있는 한껏 뛰어난 특질을 마음속에 불러일으키려고 정성껏 노력했다. 그리고 그녀가 도달할 수 있는 가장 훌륭한 여자가 되도록 애쓰게 만들었다.

이 일은 감옥에 있을 때부터 시작되었다. 정치범의 일반 면회 때 그녀는 시몬손의 순진하고 선량한 푸른 눈이 축 처진 이마와 눈썹 밑에서 유달리 뚫어지게 자신을 응시하고 있는 것을 알았다. 그때부터 이미 그가 보통 사람과는 다른 인간이고 어떤 특별한 눈으로 자기를 보고 있다는 것을 알았으며, 곤두선 머리털과 찌푸린 눈썹이 자아내는 근엄한 인상과 어린애같이 선량하고 순진한 눈초리 등이 그의 얼굴 위에 놀랄 만큼 잘 조화되고 있다는 것을 알 수 있었다. 그 후 톰스크에서 정치범 쪽으로 옮겨졌을 때 카튜샤는 다시 그의 모습을 발견했다. 그때 둘 사이에 말은 한마디도 오가지 않았으나, 서로 주고받는 시선 속에는 서로 상대를 기억하고 있으며 더욱이 서로 상대가 소중한 인간이라는 것을 자인하고 있었다. 그 후에도 두 사람 사이에서 각별한 이야기가 오간 것은 아니지만, 마슬로바는 그가 자기 앞에서 얘기할 때는 그 말이 자기에게 돌려지고 있으며 그가 되도록 알기 쉽게 표현하고자 애쓰고 있다는 것을 느꼈다. 그러나 두 사람 사이가 특히 가까워지기 시작한 것은 시몬손이 형사범들과 함께 걷게 되었을 때부터였다.

5

니즈니에서 페름까지 오는 동안 네흘류도프는 단 두 번밖에 카튜샤를 만나지 못했다. 한 번은 니즈니에서 죄수들이 철망을 두른 나룻배에 타기 전이었고, 두 번째는 페름의 감옥 사무실에서였다. 그는 두 번 다 면회 때마다 카튜샤가 무엇을 숨기려는 듯한 언짢은 기분에 사로잡혀 있는 것을 느꼈다. 기분은 어떻고 필요한 것은 없느냐는 물음에 대해서도 그녀는 뭔가 피하는 듯한 당황한 태도로,

전에도 가끔 보이던 적의와 비난이 섞인 듯한 태도로 대답했다. 그녀의 이 어두운 기분은 당시 그녀가 괴로워하던 남자들의 짓궂은 지분덕거림에서 비롯된 일에 지나지 않았으나, 네흘류도프에겐 고통의 실마리가 되었다. 네흘류도프는 여행을 하는 동안 괴로운 퇴폐적 환경에 영향을 받은 그녀가, 자신에게 화풀이를 하던 때처럼 자포자기에 빠져버려 또다시 모든 것을 잊기 위해 마구 담배를 피우고 술을 마시지나 않을까 근심이 되었다. 그러나 여행의 처음 한동안은 쭉 면회할 수 없는 상태였으므로 그는 무엇 하나 힘이 되어줄 수가 없었다. 그녀를 정치범 반으로 옮겨놓은 뒤에야 비로소 그는 자신의 불안이 기우였음을 확신했을뿐더러, 오히려 반대로 오래전부터 그토록 안타까이 그녀에게 바라던 내적 변화가 면회 횟수를 더함에 따라 점점 더 뚜렷해지는 것이 눈에 뜨이게 되었다. 톰스크에서의 첫 면회 때 그녀는 다시 출발 전과 같은 인간이 되어 있었다. 그의 모습을 보고 미간을 찌푸리지도 않거니와 당황하는 기색도 없이 오히려 기쁜 듯이 순진하게 그를 맞았고, 자기를 위해 해준 일에 대해서, 특히 현재 함께 있는 사람들 쪽으로 옮겨진 데 대해서 고맙다고 말했다.

숙박소에서 숙박소로 전전하는 두 달 동안의 행군이 있은 뒤로 그녀 내면에 일어나는 변화는 외모에까지 나타나게 되었다. 그녀는 좀 여위고 햇볕에 타서 다소 늙어 보이기까지 했다. 관자놀이와 입가에는 잔주름이 잡히고 머리카락도 이마로 늘어뜨리지 않고 수건으로 단정히 묶었으며, 복장에도, 머리 모양에도, 태도에도 이미 이전 같은 음란한 빛은 찾아볼 수가 없었다. 그녀 내면에서 일어난, 그리고 지금도 일어나고 있는 이 변화가 네흘류도프의 마음속에 즐거운 기분을 불러일으켰다.

지금 그는 카튜샤에게 이제껏 한 번도 느껴본 적이 없는 감정을 느끼고 있었다. 이 감정은 최초의 시적(詩的)인 연정과도 달랐고, 그 후에 경험한 육감적인 연정과는 더욱 달랐으며, 또 재판 후에 그녀와 결혼하려고 결심했을 때의 자존심과 결합된 의무감과도 아무 공통점이 없었다. 그 감정은 동정과 감동이 뒤섞인 매우 단순한 감정이었다. 그는 이 감정을 감옥에서 처음 그녀를 만났을 때와, 그 후 병원을 방문한 뒤에 혐오를 억누르고 조수와의 스캔들을 용서해주었을 때(이 스캔들이 사실무근이고 부당하다는 것은 뒤에 알았다) 새로운 힘으로 경험했다. 지금의 감정도 그 감정과 똑같았지만, 다만 다른 점이 있다면 그때의 감정은 일시적이었음에 비해 지금의 감정은 영구불변하다는 것이었다. 이제 무슨 생각을 하고 무슨 일을 하더라도 전체 기분으로서 그의 마음을 차지하는 것은 오직 그녀뿐만 아니라 모든 사람을 향한 동정과 애정의 감정이었다.

이 감정은 마치 네흘류도프의 마음속에 있는 애정 흐름의 출구를 터뜨린 것과 같아서, 지금까지 배출구를 찾지 못하던 애정은 만나는 사람마다 누구에게나 퍼부어졌다.

네흘류도프는 여행하는 동안 줄곧 이러한 마음의 흥분을 느꼈으므로 아래로는 마부나 호송병에서부터, 위로는 소장이나 지사에 이르기까지 그동안 만나온 모든 사람에게 자기도 모르는 사이에 동정심 깊은 친절한 인간이 되어 있었다.

마슬로바가 정치범 쪽으로 옮겨진 뒤에 네흘류도프는 많은 정치범들과 사귈 기회를 얻었다. 처음에는 예카테린부르크에서 커다란 감방에 전원이 함께 매우 여유 있게 수용되었을 때 알게 되었고,

그 후에는 여행 도중에 마슬로바가 편입된 반의 남죄수 다섯 명과 여죄수 네 명을 사귈 수 있었다. 유형 정치범들과의 친근한 교제는 그들에 대한 네홀류도프의 견해를 완전히 바꿔놓았다.

러시아에 혁명운동이 시작되었을 때부터, 특히 3월 1일 사건 이후 네홀류도프는 혁명가들에게 악의와 경멸을 느껴왔다. 그가 그렇게 느낀 것은 무엇보다도 그들이 반정부 투쟁에서 사용하는 수단의 잔인함과 불쾌함 때문이었으며, 그중에서도 특히 암살의 잔인함 때문이었다. 게다가 그들 선부에게 공통적으로 보이는 지나친 자존심이 불쾌하기 짝이 없었다. 그러나 그들을 더 가까이 사귀고 그들이 번번이 아무 죄도 없이 정부의 박해를 받고 있다는 사실을 다 알게되자, 네홀류도프는 그들이 현재와 같은 인간 이외엔 달리 될 수 없었음을 이해하게 되었다.

이른바 형사범들이 받고 있는 괴로움이 무섭고 무의미하긴 하지만, 어쨌든 그들에게는 판결 전후에 법률이 적용되고 있다. 그러나 정치범들에게는 네홀류도프가 슈스토바나 그 후 새로운 친지들 대다수의 예에서 보았듯 그 법률이라는 것이 적용되지 않는다. 이 사람들에 대한 처사는 그물로 생선을 잡는 것과 같았다. 그물에 걸리는 것은 전부 언덕에 끌어올려지고, 필요한 대어만 골라내면 나머지 송사리들은 돌봐지지 않은 채 강 언덕에서 말라죽기 마련이다. 이와 마찬가지로 분명히 아무 죄도 없을 뿐만 아니라 정부에 아무 해도 끼칠 수 없는 몇백 명을 일망타진하여 체포한 후 때로는 몇 해고 감옥에 처넣어두기 때문에, 그들은 결핵에 걸리고 발광하고 자살하고 하는 것이다. 그들을 처박아두는 것은 다만 석방할 이유가 없기 때문이며, 또 그들을 가까운 감옥에 가두어두는 동안 심리할 때 무슨 의문을 해명하는 데 도움이 될지도 모른다고 생각하기 때문이다. 정부 당국이 보기에도 무죄인 경우가 많은 이들 모두의 운명은 헌병이나 경찰, 탐정, 검사, 예심판사, 지사, 대신들의 변덕과 심심풀이와 기분 따위로 좌우되고 있었다. 이러한 관리가 심심해지든지 공을 세우고 싶어지든지 하면, 곧 체포해서 자기 기분이나 상사의 기분에 따라 감옥에 가두기도 하고 석방하기도 한다. 고급 관리도 마찬가지여서, 역시 무슨 두드러진 일을 할 필요가 있다든지 대신과 어떤 관계가 있다든지 하면, 세계의 끝까지 추방하기도 하고, 독방에 가두기도 하고, 유형이나 징역이나 사형을 선고하기도 한다. 그리고 어느 귀부인의 청이 있기만 하면 당장에 석방해주기도 했다.

관리들이 그들을 다루는 방식은 사뭇 전쟁 때와 같았다. 그래서 그들도 자연히 자기들에게 행사하는 것과 같은 수단을 택하게 되는 것이다. 군인이란 항상 자기 행위의 범죄성을 가려줄 뿐만 아니라 도리어 그것을 여론이 공적으로 떠받들어주는 분위기에서 생활하는데, 이와 꼭 마찬가지로 정치범들도 그들 나름대로의 사회에서 살아가면서 자유와 생명과 그 밖에 인간에게 귀중한 모든 것을 상실할 위험에 빠졌을 때 자신들이 취한 잔인한 행위를 역시 악으로 여기지 않을뿐더러 도리어 용감한 행위로 생각했다. 이러한 해석에 따라 네흘류도프는 생물을 괴롭히기는커녕 그 고통을 볼 수도 없을 만한 아주 온순한 사람들이 태연히 살인 준비에 가담하며, 거의 모든 사람들이 특정한 경우의 살인을 일반의 행복을 위한 수단과 자기방어 수단으로써 합법적이고 올바른 행위라고 인정하는 놀랄만한 현상을 이해할 수 있었다. 그들이 자기들의 사업에 부여하고

있는 높은 의미, 따라서 자기 자신들에게 부여하고 있는 높은 평가
는 정부가 그들을 너무나 중대시하고 그들에게 과하는 잔인한 형
벌에서 비롯된 자연적인 현상이다. 즉 그들이 지금까지 견뎌온 것
같은 일을 끝까지 견뎌내려면 자기들을 높이 평가하지 않고서는
안 되었다.

그들과 가까워진 네흘류도프는 그들이 어떤 사람들이 생각하듯
타고난 악당도 아니려니와 또다른 사람들이 생각하듯 철저한 영웅
도 아닌 보통 인간들로서, 그중에는 세상 어디서나 볼 수 있듯이 좋
은 사람도 있고 나쁜 사람도 있고 중간치도 있다는 점을 확신했다.
그들 중에는 현존하는 악과 싸우는 것이 자신의 의무라고 진심으로
생각한 끝에 혁명가가 된 사람도 있었으나, 이기적인 허영심이란
동기에서 이 활동을 선택한 사람들도 있었다. 그러나 대부분은 전
시 중 네흘류도프가 경험한 바 있는, 위험과 모험을 바라고 자기 생
명을 걸고 향락하고 싶어 하는 혈기 왕성한 청년 시절의 특유한 감
정으로 혁명에 끌려든 사람들이었다. 그들이 세상 일반 사람들과
다른 점은 그들 사이의 도덕적 요구가 일반인들 사회에서 보통 인
정되는 것보다 훨씬 높다는 데 있었다. 그들 사이에서는 절제와 엄
격한 생활, 성실, 무욕뿐만 아니라 공동 사업을 위해서는 전부 다,
자기 생명까지도 희생하는 것을 의무로 생각했다. 그렇기 때문에
그들 가운데 중간 이상의 수준에 있는 사람들은 네흘류도프보다 훨
씬 더 훌륭해서 드물게 보이는 높은 덕성의 본보기를 보여주었으
나, 중간 수준 이하의 사람들은 그보다 훨씬 떨어지는 사람들이어
서 가끔 부정직하고 위선적인 동시에 독선적이고 오만했다. 이런
탓으로 네흘류도프는 새로 사귄 친구들 가운데 몇 사람에게는 존경

을 나타내고 마음속 깊이 애정도 바쳤지만, 다른 몇몇 사람들에게
는 여전히 냉담한 태도를 유지해갔다.

6

네흘류도프가 유달리 좋아한 사람은 카튜샤가 편입된 반에 있
는 징역수 크릴초프로, 결핵을 앓는 청년이었다. 네흘류도프는 예
카테린부르크에 있을 때부터 이 청년과 알게 되었으며, 그 후 여행
중에 몇 번인가 만나 얘기를 나누었다. 어느 여름날 숙영지에서 하
루 휴식할 때에 네흘류도프는 거의 온종일 그와 함께 지냈다. 크릴
초프는 숱한 이야기 끝에 자신의 내력과 혁명가가 된 경위를 들려
주었다. 그가 투옥되기까지의 경로는 매우 간단했다. 그의 아버지
는 남러시아의 유복한 지주였는데, 그가 아직 어릴 적에 돌아가셨
다. 외아들이었던 그는 어머니 손에 양육되었다. 중학과 대학에서
도 무난히 진급했고, 대학 수학과를 수석으로 졸업했다. 그는 대학
에 남아서 유학을 가라는 제안을 받았다. 그러나 그는 결정하기를
주저했다. 그때 그에게는 좋아하는 처녀가 있었으므로 그녀와 결혼
해서 지방자치단체에서 일할 생각을 하고 있었다. 그는 여러 가지
일을 다 해보고 싶었지만, 아무것도 결정을 내리지 못했다. 그 무렵
대학 시절 친구들에게 공동 사업을 위한 기부금을 내달라는 청탁을
받았다. 그는 그 공동 사업이라는 것이 혁명운동이라는 사실을 알
았으며, 당시에는 그런 데 전연 관심이 없었지만 친구로서의 의리
와 겁쟁이로 보이고 싶지 않은 자존심에서 돈을 주었다. 그런데 기

부금을 받아 간 친구들이 검거되고, 메모가 발견되어 크릴초프가 돈을 냈음이 밝혀졌다. 그는 체포되어 처음엔 경찰서에 유치되었다가 나중에 감옥으로 이감되었다.

"제가 들어간 감옥에서는" 하고 그는 네흘류도프에게 말했다. (그는 우묵 들어간 가슴을 안고 무릎에 양쪽 팔꿈치를 괸 채 높다란 나무 침상에 앉아서, 간혹 어쩌다가 열기에 촉촉이 빛나는 아름답고 총명하고 선량한 눈으로 네흘류도프를 바라보았다.) "그 감옥에서는 그다지 심한 취급을 받지 않았습니다. 우린 벽 통신을 했을 뿐만 아니라 복도를 거닐기도 하고, 이야기를 하기도 하고, 음식이나 담배를 서로 나누기도 했으며, 밤에는 합창까지 했을 정도니까요. 나는 이래봬도 목소리가 좋은 편이랍니다. 정말 어머니 일만 아니었다면…… 하여간 어머니는 비탄에 잠겨 있었으니까요. 나는 감옥에 있는 것이 더 좋은 듯했습니다. 유쾌하고 무척 재미있었어요. 거기서 나는 그 유명한 페트로프와 또 그 밖의 사람들을 알게 되었죠. 하긴 페트로프는 그 후 요새 감옥에서 유리로 경동맥을 끊고 자살해버렸습니다만. 그렇지만 난 혁명당원이 아니었습니다. 그리고 옆방에 있는 두 사람과도 알게 되었습니다. 둘 다 그 폴란드 독립선언 사건으로 붙들려 역으로 끌려갈 때 호송병 손에서 탈주하려던 죄로 기소된 사람들이었습니다. 하나는 로진스키라는 폴란드 사람이고, 또 하나는 유대인으로 로조프스키라는 사람이었죠. 그런데 이 로조프스키는 아주 어린 소년이었습니다. 자기는 열일곱이라고 그랬지만, 열다섯 정도로밖에 보이지 않았습니다. 검은 눈이 반짝반짝 빛나는 마르고 자그마한 발랄한 소년이었는데, 유대인은 모두 그렇듯이 매우 음악을 좋아했습니다. 아직 성대가 트이지는 않았습니다만, 노래는 잘 불렀습니다. 그렇지요. 내가 있을 때 그들은 재판소로 끌려갔습니다. 아침에 끌려가서 저녁에 돌아왔는데, 둘 다 사형선고를 받았다는 것이었습니다. 누구도 그렇게 되리라고는 예기치 못했지요. 그들의 죄라는 건 그다지 대수롭지 않았으니까요. 그저 호송병의 손을 뿌리치고 도망치려 했을 뿐이지 아무도 해치지 않았습니다. 게다가 로조프스키 같은 소년을 사형하다니, 도대체 있을 법도 하지 않은 이야기가 아니겠어요. 그래서 옥중에 있던 우리는 모두 그저 한번 위협한 데 지나지 않고 그런 판결은 확정되지 않을 거라고 결론을 내렸습니다. 처음엔 놀랐습니다만, 차츰 안심하게 되어 또 종전 같은 생활이 이어졌습니다. 그렇습니다. 그런데 어느 날 밤에 간수가 내 방문 앞으로 다가오더니, 지금 목수들이 와서 교수대를 만드는 중이라고 몰래 일러주었습니다. 나는 처음에 대체 무슨 일인지, 무엇을 위한 교수대인지 도무지 영문을 알 수 없었습니다. 그러나 그 늙은 간수가 무척 흥분해 있는 것을 보고, 나는 저 두 사람 때문이로구나 하고 직감했습니다. 벽 통신으로 여러 친구들과 상의하려고 마음먹었습니다만, 두 사람 귀에 들어갈까 봐 망설여졌습니다. 친구들도 아무런 기척이 없더군요. 아마 모두 알고 있었던 게죠. 복도건 어느 감방이건 밤새도록 죽음 같은 고요만이 깃들어 있었습니다. 벽 통신도 없거니와 합창도 없었습니다. 10시경에 간수가 또 나한테 오더니 모스크바에서 사형집행인이 왔다고 알려주었습니다. 그러고는 곧 가버리기에 나는 다시 오라고 간수를 불렀습니다. 그런데 갑자기 로조프스키가 복도를 사이에 둔 자기 방에서 크게 말을 걸어오는 소리가 들렸습니다. '왜 그래요? 왜 간수를 불러요?' 나는 간수가 담배를 갖다 주었다고 얼버무렸지만, 저쪽에선 아무래도 눈치를 챈 듯이 왜 모두 노래를 부르지 않는지, 왜 벽 통신을 안 하는지 따위로 이것저것 질문을 하는 겁니다. 나는 그때 뭐라고 대답했는지 생각이 안 납니다. 그저 더는 소년과 이야기를 안 하려고 얼른 안으로 들어가버렸습니다. 그렇습니다. 무서운 밤이었습니다. 밤이 다하도록 무슨 소리가 들리지 않나 귀를 밝히고 있었습니다. 새벽녘이 되자 갑자기 복도 문이 열리고, 누군지 많은 사람의 발소리가 들려왔습니다. 나는 창가로 다가갔습니다. 복도에 램프가 켜져 있었습니다. 맨 처음 들어온 것은 소장이었습니다. 뚱뚱한 사나이로 자신만만하고 결단력 있는 사람같이 보였습니다만, 그 얼굴에는 핏기가 없었습니다. 파랗게 질린 얼굴에 고개를 푹 숙이고 겁을 먹은 듯한 표정이었습니다. 그 뒤에 부소장이 미간을 찌푸리고 결심한 듯한 표정으로 따르고 있었습니다. 그 뒤에는 간수였습니다. 그들은 내 문 앞을 지나 옆방 앞에 걸음을 멈추었습니다. 부소장이 괴상한 목소리로 '로진스키, 일어나서 깨끗한 내의로 갈아입어' 하고 외치는 소리가 들려왔습니다. 그렇습니다. 그러자 곧 문이 열리고 그들이 안으로 들어가는 소리가 나더니 잇따라 로진스키의 발소리가 들렸습니다. 복도 맞은편 쪽으로 걸어가는 것이었습니다. 제게는 소장의 모습밖에 보이지 않았습니다. 소장은 창백한 얼굴로 선 채 단추를 끼웠다 끌렀다 하면서 어깨를 움츠리고 있었습니다. 그러다가 별안간 무엇에 놀란 듯이 한쪽 옆으로 물러났습니다. 로진스키가 그의 곁을 지나 내 방문 쪽으로 왔기 때문이지요. 아까도 말했지만 로진스키는 말쑥하고 아름다운 폴란드 타입 청년이었습니다. 엷은 아마 빛 고수머리가 모자처럼 덮여 있는 곧은 이마, 하늘빛 아름다운 눈, 참으로 생기가 넘치고 건강한 미남자였습니다. 그는 내 창 앞에서 걸음을 멈추었으므로, 나는 그의 얼굴을 빤히 볼 수 있었습니다. 홀쭉하고 침울한 얼굴이었습니다. '크릴초프, 담배 가진 거 있어?' 하기에 나는 내주려고 했습니다만, 부소장이 조금이라도 늦을까 봐 자기 담배를 꺼내주었습니다. 그가 한 개비 빼 드니까 부소장이 성냥을 그어주더군요. 그는 담배를 피우기 시작했습니다만, 무엇인지 골똘히 생각하는 눈치였습니다. 이윽고 뭔가 생각해내기라도 한 듯이 이렇게 말하기 시작했습니다. '너무 잔인해, 너무 부당해. 내겐 아무 죄도 없는데, 난…….' 내가 눈을 뗄 수 없던 그 희고 젊음이 넘치는 목에 가늘게 경련 같은 것이 일어나더니, 그는 입을 다물었습니다. 그래요. 그때 복도 쪽에서 로조프스키가 유대인 특유의 가느다란 목소리로 뭐라고 외쳐댔습니다. 로진스키는 담배꽁초를 버리고 문턱에서 떨어졌습니다. 그러자 이번엔 창문에 로조프스키의 모습이 나타났습니다. 검은 눈에 눈물이 글썽한 천진스러운 얼굴은 새빨갛게 상기되어 땀이 배어 있었습니다. 그도 역시 깨끗한 내의를 입고 있었습니다만, 바지가 너무 길어서 노상 두 손으로 바지를 끌어올리면서 온몸을 덜덜 떨었습니다. 그는 애처로운 그 얼굴을 내 창문에 갖다 대고서 말했습니다. '아나톨리 페트로비치, 의사가 내게 탕약을 처방해준 게 사실입니까? 나는 가슴이 나쁘니까 탕약을 마셔야겠어요.' 아무도 대꾸를 안 했으므로 그는 이상하다는 듯이 나를 보기도 하고 소장을 보기도 했습니다. 대체 그가 무슨 뜻으로 그런 말을 했는지 나도 알 수 없었습니다. 그렇습니다. 그러자 느닷없이 부소장이 무서운 얼굴을 하고 또다시 찢어지는 듯한 목소리로 외쳤습니다. '무슨 농담을 하고 있는 거야? 자, 그만 가자.' 로조프스키는 자기를 기다리고 있는 것이 무엇인지 이해하지 못했는지, 오히려 모두의 선두에 서서 복도를 거의 달리다시피 걸어갔습니다. 그러나 그는 곧 완강히 버티고 섰습니다. 폐부를 도려내는 듯한 날카로운 외침과 울음소리가 들려오더군요. 퉁탕거리는 소리와 발을 구르는 소리도 났습니다. 그는 날카롭게 외쳐대고 울부짖었습니다. 이윽고 그 소리도 점점 멀어져가고 복도 문이 철컥 닫히자 모두가 조용해졌습니다……. 그렇습니다. 그들은 그렇게 교살되고 말았습니다. 두 사람 다 밧줄로 교살된 것입니다. 다른 간수가 현장을 보고 와서 내게 이야기해주더군요. 로진스키는 저항하지 않았지만, 로조프스키는 오랫동안 날뛰는 바람에 교수대에 끌어올려 억지로 밧줄을 목에 걸었다고요. 그 간수는 좀 모자라는 사람이었죠. '난 무서운 거라고만 들었습니다만, 조금도 무서운 게 아니더군요. 두 사람 다 매달리더니 그저 두어 번 이렇게 어깨를 꿈틀거렸을 뿐이에요' 하며 간수는 어깨가 경련을 일으키며 올라갔다 내려갔다 하는 모습을 해 보였습니다. '그리고 사형집행인이 더 잘 죄어들게 올가미 줄을 잡아당기자 그걸로 끝장이 나더군요. 그다음은 꼼짝도 안 했습니다. 조금도 무서운 게 아니었어요.'" 크릴초프는 이렇게 간수의 말을 되풀이하고 웃음을 지으려 했으나, 웃는 대신 왈칵 울음을 터뜨리고 말았다.

그 뒤로 그는 오랫동안 괴롭게 숨을 몰아쉬고는, 목구멍에 복받치는 오열을 삼켰다.

"내가 혁명가가 된 것도 이때부터입니다." 마음이 조금 진정되자 그는 이렇게 말하고, 자기 얘기를 간단히 끝마쳤다.

그는 인민의지파의 일원으로 파괴 공작단 단장이기도 했다. 그들의 임무는 정부가 자발적으로 정권의 자리에서 물러나 민중에게 호소하도록 하기 위해 테러로 위협하는 일이었다. 그는 이러한 목적을 품고 페테르부르크에 가기도 하고, 외국으로 가기도 하고, 키예프로 가기도 하고, 오데사로 가기도 해서 가는 곳마다 성공을 거두었다. 그러다가 그가 신뢰하던 사내에게 배신을 당했다. 그는 체포되어 재판을 받고 2년 동안 옥중에 처박혔다가 사형이 선고되었지만, 그 뒤에 종신 징역으로 감형이 되었다.

그는 옥중에서 결핵에 걸렸고, 지금 상태로는 앞으로 몇 개월도 살지 못할 것이 분명했다. 그도 이 사실을 알고 있었으나, 자기가 해온 일들을 조금도 후회하지 않을 뿐만 아니라 만일 다시 한 번 세상에 태어난다면 그 생명도 역시 같은 목적, 그러니까 그가 보아온 것과 같은 일이 허용되고 있는 현 제도를 파괴하는 데 바칠 것이라고 말했다.

네흘류도프는 이 청년의 말을 듣고 그와 친해짐으로써 지금까지 이해하지 못하던 것들 가운데 많은 것을 알 수 있게 되었다.

7

숙영지를 출발할 때 어린아이 일 때문에 호송 지휘관과 죄수들 사이에 말썽이 일어났던 날, 여관에 묵고 있던 네흘류도프는 아침 늦게 일어난 데다 현청 소재지에서 부치리라 생각하고 편지 몇 통을 쓰고 있었다. 그래서 여관을 나선 것이 여느 때보다 늦어져 지금까지처럼 도중에 수인 대열을 따라잡지 못하고 이미 어둑해진 무렵에야 가까스로 숙박소가 있는 마을에 다다랐다. 네흘류도프는 목이 엄청나게 굵고 흰 뚱뚱한 중년 미망인이 경영하는 여관에서 젖은 옷을 말리고, 성상이며 그림을 함부로 더덕더덕 붙여놓은 조촐한 방에서 마음껏 차를 마신 다음, 면회 허가를 얻으려고 장교가 있는 숙사로 갈 채비를 서둘렀다.

지난 여섯 군데 숙박소에서는 호송 지휘관이 때마다 바뀌었는데도 모두 한결같이 출입을 허가해주지 않아서 이미 일주일 넘게 카튜샤를 만나지 못하고 있었다. 감옥과 관계된 어느 높은 장관이 통과하게 되어 있어서 이런 엄격한 조치가 마련되었던 것이다. 그러나 그 장관은 숙영지를 거들떠보지도 않고 통과해버렸기 때문에, 네흘류도프는 오늘 아침에 수인대를 인계받은 호송 지휘관이 이전 지휘관들과 마찬가지로 죄수 면회를 허가해주리라 기대하고 있었다.

여관 주인은 네흘류도프에게 마을 끝에 있는 숙박소까지 마차로 가라고 권했지만, 네흘류도프는 걸어가기로 작정했다. 새로 칠한 콜타르 냄새가 풍기는 커다란 장화를 신고 어깨가 넓은, 전설의 용사 같은 젊은 하인이 길잡이를 맡아 나섰다. 안개가 덮여 있어 무척 어두웠으므로 창문 불빛이 비치지 않는 곳에서는 젊은이가 두세 걸음 앞으로 나아가기만 해도 벌써 네흘류도프에게는 안내자의 모습이 보이지 않고 질퍽질퍽한 진흙 속을 밟고 가는 장화 소리만 들릴 뿐이었다.

교회가 있는 광장과 환히 창문마다 불이 켜진 긴 거리를 빠져나온 네흘류도프는 안내인의 뒤를 따라서 마을 밖의 어둠 속으로 나섰다. 그러나 오래지 않아 숙박소 둘레에 켜져 있는 등불이 안개 속에 흐릿하게 떠올라 보였다. 앞으로 걸어감에 따라 불빛은 점점 커지고 밝아졌다. 이윽고 울타리의 말뚝과 왔다 갔다 하고 있는 보초병의 검은 그림자, 얼룩덜룩한 기둥과 초소 등이 보이기 시작했다. 보초는 가까이 오는 두 사람에게 판에 박힌 말로 "누구냐?"고 소리치고는, 외부 사람임을 알자 곧 엄격해져서 기다리는 것조차 허락하려고 들지 않았다. 그러나 네흘류도프의 안내인은 보초병의 엄격함 따위엔 조금도 기가 꺾이지 않았다.

"아니, 왜 그렇게 화를 내는 거요!" 그는 보초병에게 말했다. "빨리 높은 사람을 좀 깨워줘요, 우린 기다리고 있을 테니."

보초병은 대꾸도 않고 옆문을 향해서 뭐라고 외치고는, 어깨통이 벌어진 젊은 안내인이 등불 밑에서 네흘류도프의 장화에 붙은 진흙을 나뭇조각으로 긁어내는 모습을 바라보고 서 있었다. 울타리 안쪽에서 떠들썩한 남녀의 말소리가 들려왔다. 3분쯤 지나자 쇳소리가 나고 옆문이 열리더니, 외투를 걸친 하사관이 어둠 속에서 불빛 밑으로 나타나 용건을 물었다. 네흘류도프는 개인적인 용건으로 면회를 원한다고 적은 명함을 건네면서 호송 지휘관에게 전해달라고 부탁했다. 하사관은 보초병만큼 까다롭지 않았으나 대신 호기심이 무척 강한 사나이였다. 어째서 지휘관을 만나지 않으면 안 되느냐고 물었다. 네흘류도프가 어떤 신분의 인간인지 모르고는 직성이 풀리지 않는 성싶었다. 아마도 무슨 국물이라도 있을 법해서 그것을 놓치지 않겠다는 속셈인 듯했다. 네흘류도프는 특별한 용무가 있노라고 대답하고 사례를 할 테니 명함을 전해달라고 부탁했다. 하사관은 명함을 받아 들고 한 번 끄덕하더니 사라졌다. 잠시 후 다시 옆문이 열리더니, 바구니와 나무껍질로 만든 광주리와 항아리와 자루를 든 여자들이 안에서 나왔다. 독특한 시베리아 사투리로 지껄이면서 여자들은 문지방을 넘었다. 그들은 모두 시골식이 아닌

도회지 복장으로 재킷과 털외투를 입고 있었다. 긴 스커트 자락을 높이 걷어 올리고 머리에 수건을 쓴 여자들은 호기심 어린 눈으로 등불 밑에 서 있는 네흘류도프와 안내인을 바라보았다. 여자 하나는 어깨가 벌어진 젊은이를 만난 것이 기쁘다는 듯이 아양을 떠는 어조로 시베리아식 험담을 퍼부으면서 그를 놀려대기 시작했다.

"이봐, 숲 귀신이 여기 와서 뭐 하는 거야?" 그녀는 젊은이에게 말을 걸었다.

"이 손님을 안내해드리려고 온 거야." 젊은이가 대답했다. "넌 뭘 가지고 왔니?"

"우유야. 내일 아침에도 또 가져오라더라."

"자고 가라고 붙잡지는 않던?" 젊은이가 물었다.

"너 망측한 소리만 하는구나!" 웃으면서 여자는 소리쳤다. "마을까지 같이 안 갈래! 우릴 좀 바래다줘."

안내인은 다시 여자들뿐만 아니라 보초병까지 껄껄대고 웃어댈 만큼 해괴한 소리를 하고서 네흘류도프에게 말했다.

"어떻게, 혼자서도 돌아오실 수 있겠습니까? 길을 잃지 않으시겠어요?"

"괜찮아, 알고말고."

"교회를 지나면서 오른편 2층집에서 두 번째 집이니까요. 그럼 이 지팡이를 빌려드리죠." 그는 이렇게 말하고 자기가 가지고 온 자기보다도 더 큰 지팡이를 네흘류도프에게 내주고는 커다란 장화를 절벅절벅 소리 내면서 여자들과 함께 어둠 속으로 사라졌다.

여자들 목소리에 간혹 헛갈리는 그의 목소리가 여전히 어둠 속에서 들려왔다. 다시 옆문이 삐걱하고 열리더니, 하사관이 나타나 자기를 따라 지휘관한테 가자고 네흘류도프를 불렀다.

8

이 숙소는 시베리아 노정에 위치한 여느 숙소와 똑같은 구조로
서, 끝이 뾰족한 통나무 울타리로 둘러친 마당에 단층 건물 세 동이
세워져 있었다. 창에 창살이 박힌 제일 큰 건물에 죄수들이 수용되
고, 그다음이 호송 부대용, 세 번째 건물은 장교용과 사무실로 되어
있었다. 세 동 다 지금은 불이 환히 켜져 있어 밝은 집 안에서는 신
나고 기분 좋은 일이라도 있는 듯 보였다. 원래 등불이라는 것은 그
렇게 보이기 마련이지만, 여기서는 특히 그런 느낌이 더했다. 어느
동이나 층계 앞에는 외등이 환히 켜져 있고, 벽가에는 등불 다섯 개
가 마당을 비춰주고 있었다. 하사관은 발판을 따라 네흘류도프를
인도하면서 제일 작은 건물 앞계단으로 걸어갔다. 계단을 세 단 오
르자, 하사관은 네흘류도프를 자기보다 먼저 탄산가스가 풍기는 등
불 켜진 방으로 들어가게 했다. 천이 거친 루바시카에 넥타이를 매
고 검정 바지에 노란 장화를 한쪽만 신은 병졸이 페치카 앞에 엎드
려 남은 한쪽 장화로 사모바르에 불을 붙이고 있었다. 네흘류도프
의 모습을 보자 병졸은 사모바르를 그대로 둔 채 네흘류도프의 가
죽 외투를 벗기고 방 안으로 들어갔다.

"오셨습니다, 대장님."

"그럼 들어오시게 해." 골난 듯한 목소리가 들렸다.

"들어가십시오." 병졸은 이렇게 말하고 다시 곧 사모바르에 달

라붙었다.

램프를 천장에 매단 옆방에는 먹다 남은 음식과 술병 두 개가 놓여 있고 상보를 씌운 식탁 저쪽에 넓은 앞가슴과 어깨에 잘 맞는 오스트리아 재킷을 입고 멋진 금빛 수염을 기른, 얼굴이 무척 불그스름한 장교가 앉아 있었다. 따뜻한 방 안에는 담배내 말고도 값싼 향수 냄새가 물씬거렸다. 네흘류도프를 보자 장교는 약간 허리를 일으키고는 어딘지 모르게 업신여기는 듯한 의아스러운 눈으로 그를 바라보았다. "무슨 일로 오셨지요?" 그는 이렇게 말했으나, 대답을 기다리지 않고 문에 대고 외쳤다. "어이, 베르노프, 사모바르는 어떻게 됐어, 언제쯤 가져올 작정이야?"

"곧 됩니다."

"뭐가 곧이야, 맛 좀 봐야 알겠나!" 장교는 눈을 번득이고 외쳤다.

"지금 가져갑니다!" 병졸이 큰 소리로 말하더니 사모바르를 날라 왔다.

네흘류도프는 병졸이 사모바르를 놓을 동안 기다렸다. (장교는 대체 어디를 두들겨줄까 하고 겨냥이라도 하는 듯이, 심술궂은 조그마한 눈으로 병졸을 노려보았다.) 사모바르를 갖다 놓자 장교는 홍차를 따라 넣었다. 그다음 여행용 식량 상자에서 네모진 코냑 병과 알베르트 비스킷을 꺼냈다. 그것들을 모두 식탁에 늘어놓고 나서야 그는 네흘류도프에게 얼굴을 돌렸다.

"무슨 용무시죠?"

"사실은 어느 여죄수의 면회를 허가해주었으면 해서입니다." 네흘류도프는 선 채로 말했다.

"정치범입니까? 그것은 법률로 금지되어 있습니다." 장교가 말했다.

"그 여성은 정치범이 아닙니다" 하고 네흘류도프는 말했다.

"아, 좀 앉으십시오." 장교가 말했다.

네흘류도프는 앉았다.

"그 여자는 정치범이 아닙니다." 그는 되풀이했다. "그런데 제가 부탁해서 정치범들과 같이 있도록 허가를 받았습니다……."

"아, 알고 있습니다" 하고 장교는 말을 가로챘다. "살빛이 검은 자그마한 여성이지요? 좋습니다, 그렇다면 가능합니다. 담배 안 피우시렵니까?"

그는 담뱃갑을 네흘류도프에게 내놓고는 정중히 컵 두 개에 홍차를 따라 하나를 네흘류도프에게 권했다.

"자, 드십시오."

"감사합니다. 하지만 지금 속히 만나고 싶습니다만……."

"밤은 깁니다. 시간은 충분해요. 지금 이리로 불러내겠습니다."

"저, 이리로 불러내지 말고, 제가 정치범 숙사로 가면 안 되겠습니까?" 네흘류도프는 말했다.

"정치범한테요? 그건 위법입니다."

"이제까지도 몇 번이고 허가해주셨습니다만. 가령 제가 뭘 건네지나 않을까 걱정하시는 거라면, 그녀를 통해서라도 건넬 수는 있으니까요."

"아니, 그렇지 않습니다. 그 여자는 몸수색을 받게 됩니다." 장교는 이렇게 말하고 불쾌한 웃음소리를 냈다.

"그러시다면 제 몸을 수색해주십시오."

"아니, 그렇게까지 안 해도 괜찮습니다." 마개를 뺀 병을 네흘류도프의 컵으로 가져오면서 장교는 말했다. "한잔 안 하시겠습니까? 아, 그렇습니까. 이런 시베리아에서 살다가 교양 있는 분을 만나면 정말 즐겁습니다. 아시다시피 우리네 직무라는 것은 정말 처량합니다. 다른 일에 익숙한 인간일수록 괴로움은 더하죠. 여하튼 우리 같은 일을 하는 사람에 관해서도, 흔히 호송 장교는 거칠고 무교육한 인간이라는 개념이 앞서고 있습니다. 인간이란 결코 이런 일을 하기 위해서 이 세상에 태어나지 않았다는 것을 알아주는 사람은 하나도 없단 말입니다."

이 장교의 붉은 얼굴이며 향수며 보석 반지며, 특히 능글맞은 웃음소리가 네흘류도프에게는 무척 불쾌했으나, 그도 지금은 그동안의 여행에서 쭉 그랬듯이 어떤 인간에게든 경멸하거나 업신여기는 듯한 태도를 가져서는 안 되며, 누구하고 이야기를 하더라도 자기 자신에게 맹세한 것처럼 '툭 털어놓고' 이야기하지 않으면 안 된다는 진실하고 조심스러운 기분에 잠겨 있었다. 지금도 네흘류도프는 장교의 말을 듣고 나서, 자기 지배하에 있는 인간을 괴롭히는 일에 관계하는 것이 마음 아프다는 뜻으로 상대방의 심경을 해석하고는 진지하게 이렇게 말했다.

"당신의 직무 가운데서도 그 사람들의 고통을 덜어준다는 데서 위안을 찾을 수 있다고 봅니다만."

"그 사람들의 고통이라뇨? 그들은 그런 인간이랍니다."

"그 사람들이라고 뭐 특별한 인간은 아니잖습니까?" 네흘류도프는 말했다. "역시 모두 같은 인간들입니다. 그중에는 죄가 없는 사람도 있습니다."

"그야 여러 가지 인간이 있겠죠. 물론 불쌍한 사람도 있고요. 다른 친구들은 조금도 용서가 없는 모양입니다만, 나는 될 수 있는 한 편하게 해주려고 애쓰고 있습니다. 그들을 괴롭히기보다는 내가 괴로워하는 쪽이 나으니까요. 다른 친구들은 걸핏하면 법률을 끄집어내서 처벌을 하든가 쏘아 죽이든가 합니다만, 나는 되도록 동정해주고 있습니다. 자, 어떻습니까? 한잔 드시죠." 그는 또다시 홍차를 따르면서 말했다. "그런데 도대체 그 여자는 어떤 사람입니까, 당신께서 면회하려는 그 여자 말입니다."

"아주 불쌍한 여자지요. 유곽으로까지 전락한 여자였습니다만, 거기서 일어난 독살 사건에서 억울하게 유죄판결을 받아버렸습니다. 그렇지만 더할 나위 없이 마음씨가 착한 여자입니다" 하고 네흘류도프는 말했다.

장교는 머리를 끄덕였다.

"네, 흔히 있는 일입니다. 카잔에도 그런 여자가 하나 있었지요, 이름이 엠마였습니다. 헝가리 출신 여자였는데, 순수한 페르시아계 눈을 하고 있었습니다." 이 추억과 더불어 저절로 떠오르는 미소를 억누를 수 없는 듯한 표정으로 그는 말을 이었다. "백작 부인이라고 해도 좋을 정도로 때가 빠진 여자였어요……."

네흘류도프는 장교의 말을 가로막고 아까의 화제로 돌아갔다.

"저는 당신이 그런 사람들을 관리하는 동안만이라도 그들의 괴로움을 덜어줄 수 있다고 생각합니다. 또 그렇게 하신다면 당신도 틀림없이 큰 기쁨을 얻으리라 나는 확신합니다." 네흘류도프는 마치 외국인이나 아이들에게 말하듯 알기 쉽게 이야기하려고 애쓰면서 말했다.

장교는 반짝이는 눈으로 네흘류도프를 바라보았다. 그는 생생히 머릿속에 떠오르며 그의 모든 주의를 끌어버린 듯한 페르시아계 눈을 한 헝가리 여자의 이야기를 계속하려고 상대방 말이 끝나기만을 조바심치며 기다리는 눈치였다.

"네, 그렇죠, 틀림없이 그럴 겁니다." 장교는 말했다. "그러기에 나도 동정해주고 있습니다. 그런데 엠마 얘기를 계속해드리고 싶군요. 그 여자가 무슨 일을 했느냐 하면요……."

"실례지만 그런 이야기에는 별로 흥미가 없습니다." 네흘류도프는 말했다. "솔직히 말씀드려서, 예전에는 저도 다른 인간이었습니다만, 이제는 여성에 대한 그러한 태도를 증오할 정도입니다."

장교는 놀란 듯이 네흘류도프를 바라보았다.

"차를 한 잔 더 안 하시렵니까?" 그는 말했다.

"아니요, 감사합니다."

"베르노프!" 하고 장교는 외쳤다.

"이분을 바쿨로프한테 안내해서 정치범 특별실로 모시라고 일러둬. 점호 때까지는 거기 계셔도 괜찮으니까."

9

네흘류도프는 병졸에게 인도되어 또다시 붉은 등불이 희미하게 비치는 마당으로 나왔다.

"어디로 가나?" 저쪽에서 오던 호송병이 네흘류도프를 인도해가는 병졸에게 물었다.

"특별 감방 5호실."

"이리로는 못 가, 닫혀 있어서. 저쪽 입구로 가야 할걸."

"아니, 왜 잠가놓았지?"

"하사관이 잠그고 마을로 가버렸단 말이야."

"자, 그럼 이리로 오시죠."

병졸은 네흘류도프를 다른 쪽 계단으로 인도하며 발판을 따라 다른 입구로 걸어갔다. 사람들이 떠드는 소리와 움직이는 소리가 마치 벌들이 벌집을 떠나기 전처럼 시끄럽게 들려왔다. 네흘류도프가 그쪽으로 다가가 문이 열리자, 와자지껄한 소음은 한층 더 높아져서 외치고 욕지거리를 하고 웃어대는 소리로 바뀌었다. 다시 여러 가지 음색을 내는 쇠사슬 소리가 들리고, 익숙해진 분뇨와 콜타르의 숨 막히는 냄새가 코를 찔렀다.

이 두 가지 인상, 곧 쇠사슬 소리에 뒤섞인 떠들썩한 말소리와 무서운 악취는 네흘류도프에게 언제나 어떤 정신적 구토라고 할 수 있는 괴로운 감정으로 융합되어, 차차 육체적 구토로까지 변해갔다. 이 두 가지 인상은 하나로 혼합되어 서로가 서로를 조장해가는 것이었다.

지금 '파라하(똥통)'라고 불리는, 지독한 냄새가 풍기는 거대한 통이 놓인 숙박소 현관으로 들어서면서 네흘류도프의 눈에 처음 들어온 것은 통 가장자리에 타고 앉은 여자의 모습이었다. 여자 맞은편에는 중대가리에 빵떡모자를 비스듬히 쓴 사내가 서 있었다. 그들은 무슨 이야기를 하고 있었다. 남죄수는 네흘류도프를 보자 한쪽 눈을 끔뻑이며 이렇게 말했다.

"황제 폐하인들 오줌은 참지 못하는 거야."

여자는 걷어 올린 수의 자락을 내리고 얼굴을 숙였다.

현관에 이어서 복도가 나 있고, 감방 문이 열려 있었다. 첫째 방이 부부들의 감방이고, 그다음 넓은 방이 독신자용, 그리고 복도 제일 안쪽에 있는 작은 두 방이 정치범들에게 할당되어 있었다. 150명 수용 규모로 세워진 이 건물에 450명이나 처넣어서 비좁은 것은 말할 나위도 없고, 죄수들은 방에 들어가지 못해 복도에까지 넘치고 있었다. 마루에 앉거나 누워 있는 자도 있고, 빈 주전자나 펄펄 끓는 물이 가득 든 주전자를 들고 왔다 갔다 하는 자도 있었다. 그중에는 타라스도 끼여 있었다. 그는 네흘류도프에게로 달려와서 반가이 인사를 했다. 선량해 보이는 타라스의 얼굴은 미간과 한쪽 눈 밑에 생긴 푸른 멍 때문에 무척 보기 흉했다.

"왜 그랬지?" 네흘류도프는 물었다.

"그저 그렇게 됐죠" 하고 타라스는 웃으면서 말했다.

"노상 싸움질만 하죠." 병졸이 멸시하는 듯한 어조로 말했다.

"여편네 일이 원인이죠." 뒤에 따라온 죄수 한 사람이 덧붙였다. "페지카라는 장님과 한바탕했답니다."

"페도시야는 잘 있나?" 네흘류도프는 물었다.

"네, 무고해요. 지금 더운물을 갖다 주는 중입니다" 하고 타라스는 부부 방으로 들어갔다.

네흘류도프는 안을 들여다보았다. 감방은 나무 침대의 위도 아래도 남녀 죄수로 꽉 차 있었다. 방 안에는 젖은 의복이 마르는 김이 서려 있고, 쉴 새 없이 지껄여대는 여자들 목소리가 들려왔다. 다음 문은 독신자 감방이었다. 여기는 더 꽉 차 있어서, 젖은 옷을 입은 죄수들이 문은 물론 복도에까지 밀려 나와 무엇을 나누기도 하고 정하기도 하면서 소란스레 붐비고 있었다. 병졸의 설명에 따르면,

앞으로 나올 식비를 걸고 한 도박에서 따거나 잃은 돈을 카드로 만들어진 전표로 감방장이 보드카 밀매자에게 내주고 있다는 것이었다. 당번 하사관과 훌륭한 신사의 모습이 보이자, 가까이 서 있던 죄수들은 반감이 서린 눈으로 지나가는 두 사람을 노려보면서 입을 다물어버렸다. 네흘류도프는 카드를 돌리던 죄수 중에서 낯익은 징역수 표도로프의 모습을 찾아냈다. 그 옆에는 언제나 그림자처럼 따라다니는, 눈이 치솟고 창백하고 부석부석 부은 듯한 초라한 젊은이가 서 있었다. 또 그 옆에는 탈주하던 중에 밀림에서 동료를 죽여 그 고기를 먹었다는 이야기로 유명한, 곰보에 코가 떨어진 징글맞은 부랑자의 모습도 보였다. 부랑자는 젖은 수의를 한쪽 어깨에 걸치고 복도에 버티고 서서 네흘류도프에게 길을 비켜주려고도 하지 않고, 비웃는 듯한 불손한 눈초리로 노려보고 있었다. 네흘류도프는 그 사내를 비켜서 지나갔다.

네흘류도프에게 이런 광경이 매우 낯익다 할지라도, 그리고 또 지난 석 달 동안 이들 죄수 4백 명의 여러 가지 상태, 곧 염천에 쇠사슬을 끌면서 일으키는 흙먼지에 뒤덮인 모습이며, 도중에 휴식하는 모습이며, 따스할 때 숙박소 밖에서 남의 눈을 의식하지 않고 벌어지는 음탕하고 무서운 장면들을 수없이 보아왔다 할지라도, 그들 속으로 들어갈 때면 언제나 지금처럼 그들의 주의가 자신에게 집중됨을 느끼고 그들에 대한 죄의식과 괴로운 수치심을 느끼지 않을 수가 없었다. 그에게 제일 괴로운 것은 억누를 수 없는 혐오감과 공포감이 이 수치심과 죄의식에 다시 첨가된다는 것이었다. 그들이 놓여 있는 상태에 처하면 자신도 저렇게 되지 않을 수 없음을 알고는 있었지만, 그래도 역시 그들에 대한 혐오는 참을 수가 없었다.

"저 친구들은 팔자가 좋군그래, 일하지 않고도 먹고살 수 있으니 말이야." 이미 정치범 감방 문턱으로 접어들었을 무렵 네흘류도프는 이런 소리를 들었다. "무엇이 어떻게 되든지 네 녀석이 배 아파할 건 없잖아, 빌어먹을." 누군가의 목쉰 소리가 말하고 다시 상스러운 욕지거리를 덧붙였다.

적의에 가득 찬, 조소 섞인 웃음소리가 들려왔다.

10

독신자 감방을 통과하자 네흘류도프를 안내해 온 당번 하사관은 점호 전에 데리러 오겠다는 말을 남기고 되돌아갔다. 하사관이 사라지자마자 한 죄수가 소리 안 나게 족쇄를 누르면서 맨발로 부리나케 네흘류도프 쪽으로 걸어와서 바싹 몸을 대더니, 시금털털하고 불쾌한 땀 냄새를 풍기면서 살그머니 귀엣말로 속삭였다.

"나리, 제발 좀 도와주십시오. 저 젊은이가 온통 속아 넘어갔습니다. 술로 곤드레가 되어 팔려버린 거죠. 바로 오늘도 인계할 때 제 입으로 카르마노프라고 말해버렸다니까요. 제발 좀 도와주십시오. 우리는 어떻게 할 도리가 없어요. 맞아 죽을 테니까요." 죄수는 불안스럽게 주위를 돌아보면서 이렇게 말하더니, 곧 네흘류도프 곁을 떠났다.

그것은 카르마노프라는 징역수가 자기하고 얼굴이 흡사한 젊은 유형수를 꾀어서 이름을 바꾸고, 자기가 유형수가 되고 젊은이를 자기 대신 징역수로 만들었다는 말이었다.

네흘류도프는 이 사건에 대해서 이미 알고 있었다. 약 일주일 전에 아까 말한 죄수가 이 바꿔치기에 대해 얘기해주었기 때문이다. 네흘류도프는 잘 알았고 되도록 힘쓰겠다는 표시로 머리를 끄덕이고는, 옆은 돌아보지도 않고 앞으로 걸음을 옮겼다.

네흘류도프는 예카테린부르크에서 처의 동행을 허가받도록 해달라는 부탁을 받았을 때부터 이 죄수를 알았고, 그의 범행에 대해서는 놀라고 있었다. 그는 중키에 서른 살쯤 된 아주 평범한 농사꾼으로, 강도 살인 미수로 징역형을 받고 있는 마카르 제브킨이라는 사내였다. 그의 범죄는 아주 기묘했다. 스스로 네흘류도프에게 들려준 바로는, 그 범죄가 마카르 자신의 소행이 아니라 악마의 소행이라는 것이었다. 어느 날 마카르의 아버지한테 여행 중인 남자가 들러 40킬로미터 떨어진 마을까지 2루블로 썰매를 빌린 일이 있었다. 아버지는 마카르에게 손님을 태우고 가라고 일렀다. 마카르는 썰매에 말을 달고 옷을 갈아입은 뒤에 손님과 함께 차를 마시기 시작했다. 차를 마시면서 손님은 이제 결혼하러 고향으로 돌아가는 길인데, 모스크바에서 벌어 모은 돈 5백 루블을 몸에 지니고 있다고 말했다. 이 말을 듣자 마카르는 마당으로 나와 썰매 짚단에 도끼를 감춰두었다.

"왜 도끼를 넣었는지 나 자신도 모르겠습니다" 하고 그는 말했다. "그 악마가 '도끼를 가져가라'라고 하기에 난 가져갔어요. 썰매를 타고 떠났습니다. 계속 전진했지만 이렇다 할 일은 없었습니다. 난 도끼 같은 건 잊어버리고 있었죠. 그런데 마침내 마을이 가까워져 6킬로밖에 남지 않았을 때였죠. 숲길에서 한길로 빠지는 근처에서 길이 비탈져 올라갔는데요, 내가 썰매에서 내려 썰매 뒤를 따라가고 있으려니까 그 악마가 또 소곤대지 않겠습니까. '무얼 생각하는 거냐? 비탈을 올라가버리면 한길에는 사람이 많고 마을이 나타난다. 그 녀석은 돈을 갖고 가버린다. 하려면 지금 해라. 기다릴 때가 아니다.' 그래서 난 짚을 바로 놓는 체하고 허리를 구부렸더니 도끼가 저절로 손에 굴러들더군요. 그러자 손님도 뒤돌아보았습니다. '이놈 무얼 하는 거야?' 하기에 도끼를 쳐들고 내리치려 했는데, 상대도 날쌘 녀석이어서 썰매에서 뛰어내리더니 내 손을 움켜잡았어요. '이 악당아, 무슨 짓을 하는 거야!' 난 눈 위로 나가떨어졌습니다. 나는 대들지 않고 자진해서 항복해버렸습니다. 손님은 내 두 손을 허리띠로 꽁꽁 묶어 썰매에 내던지더니 그대로 경찰서로 데려갔습니다. 나는 감옥에 들어가고 재판을 받게 되었지요. 마을 사람들은 나를 좋은 사람이라고 말하면서, 나쁜 짓이라고는 한 번도 한 적이 없다고 입을 모아 칭찬해주고 일터의 주인들도 칭찬해주었지요. 그렇지만 변호사를 댈 돈이 없어서 징역 4년 판결을 받고 만 거죠" 하고 마카르는 이야기했다.

그리고 지금 이 사나이는 동향인을 구하고자 하는 일념에서 목숨을 내걸고 죄수 사이의 비밀을 네흘류도프에게 전한 것이다. 만일 그가 그런 짓을 한 걸 죄수 누군가 눈치채는 날엔 숨통을 끊기고 말 것이 틀림없었다.

11

정치범 숙사는 작은 감방 두 개로 이루어져 있었으며, 복도로 칸을 막은 쪽에 문이 나 있었다. 칸막이를 한 복도로 들어선 네흘류도프는 불붙은 난로의 화기에 빨려들듯 활활 타고 있는 난로 뚜껑 앞에서 소나무 장작을 손에 들고 잠바 차림으로 쭈그리고 앉아 있는 시몬손을 보았다.

네흘류도프를 보자 그는 쭈그린 채로 눈이 덮일 듯한 눈썹 밑으로 넌지시 바라보면서 한쪽 손을 내밀었다. "아, 마침 잘 오셨습니다. 뵙고 싶던 터입니다." 그는 네흘류도프의 눈을 똑바로 바라보면서 의미심장하게 말했다.

"무슨 일인데요?" 네흘류도프는 물었다.

"나중에 말하죠. 지금은 좀 바쁩니다." 이렇게 말하고 시몬손은 또다시 난로에 달라붙었다. 난로를 때는 데도 그는 열량 손실을 최소한으로 줄인다는 독자적인 이론을 지키고 있었다.

네흘류도프가 처음 문으로 들어가려고 했을 때 옆문에서 상체를 구부리고 손에 비를 든 마슬로바가 커다란 쓰레기 더미를 난로 쪽으로 쓸어 붙이면서 나왔다. 흰 재킷을 입은 그녀는 스커트 자락을 걷어 올리고 긴 양말을 신고 있었으며, 먼지를 막기 위해 흰 수건으로 눈썹 언저리까지 머리를 싸고 있었다. 네흘류도프를 보자 그녀는 허리를 펴고는 빨갛게 상기된 생기 도는 얼굴로 빗자루를 놓고, 두 손을 스커트에 씻고서 바로 그의 앞에 멈춰 섰다.

"방을 청소하오?" 손을 내밀면서 네흘류도프는 물었다.

"네, 제가 옛날부터 하던 일이지요." 그녀는 이렇게 말하고 방긋 웃었다. "도저히 생각할 수 없을 만큼 지독한 먼지예요. 여럿이서 부지런히 청소만 하고 있지요. 저 담요는 말랐어요?" 그녀는 시몬손에게 말했다.

"거의" 하고 시몬손은 네흘류도프가 놀랄 정도로 어떤 이상한 눈으로 그녀를 쳐다보면서 말했다.

"그럼 전 그걸 가져가고 모피 외투를 말리겠어요. 우린 모두 여기 있어요." 구석 쪽 방으로 향하면서 그녀는 옆의 문을 가리키며 네흘류도프에게 말했다.

네흘류도프는 문을 열고, 나무 침상 위에 나직이 놓여 있는 양철 램프가 희미하게 비치는 조그만 방으로 들어갔다. 방 안은 추웠고 아직 가라앉지 않은 먼지며, 습기며, 담배 냄새가 풍기고 있었다. 양철 램프는 주변 물건들을 밝게 비춰주었지만 나무 침상은 그늘이 져 있고, 사면 벽에서는 사람 그림자가 하늘거렸다.

이 조그만 감방에는 더운물과 식사를 가지러 간 두 남자를 빼고 모두 모여 있었다. 네흘류도프의 오랜 지기인 베라 예프레모브나도 있었다. 그녀는 회색 재킷에 머리를 짧게 깎고 있었는데, 전보다 더 여위고 누래졌으며 놀란 듯한 커다란 눈을 하고 이마에는 혈관이 두드러져 있었다. 그녀는 담배 가루를 뿌려놓은 신문지 앞에 앉아서 거친 솜씨로 담배 말이 종이 속에 담배를 쑤셔 넣고 있었다.

여기에는 또 네흘류도프가 매우 호감을 갖고 있는 정치범 여죄수 가운데 하나인 에밀리야 란체바도 있었다. 그녀는 이 방의 주부 역을 맡아서 아무리 나쁜 상황에도 여성다운 융통성과 매력을 잃지 않았다. 지금도 램프 옆에 앉아 소매를 걷어붙이고 햇볕에 그을린 아름답고 민첩한 손으로 컵과 찻잔을 말끔히 닦아서 나무 침대에 깐 수건 위에 하나씩 올려놓고 있었다. 란체바는 얼굴이 예쁘지는 않았으나 영리하고 표정이 유순한 젊은 여성으로, 웃으면 얼굴이 순식간에 달라져서 유쾌하고 생기가 도는 매력적인 표정이 되는 데

특색이 있었다. 지금도 그녀는 이러한 웃음으로 네흘류도프를 맞이했다.

"어머, 우린 아주 러시아로 가버리신 줄만 알았어요." 그녀는 말했다.

또 그늘진 한쪽 구석에 마리야 파블로브나도 있었다. 그녀는 귀여운 목소리로 지껄이고 있는 하얀 머리 계집아이와 무언가를 하고 있었다.

"어머나, 반가워요. 카탸(카튜샤)를 만나셨어요?" 그녀는 네흘류도프에게 물었다. "저희들에게는 이런 손님이 다 있답니다." 그녀는 소녀를 가리켰다.

아나톨리 크릴초프도 있었다. 마르고 얼굴이 창백한 그는 방한화를 신은 두 발을 오므리고 등을 구부려 떨면서 나무 침대 한구석에 앉아 있었는데, 두 손은 반코트 소매에 쑤셔 넣은 채 열병을 앓는 듯한 눈으로 네흘류도프를 바라보았다. 네흘류도프는 그의 곁으로 가려고 했으나, 문 오른편에서 고무 잠바를 입고 안경을 쓴 붉은 털 고수머리 사내가 자루 속에서 뭔가 찾으면서 웃음 띤 아름다운 그라베츠와 얘기하고 있는 것이 눈에 띄었다. 이 사나이는 유명한 혁명가 노보드보로프였으므로 네흘류도프는 얼른 그에게 인사를 했다. 얼른 인사를 한 까닭은 여기에 속한 모든 정치범 가운데 이 사나이만 네흘류도프의 마음에 들지 않았기 때문이다. 노보드보로프는 안경 너머로 네흘류도프에게 푸른 눈을 반짝 빛내고 미간을 찡그리더니 가느다란 손을 내밀었다.

"어떻소, 여행은 재미있습니까?" 분명히 비꼬는 듯한 말투로 그는 말했다.

"네, 여러 가지로 흥미로운 일이 많습니다." 네흘류도프는 비꼬는 것을 눈치채지 못하고 호의로 받아들인 듯한 얼굴로 대답하고는 크릴초프한테로 갔다.

네흘류도프는 겉으로 관심이 없는 듯 보이고 있었지만 마음속으로는 노보드보로프에 대해서 결코 관심이 없는 것이 아니었다. 노보드보로프의 지금 말이나, 무슨 불쾌한 말을 해주려는 듯한 그의 속셈이 네흘류도프의 마음속에 잠겨 있던 좋은 기분을 산산이 흩트리고 말았다. 그는 서글프고도 침울한 기분을 느꼈다.

"어떻습니까, 몸은?" 그는 떨리는 듯한 크릴초프의 차가운 손을 쥐면서 말했다.

"네, 괜찮습니다만 도무지 몸이 더워지질 않아서 탈이군요." 온통 젖어버려서 반외투 소매 속으로 아무렇게나 한쪽 손을 디밀면서 크릴초프는 말했다. "게다가 여긴 지독히 춥거든요. 보세요, 창이 깨졌어요." 그는 쇠창살이 박힌 창 두 군데가 깨진 것을 가리켰다. "어떻게 되신 겁니까, 통 보이질 않던데?"

"허가해주질 않더군요, 엄격한 사람들이라서. 오늘에야 비로소 친절한 장교를 만난 셈이지요."

"허, 친절하다니 놀라운데요!" 크릴초프는 말했다. "마리야에게 물어보세요, 오늘 아침에 그 사나이가 어떤 짓을 했는지."

마리야 파블로브나는 자기 자리에 앉은 채 오늘 아침 숙박소를 출발할 때 계집아이 때문에 생긴 소동에 대해 이야기했다. "전 모두가 결속해서 항의할 필요가 있다고 생각해요." 베라 보고두호프스카야는 단호한 어조로 말했으나, 동시에 망설이는 듯한 두려운 눈으로 이 사람 저 사람의 얼굴을 바라보았다. "시몬손이 항의를 표명했습니다만, 그것만으로는 아직 불충분해요."

"어떤 항의를 한다는 거요?" 화가 난 듯이 미간을 찌푸리면서 크릴초프가 말했다. 베라 보고두호프스카야의 솔직하지 않은, 꾸며대는 듯한 신경질적인 태도가 벌써 오래전부터 비위에 거슬렸던 모양이었다. "당신은 카튜샤를 찾고 계시지요?" 그는 네흘류도프에게 물었다. "그 여자는 언제 보아도 일만 하죠, 청소를 해주는 겁니다. 이 남자 방을 온통 청소해주고 이번엔 여자 방을 해주고 있답니다. 하지만 벼룩만은 쓸어낼 수가 없어서 노상 뜯기고 있지요. 그런데 마리야는 저기서 뭘 하고 있습니까?" 마리야 파블로브나가 있는 구석을 턱으로 가리키면서 그는 물었다.

"맡은 아이의 머리를 빗겨주는 거예요." 란체바가 말했다.

"벼룩이나 이를 이쪽으로 퍼뜨리지는 않을까?" 크릴초프가 말했다.

"염려 없어요, 주의하고 있으니. 이 아이는 이제 깨끗해졌어요." 마리야 파블로브나가 말했다. "잠깐 맡아주지 않겠어요?" 그녀는 란체바에게 말했다. "난 카튜샤를 거들어주고 올 테니까요. 그리고 담요도 갖고 오겠어."

계집아이를 받은 란체바는 어머니처럼 상냥하게 그 아이의 토실토실한 손을 자기 몸으로 가져오며 무릎에 앉히고는 사탕을 주었다.

마리야 파블로브나가 방을 나가자 곧 더운물과 음식을 든 두 사내가 들어왔다.

12

들어온 사람 중 하나는 키가 작달막하고 홀쭉한 사내로, 짧은 털 외투에 깊숙한 장화를 신고 있었다. 그는 김이 오르는 끓는 물주전 자를 두 개 들고 수건에 둘둘 만 빵을 겨드랑이에 끼고서 가벼운 종 종걸음으로 들어왔다.

"여, 우리 공작님이 나타나셨군." 그는 곧 찻잔 사이에 주전자를 놓고 빵을 카튜샤에게 내주면서 말했다. "굉장한 장을 봐 왔지." 그 는 반외투를 벗어서 여러 사람들 머리 위로 나무 침대 한구석에 집 어던지며 말했다. "마르켈이 우유와 달걀을 샀지요. 바로 오늘 밤엔 무도회를 열 수 있어요. 그리고 란체바는 여전히 그 아름다운 청결 성을 발휘하고 있으니" 하고 그는 웃음 띤 얼굴로 란체바를 바라보 며 말했다. "자, 어서 차를 넣어요." 그는 란체바에게 말했다.

이 사나이의 외모와 태도, 음성, 눈초리에는 활기가 넘쳐흘렀다. 그런데 지금 들어온 또 한 사람은 역시 키가 작고 수척한 잿빛 얼굴 에 광대뼈가 두드러지고 양미간이 넓으며 아름다운 파란 눈에 입술 이 얇은 사내였으나, 반대로 음침하고 슬픈 표정이었다. 그는 솜을 넣은 낡아빠진 외투를 입고 장화 위에 덧신을 신고 있었다. 그는 들 고 있던 광주리 두 개와 항아리 두 개를 란체바 앞에 놓더니 네흘류 도프에게 허리를 굽혀 인사했다. 인사를 하면서도 그에게서 조금도 눈을 떼지 않았다. 그다음 내키지 않는 모양으로 땀이 밴 손을 네흘 류도프에게 내밀고는 광주리에서 꺼낸 음식을 천천히 늘어놓았다.

이 정치범은 둘 다 평민 출신이었다. 처음 사람은 나바토프라는 농민이고, 나중 사람은 마르켈 콘드라티예프라는 공장 노동자였다.

마르켈은 서른다섯 살이라는 중년의 나이에 혁명운동에 참가했으나, 나바토프 쪽은 열여덟 살 때부터였다. 성적이 우수해서 마을 초등학교에서 중학교로 진학한 나바토프는 재학 중 줄곧 아르바이트로 가정교사를 하여 자활하면서 금메달로 졸업했지만 대학에는 가지 않았다. 이미 7학년 당시부터 자신의 출신 계급인 민중 속으로 뛰어들어 버림받은 많은 형제들을 계몽하려고 결심했기 때문이다. 그는 그대로 실행했다. 처음엔 어느 큰 마을에서 서기로 일했으나, 농민에게 책을 읽어주기도 하고 농민들 사이에 소비조합을 만들기도 했으므로 오래지 않아 체포되었다. 처음에는 8개월 동안 수감되었다가 비밀 감시가 딸려서 석방되었다. 석방되자 그는 곧 다른 현으로 가서 그곳 초등학교 교사가 되어 다시 똑같은 일을 시작했다. 두 번째로 체포되어 이번에는 1년 2개월을 형무소에서 지냈는데, 옥중에서 그는 한층 자기 신념을 굳힐 따름이었다.

두 번째 수감 후 그는 페름으로 유형을 갔지만, 거기서 탈주했다. 다시 붙잡혀 7개월간 감금당한 후 아르한겔스크로 유형을 갔는데, 거기서 새 황제에 대한 선거를 거부했다는 이유로 다시 야쿠츠크로 유형 선고를 받았다. 이리하여 그는 성인이 되고 나서 인생의 반을 감옥과 유형지에서 보냈다. 그러나 이러한 경력의 연속은 그를 결코 화나게 하지 못했으며, 또 그의 투지를 꺾을 수도 없고 오히려 북돋아주었을 뿐이다. 그는 위장이 매우 튼튼한 활동적인 인간이어서 언제 보아도 한결같이 행동적이고 명랑하고 활발했다. 무슨 일에건 결코 후회가 없으며, 먼 앞날을 이리저리 점친다든지 하지 않고 지력과 기민함과 실천력을 다해서 현실과 싸워나갔다. 자유로운 몸일 때는 자신에게 주어진 목표, 그러니까 노동자, 그것도 특히 농민 대중의 계몽과 단결이라고 하는 목표를 위해서 일했었다. 그러나 옥살이를 하는 동안에도 같은 정도로 정력적이고 실제적인 활동을 계속하여 외부와 연락을 맡는 등 오직 자기 한 사람을 위해서가 아니라 동지를 위해서 주어진 환경에서 가장 좋은 생활을 확립해보려고 활약했다. 그는 무엇보다도 먼저 전체의 일을 생각하는 인간이었다. 자기 한 사람을 위해서라면 아무것도 필요로 하지 않고 무엇에든 만족했으나, 동지들 전체를 위한 것이라면 이러니저러니 많은 것을 요구하며 육체적 노동과 정신적 노동을 막론하고 문자 그대로 침식을 잊은 채 몸을 아끼지 않고 일할 수 있었다. 농민으로서의 그는 근면하고 영리하고 무슨 일에든 능숙했다. 태어날 때부터 자제심이 강하고 언제나 겸손하며, 타인의 감정뿐 아니라 그 의견에 대해서도 주의 깊게 다루었다. 그의 노모는 미신에 굳어버린 무식한 농사꾼의 과부로 아직 살아 있었다. 그래서 그는 자주 어머니 생활을 도와드리고 자유로운 몸일 때는 종종 찾아가기도 했다. 고향에 있을 동안에는 어머니의 생활을 자세히 살피고 일을 거들며, 어릴 때 친구인 농사꾼 젊은이들과의 접촉도 끊지 않았다. 그 친구들과 함께 손으로 만 싸구려 담배를 피우기도 하고 권투를 하기도 했다. 또 그들 농민이 억울하게 기만당하고 있는 현재의 상태에서 빠져나오려면 어떻게 하지 않으면 안 된다는 것을 설명해 들려주기도 했다. 혁명이 민중에게 부여해준 결과에 대해서 생각하거나 말할 때, 그는 언제나 자신의 출신 계급이 현재와 거의 같은 환경에 놓여 있는 모습을 마음속에 그렸다. 다만 다른 점이라면 농민이 토지를 갖고 나라와 관리가 없다는 것뿐이었다. 그가 상상하는 혁명이란 민중 생활의 기본 형태를 바꿔버려야 하는 것이 아니었다.

이 점에서 그는 노보드보로프나 그 아류인 마르켈 콘드라티예프와는 의견이 맞지 않았다. 그가 생각하기에 혁명은 건물 전체를 파괴할 게 아니고 그가 열렬히 사랑하는 이 아름답고, 견고하고, 거창하고, 유서 깊은 건물 내부의 구조만을 변경하는 데 그쳐야 했다.

종교적인 면에서도 그는 역시 전형적인 농민이었다. 형이상학적인 문제나 만물의 기원이나 내세 등은 한 번도 생각해본 적이 없었다. 아라고(프랑스의 물리학자 겸 천문학자)와 마찬가지로 그에게도 신이란 이제껏 한 번도 필요를 안 느낀 가설에 지나지 않았다. 이 세계가 어떻게 창조되었는가, 모세의 설인가, 다윈의 설인가 하는 문제도 그에게는 흥미가 없었다. 그리고 그의 동지에게는 그토록 중요하다고 여겨지는 다윈의 진화론도 그에게는 엿새 동안의 천지창조설과 마찬가지로 사상의 유희에 지나지 않았다.

이 세계가 어떻게 창조되었는가 하는 문제가 그의 흥미를 끌지 않은 것은 결국은 어떻게 하면 이 세상에서 더 살 수 있느냐 하는 문제가 항상 그의 앞을 가로막고 있기 때문이었다. 인생의 미래에 대해서도 그는 전혀 생각해본 적이 없었는데, 그런 까닭도 마음속 밑바닥에 조상에게 물려받은 농민 전부에 공통되는 편안하고 견고한 신념을 품었기 때문이었다. 그러니까 동물이나 식물의 세계에서는 그 무엇도 그대로 끝나버리는 일이 없고 비료가 곡식으로, 곡식 알이 닭으로, 올챙이가 개구리로, 송충이가 나비로, 도토리가 참나무로 하는 식으로 끊임없이 한 형태에서 다른 형태로 변조되어가는데, 마찬가지로 인간도 전멸되는 일은 없고 다만 변해갈 뿐이라는 신념이었다. 이런 신념을 가진 그는 항상 씩씩하고 쾌활하다고도 여겨질 만큼 죽음을 직시하고 죽음으로 이끄는 숱한 괴로움을 참아왔다. 그러나 그런 이야기 하기를 즐기지 않았고, 또 하지도 못하는 성질이었다. 그는 일하는 것을 좋아했고 항상 실제적인 일에 전념했으며, 동지들을 그러한 문제로 끌어들이고 있었다.

이 대열에 있는 또 다른 민중 출신 정치범 마르켈 콘드라티예프는 성격이 완전히 다른 인간이었다. 그는 나이 열다섯 때부터 공장에 들어가 막연한 굴욕의 의식을 얼버무리려고 술과 담배를 시작했다. 이 굴욕을 최초로 맛본 것은 크리스마스에 공장주의 부인이 주최한 아이들 파티에 여럿이 어울러 갔을 때였다. 그 파티에서 그와 동료 소년들이 받은 크리스마스 선물은 1코페이카짜리 피리와 능금과 금분을 칠한 호두와 마른 무화과 열매 따위였는데, 공장주의 아이들에게는 그야말로 마법사의 선물 같은 여러 가지 장난감, 나중에야 알았지만 50루블 이상 하는 물건이 전해졌을 때였다. 그가 서른 살이 되었을 때 어느 유명한 여성 혁명가가 여공으로 공장에 들어왔는데, 콘드라티예프의 뛰어난 재능을 인정하고는 그에게 책과 팸플릿을 주고 그의 비참한 처지며 그 원인과 개선 방법 등에 대해서 설명해주었다. 그는 몸담고 있는 이 학대받는 상태에서 자신과 다른 동료들을 해방할 가능성이 뚜렷이 머리에 그려지자 현재의 불공평이 이전보다는 더한층 처참하고 무섭게 여겨져서, 단순한 해방이 아니라 이런 무도한 불공평을 만들고 유지해온 사람들을 처벌하고 싶은 생각이 끓어올랐다. 그 가능성을 부여해주는 것은 지식이라고 들었으므로 콘드라티예프는 지식 습득에 열정을 기울였다. 사회주의 이상의 실현이 어떤 이유로 지식을 통해서 달성되는지 똑똑히는 몰랐지만, 현재 몸을 둔 상태의 불공평을 뚜렷이 보여준 것이 지식인 것처럼 이 불공평을 바꿔주는 것도 틀림없이 지식이라고 그는 믿었다. 게다가 자신이 생각하기에도 지식은 다른 사람들보다 자신을 훨씬 향상해주었다. 그래서 그는 술과 담배를 끊고, 창고지기가 된 이래 이제까지보다 많아진 자유 시간을 학문에 바쳤다.

그를 가르친 여성 혁명가는 그를 교육하면서 어떤 지식이라도 싫증내지 않고 흡수하는 그의 놀라운 능력에 감탄했다. 2년 동안 그는 대수, 기하, 역사를 배웠고, 그중에서도 특히 역사를 좋아했으며, 또 예술적인 비평과 문학, 특히 사회주의 문학을 탐독했다.

여성 혁명가가 체포될 때 그 역시 자택에 금지 서적을 갖고 있다는 이유로 체포되어 투옥된 뒤 볼로그다로 유형을 갔다. 거기서 그는 노보드보로프와 알게 되고, 다시 많은 혁명서를 독파하여 모조리 머리에 새겨 넣고 자신의 사회주의적 견해를 견고하게 만들었다. 유형을 마친 뒤 그는 어느 대규모 스트라이크의 지도자가 되었다. 이 파업은 공장 폭파와 사장 암살이라는 결과로 끝났다. 그는 체포되어 시민권 박탈에 유형이라고 하는 판결을 받았다.

종교에 대해서도 그는 현 경제기구에 대해서만큼이나 부정적인 태도를 가졌다. 자신에게 뿌리박힌 종교의 어리석음을 깨닫고 처음엔 무시무시한 생각으로 노력하다가 이윽고 환희의 마음과 더불어 그 종교에서 해방되자, 그는 마치 자신과 조상들을 억누르던 기만에 대한 분풀이처럼 성직자와 교리에 대해서 끊임없는 조소와 독설을 퍼부었다.

그는 습관에서 오는 금욕주의자였으며 아주 적은 것으로 만족했다. 어릴 적부터 노동을 배워 근육이 발달한 인간의 상례로서, 육체노동이라면 무엇을 시켜도 많은 일을 솜씨 좋게 해치울 수 있었지만, 그는 무엇보다도 시간을 아껴 옥중에서도 숙박소에서도 열심히 공부를 계속했다. 지금 마르크스 1권을 연구 중인 그는 마치 값진 보물이라도 되는 양 세심한 주의를 기울여 그 책을 배낭에 소중히 간직하고 있었다. 그는 모든 동지에 대해서 경원하는 듯한 무관심한 태도를 보였으나 노보드보로프에 대해서만은 예외로 무조건 복종했으며, 모든 사물에 대한 그의 판단을 뒤집어엎을 수 없는 진리로 받아들이고 있었다.

그는 여성을 필요한 모든 사업의 걸림돌로 보면서 여성에 대해 억누를 수 없는 경멸을 품고 있었지만, 카튜샤에게만은 동정을 보이며 상냥스럽게 대해주었다. 그야말로 상류층에 희생된 하류층의 표본이라고 보았기 때문이다. 이런 이유로 그는 네흘류도프를 좋아하지 않고 말도 섞지 않았으며, 네흘류도프와 인사할 때도 자기는 손을 쥐지 않고 내민 손을 상대방이 쥐도록 내맡길 뿐이었다.

13

난로가 지펴져서 따뜻해지자 차를 끓여 컵과 찻잔에 따라 하얀 밀크를 치고, 도넛과 갓 구운 빵, 삶은 달걀, 버터, 송아지 머리와 다리 등을 늘어놓았다. 모두 식탁 대신 나무 침대에 모여들어 마시고 먹고 이야기들을 나누었다. 란체바는 나무 상자에 걸터앉아 차를 따라주었다. 모두 그녀 주위에 모여들었지만, 크릴초프만은 젖은 반외투를 벗고 마른 담요를 덮고는 자기 자리에 드러누운 채 네흘류도프와 이야기하고 있었다.

행군 중의 추위와 습기, 그리고 여기 도착했을 때 느꼈던 불결함과 난잡함, 이 모든 것을 정돈하기 위해 쏟은 숱한 노력, 이 모든 것을 극복하고 난 뒤에야 식사와 뜨거운 차를 들고 나니 모두 이를 데 없이 즐겁고 기꺼운 기분이었다.

벽 하나를 사이에 두고 들려오는 형사범들의 말소리와 고함 소리와 욕지거리 따위는 그들을 에워싼 주변 환경을 상기해주기도 했지만, 반면에 훈훈한 마음을 더한층 강하게 해주기도 했다. 그들은 마치 바다 한가운데 조그만 섬에라도 있는 듯이 자신들을 둘러싼 모욕과 고통을 잠시 잊음으로써 마음이 들뜬 흥분 상태에 놓여 있었다. 그들은 모든 이야기를 다 했지만, 현재의 환경과 장차 자기들을 기다리고 있는 일에 대해서만은 말하지 않았다. 뿐만 아니라 젊은 남녀 사이에, 그것도 특히 이들처럼 강제로 함께 모여 있을 때 흔히 있을 수 있는 일이지만, 서로 의견이 맞는 이도 있고 맞지 않는 이도 있는 등 여러 가지로 얽힌 연애 관계가 이루어지고 있었다. 서로 사랑하는 사이도 있거니와 짝사랑도 있었다. 그들 거의 모두가 사랑을 했다. 노보드보로프는 언제나 웃음을 띠고 있는 그라베츠에게 반해 있었다. 그라베츠는 아직 젊은 여대생으로 무슨 일이나 거의 생각하는 일이 없었고, 혁명 문제에도 무관심했다. 그러나 시대의 영향을 받은 그녀는 스스로 자신을 위태롭게 만들어 유형이 되었던 것이다. 자유로운 몸이었을 때 그녀의 주요한 흥미는 남자가 많이 따른다는 것이었는데, 그 점은 재판에서도, 옥중 생활에서도, 유형지에서도 그대로 유지되고 있었다. 이번 여행 중에도 노보드보로프의 마음을 사로잡은 것을 위안으로 여기고 있었으나, 그러는 사이에 자기도 그에게 반해버리고 말았다. 무척 잘 반하는 주제에 통 상대해주는 이가 없는 베라 보고두호프스카야는 그래도 늘 서로 사랑하는 사이가 되리라 기대하면서 나바토프를 연모하기도 하고, 노보드보로프를 사랑하기도 했다. 그리고 크릴초프는 마리야 파블로브나에게 사랑 비슷한 감정을 느끼고 있었다. 그는 세상 남자가 여자를 사랑하는 것과 같은 마음으로 그녀를 사랑했지만, 연애에 대한 그녀의 태도를 충분히 알고 있었으므로 그녀가 특별히 상냥하게 병구완해주는 일에 대한 감사와 우정으로 자기 감정을 감추고 있었다. 나바토프와 란체바는 매우 복잡한 연애 관계를 맺고 있었다. 마리야 파블로브나가 아주 순결한 처녀인 것과 마찬가지로 란체바 역시 아주 정숙한 유부녀였다.

아직 열여섯의 여학생일 무렵 그녀는 페테르부르크 대학의 란체프라는 학생을 사랑하게 되고, 열아홉 살 때 아직 학생이던 그와 결혼했다. 그런데 4학년 때 학생운동에 휩쓸린 남편은 페테르부르크에서 추방되어 혁명가가 되었다. 그녀는 청강하고 있던 의과 공부를 집어치우고 남편을 따라 역시 혁명가가 되었다. 가령 남편이 그녀의 눈으로 보아 이 세상 모든 인간 중에서 가장 총명하고 가장 훌륭한 인간으로 여겨질 만한 사내가 아니었더라면, 그녀는 그를 사랑하지도 않았을 테고 또 사랑하지 않았다면 결혼도 하지 않았을 것이다. 그러나 자기 신념으로 보아 세상에서 가장 훌륭한 남성을 사랑하고 결혼한 이상 당연한 일이겠지만, 그녀 역시 인생과 그 목적을 세상에서 제일 총명하고 훌륭한 인간이 보듯이 보지 않을 수 없었다. 남편은 처음 한동안 인생이란 배우는 것이라고 알고 있었다. 그래서 그녀도 그렇게 인생을 이해했다. 남편이 혁명가가 되자 그녀도 혁명가가 되었다. 그녀는 현행 제도를 그대로 허용할 수 없으며 모든 인간의 의무는 이 질서와 싸워서 개성이 자유로이 발달

할 수 있는 정치적·경제적 체제를 확립하는 일밖에 없다는 것 등을 아주 훌륭하게 논증할 수 있었다. 그리고 정말로 자기가 그렇게 생각하고 느끼고 있는 것처럼 여겨졌다. 그러나 실제로는 다만 남편이 생각하는 모든 것을 절대적 진실이라고 생각하고 오직 하나, 남편의 마음과 완전한 일치를 바라고 있었음에 지나지 않았다. 그것만이 정치적 만족을 주기 때문이었다.

그 남편과 또 시어머니에게 맡기고 온 아이와의 이별은 그녀에게 참으로 괴로운 일이었다. 그러나 이 괴로움도 남편을 위해서며, 또 남편이 거기에 몸 바치고 있는 보람 있고 진실한 사업 때문임을 알고 그녀는 이별의 괴로움을 꿋꿋이 용감하게 참아냈다. 그녀는 항상 마음속에서 남편과 함께했으므로, 전에도 다른 남자를 사랑한 적이 한 번도 없었듯 현재도 남편 말고는 아무도 사랑할 수가 없었다. 그러나 나바토프가 보내는 한결같은 맑은 애정은 그녀를 감동시키고 동요케 했다. 그는 의지가 강한 도덕적인 남자이고 남편의 친구이기도 했으므로 그녀를 누이처럼 여기려고 애쓰고는 있었으나, 그녀를 대하는 태도에 간혹 그 이상의 것이 얼굴을 내밀 적이 있어서 두 사람을 놀라게 했다. 그러나 그것은 또 현재의 괴로운 그들의 생활을 아름답게 장식해주는 역할도 해주었다.

그래서 이 정치범 대열에서 연애 감정에서 완전히 해방되어 있는 사람은 마리야 파블로브나와 콘드라티예프 둘뿐이었다.

14

모두 함께하는 식사가 끝난 다음에 언제나처럼 카튜샤와 단둘이 이야기할 기회를 은근히 기대하면서 네흘류도프는 크릴초프 곁에 앉아 그와 이야기를 하고 있었다. 이야기하는 틈에 네흘류도프는 마카르의 부탁과 그의 범죄 이야기 등을 크릴초프에게 들려주었다. 크릴초프는 번뜩이는 눈으로 네흘류도프를 바라보면서 주의 깊게 듣고 있었다.

"그렇군요." 그는 느닷없이 이렇게 말했다. "나는 자주 이런 생각에 사로잡힐 때가 있습니다. 즉 우리는 어깨를 나란히 하고 그들과 나아가고 있는 것이지요. 그런데 '그들'이란 대체 누구일까요? 다름 아닌 그 사람들을 위해서 우리는 나아가고 있는 겁니다. 그런데 실제로 우리는 그들을 알지 못할 뿐만 아니라 알려고도 하지 않습니다. 한편 그들은 한술 더 떠서 우리를 미워하고 적으로 봅니다. 무서운 일 아닙니까."

"아무것도 무서울 건 없어." 두 사람의 대화에 귀 기울이고 있던 노보드보로프가 참견을 했다. "대중이 숭배하는 것은 항상 권력뿐이야" 하고 그는 특유의 째지는 듯한 목소리로 말했다. "정부가 권력을 쥐고 있으니까 그들은 정부를 우러러보고 우리를 미워하고 있지만, 내일이라도 우리가 권력을 쥐면 그자들은 우리를 떠받들게 될 거야……."

이때 벽 저편에서 느닷없이 욕하는 소리와 여러 사람이 벽에 쾅쾅 부딪히는 소리, 쇠사슬 소리, 비명과 고함 소리 따위가 들려왔다. 누군가가 두들겨 맞으며 외치고 있었다. "사람 살려!"

"봐라, 저게 바로 그들이다, 짐승 같은 놈들! 저런 놈들과 우리 사이에 대체 어떤 일치가 있을 수 있겠나!" 노보드보로프가 침착한 어조로 말했다.

"자넨 짐승이라고 말했지만, 난 지금 네흘류도프한테서 이런 말을 들었다네." 크릴초프는 화가 난 어조로 말하고, 마카르가 동향인을 구하려고 목숨을 걸고 나섰다는 이야기를 들려주었다. "이렇게 되면 짐승의 일은커녕 영웅적인 행동이 아니겠어."

"감상주의지!" 노보드보로프는 비꼬는 듯한 어조로 말했다. "그런 자들의 감정이나 행동 동기를 우리는 알 수가 없단 말이야. 자네는 그것을 관대하다고 말하고 있지만, 혹시 거기에는 그 징역수에 대한 질투가 섞여 있는지도 알 수 없지."

"넌 어째서 남의 좋은 점을 보려고 하지 않지?" 별안간 마리야 파블로브나가 화를 내며 말했다(그녀는 아무에게나 흉허물 없이 말했다).

"존재하지 않는 것을 볼 수는 없잖아."

"어째서 존재하지 않지? 한 인간이 무서운 죽음을 무릅쓰고 있는데?"

"나는 이렇게 생각해." 노보드보로프가 말했다. "만일 우리가 무슨 일을 하려고 한다면, 이를 위한 첫째 조건은(콘드라티예프는 램프 옆에서 읽고 있던 책을 놓고 주의 깊게 선생의 의견을 경청하기 시작했다) 어디까지나 공상을 피해서 있는 그대로 사물을 봐야 하는 거야. 민중을 위해서 모든 것을 해주고, 그들에게서는 아무것도 기대하면 안 된다는 것이다. 민중이란 우리 운동의 대상이기는 하지만, 그들이 현재와 같이 무기력한 상태에 있는 한 우리의 협력자는 될 수 없어." 그는 마치 강의라도 하는 듯 얘기했다. "그러므로 우리가 그들을 위해 준비하고 있는 발달의 과정, 그 발달 과정에 도달하기 전에 그들에게서 조력을 기대한다는 건 완전한 착각에 지나지 않아."

"발달 과정이란 무엇인가?" 빨갛게 상기된 얼굴로 크릴초프가 말했다. "우리는 언제나 전제와 독재에 반대한다고 공헌하고 있다. 그런데 자네의 이론이야말로 가장 무서운 전제가 아니고 무엇인가?"

"아니, 조금도 전제는 아니지" 하고 노보드보로프는 침착하게 말했다. "나는 다만 민중이 나갈 길을 알고 있다는 것뿐이고, 또 그 길을 기르쳐줄 수 있다고 말하고 있을 뿐이야."

"그러나 자네가 가르쳐주는 길이 올바른 길이라는 것을 어떻게 믿을 수 있지? 그것이 벌써 전제주의가 아니냐 말일세. 종교재판이나 대혁명 학살을 빚어낸 그 전제와 다름이 없지 않나? 그들 역시 그것을 학문적으로 유일한 올바른 길이라고 믿었거든."

"그들이 잘못했다는 것이 곧 내가 잘못했다는 증거가 될 수는 없지. 그리고 관념론자의 헛소리와 실증적인 경제학 자료 사이에는 커다란 차이가 있으니까 말이야."

노보드보로프의 목소리는 방 안 가득 울려 퍼졌다. 지껄이는 것은 그 한 사람뿐이고, 나머지는 모두 침묵을 지키고 있었다.

"노상 토론들만 하는군요……." 그가 잠깐 입을 다물었을 때 마리야 파블로브나가 말했다.

"그럼 당신은 이 문제에 대해서 어떻게 생각하십니까?" 네흘류도프는 마리야 파블로브나에게 물었다.

"난 크릴초프가 옳다고 생각해요, 민중에게 우리 견해를 강요할 수는 없어요."

"그럼 카튜샤, 당신은 어때요?" 네흘류도프는 웃으며 물었지만,

그녀의 대답을 기다리는 동안 그녀가 무슨 엉뚱한 소리를 하지나 않을까 싶어 속으로는 조마조마했다.

"전 민중이 구박받고 있다고 생각해요." 귓불까지 진홍빛이 되어서 그녀는 말했다. "민중은 그야말로 모질게 구박받고 있어요."

"옳아요, 카튜샤, 정말 옳아요." 나바토프가 외쳤다. "민중은 무척 학대받고 있어요. 그러니 그들을 학대받지 않도록 해주어야 해요. 우리가 할 일은 바로 그 점에 있는 거야."

"혁명 과제로서는 기묘한 고찰이군그래." 노보드보로프는 이렇게 말하고 화가 난 듯이 잠자코 담배를 피우기 시작했다.

"저 사람하고는 이야기할 수가 없거든." 크릴초프는 속삭이는 소리로 말하고는 입을 다물고 말았다.

"차라리 말을 않는 게 훨씬 낫지요." 네흘류도프는 말했다.

15

노보드보로프는 모든 혁명가에게 크나큰 존경을 받고 있고, 또 대단한 학자이며 매우 총명한 인간이라고 생각되는데도 네흘류도프는 이 사나이를 그 정신적 자질로 봐서 평균 수준보다 훨씬 낮은 혁명가 부류로 여겼다. 이 사나이의 의지력, 그 분자는 꽤 컸으나 그의 자신력, 그 분모는 측량하기 어려우리만큼 커서 벌써 오래전부터 그의 지력을 능가하고 있었다.

그는 정신생활에서 시몬손하고는 아주 정반대 인간이었다. 시몬손은 사상적 활동에서 행동이 생기고 사상에 의해서 행동을 결정하는 남성적인 타입이었다. 그러나 노보드보로프 쪽은 사상의 활동이 일부는 감정에 의해서 정해진 목적 달성을 위해 돌려지고, 일부는 감정에서 야기된 행위의 변명에 사용된다고 하는 여성적 타입에 속하는 사나이였다.

아무리 스스로가 유달리 설득력 있는 논거로 명확하게 설명할 수 있었다 하더라도, 네흘류도프에게는 노보드보로프의 혁명 활동 전체가 다만 사람들 위에 서고자 하는 허영심과 욕망에서 우러나온 데 지나지 않는 것같이 여겨졌다. 애초에는 타인의 사상을 제 것으로 하여 그것을 정확하게 옮기는 재능 덕분에 중학, 대학, 대학원의 면학 시절을 통해 그런 재능이 높이 평가되는 교수와 학생 사이에서 단연 위에 설 수 있어서 그도 만족했다. 그러나 졸업장을 받고 공부를 그만두면서 두각을 나타내지 못하게 되자, 노보드보로프를 싫어하는 크릴초프가 네흘류도프에게 들려준 말처럼, 그는 갑자기 새로운 환경에서 위에 서기 위해 자기 견해를 바꿔 온건파 자유주의자에서 붉은 '인민의지파'로 돌변하고 말았다. 그의 성격에는 회의와 동요를 유발하는 정신적·미적 자질이 없었기 때문에 그는 혁명운동의 세계에서도 일약 자존심을 만족시켜주는 당 지도자의 지위를 차지하기에 이르렀다. 일단 방향을 택한 그는 결코 회의를 품거나 망설이는 일이 없었다. 그래서 그는 한 번도 잘못한 일이 없다고 확신하고 있기도 했다. 그에게는 모든 것이 지극히 간단하고 명백하고 의심할 여지가 없다고 생각되었다. 사실 또 견해가 좁고 일면적인 이상 모두가 간단명료했으므로 그가 말하는 대로 논리적으로만 해놓으면 좋았던 것이다. 여하튼 자신감이 지나쳤으므로 사람들을 격퇴하거나 복종시킬 수밖에는 없었다. 그러나 그의 활동은 한량없는 그의 자신감을 생각이 깊고 총명하다고만 알아버리고 마는 젊은 사람들 사이에서 이루어졌으므로 그들 대부분은 그에게 복종했고, 그는 혁명가들 사이에서 굉장한 성공을 거두었다. 그의 활동이란 자기가 주권을 장악하고, 국민대회를 소집하지 않으면 안 될 반란을 준비하는 것이었다. 그리고 그 대회에서는 그가 작성하는 정강이 제의될 것이 틀림없었다. 그는 이 정강이 모든 문제를 망라했으므로 반드시 실행되어야 한다고 굳게 믿어 의심치 않았다.

동지들은 그의 대담성과 결단력을 존경했으나 호의를 갖지는 않았다. 그 역시 누구 하나 사랑한 일이 없고 뛰어난 모든 사람에게 항상 경쟁적인 태도를 보였으며, 할 수만 있으면 늙은 원숭이가 새끼 원숭이를 다루듯 하려고 했다. 다른 사람들의 지력과 재능을 죄다 빼앗아버림으로써 남에게 자기 재능을 발휘하는 데 방해받고 싶지 않았던 것이리라. 그는 자기에게 머리를 숙이고 오는 사람들에 대해서만은 호의를 갖고 대해주었다. 그래서 이번 여행 중에도 자기 의견에 감화된 노동자 콘드라티예프와, 함께 자신에게 열을 올리고 있는 베라 보고두호프스카야와 아름다운 그라베츠에게는 그런 태도를 보이고 있었다. 그는 원칙적으로 여성 해방 문제에 찬성했으나, 마음속으로는 모든 여성을 하찮고 어리석은 존재라고 생각했다. 그러나 그가 지금 그라베츠에게 반하고 있는 것처럼 이따금 감상적으로 반하는 여자들은 예외로서, 그럴 때는 그 여자들을 자기만이 가치를 인정하는 비범한 여성인 양 생각했다.

성관계 문제도 모든 문제와 마찬가지로 그에게는 대단히 단순명백한 것으로 여겨져, 자유로운 연애를 인정함으로써 완전히 해결할 수 있다고 생각했다.

그에게는 본처 말고도 호적상 처가 하나 또 있었지만 그들과는 참다운 애정이 없다는 이유로 서로 헤어져버리고, 지금은 그라베츠와 새로운 자유결혼을 하려고 계획하고 있었다.

그는 네흘류도프를 경멸했다. 그는 네흘류도프가 마슬로바하고 '바보 같은 짓을 하고 있다'고 했고, 특히 네흘류도프가 현존하는 제도의 결함이나 그 개선 방법에 대해서도 자신과 같은 생각을 하지 않을뿐더러 도리어 자기만의 방식으로, 공작식으로, 그러니까 바보 같은 생각을 하고 있기 때문이라고 말했다. 네흘류도프도 자신에 대한 노보드보로프의 이러한 태도를 알고 있었다. 그리고 그는 여행하는 동안 줄곧 누구에게나 친절한 마음으로 대해왔지만 그자에 대해서만은 똑같은 태도로 응수하여, 그 사나이에 대한 심한 반감을 어찌 해도 극복하지 못함을 깨닫고 울적한 마음이 들곤 했다.

16

옆 감방 담당관들의 목소리가 들렸다. 모두 조용해지고, 뒤이어 두 호송병을 거느린 하사관이 들어왔다. 점호였다. 하사관은 한 사람 한 사람 손가락질을 하면서 인원수를 셌다. 네흘류도프가 있는 데까지 오더니 하사관은 공손한 어조로 말했다.

"공작님, 점호가 끝난 후에는 나가셔야 해요."

네흘류도프는 그 말이 어떤 의미인지 알고 있었으므로 곁으로 다가가서 미리 준비했던 3루블을 쥐여주었다.

"당신한테 걸려서는 당해낼 수가 없군요! 그렇다면 좀 더 계셔

290

도 좋습니다."

하사관이 나갈 채비를 하고 있을 때 다른 하사관이 들어왔다. 그 뒤에는 한쪽 눈이 부어오르고 턱수염이 듬성한, 키가 크고 야윈 죄수가 따르고 있었다.

"저, 딸 때문에 왔습니다." 죄수가 말했다.

"아, 아빠다, 아빠가 왔다." 별안간 아이의 높은 목소리가 들리고, 희끄무레한 머리가 란체바의 등 뒤에서 불쑥 나타났다. 란체바는 마리야 파블로브나와 카튜샤와 함께 자기 스커트를 뜯어서 계집아이에게 새 옷을 지어주는 중이었다.

"얘야, 나다, 아빠야." 죄수 부조프킨은 다정스럽게 말했다.

"애는 여기서 잘 놀아요." 무참히 상처를 입은 부조프킨의 얼굴을 동정 어린 눈으로 살피면서 마리야 파블로브나가 말했다. "우리한테 맡겨두면 돼요."

"아줌마들이 새 옷을 지어주는 거야." 계집아이는 새 옷을 꿰매고 있는 란체바를 가리키면서 아버지에게 말했다. "빨갛고 예쁜 걸로" 하고 계집아이는 덧붙였다.

"여기서 우리하고 함께 자고 싶지 않니?" 계집아이를 상냥스레 어루만지면서 란체바가 말했다.

"응, 아빠도."

란체바는 명랑하게 웃었다.

"아빠는 안 된단다." 그녀는 말했다. "괜찮으시면 그냥 맡겨두시죠." 그녀는 부조프킨에게 말했다.

"그렇겠군, 맡겨두는 게 좋겠어." 문간에 우두커니 서 있던 하사관은 이렇게 말하고는 뒤에 온 하사관과 나란히 방을 나갔다.

호송병들이 나가자 나바토프는 부조프킨에게 걸어가 그의 어깨를 가볍게 치면서 말했다.

"여보게, 자네 그쪽의 카르마노프라는 친구가 바꿔치기를 하려고 한다는데, 그게 사실인가?"

부조프킨의 선량해 보이는 상냥스러운 얼굴이 그 순간 울적한 표정으로 변하더니, 두 눈은 엷은 막을 씌운 듯이 흐려졌다.

"듣지 못했소, 그런 얘기. 설마 그럴 리가." 그는 이렇게 말하고 여전히 막을 씌운 듯한 흐린 눈으로, "그럼 악슈트카, 이줌마들하고 있어"라고 말하고는 성급히 뒤도 돌아보지 않고 방을 나갔다.

"저 사나이는 죄다 알고 있군. 바꿔치기가 있었다는 건 사실이야." 나바토프가 말했다. "대체 어떻게 손쓸 생각이시죠?"

"시내에 들어가면 상부 관리에게 말하겠습니다. 그 두 사람이라면 나도 다 얼굴을 알고 있으니까." 네흘류도프는 말했다.

모두는 또다시 논의가 벌어질까 봐 두렵기라도 한 듯 잠자코 있었다.

그때까지 아무 말 없이 두 손을 머리 밑에 틀어박고 침상 한구석에 누워 있던 시몬손이 벌떡 자리에서 일어나더니, 앉아 있는 사람들을 조심스럽게 피하면서 네흘류도프에게로 다가왔다.

"제 이야기를 좀 들어주실 수 있겠습니까?"

"좋습니다." 네흘류도프는 이렇게 말하고 그를 따라가기 위해 일어났다.

카튜샤는 자리에서 일어난 네흘류도프를 흘긋 바라보고 눈이 마주치자 낯을 붉히면서 자기도 모르겠다는 듯이 머리를 흔들었다.

"이야기라는 건 다름이 아니라," 네흘류도프와 나란히 복도로 나오자 시몬손은 입을 열었다. 복도에서는 형사범들의 웅성거림이며 때때로 폭발하는 함성 따위가 유달리 똑똑히 들렸다. 네흘류도프는 얼굴을 찌푸렸으나 시몬손은 아무렇지도 않은 것 같았다. "나는 카튜샤와 당신 사이를 알고 있습니다. 그래서" 하고 선량한 눈으로 네흘류도프의 얼굴을 주의 깊게 똑바로 쳐다보면서 그는 말을 꺼냈다. "말을 하지 않으면 안 되겠다고 생각해서요" 하고 그는 말을 이었으나, 다시 말을 멈추지 않을 수 없었다. 칸막이 문 바로 옆에서 뭔가 다투는 두 사람의 떠드는 소리가 동시에 들려왔기 때문이다.

"그래서 말했잖아, 이 멍청이! 내 것이 아니라고 말이야!" 한쪽이 악을 썼다.

"한번 혼이 나보겠어, 망할 자식 같으니." 또 하나가 목 쉰 소리로 외쳤다.

이때 마리야 파블로브나가 복도로 나왔다.

"이런 데서는 이야기가 안 되시겠군요." 그녀는 말했다. "이리로 오세요, 지금은 베라가 혼자 있어요." 그리고 그녀는 앞장서서 옆방 문으로 들어갔다. 독방이던 것을 지금은 정치범 여죄수용으로 마련한 듯한 조그만 방이었다. 나무 침상 위에는 베라 보고두호프스카야가 담요를 푹 뒤집어쓰고 누워 있었다.

"편두통으로 누워 있으니까 듣진 못할 거예요, 난 나갈게요!" 마리야 파블로브나가 말했다.

"아니, 여기 있어주는 게 좋습니다." 시몬손이 말했다. "난 누구한테나 비밀은 없으니까요. 하물며 당신이야."

"그럼 좋아요." 마리야 파블로브나는 말했다. 그리고 아이들처럼 몸을 좌우로 흔들면서 점점 깊숙이 나무 침대에 걸터앉고는 양처럼 순하고 아름다운 눈으로 어딘지 먼 곳을 바라보면서 이야기를 들을 태세를 갖추었다.

"한데 이야기란 건 다름이 아니라," 시몬손은 되뇌었다. "카튜샤와 당신 사이를 알고 있으니 그녀에 대한 내 태도를 이야기해두지 않으면 안 되겠다고 생각해서요."

"아니, 무슨 얘기신데요?" 네흘류도프는 시몬손의 솔직함과 정직함에 감탄하면서 말했다.

"실은 카튜샤와 결혼하려고 생각합니다……."

"어머나, 저런!" 마리야 파블로브나는 시몬손의 얼굴을 뚫어지게 바라보면서 말했다.

"…… 그래서 그녀에게 이 일을, 그러니까 내 아내가 되어달라고 부탁해보리라 결심한 겁니다." 시몬손은 계속했다.

"하지만 내가 뭘 할 수 있겠습니까? 그건 오로지 그녀의 마음 하나에 달렸는데요." 네흘류도프는 말했다.

"그렇지요, 그러나 그녀는 당신과 상의 없이 이 문제를 정할 수 없을 겁니다."

"어째서요?"

"그건 당신과의 관계가 깨끗이 해결되지 않는 한 그녀는 마음을 정할 수 없을 테니까요."

"나로서는 이 문제가 완전히 정해져 있습니다. 나는 내 의무라고 생각하는 일을 하고 싶고, 또 그녀의 처지를 조금이라도 편안하게 해주고 싶을 뿐입니다. 그러나 어떤 경우에도 그녀를 구속하고 싶지는 않습니다."

"그러시겠죠, 하지만 그녀는 당신의 희생을 바라지 않습니다."

"희생이랄 것은 전혀 없습니다."

"그렇지만 나는 그녀의 이러한 결심이 절대로 변하지 않으리라는 것을 알고 있습니다."

"그렇다면 뭐, 내게 이야기하실 건 없지 않습니까?" 네흘류도프는 말했다.

"그녀로서는 당신한테도 승인받기를 바라는 거죠."

"자신이 의무라고 생각하는 것을 해서는 안 된다고 어떻게 내가 승인할 수 있겠습니까? 내가 할 수 있는 것은 단 한 가지, 나는 자유가 아니지만 그녀는 자유라는 것뿐입니다."

시몬손은 잠시 생각에 잠긴 채 말이 없었다.

"알겠습니다, 그녀에게 그렇게 말하지요. 그렇지만 내가 그 여자에게 반했다고는 제발 생각지 말아주십시오" 하고 그는 말을 이었다. "나는 그녀를 숱한 괴로움을 다 겪어온, 드물게 보는 훌륭한 인간으로서 사랑하고 있습니다. 내가 그녀에게서 바라는 것은 아무것도 없습니다만, 그저 그녀를 도와서 그녀의 처지를 조금이라도 편하게 해주려고……."

네흘류도프는 시몬손의 목소리가 떨리는 것을 보고 놀라지 않을 수가 없었다.

"…… 그분의 처지를 조금이라도 편하게 해주려고 할 뿐입니다" 하고 시몬손은 말을 이었다. "만일 그녀가 당신의 도움을 받기를 원하지 않는다면, 내 도움을 받게 해주십시오. 그리고 그녀만 동의해준다면, 나는 자진해서 그녀의 유형지로 보내달라고 신청할 작정입니다. 4년은 그리 긴 세월이 아니니까요. 내가 그녀 옆에 있다면 조금이라도 그녀의 운명을 가볍게 해줄 수가……." 또다시 그는 흥분한 나머지 말하다가 목이 메었다.

"내가 대체 무슨 말을 할 수 있겠습니까?" 네흘류도프는 말했다. "난 그녀가 당신 같은 보호자를 만난 것을 충심으로 기뻐하는 바입니다……"

"바로 그겁니다, 내가 알고 싶었던 것은." 시몬손은 계속했다. "내가 알고 싶었던 건 그녀를 사랑하고 그녀의 행복을 바라고 있는 당신으로서, 그 여자와 나의 결혼을 행복하다고 생각하는지 어떤지 하는 점이었습니다."

"그야 물론 행복하다고 생각합니다." 네흘류도프는 단정을 내리듯이 말했다.

"요컨대 문제는 모두 그녀에게 있다는 것이지요. 나로서는 그저 고통에 시달린 그녀의 마음을 좀 쉽게 해주려는 것뿐입니다." 시몬손은 평소 침울한 표정의 사람으로서는 도저히 상상할 수도 없는 어린애같이 천진하고 상냥스러운 표정으로 네흘류도프를 보면서 말했다.

시몬손은 일어나서 네흘류도프의 손을 잡고 얼굴을 바싹 대더니 수줍은 듯이 웃음을 짓고 그에게 키스했다.

"그럼 난 지금 말씀대로 그녀에게 전하겠습니다." 그는 이렇게 말하고 방을 나갔다.

17

"어떻게 생각하세요?" 마리야 파블로브나는 말했다. "사랑하는 거예요, 완전히 사랑에 빠진 거예요. 저 블라디미르 시몬손이 그런 졸렬하기 짝이 없는 어린애 같은 사랑에 빠지다니, 도저히 생각조차 못 한 일이에요. 놀라운 일이에요. 사실 말이지, 슬플 정도예요." 그녀는 한숨을 짓고는 말을 맺었다.

"그러나 그녀 쪽은, 카튜샤는 어떻게 생각할까요? 그녀가 이 문제에 어떤 태도를 가지리라 보십니까?" 네흘류도프는 물어보았다.

"그녀 말이에요?" 마리야 파블로브나는 이 질문에 되도록 정확하게 대답하려는 모양으로 잠시 말을 끊었다. "그녀 말이죠? 글쎄요, 그녀는 아시다시피 그런 과거를 가졌지만 태어날 때부터 아주 도덕적인 소질을 가진 사람 가운데 하나지요……. 감정도 매우 섬세하고요……. 그녀는 당신을 사랑해요. 진정으로 사랑하고 있어요. 그래서 자기 때문에 당신의 앞길을 그르치지 않게, 가령 소극적인 선행이라도 좋으니 당신을 위한 일을 할 수만 있다면 그것을 행복이라고 여기고 있습니다. 그녀에게는 당신과의 결혼이 과거의 어떤 타락보다도 무서운 타락이 될 테죠. 그러니까 그녀는 그 일만은 결코 동의하지 않을 거예요. 그러면서 당신의 존재는 항상 그녀의 마음을 뒤흔들어놓고 있는 거죠."

"그럼 어떻게 하면 좋습니까, 내가 사라져버릴까요?" 네흘류도프는 말했다.

마리야 파블로브나는 특유의 어린애 같은 귀여운 웃음을 방긋 웃었다.

"네, 어느 정도는요."

"어느 정도로 사라진다는 것은 어떻게 하는 거죠?"

"그건 농담이고요. 하지만 그녀에 관해서 당신에게 하고 싶은 말은 아마도 그녀는 그 사람의 그 정열적인 어리석은 사랑을 보고, 하긴 그 사람은 그녀에게 아직 아무 말도 안 하고 있습니다만, 그러한 사랑이 기쁘기도 하고 두렵기도 할 거예요. 당신도 아시다시피 저는 이 문제에 대해 왈가왈부할 자격이 없습니다만, 그 남자가 아무리 가면을 쓰고 있다 하더라도 그긴 아주 흔해빠진 남성적인 감정으로밖에는 볼 수가 없어요. 하기야 입으로는 이 애정이 자기에게 힘을 북돋아준다느니, 플라토닉한 사랑이라느니 말하고 있습니다. 하지만 전 알고 있어요. 가령 이것이 어떤 예외적인 애정이라 하더라도 그 밑바닥에는 역시 추악한 생각이 깃들어 있는 것은 정한 이치인걸요……. 노보드보로프와 류보치카의 사랑과 마찬가지로요."

마리야 파블로브나는 자기가 좋아하는 이야깃거리에 열중한 나머지 본론에서 벗어나고 말았다.

"그건 그렇고, 나는 어떻게 하면 좋겠습니까?" 네흘류도프는 물었다.

"당신이 그녀에게 이야기하는 편이 좋으리라고 생각해요. 어떤 경우에든 모든 걸 명확히 해두는 게 좋으니까요. 그녀와 이야기를 해보세요. 제가 불러올게요. 어떠세요?" 마리야 파블로브나는 말했다.

"부탁합니다." 네흘류도프가 말하자, 마리야 파블로브나는 방을 나갔다.

가끔 신음 소리로 중단되는 베라 보고두호프스카야의 조용한 숨소리와, 방문 둘로 칸이 막힌 저편에서 쉴 새 없이 들려오는 형사범들의 떠드는 소리를 들으면서, 조그만 감방에 혼자 남겨진 네흘류도프는 말할 수 없이 야릇한 감정에 사로잡혔다.

시몬손이 한 말은 마음이 약해질 때마다 괴롭고 기묘한 것으로 여겨지던, 스스로 짊어진 의무에서의 해방을 그에게 주는 것이었다. 그런데도 그 말은 왠지 불쾌했을뿐더러 마음이 괴롭기도 했다. 이 감정에는 시몬손의 제의가 자기 행동의 특수성을 파괴하고, 자기가 바쳐온 희생의 가치를 보란 듯이 깎아내렸다는 불만도 들어 있었다. 그녀하고는 아무 인연도 없는 저런 훌륭한 인간이 그녀와 운명을 같이하겠다고 한다면, 이미 네흘류도프의 희생은 그다지 의미 없는 것이 되기 마련이다. 그리고 단순한 질투심도 있었는지 모른다. 그는 자신을 향한 카튜샤의 애정에 온통 젖어 있었으므로 그녀가 다른 사내를 좋아하게 되리라고는 생각할 수조차 없었다. 그리고 또한 그녀가 형기를 마치는 동안 줄곧 옆에 함께 있겠다고 굳게 결심했던 계획이 무너져버리는 불만도 있었다. 가령 그녀가 시몬손과 결혼한다면, 네흘류도프의 존재는 불필요해지고, 그로서는 또 새로운 생활을 설계하지 않으면 안 된다. 이렇게 감정을 아직 다 정리하기도 전에 문이 열리더니, 형사범들의 요란스러운 말소리가 한층 더 시끄럽게 흘러 들어오고(오늘 밤 그들에게는 무슨 특별한 일이 있는 듯했다) 카튜샤가 방으로 들어왔다.

그녀는 잰걸음으로 그에게 다가왔다.

"마리야 파블로브나가 가보라고 하더군요" 하고 그의 옆에 바싹 다가서며 그녀는 말했다.

"아, 좀 할 말이 있어서요. 이리 앉아요. 블라디미르 이바노비치(시몬손)한테서 지금 얘기를 들었는데."

그녀는 두 손을 무릎에 포개고 침착한 태도로 앉아 있었으나, 네흘류도프가 시몬손의 이름을 입에 올리자마자 얼굴이 홍당무처럼 빨개졌다.

"그 사람이 무슨 말을 했어요?" 그녀는 물었다.

"당신과 결혼하고 싶다고 말하더군요."

그녀의 얼굴이 별안간 일그러지더니 고뇌의 표정을 지었다. 그러나 그녀는 아무 말도 않고 눈을 내리깔았을 뿐이다.

"그는 내 동의와 조언을 바라고 있어요. 그래서 나는 모두 당신 마음 하나에 달렸고 당신이 결정할 문제라고 대답해주었소."

"어머나, 어째서요?" 그녀는 이렇게 말하고, 언제나 네흘류도프의 마음을 강렬하게 잡아끄는 그 기묘한 사팔눈으로 그의 눈을 유심히 들여다보았다. 몇 초 동안 둘은 말없이 상대의 눈동자만을 바라보았다. 그 시선은 서로 많은 이야기를 했다.

"어쨌든 당신이 결정할 일이오." 네흘류도프는 되뇌었다.

"저한테 뭘 결정하라는 거예요?" 그녀는 말했다. "이미 다 결정되어 있는데요."

"아니, 블라디미르 이바노비치의 청혼을 받아들이는 것은 당신이 결정하지 않으면 안 돼요." 네흘류도프는 말했다.

"어떻게 제가 남의 아내가 될 수 있겠어요, 이런 징역수가. 무엇 때문에 또 블라디미르 이바노비치의 일생까지 망쳐줄 필요가 있겠어요?" 그녀는 얼굴을 찡그리며 말했다.

"그러나 만일 석방된다면?" 네흘류도프는 말했다.

"아, 제발 아무 말도 말아주세요. 더 드릴 말씀은 없어요." 그녀는 이렇게 말하고 일어서더니 감방을 나갔다.

18

카튜샤가 나간 뒤에 네흘류도프가 남자 감방으로 돌아가 보니, 모두가 흥분에 휩싸여 떠들고 있었다. 여기저기 돌아다니며 아무하고나 교제하고 모든 것을 관찰하는 데 능한 나바토프가 여러 사람을 놀라게 할 만한 정보를 가져왔기 때문이다. 그 정보란 전에 징역형을 선고받은 페틀린이라는 혁명가가 쓴 수기를 발견한 일이었다. 페틀린은 벌써 오래전에 카라(동부 바이칼 지방의 강. 금광이 있고 정치범들은 주로 여기서 중노동을 했다)에 가 있는 줄로 모두 알고 있었는데, 뜻밖에도 그가 아주 최근에 형사범들에 섞여 이 길을 지나갔다는 것이다.

'8월 17일'이라고 벽에는 쓰여 있었다. '나는 혼자 형사범들과 함께 호송되어 간다. 네베로프는 나와 함께 있었지만 카잔의 정신병원에서 목매어 죽었다. 나는 건강하고 원기 왕성, 모든 것이 잘되기를 빈다.' 모두 페틀린의 처지와 네베로프의 자살 이유에 대해 얘기했다. 그러나 크릴초프만은 반짝거리는 침착한 눈으로 물끄러미 자기 앞을 바라보면서 마음을 집중하는 듯한 표정으로 잠자코 있었다.

"남편의 말로는 네베로프가 페트로파블로프스크 요새 감옥에 있을 때부터 환영을 보곤 했다더군요." 란체바가 말했다.

"그래, 시인이고 공상가였지. 그런 친구는 독방에서 견뎌내기 힘들거든." 노보드보로프가 말했다. "나는 독방에 들어갔을 때는 결코 상상력을 발동하지 않고 아주 체계 있게 시간을 정리하곤 했지. 덕분에 언제나 훌륭히 참아낼 수가 있었어."

"참지 못할 게 뭐가 있어? 난 처박히게 되면 그때마다 기뻐할 정도였는걸." 아마도 어두운 기분을 떨어버리려는 모양으로 나바토프가 활달한 목소리로 말했다. "사회에서 일을 망쳐버리지나 않을까 하고 언제나 근심뿐이었는데, 일단 잡히고 보면 책임을 벗어나서 비로소 한숨 돌릴 수가 있거든. 마음을 놓고 앉아서 한 대 피울 수 있단 말이야."

"그분을 잘 알아요?" 갑자기 표정이 변한 크릴초프의 여윈 얼굴을 근심스러운 듯이 바라보면서 마리야 파블로브나가 물었다.

"네베로프가 공상가라고?" 크릴초프는 마치 오랫동안 외치거나 노래라도 부른 사람처럼 숨을 헐떡이면서 느닷없이 입을 열었다. "네베로프는 우리 문지기가 말하던 것처럼 '좀처럼 이 세상에 태어나기 힘든' 그런 인간이었어……. 그렇고말고……. 그는 몸 전체가 수정 같은 사나이였어. 뱃속까지도 환히 들여다보였어……. 그 사람은 거짓말은커녕 가장이라는 것을 모르는 인간이었어. 피부가 없다는 정도가 아니라 흡사 온몸의 가죽이 벗겨져서 신경이 모조리 밖으로 나와 있는 것 같았지. 그렇지……. 복잡하면서도 풍부한 천성을 타고난 사내로 흔히 이 세상에서 볼 수 있는……. 아니, 이런 말을 해봤자 아무 소용도 없겠지!" 그는 화가 난 듯이 미간을 찌푸리면서 말을 이었다. "우리는 먼저 민중을 교육하고 나서 생활양식을 고칠 것이냐, 아니면 생활양식을 고친 후에 민중을 교육할 것이냐, 투쟁 방법은 계몽 선전으로 할 것이냐, 테러리즘으로 할 것이냐 등 토론만 하고 있어. 그렇지만 그자들은 토론 같은 건 하지도 않아. 그들은 자기가 할 일을 알고 있거든. 그리고 그자들은 몇백 몇천 명이 죽건 죽지 않건, 또 어떤 사람이 죽건 간에 그런 건 아무래도 상관하지 않지. 아니, 상관이 없을뿐더러 오히려 우수한 인간이 죽기를 더 바라고 있지. 그렇고말고. 게르첸(19세기 러시아의 급진적인 작가 겸 사상가)은 12월 당원들이 뿌리째 뽑혔을 때 사회 수준이 떨어졌다고 말한 바도 있듯이, 어떻게 떨어지지 않을 수 있겠나! 그 후 바로 그 게르첸도 그 동료들도 멸망하고 말았어. 그리고 지금 또 네베로프 같은 사람들마저……."

"그러나 전부 몰살당하지는 않을 거야." 나바토프가 원기 왕성한 목소리로 말했다. "대개 밑동이 되는 부분은 남기 마련이지."

"아니, 남지 않을 거야. 우리가 저놈들 사정을 봐주는 한." 언성을 높이면서 자기 말을 방해받지 않으려고 크릴초프는 말했다. "내게 담배 한 대만 주시오."

"담배는 당신한테 좋지 않아요, 아나톨리." 마리야 파블로브나가 말했다. "제발 그것만은 그만둬요."

"아, 참견 마." 그는 화가 난 듯이 이렇게 말하고 담배를 피워댔다. 그러자 곧 기침을 하기 시작하더니, 금방 토할 듯한 표정이 되었다. 그는 침을 뱉고 다시 말을 계속했다. "우리가 해온 일은 옳지 않았어. 아무렴, 옳지 않지. 이러쿵저러쿵 토론만 하지 말고 모두 일치단결해서…… 그놈을 때려 부숴야 해."

"그러나 그들 역시 같은 인간이 아니오?" 네흘류도프가 말했다.

"아니, 그놈들은 인간이 아닙니다. 지금 그들이 하는 것 같은 짓을 태연히 할 수 있는 놈은 인간일 수 없습니다. 듣자니 폭탄이니 기구니 하는 것이 발명됐다던데, 그 기구를 타고 올라가 폭탄을 쏟아서 빈대처럼 몰살하면 되겠군. 그렇고말고. 왜냐하면……." 그는 여기까지 말하고는 갑자기 빨갛게 상기되더니 더욱 심하게 기침을 하기 시작했다. 그 입에서 피가 뭉클뭉클 쏟아져 나왔다.

나바토프는 눈(雪)을 가지러 뛰쳐나갔다. 마리야 파블로브나는 쥐오줌풀로 만든 물약을 꺼내 권했지만, 그는 눈을 감은 채 여위고 핏기 없는 손으로 그녀를 밀어내고 괴로운 듯한 가쁜 숨을 내쉬었다. 눈과 냉수로 그를 다소 진정시키고 자리에 눕혔다. 네흘류도프는 모든 사람에게 작별을 고하고, 자기를 데리러 와서 오랫동안 기다리고 있는 하사관과 함께 출구 쪽으로 걸음을 옮겼다.

형사범들도 이제는 모두 잠잠해지고 태반은 잠이 들었다. 감방 안 나무 침대 위에도, 아래에도, 통로에도 사람들이 자고 있었다. 그래도 자리를 잡지 못해서 일부는 복도 미룻바닥에 망태를 베개 삼아 회색 수의를 뒤집어쓰고 자고 있었다.

감방 문에서도 복도에서도 코 고는 소리와 신음 소리와 잠꼬대 소리가 들려왔다. 어디를 가보아도 수의를 푹 뒤집어쓴 사람들의 긴 덩어리가 눈에 띄었다. 다만 독신자 형사범 방에서만은 몇 사람이 아직 잠들지 않고 한쪽 구석의 촛불을 둘러싸고 앉아 있었으나, 하사관이 보이자 곧 촛불을 꺼버렸다. 복도 램프 밑에는 한 사람이 일어나 있었는데, 발가벗고 앉아서 속옷의 이를 잡고 있는 노인이었다. 정치범들 방의 아주 탁한 공기도 여기 가득 찬 악취에 비하면 훨씬 깨끗한 듯했다. 연기에 그을린 램프는 안개를 통해서 보듯이 흐릿해서 그 숨결도 가빠 보였다. 잠자는 사람들을 밟지 않으면서 발을 건드리지 않고 복도를 빠져나오려면, 미리 빈 장소를 살폈다가 먼저 그 자리에 발을 내디디고 다음 한 발을 위한 장소를 찾지 않으면 안 되었다. 복도에서도 자리를 찾지 못했는지 세 사람은 현관 옆 악취가 풍기는, 그리고 판자 이음새에서 오물이 새어 나오는 변기통 바로 옆에 누워 있었다. 그중 한 사람은 이송 도중 네흘류도프도 자주 본 적이 있는 바로 그 노인이었다. 소년은 죄수 둘 사이에 끼여 한쪽 손을 뺨 밑에 넣고 한 사람의 다리를 베고 자고 있었다.

문을 나서는 대로 네흘류도프는 걸음을 멈추고, 가슴을 활짝 펴고 오랫동안 가슴 가득히 얼어붙는 듯한 공기를 들이마셨다.

19

밖에는 별이 깔려 있었다. 얼기는 했으나 아직 군데군데 발이 빠지는 진흙 길을 지나 숙소로 돌아온 네흘류도프는 어두운 창문을 노크했다. 어깨가 벌어진 머슴이 맨발로 문을 열어 현관으로 들어오게 했다. 현관 오른편 캄캄한 오두막에서는 마부들 코 고는 소리가 요란하게 들리고, 문 저쪽 안마당에서는 숱한 말들이 귀리를 먹는 소리가 들렸다. 왼쪽 문은 조촐한 객실로 통하고 있었다. 객실에는 쑥 냄새와 땀내가 풍기고, 판자 칸막이 저쪽에서는 누군지 튼튼한 폐가 들이마시는 규칙적인 코 고는 소리가 들렸다. 성상 앞에는 붉은 유리 등잔이 켜져 있었다. 네흘류도프는 옷을 벗고 유포를 씌운 소파에 담요를 깔고는, 가죽 베개를 베고 누워서 오늘 하루 동안 보고 들은 모든 것을 마음속에 되새겨보았다. 네흘류도프가 오늘 본 것 중에서 가장 무서웠던 것은 변기통에서 흘러나오는 질척질척한 오물 위에서 수인의 다리를 베고 자던 소년의 몰골이었다.

시몬손이나 카튜샤와의 오늘 밤 대화는 전연 뜻밖의 일이고 중대하기도 했지만, 그런데도 그다지 마음이 쓰이지 않았다. 이 문제에 대한 자신의 태도가 너무 복잡하고 뚜렷이 정해져 있지도 않았으므로 그는 되도록 생각하지 않기로 했다. 그러나 숨이 막힐 듯한 공기 속에 헐떡이며 악취가 풍기는 변기통에서 흘러나오는 오물 위에 누워 자던 저 불행한 사람들, 특히 한 죄수의 다리를 베고 자던 순진한 얼굴을 한 소년의 모습은 그의 머리에서 떠나지 않았다. 어딘지 멀리 떨어진 곳에서 몇몇 인간이 다른 사람들을 괴롭히고 별의별 타락과 비인간적 모욕과 고통을 주고 있음을 말로 듣고 아는 것과, 석 달 동안이나 끊임없이 몇몇 인간이 다른 사람들에게 굴욕과 고통을 주는 모습을 직접 목격하는 것은 크나큰 차이가 있다. 네흘류도프는 샅샅이 이 모든 것을 경험했다. 이 석 달 동안 그는 몇 번이나 자기 자신에게 물어보았다. '대체 다른 사람들이 보지 않는 것을 보는 내가 광인인가, 아니면 현재 내가 보는 것과 같은 일을 하는 사람들이 광인인가?' 그러나 그 사람들은 (더욱이 그들의 수는 참으로 많았다) 그토록 놀랍고 무서운 일을 아무 거리낌 없이 해치우면서도 그렇게 하지 않으면 안 될 뿐만 아니라 그 일이 대단히 중요하고 유익하다고 하는 침착한 자신을 갖고 하기 때문에, 그들을 모두 광인으로 인정하기도 힘들었다. 그렇다고 해서 사색의 명석함을 의식하고 있는 그 자신이 스스로를 광인으로 인정할 수도 없었다. 그렇기 때문에 그는 끊임없이 깊은 의혹 속을 헤매고 있었다.

3개월 동안 네흘류도프가 본 것은 대체로 다음과 같이 생각할 수 있었다. 먼저 자유로운 몸으로 생활하는 모든 사람 가운데 가장 신경질적이고 욱하기 쉬운, 재능이 풍부하고 힘찬, 그리고 다른 사람보다 요령이 나쁘고 신중성이 빠지는 사람들이 재판이니 행정이니 하는 수단으로 선별된다. 그들은 자유롭게 생활하는 사람들에 비해서 결코 사회에 해가 될 리 없으며 죄가 깊을 까닭도 없다. 그런데도 우선 그들은 감옥이니 유형수 숙소니 징역지니 하는 데 가두어져 완전한 나태와 물질적 보장 아래 자연이나 가족이나 근로 등에서 격리되어 몇 개월이고 몇 년이고 감금된다. 그러니까 아주 자연스러운 도덕적 인간 생활의 모든 조건에서 제외되고 만다. 이것이 첫 번째 인상이었다. 둘째로 그들은 이러한 제도 속에서 쇠사슬과 삭발과 치욕의 수의 따위로 모든 종류의 불필요한 굴욕을 맛보고, 약한 인간이 선량한 생활을 보내는 중요한 원동력인, 남의 의견을 존중하는 마음씨와 수치심과 인간 가치의 의식 등을 박탈당하고 있다. 셋째로 그들은 끊임없이 생명의 위험에 부닥치고 있다. 일사병이나 익사나 화재, 또는 흔히 감옥을 따라다니는 전염병이나 극도의 피로나 구타 같은 특별한 경우는 제외하고라도, 아무리 선량하고 도덕적인 인간일지라도 자기방어의 마음에서 대단히 무서운 잔학한 행위를 스스로 하게 되고 또 타인의 그러한 행위도 허용하게 된다. 넷째로 그들은 (특히 이런 종류의 시설을 통해) 극도로 타락한 파렴치한이나 살인자나 악당들과 강제적으로 함께 생활하게 된 나머지, 지금까지의 행적으로는 아직 완전히 타락했다고 볼 수 없는 사람들까지 밀가루 반죽에 이스트가 끼치는 것과 같은 작용을 받게 된다. 그리고 마지막 다섯째로 이런 영향을 받고 있는 모든 사람은 가장 확실한 수단으로, 그러니까 자기 신체에 가해지는 별의별 비인간적 행위라고 하는 수단으로 한 가지 일을 배운다. 이를테면 아이와 부녀자와 노인을 고문하거나 몽둥이와 채찍으로 때리며, 탈주자는 산 채로 붙잡건 죽은 후에 붙잡건 간에 잡아다 바친 자에게는 상금을 주고, 부부를 떼어놓아 남의 남편이나 아내와 동숙시키고, 총살이나 교수형을 집행하는 등의 온갖 폭행과 잔인함과 야수적 행위가 금지되어 있지 않을뿐더러, 그것이 정부에 유리하다고 할 때는 오히려 허용되고 있으므로, 속박과 곤궁과 결핍에 허덕이는 사람들에게는 더더욱 허용되어야 한다고 생각하게 되는 것이다.

이러한 모든 것은 마치 다른 어떤 환경에서도 얻을 수 없는 깊은 타락과 악덕을 만들어내기 위해서, 그리고 나서 그 깊은 타락과 악덕을 온 민중 사이에 아주 넓게 만연시키기 위해서 일부러 꾸며낸 시설과도 같았다. '이것은 마치, 어떻게 하면 가장 확실한 최선의 방법으로 되도록 많은 인간을 타락시킬 수 있느냐, 하는 과제를 제출해놓은 것과 같지 않은가.' 감옥과 숙박소에서 자행되는 일을 깊이 관찰하면서 네흘류도프는 이렇게 생각했다. 사실 해마다 몇십만이라는 인간이 타락의 정점에까지 끌려가고, 그들이 완전히 타락해버리면 감옥에서 몸에 익힌 타락을 온 민중 사이에 퍼뜨리기 위해서 석방되고 있다.

튜멘, 예카테린부르크, 톰스크 등의 감옥이나 유형수 숙박소에서 네흘류도프는 사회가 스스로 세운 것처럼 여겨지는 이 목적이 얼마나 착실히 달성되고 있는가를 직접 목격했다. 러시아적이고 농민적이며 그리스도교적인 도덕적 요소를 갖출 아주 평범한 보통 사람들이 그러한 개념을 버리고, 자기 이익이 되는 일이라면 온갖 모욕과 폭력과 인격을 말살하는 어떠한 행위도 허용되는 새로운 감옥 기질을 몸에 지니게 되는 것이다. 일단 감옥살이를 한 사람들은 자신의 경험으로 판단하여 교회 성직자나 윤리적 교사들이 설교하는 것 같은, 타인에 대한 존경이니 동정이니 하는 도덕률 따위는 이미 실생활에서 사라진 지 오래기 때문에 지킬 필요가 없다는 것을 온몸으로 알고 있다. 네흘류도프는 자기가 알고 있는 모든 죄수에게서 이 사실을 목격했다. 표도로프에게서도, 마카르에게서도, 그리고 저 타라스조차도 숙영지에서 두 달쯤 살더니 비도덕적인 판단을 함으로써 네흘류도프를 소스라치게 했을 정도였다. 이번 여행 중에 네흘류도프는 어느 부랑자들이 밀림으로 탈주할 때 동료 죄수를 충동하여 길동무로 삼고는 뒤에 동료를 죽여 그 살을 먹는다는 말을 들었다. 나중에 체포되어 이 사실을 자백한 죄수를 네흘류도프는 직접 자기 눈으로 목격했다. 그리고 무엇보다도 무서운 것은 인육을 먹는 사건이 그때 한 번에 그치지 않고 부단히 되풀이되고 있다는 사실이었다.

이런 시설에서 자행되고 있는 것 같은 특별한 악덕 장려법을 계속 유지해간다면, 러시아인들은 니체의 최신 학설을 앞질러서 무슨 일이든 할 수 있으며 금지되고 있는 일은 없다고 생각하여, 처음에는 죄수들 사이에 그 학설을 퍼뜨리고 나중에는 전 국민 사이에 퍼뜨리려고 하는 부랑인들과 다르지 않게 될 것이다.

현재 일어나고 있는 이런 모든 일에 대한 유일한 변명은 갖가지 책에 적혀 있는 대로 범죄의 방지와 위협, 교정, 합법적인 보복으로 되어 있다. 그러나 실제로는 첫째 것도, 둘째 것도, 셋째 것도, 넷째 것도, 도대체 이와 비슷한 것조차도 존재하지 않았다. 범죄의 방지 대신 다만 범죄의 보급이 있을 뿐이었다. 범인에 대한 위협 대신 장려가 있고, 범죄인 대부분은 저 부랑자가 되어 자진해서 감옥살이를 하게 되었다. 교정 대신 온갖 악덕의 조직적인 감염이 있었다. 보복의 필요성도 정부의 처벌을 통해 덜어지지 않았을뿐더러, 그런 마음을 갖지 않았던 민중 사이에서까지 그것을 양성하는 결과를 낳고 말았다.

'그렇다면 도대체 무엇 때문에 그들은 저런 일을 하고 있는 걸까?' 네흘류도프는 몇 번이고 자신에게 물어보았으나, 그 답은 찾을 수 없었다.

그리고 무엇보다도 그를 놀라게 한 점은 이런 모든 일이 공교롭게도 무슨 착오로 한 번만 일어난 것이 아니라 벌써 몇백 년 동안이나 끊임없이 계속되어 내려왔다는 사실이었다. 겨우 달라진 점이라면 옛날에는 코를 베거나 귀를 자르던 것을 그 후 낙인이나 곤봉으로 대신하고, 현재는 수갑을 채워 호송에도 짐마차가 아니라 기차나 기선을 이용한다는 정도였다.

관리들 말에 따르면 네흘류도프를 분격시키는 것은 감옥이나 유형지 설비가 불완전한 탓에 일어나는 현상이므로 새로운 양식의 감옥만 만들면 모두 개선된다고 하지만, 이런 사고방식으로 그는 만족할 수가 없었다. 왜냐하면 자신을 분격시키는 문제는 감옥 설비의 완전성 여부에서 오는 것이 아님을 잘 알고 있었기 때문이다. 그는 전기 벨을 갖춘 완비된 형무소라든지 타르드가 추천하는 전기의자의 사형 이야기도 읽고는 있었지만, 완벽한 형식을 갖춘 그런 폭력은 그의 분개를 한층 더 드높여줄 뿐이었다.

특히 네흘류도프를 분격시킨 것은 재판소나 관청 관리들이 민중에게서 긁어모은 거액의 봉급을 받으면서도, 똑같은 관료들이 똑같은 동기로 쓴 서적을 대조하며 자기들이 만든 법률을 위반한 사람들에게 억지로 적용해 두 번 다시 자기들 눈에 뜨이지 않을 만한 곳으로 보내버린다는 점이었다. 한편 보내진 사람들은 잔인무도한 소장이나 간수나 호송병들에게 완전히 운명을 움켜잡혀 몇백만 명이나 정신적으로도 육체적으로도 멸망해가고 있다는 사실이었다.

감옥이며 수인 숙박소의 실정을 더욱 소상히 인식함으로써 네흘류도프는 죄수들 사이에 퍼져가는 온갖 악덕, 이를테면 음주, 도박, 잔학 행위, 그 밖의 죄수들이 행하는 가공할 범죄며, 특히 인육을 먹는 범죄조차도 모두 우발적 사건이 결코 아니며, 또 일부 우둔한 학자들이 정부에 영합하여 말하는 타락의 범죄적 전형이나 천성적 결함도 아니고, 실은 인간이 다른 인간을 벌할 수 있다는 불가해한 오해에서 생긴 필연적 결과라는 것을 알았다. 네흘류도프는 또 인육을 먹는 행위도 결코 밀림에서 생긴 것이 아니라, 각 관청이나 각 위원회나 각 국(局)에서 시작되어 밀림에서 종말을 보게 된 데 지나지 않는다는 것을 알았다. 비근한 예로 그의 매부를 비롯해서 아래로는 법정 정리에서 위로는 대신에 이르기까지 모든 법관이나 사법 관료들은 입으로는 정의와 민중의 행복을 떠들면서 실제로는 그런 데 아무런 관심도 없고, 오직 이 같은 고통이나 타락을 초래하는 일을 하는 데 지불되는 매달의 봉급이 필요할 뿐이라는 것이다. 이것은 대낮같이 명백한 사실이었다.

'그렇다면 이러한 일은 모두 단순한 오해에서 일어난 것에 지나지 않을까? 저 모든 관리에게 현재의 봉급을 보장해주고 특별히 상여금까지 지급해 그런 짓을 못 하게 할 수는 없을까?' 하고 네흘류도프는 생각했다. 이런 생각을 하는 동안에 벌써 두 번째 닭이 울고, 조금만 몸을 꼼지락거려도 분수처럼 몸 주위에서 벼룩이 뛰어오르지만 그는 아랑곳하지 않고 어느덧 깊은 잠에 빠져들었다.

20

네흘류도프가 눈을 떴을 때 마부들은 이미 오래전에 떠나고 없었다. 여관 안주인은 차를 마신 뒤에 땀이 난 굵은 목덜미를 손수건으로 닦으면서 들어와 숙영지 병정이 편지를 가져왔다고 말했다. 편지는 마리야 파블로브나에게서 온 것이었다. 그녀는 크릴초프의 발작이 생각보다 매우 심각한 지경이라고 쓰고 있었다. '우리는 그를 남겨두고 우리도 함께 남아보기로 했지만 허가가 되지 않았습니다. 부득이 데리고 갑니다만, 퍽 걱정입니다. 그래서 부탁합니다만, 도시에 도착하시면 그이를 남게 하고 우리 중에서 누군가가 남을 수 있도록 힘써주시기 바랍니다. 가령 이를 위해서 제가 그분과 결혼을 해야만 한다면 저는 물론 그렇게 할 작정입니다.'

네흘류도프는 마차를 부르러 젊은 머슴을 역으로 보내고 출발 채비를 서둘렀다. 그가 차를 두 잔째도 다 마시기 전에 삼두마차는 방울 소리를 울리며 포장도로처럼 얼어붙은 진흙 길을 바퀴 소리도 요란하게 달려서 현관 앞 층계에 도착했다. 목덜미가 굵은 안주인에게 셈을 치르고 나서 네흘류도프는 얼른 여관을 나서, 마차에 앉아 되도록 빨리 달려 죄수 대열을 따라가자고 일렀다. 방목장 문을 벗어난 근처에서 짐과 병약자를 가득 실은 채 녹기 시작한 진흙 길을 덜거덩거리면서 이동하던 마차를 따라잡았다(장교는 먼저 가버려서 없었다). 호송병들은 술을 마신 듯 큰 소리로 지껄이면서 길 양쪽에서 짐마차를 따라가고 있었다. 짐마차 수는 무척 많았다. 앞쪽 마차에는 병약자들이 여섯 사람씩 꼭 끼여 탔고, 뒤쪽 마차 석 대에는 정치범이 한 대에 세 사람씩 타고 있었다. 맨 뒤 마차에는 노보드보로프와 그라베츠, 콘드라티예프가 타고, 뒤에서 두 번째 마차에는 란체바와 나바토프, 그리고 마리야 파블로브나에게서 자리를 양보받은 류머티즘을 앓는 병약한 여죄수가 타고 있었다. 마른풀을 깔아 자리를 만든 세 번째 마차 위에는 크릴초프가 누워 있고 옆 마부석에는 마리야 파블로브나가 앉아 있었다. 네흘류도프는 크릴초프 옆에서 마차를 멈추고 그리로 걸어갔다. 얼큰한 기분의 호송병이 한쪽 손을 흔들며 네흘류도프를 말리려고 했으나, 네흘류도프는 거들떠보지도 않고 짐마차로 다가가서 가로대를 붙들고 나란히 걸었다. 털외투에 모피 모자를 쓰고 손수건으로 마스크를 한 크릴초프는 더한층 여위고 창백해 보였다. 아름다운 두 눈은 유난히 크고 반짝반짝 빛났다. 길이 나빠서 뒤흔들리는데도 그는 네흘류도프에게서 시선을 떼지 않았다. 몸이 어떠냐고 묻자 그저 눈을 감고 화가 난다는 듯이 머리를 흔들 뿐이었다. 그의 온 정력은 마차의 요동 때문에 소모되고 있는 것 같았다. 마리야 파블로브나는 맞은편에 앉아 있었다. 그녀는 크릴초프의 병세가 근심스럽다는 듯이 의미 깊은 시선으로 네흘류도프를 바라본 다음 곧 명랑한 목소리로 말했다.

"저 장교도 마침내 부끄러운 생각이 들었나 봐요." 그녀는 마차의 소음 속에서도 네흘류도프에게 들리도록 큰 소리로 외쳤다. "부조프킨의 수갑을 끌러줬거든요. 오늘은 저 계집애도 아빠한테 안겨 있어요. 거기 카튜샤도, 시몬손도, 그리고 저 대신에 베라도 함께 따라가고 있어요."

크릴초프는 마리야 파블로브나를 가리키면서 무슨 말인가를 했으나 도저히 알아들을 수가 없었다. 그는 기침을 참으려고 미간을 찌푸리고 머리를 흔들었다. 네흘류도프가 말을 알아들으려고 얼굴을 바싹 갖다 대자, 크릴초프는 수건 사이로 입을 내밀고 속삭였다.

"오늘은 훨씬 편합니다. 그저 감기만 걸리지 않으면 좋겠는데."

네흘류도프는 동의의 뜻으로 머리를 끄덕여 보이고, 마리야 파블로브나와 눈을 마주쳤다.

"근데 어떻게 됐지요, 삼체(三體) 문제는?" 크릴초프는 또다시 이렇게 중얼거리고 힘겹게 웃었다. "해결하기 힘들겠죠?"

네흘류도프는 무슨 뜻인지 몰랐지만 마리야 파블로브나가 그에게 설명해주었다. 그것은 태양과 달과 지구 세 천체의 관계를 결정하는 유명한 수학 문제인데, 크릴초프는 네흘류도프와 카튜샤와 시몬손의 삼각관계에 대해서 농담 삼아 이 비유를 쓴 것이었다. 크릴초프는 마리야 파블로브나가 자신의 농담을 옳게 설명했다는 표시로 머리를 끄덕여 보였다.

"그러나 해결은 내가 하는 게 아닌걸요." 네흘류도프는 말했다.

"제 편지는 받으셨어요? 부탁할 수 있을까요?" 마리야 파블로브나가 물었다.

"물론이지요" 하고 네흘류도프는 말했지만, 크릴초프의 얼굴에서 불만의 빛을 발견하고는 자기 마차로 되돌아가 밑으로 처진 나무 의자에 기어 올라갔다. 그리고 울퉁불퉁한 길에 흔들거리는 마차 가장자리를 붙들고 1킬로미터쯤이나 연달아 있는 회색 수의, 반외투, 족쇄, 2인조 수갑 대열을 앞지르기 시작했다. 길 반대쪽에서 네흘류도프는 카튜샤의 푸른 머릿수건, 베라 보고두호프스카야의 검정 외투, 시몬손의 재킷과 편물 모자와 샌들이라도 신은 듯이 가죽 끈으로 동여맨 하얀 양말을 보았다. 시몬손은 여자들과 나란히 걸어가면서 무슨 말인지 열심히 떠들고 있었다.

네흘류도프를 보자 여자들은 인사를 했고, 시몬손은 점잖게 모자를 들었다. 별로 할 얘기도 없었으므로 네흘류도프는 마차를 멈추지 않고 그들을 앞질렀다. 또다시 평탄한 길로 나오자 마차는 더 빨리 달리기 시작했으나, 길 양쪽에 길게 이어진 짐마차 대열을 피하려고 노상 평탄한 길에서 벗어나지 않으면 안 되었다.

수레바퀴로 팬 길은 어두운 침엽수 숲 사이로 이어지고 있었다. 마차 대열을 반쯤 따라갔을 때 숲이 끝나면서 양쪽에 들판이 펼쳐지고 수도원의 금빛 십자가와 둥근 지붕이 여러 개 나타났다. 날씨는 맑게 개어 구름은 흩어지고 태양이 숲 위에 높이 떠올라서, 축축한 나뭇잎과 물웅덩이와 둥근 지붕과 교회 십자가를 윤이 나게 반짝반짝 빛내주고 있었다. 오른편 앞쪽 멀리 엷은 회색빛으로 가물거리는 곳에서 먼 산들이 하얀 모습을 드러냈다. 삼두마차는 교외의 큰 마을로 들어갔다. 마을 한길은 사람들로 가득 넘치고 있었다. 러시아 사람도 있거니와 제각기 기묘한 모자와 넓은 옷을 입은 이민족도 있었다. 술에 취한 사람도 있고 맨송맨송한 사람도 있었는데, 그들 남녀는 상점과 음식점, 술집, 그리고 마차 언저리에 무리를 이루고 와자지껄 떠들고 있었다. 도시가 가깝다는 것이 느껴졌다.

마부는 오른쪽 부마(副馬)에게 한 번 채찍질해서 밧줄을 당기고 고삐가 오른쪽으로 오도록 비스듬히 자리를 바꿔 앉고는, 자기 솜씨를 자랑이라도 하듯이 큰길을 단번에 내달렸다. 마부는 속도를 늦추지 않고 나루터가 있는 강으로 몰아댔다. 나룻배는 물살이 빠른 강 중턱에서 지금 이쪽으로 오는 중이었다. 이쪽 언덕에서는 짐마차가 스무 대쯤 기다리고 있었다. 네흘류도프는 그리 오래 기다리지 않았다. 물결을 거슬러 오르던 나룻배는 급류를 타고 곧 배다리에 닿았기 때문이다.

반외투에 가죽신을 신고, 키가 크고 어깨통이 넓은 우람하고 말 없는 사공들은 익숙한 솜씨로 밧줄을 던져 말뚝에 비끄러매고는 빗 장을 풀어 태우고 온 짐마차를 물가에 내려놓고 기다리던 마차를 신기 시작했다. 나룻배는 삽시간에 짐마차와 물에 겁먹고 발을 구 르는 말들로 가득 찼다. 폭이 넓은 강의 급류가 밧줄을 팽팽히 당기 면서 나룻배의 뱃전을 때렸다. 나룻배가 가득 차고, 네흘류도프의 마차와 멍에에서 풀린 말 세 필도 다른 짐마차에 밀리면서 한쪽 구 석에 실리자, 사공들은 빗장을 지르고 미처 타지 못한 사람들의 간 청 따위는 아랑곳없이 밧줄을 풀고 출발했다. 배 위는 조용했다. 사 공들의 발소리와 갑판을 구르는 말발굽 소리가 들릴 뿐이었다.

21

네흘류도프는 뱃전에 서서 물살이 빠른 광대한 강변을 바라보 았다. 그의 머릿속에는 두 사람의 모습이 번갈아 나타났다. 마차의 요동에 머리를 흔들거리면서 울분 속에 죽어가고 있는 크릴초프와, 시몬손과 함께 씩씩하게 걸어가는 카튜샤의 모습이었다. 한쪽의 인 상, 그러니까 죽음에 대한 마음가짐 없이 죽음의 고비에 처해 있는 크릴초프의 모습은 괴롭고 처참했다. 그러나 또 한쪽의 인상, 시몬 손 같은 훌륭한 사내의 애정을 얻어 지금은 착실하고 올바른 선의 길에 서 있는 발랄한 카튜샤의 모습은 그야말로 기꺼워야 했는데 도, 네흘류도프에겐 역시 괴로웠다. 그리고 그는 이 괴로움을 이겨낼 수 없었다.

거리에서 오호트니츠키 성당의 큰 종소리와 물결치는 금속성 여운이 강변을 건너서 들려왔다. 네흘류도프 곁에 섰던 우편 마부와 모든 짐마차 마부들이 차례로 모자를 벗고 성호를 그었다. 누구보다도 난간 가까이에 서 있던 헝클어진 머리카락을 한 자그마한 노인만은(네흘류도프는 관심이 없었다) 성호를 긋지 않고 꼿꼿이 머리를 든 채 네흘류도프를 유심히 바라보고 있었다. 이 노인은 누덕누덕 기운 외투에 나사 바지를 입고, 역시 닳아빠진 가죽신을 신고 있었다. 어깨에 조그마한 자루를 메고, 머리에는 닳아빠진 높다란 털 모자를 쓰고 있었다.

"노인장, 당신은 왜 기도를 하지 않소?" 하고 네흘류도프의 마부는 모자를 다시 쓰고 모양을 가다듬으면서 말했다. "영세를 받지 않았소?"

"도대체 누구에게 기도하지?" 헝클어진 머리를 한 노인은 대드는 듯한 단호한 어조로 토막토막 말을 끊으며 재빨리 대꾸했다.

"뻔하잖아, 하나님께 하는 거지." 마부는 비꼬는 듯한 어조로 말했다.

"그럼 하나님이 어디 있는지 보여주지그래, 그 하나님을?"

노인의 말에는 매우 진지해 보이는 엄한 구석이 있어 마부는 잘못 걸렸다고 생각하고 약간 어리둥절했으나 그런 눈치를 조금도 보이지 않고, 귀 기울이고 있는 여러 사람들 앞에서 잠자코 있으면 사나이 체면이 깎일까 봐 재빨리 대꾸했다.

"어디냐고? 뻔하잖아, 하늘에 계시지."

"그럼 자넨 하늘에 가본 일이 있나?"

"가보건 안 가보건 간에 하나님께 기도하지 않으면 안 된다는 것쯤은 누구나 다 아는 거 아뇨?"

"이 세상 누구 한 사람 하나님을 본 자는 없지. 아버지 품속에 계신 단 하나의 아드님이 가르쳐주었을 뿐이야." 근엄한 표정으로 미간을 찌푸리고 여전히 빠른 어투로 노인은 말했다.

"당신은 아무래도 기독교 신자가 아닌 것 같군. 사교도일 테지. 땅굴에나 기도를 드려요" 하고 마부는 채찍을 혁대에 꽂고 말 엉덩이의 띠를 고쳐주면서 말했다.

누군가가 웃어댔다.

"그럼 노인, 당신의 신앙은 어떤 거요?" 나룻배 한구석에 짐마차와 가지런히 서 있던 그리 젊지 않은 사내가 물었다.

"내겐 신앙이라는 게 없소. 나는 아무도 믿지 않거든, 자기 외에는 아무것도 믿지 않아." 역시나 단호한 빠른 말투로 노인은 말했다.

"하지만 어떻게 자기 자신을 믿을 수 있겠어요?" 하고 네흘류도프도 그들의 대화에 끼어들며 말했다. "틀리는 일도 있을 텐데요."

"절대 그렇지 않소." 노인은 머리를 흔들며 잘라 대답했다.

"그렇다면 어째서 여러 가지 종교가 있을까요?" 네흘류도프는 물었다.

"여러 가지 신앙이 있는 것은 사람이 남을 믿고 자기를 믿지 않기 때문이오. 나도 전에 남을 믿고 숲 속에 들어간 듯 길을 잃은 적이 있었소. 도저히 벗어날 수 없다고 생각했을 정도였지. 구교, 신교, 안식 교도, 편신(鞭身) 교도, 성직자 교도, 무성직자 교도, 오스트리아 교도, 몰로칸 교도, 거세파 등 어느 종교건 다 제 자랑만 하고 있단 말이오. 그런 꼴이니까 모두 눈먼 강아지들처럼 쏘다니고 있을 뿐이지. 종교는 많지만 영혼은 하나뿐이거든. 당신에게도 내게도 저 사내에게도 영혼이 있어요. 그러니까 누구나 다 자기 영혼만 믿으면 모두 하나가 되기 마련이오. 모든 인간이 자기를 믿기만 하면 모두 하나가 될 수 있단 말이오."

노인은 되도록 많은 사람에게 들려주고 싶은 듯 큰 소리로 이야기하며 노상 두리번거렸다.

"그래서 당신은 오래전부터 그런 신앙을 가져왔습니까?" 네흘류도프는 물었다.

"나 말이오? 꽤 오래되오. 벌써 햇수로 23년이나 쫓겨 다니고 있으니까."

"쫓겨 다녀요?"

"그리스도가 쫓겨 다녔듯 나도 쫓겨 다니고 있는 거요. 붙잡혀서 재판소로 끌려간 적도 있거니와, 사제한테 간 적도 있고, 학자와 바리새인 앞으로 끌려간 적도 있으며, 정신병원에 들어간 적도 있소. 그렇다고 나를 어떻게 할 수는 없었소. 난 자유로운 인간이니까. '네 이름은 뭐냐?'고 묻더군. 내가 이름이라도 갖고 있는 줄 아는 모양이지. 그러나 내겐 이름이라는 게 없단 말이오. 죄다 내버리고 말았으니까. 이름도 없거니와 지위도 없고 조국도 없는걸. 아무것도 없단 말이오. 나는 그저 나일 뿐이오. 그래, 이름이 무어냐고 묻기에, 인간이라고 대답할 수밖에 없었소. 그러나 이번엔 '나이가 몇이냐?'고 하더군요. 난 대답했어요. 나이를 세어본 적도 없거니와 셀 수도 없다고요. 왜냐하면 나는 항상 존재해왔고 앞으로도 계속해서 존재할 테니까 말이오. 또 '네 아버지와 어머니는 어떤 사람이냐?'고 묻더군. 내게는 하나님과 땅밖엔 아버지도 어머니도 없소. 하나님은 내 아버지고, 땅은 내 어머니라고 대답해줬더니만, '그러면 황제를 인정하느냐?'고 묻더군. 어째서 인정할 수 없겠소? 그분은 그분 자신의 황제고, 나는 나 자신의 황제니까. 그랬더니 '너 같은 놈하곤 말할 수도 없다'고 하기에, 나도 말해줬지요. 나도 말을 해달라고 부탁한 적은 없노라고. 그랬더니 이렇게도 나를 박해한단 말이오."

"그래, 이제부터 어디로 가십니까?" 네흘류도프는 물었다.

"하나님이 인도하는 쪽으로 갈 뿐이지. 일을 할 작정이지만, 일이 없으면 구걸을 하겠소." 노인은 나룻배가 강가로 다가가고 있는 것을 알아차리고 이렇게 말을 맺고는, 자기 말을 듣던 사람들을 의기양양한 표정으로 돌아보았다.

나룻배가 강가에 도착했다. 네흘류도프는 지갑을 꺼내서 노인에게 돈을 주었으나 노인은 거절했다.

"그런 건 받지 않소, 빵이라면 받지만."

"아, 실례했습니다."

"별로 실례될 건 없소. 당신이 내게 모욕을 준 건 아니니까 말이오. 물론 내게 모욕을 줄 수도 없지만." 노인은 이렇게 말하고 내렸던 자루를 어깨에 둘러멨다. 그러는 사이에 네흘류도프의 마차는 육지로 올라가 말을 달았다.

"저런 것하고 얘기를 나누시다니, 나리도 꽤 호기심 많으시군요" 하고 마부는 건강한 사공들에게 팁을 주고 마차에 올라탄 네흘류도프에게 말했다. "저건 쓸데없는 부랑인인걸요."

22

언덕배기로 올라서자 마부는 뒤를 돌아보았다.

"거처는 어디다 정하시렵니까?"

"어디가 좋을까?"

"시베리아 여관이 제일이지요. 아니면 주크도 좋고요."

"좋을 대로 하게."

마부는 또다시 비스듬히 모로 앉아서 속력을 냈다. 도시는 어느 도시나 마찬가지였다. 다락방과 푸른 지붕을 가진 똑같은 집들, 똑같은 교회, 작은 점포, 번화한 한길의 상점, 순경들까지도 똑같아 보였다. 다만 집이 거의 다 목조인 데다가 한길이 포장되어 있지 않았다. 가장 번화한 거리 가운데 한 곳에서 마부는 어떤 여관 앞에 마차를 세웠다. 그러나 그곳에는 빈방이 없어서 다른 여관으로 갈 수밖에 없었다. 다른 여관에는 빈방이 있었다. 네흘류도프는 두 달 만에 처음으로 비교적 정결하고 편리한 정든 환경에 다시금 몸을 맡길 수 있었다. 네흘류도프가 든 방은 그다지 사치스럽지 않았지만, 역전 마차나 시골 여인숙이나 수인 숙박소만을 보아온 뒤라 몹시 위안이 되었다. 그는 우선 수인 숙박소를 방문한 뒤로 떼어버릴 수 없었던 이를 말끔히 털어버리지 않으면 안 되었다. 그는 여장을 풀자 곧 목욕탕으로 가서 씻은 뒤에 풀 먹인 와이셔츠에 줄이 선 바지, 프록코트에 외투 같은 도회지 옷차림을 하고 지방 장관을 찾아가보기로 했다. 여관 현관지기가 부른 마부는 덜컹거리는 마차에 살찐 키르기스 말을 달고 와서 네흘류도프를 보초병과 경관이 서 있는 광대하고 훌륭한 저택 앞으로 데리고 갔다. 저택의 앞에도 뒤에도 정원이 있고, 잎이 죄다 떨어진 벌거숭이 가지를 내뻗친 포플러와 자작나무 틈에서 전나무, 소나무, 노간주나무가 짙은 초록빛으로 울창하게 우거져 있었다.

장군은 몸이 불편하다며 손님을 거절했다. 그러나 네흘류도프는 이에 개의치 않고 명함을 전해달라고 하인에게 부탁했다. 하인은 곧 반가운 대답을 가지고 돌아왔다.

"이리로 들어오십시오."

현관, 하인, 당번병, 계단, 반들반들하게 닦은 목타일을 깐 홀 등 모든 것이 페테르부르크와 다를 바 없었지만, 다만 조금 지저분하고 조금 야단스러울 뿐이었다. 네흘류도프는 서재로 안내되었다.

장군은 코가 납작하고 훌렁 까진 이마에 혹이 나 있으며 눈 밑이 봉지처럼 처진, 뒤룩뒤룩 살찐 다혈질 사내였다. 그는 타타르식 명주 가운을 입고 담배를 손에 든 채 은 접시에 받친 찻잔으로 차를 마시고 있었다.

"잘 오셨습니다! 이런 꼴로 정말 실례군요. 이래도 아예 못 만나는 것보다는 훨씬 나을 테니까요." 그는 주름살이 잡힌 굵은 목을 가운으로 감싸면서 말했다. "도무지 건강이 시원찮아서 쉬고 있습니다. 어떻게 이토록 먼 데까지 오시게 됐습니까?"

"죄수 일행을 따라왔습니다, 그 속에 가까운 사람이 하나 있어서요." 네흘류도프는 말했다. "그래서 실은 그 사람과 또 한 가지 다른 일에 대해서 각하께 청이 있어서 찾아뵈었습니다."

장군은 담배를 깊숙이 한 모금 빨아들이고 차를 한 모금 마신 다음 공작석 재떨이에 담배를 비벼 끄고는, 반짝이는 가는 눈을 네흘류도프의 눈에서 떼지 않으면서 진지한 표정으로 듣고 있었다. 애기가 중단된 것은 네흘류도프에게 담배를 피우지 않겠느냐고 물었을 때뿐이었다.

장군은 자유주의와 인도주의를 자기 직업과 조화시킬 수 있다고 생각하는 학식이 풍부한 군인 타입 인물이었다. 그러나 천성이 총명하고 선량한 인간인 그는 곧 그러한 조화가 불가능하다는 것을 느꼈으므로, 자기가 처한 부단한 내적 모순을 보지 않으려고 점점 군인 친구들 사이에 널리 퍼져 있던 폭음 습관에 물들게 되고 마침내 완전히 그 습관에 빠져버려서, 35년간의 군무를 보낸 지금은 의사한테 알코올중독 환자라는 말까지 듣게 되었다. 지금 그의 온몸은 마치 술에 젖어 있는 것 같았다. 무슨 술이건 마시기만 하면 취기를 느낄 수 있었다. 술을 마시는 것은 이미 피치 못할 욕구가 되어버렸고, 또 술 없이는 한시도 살 수가 없었다. 저녁때가 되면 언제나 몹시 취해 있곤 했으나, 그런 상태에 아주 익숙해서 비틀거리는 일도 없거니와 달리 바보 같은 소리도 지껄이지 않았다. 또 비록 말했다손 치더라도 이 지방에서는 가장 중요한 그의 지위 덕에 아무리 바보 같은 소리를 해도 사람들은 현명한 말로 받아들였다. 다만 오전 중, 즉 네흘류도프가 그를 방문한 시간 같은 때에는 그도 분별 있는 사람처럼 상대방의 얘기를 옳게 이해하기도 하고, 평소 즐겨 말하는 '취해서 현명하면 두 가지 덕을 본다'는 속담을 다소나마 탈 없이 실행할 수 있었다. 상부에서도 그가 술꾼이라는 사실을 알았다. 하지만 그는 다른 사람보다도 교양 있고(하기야 그 교양도 술에 젖어들면서부터 멈추고 말았지만) 대담하고 기민하며, 풍채가 당당하고, 게다가 아무리 취해도 체면을 유지할 만한 재능을 가졌으므로 현재와 같은 책임 있는 중요한 부서에 임명되어 그 지위를 유지하고 있었다.

네흘류도프는 장군에게, 자기가 염려하고 있는 사람은 여자이며 그녀는 억울하게 유죄판결을 받았으므로 그녀를 위해서 황제 앞으로 청원서가 제출되어 있다는 얘기를 들려주었다.

"그렇군요. 그래서요?"

"그녀의 운명에 관한 통지는 늦어도 이달 중으로 페테르부르크에서 이곳의 나에게로 오게 되어 있으므로……."

네흘류도프에게서 시선을 떼지 않은 채 장군은 손가락이 짧은 손을 탁자로 뻗쳐 벨을 울리고, 담배를 태우고는 몹시 심하게 기침을 하면서 말없이 듣고 있었다.

"사정이 이러하니 만약 될 수만 있다면 제출한 청원서에 대한 답장이 올 때까지 그 여죄수를 이 시에 머물러 있게 해주십사고 부탁 말씀을 드리는 겁니다."

하인이 들어왔다. 군장을 한 당번병이었다.

"안나 바실리예브나가 일어나셨는지 알아봐줘." 장군은 당번병에게 말했다. "그리고 차를 한 잔 더 가져와. 그리고 또 다른 용건이라는 건?" 장군은 네흘류도프에게 말했다.

"또 다른 부탁은" 하고 네흘류도프는 말을 이었다. "역시 이 수인 대에 포함된 정치범에 관한 일입니다만."

"그래요!" 하고 장군은 의미 있는 듯이 고개를 끄덕이며 말했다.

"그 정치범은 매우 중태여서 죽음을 기다리고 있는 형편입니다. 그러므로 아마 이곳 병원에 남게 되겠지만, 정치범 여죄수 하나가 그 사내를 간호할 겸 남기를 원하고 있습니다."

"그 여죄수는 남자하고 관계가 없는 사람입니까?"

"네, 그러나 결혼을 해야 같이 남을 수 있다면 기꺼이 그 정치범과 결혼하겠다고 합니다.”

　장군은 빛나는 눈으로 뚫어질 듯이 바라보면서 그 눈초리로 상대방을 당황케 하려는 듯이 묵묵히 담배만 피우고 있었다.

　네흘류도프가 얘기를 꺼내자, 장군은 탁자 위에서 책을 집어 들고 손가락에 침을 발라가면서 재빠르게 책장을 넘겨 결혼에 관한 조문을 찾아 읽었다.

　“여죄수는 어떤 판결을 받았지요?” 책에서 눈을 들며 그는 물었다.

　“징역입니다.”

　“허, 그렇다면 결혼한다고 해도 상황은 전혀 나아지지 않겠군요.”

　“네, 그렇지만⋯⋯.”

　“아니, 잠깐만. 만일 그 부인이 자유인과 결혼한다 해도 역시 여죄수는 형기만은 꼭 채우지 않으면 안 됩니다. 여기서 문제는 그 사내와 여자 중에서 어느 쪽이 더 무거운 형을 받고 있는가 하는 점입니다.”

　“둘 다 징역형입니다.”

　“아니, 그것참, 도리가 없군요.” 웃으면서 장군은 말했다. “둘이 다 같은 죄인이니까요. 사내만은 병 때문에 남을 수가 있습니다” 하고 그는 말을 이었다. “물론 그의 운명을 덜어주기 위해서 가능한 한 모든 노력을 하겠습니다만, 여자 쪽은 비록 그 사내와 결혼한다 할지라도 여기 남을 수 없습니다⋯⋯.”

　“부인께서는 커피를 들고 계십니다.” 하인이 보고했다.

　장군은 고개를 끄덕여 보이고 얘기를 계속했다.

　“그러나 조금만 생각해봅시다. 두 사람의 이름이 뭡니까? 여기

써주시지요."

네흘류도프는 적었다.

"그것도 어렵겠는데요." 장군은 그 병자를 면회하고 싶다는 네흘류도프의 부탁에 대해서 이렇게 대답했다. "물론 당신을 의심해서가 아닙니다." 그는 말했다. "그러나 당신은 그 사내나 다른 죄수들에게 관심을 갖고 있고 돈도 있습니다. 그리고 이곳에서는 돈이면 모든 걸 다 해결할 수가 있지요. 뇌물을 근절하라는 말을 어떻게 늘할 수 있겠어요? 지위가 낮을수록 더하지요. 5천 킬로미터나 떨어져 있는 사람을 어떻게 감시할 수 있겠습니까? 그들은 그 지방에서는 조그만 임금이랍니다. 내가 이 지방 임금인 것처럼." 그는 웃어댔다. "당신도 이제까지 정치범들을 만나왔겠습니다만, 그때마다 사례금을 써서 들어가셨지요?" 장군은 웃으면서 말했다. "그렇지요?"

"네, 그건 사실입니다."

"당신이 그러지 않을 수 없었다는 것은 나도 잘 압니다. 당신은 정치범을 만나보고 싶어 합니다. 그들이 가엾다고 생각합니다. 그런데 소장이나 호송병들은 얼마든지 뇌물을 받습니다. 하긴 20코페이카 은화 두 닢으로 가족을 부양해야 하니 뇌물을 받지 않을 수도 없습니다. 나 역시 그들이나 당신 같은 처지에 놓인다면 아마 그들이나 당신처럼 그런 일을 했을 테죠. 그렇지만 이러한 지위에 앉아 있는 이상 나로서는 엄격한 법조문에서 조금이라도 벗어나는 일을 스스로에게 허락할 수 없는 겁니다. 왜냐하면 나도 인간인 이상 인정에 끌릴 수 있기 때문입니다. 그러나 행정관으로서 일정한 조건 아래 정부의 신임을 받고 있는 나는 그 신임에 보답해야 할 의무가 있습니다. 그러니 이 문제는 이쯤 해둡시다. 이번엔 어디, 수도 형편이라도 들려주지 않으시렵니까?" 이렇게 말하고 장군은 이것저것 묻기도 하고 자기도 얘기를 시작했다. 최근의 소식을 알고도 싶고, 동시에 또 자신의 중요성이며 인도주의를 과시하고도 싶었던 것이다.

23

"그건 그렇고, 당신은 어디에 유숙하고 계십니까? 주크 여관입니까? 아니, 거긴 좋지 않을 겁니다. 이따가 저녁 식사를 하러 오시죠." 네흘류도프를 전송하면서 장군은 말했다. "5시입니다. 영어는 하십니까?"

"네, 하지요."

"그렇다면 더욱 좋습니다. 실은 영국 여행가 한 사람이 여기 와 있답니다. 시베리아의 감옥과 유형을 연구하고 있다는데, 마침 그분도 저녁을 같이하러 오게 되어 있으니까요. 꼭 와주십시오. 식사는 5시에 시작합니다. 집사람은 꽤 실무적인 사람이라서요. 말씀하신 여죄수 건이며 병자의 일도 그때 대답해드리지요. 어쩌면 누군가 한 사람쯤은 병간호를 위해 남아 있게 될지도 모르겠습니다."

장군에게 작별을 고한 네흘류도프는 그 어떤 용솟음치는 활동적인 기분을 느끼면서 우체국으로 마차를 달렸다.

우체국은 나직한 둥근 천장 건물이었다. 직원 몇 명이 책상에 앉아서 몰려든 사람들을 상대하고 있었다. 한 직원이 고개를 기우뚱하고 앉아서 차례차례 밀려 나오는 봉투에 연방 소인을 찍고 있었다. 네흘류도프는 오래 기다리지 않아도 되었다. 그의 이름을 듣자 곧 상당한 분량의 우편물 다발을 내주었다. 거기에는 송금 수표와 편지도 몇 통 있고, 〈조국의 기록〉 최근호도 있었다. 우편물을 받아 든 네흘류도프는 책을 손에 든 병정 하나가 뭔가 기다리면서 앉아 있는 나무 벤치로 걸어가, 그 옆에 앉아 지금 받은 우편물을 훑어보기 시작했다. 등기우편이 한 통 들어 있었다. 빨간 봉랍에 스탬프가 뚜렷이 찍힌 훌륭한 봉투였다. 그는 봉투를 뜯고 무슨 공문서와 함께 셀레닌의 편지를 발견했다. 피가 얼굴로 솟구치고 심장이 오므라드는 것 같았다. 그것은 카듀샤의 사건에 관한 결정이었다. 대체 어떻게 결정되었을까? 기각은 아닐는지? 네흘류도프는 알아보기 힘든 잔글씨로 딱딱하고 거칠게 쓴 편지를 단숨에 읽고는 기쁨의 숨을 내쉬었다. 만족할 만한 결정이었다.

'친애하는 친구여!' 하고 셀레닌은 쓰고 있었다.

우리의 마지막 대화는 내 마음에 강한 인상을 남겼다네. 마슬로바 사건에 관해서는 자네의 의견이 옳았네. 나는 세밀히 그 사건을 조사해보고, 그녀에 대해서 참을 수 없는 부정이 있었다는 사실을 발견했다네. 이를 정정하려면 자네가 청원서를 제출한 위원회에 의뢰할 수밖에 없었네. 다행히 나도 이 사건 해결에 조금이나마 협력할 수가 있어서, 특사 지령서를 동봉하여 카테리나 이바노브나 백작 부인이 알려준 주소로 보내네. 원본은 재판 중 그녀가 수감되었던 장소로 발송되었으므로 아마 그곳에서 시베리아 행정부로 회송될 걸세. 우선 이 기쁜 소식만을 황급히 전하는 바이네.

우정의 악수를 보내며,

자네의 벗, 셀레닌

특사 지령서 내용은 다음과 같았다.

황제 폐하 직속 청원 사무국. ○○과 ○○계. ○년 ○월 ○일.
황제 폐하 직속 청원 사무국장의 명에 의하여 평민 카테리나 마슬
로바에게 다음과 같이 선고함. 황제 폐하는 상신된 보고에 의거하여 마
슬로바의 청원에 대한 원판결의 징역형을 취소하고, 시베리아의 원격
지가 아닌 지방으로 거주를 변경할 것을 하명하는 바임.

이 소식은 너무나도 기쁘고 중대했다. 카튜샤를 위해서, 그리고
자기 자신을 위해서 네흘류도프가 바라던 모든 일이 실현된 것이다.
그리고 그녀의 이러한 환경 변화는 그녀에 대한 그의 태도에도 새
로운 복잡성을 가져올 게 분명했다. 그녀가 징역수인 동안에는 그가
신청한 결혼도 가상적이었을 뿐 아니라 그녀의 처지를 수월하게 해
주는 의의밖에 없었다. 그러나 이제 두 사람의 동거 생활을 방해하
는 것은 아무것도 없었다. 하지만 네흘류도프는 이에 대한 준비가
되어 있지 않았다. 게다가 시몬손과 그녀의 관계는 어떻게 될 것인
가? 그녀가 어제 한 말은 무슨 뜻일까? 만일 그녀가 시몬손과 결합
하기로 동의한다면 좋은 일일까, 나쁜 일일까. 이러한 생각을 그로
서는 아무래도 정리할 수 없었으므로 지금은 생각지 않기로 했다.
'이런 건 나중에 잘 해결되겠지' 하고 그는 생각했다. '지금은 한
시바삐 그녀를 만나 이 기쁜 소식을 알려주고 그녀를 자유롭게 해
주지 않으면 안 된다.' 지금은 자기 손에 있는 이 사본만으로도 충분
하리라고 그는 생각했다. 그래서 그는 우체국에서 나오는 길로 마
부에게 감옥으로 가자고 일렀다.

오늘 아침에 장군은 감옥 방문을 허가해주지 않았지만, 네흘류도프는 이제까지의 경험으로 상부 관리에게서 허가를 얻지 못한 일이 왕왕 하부 관리에게서는 아주 간단히 해결될 수 있다는 것을 알고 있었다. 그래서 지금도 우선 부딪쳐보아서 일이 잘되면 카튜샤에게 이 길보를 전하고, 카튜샤를 자유로운 몸으로 만들어주고, 동시에 크릴초프의 용태도 물어보고 장군의 말을 그와 마리야 파블로브나에게 전해주리라 결심했다.

　소장은 무척 키가 크고 뚱뚱하며, 윗수염도 구레나룻도 모두 입가로 말려들고 있는 풍채 당당한 사내였다. 그는 매우 엄격한 태도로 네흘류도프를 대하고, 상관의 허가 없이는 외래인의 면회를 절대로 허가할 수 없다고 매정하게 잘라 말했다. 수도 감옥에서도 허용되었다고 네흘류도프가 말하자, 소장은 이렇게 대답했다.

　"그럴 수도 있었겠죠. 그러나 나는 허가하지 않습니다." 그리고 그의 말투는 이렇게 말하는 듯했다. '당신네 도회지 양반들은 우릴 놀리고 어리둥절하게 만들려고 생각하는지 몰라도, 우리 동부 시베리아인들도 질서는 잘 알고 있단 말이야. 뭣하면 한번 보여드릴 수도 있지.'

　황제 폐하 직속 사무국에서 온 서류의 사본도 이 소장에게는 효력이 없었다. 그는 구내로 들어가는 것을 단호히 불허했다. 이 사본을 제시하면 카튜샤를 석방해도 상관없지 않느냐는 네흘류도프의 순진한 예상에 대해서도, 누구를 석방하는 데는 직속상관의 지령이 절대적으로 필요하다고 말하고 멸시하는 듯한 웃음을 띠었을 뿐이었다. 결국 그가 약속해준 것은 특사가 내린 사실을 카튜샤에게 알려주고, 지령이 나오는 대로 한시도 지체 없이 그녀를 석방해주겠다는 것뿐이었다.

크릴초프의 용태에 대해서도 소장은 일절 언급을 거부하고, 그런 죄수가 있는지 없는지조차 대답할 수 없다고까지 말했다. 이렇게 아무 소득도 없이 네흘류도프는 마차를 타고 여관으로 돌아왔다.

소장이 엄격했던 것은 주로 정원의 두 배나 쑤셔 넣은 이 감옥 안에 그때 티푸스가 유행하고 있었기 때문이었다. 네흘류도프를 태운 마부는 돌아가는 길에 이러한 얘기를 들려주었다. 감옥에서는 무척 많은 사람이 죽어가고 있으며, 무슨 나쁜 병이 돌아서 날마다 20명씩이나 매장되고 있다고 했다.

24

감옥에서 목적을 이루지 못했는데도 네흘류도프는 여전히 발랄하게 솟구치는 활동적인 기분에 사로잡혀, 카튜샤의 특사 서류가 도착했는지 확인하려고 현청으로 마차를 몰았다. 그러나 서류가 와 있지 않았으므로 네흘류도프는 숙소로 되돌아와서 우선 셀레닌과 변호사에게 황급히 편지를 썼다. 편지를 다 쓰고 나서 시계를 보니 벌써 장군 댁에 저녁을 먹으러 갈 시간이었다.

그는 장군 댁으로 가는 길에 카튜샤가 특사를 어떤 태도로 받아들일까 하는 생각이 떠올랐다. 그녀의 이주 유형지는 어디가 될까? 시몬손은 어떻게 될까? 그 사내와 카튜샤의 관계는 어떻게 될까? 네흘류도프는 그녀의 내면에 일어난 변화를 생각해냈다. 이에 따라서 그녀의 과거도 상기되었다.

'아니, 이런 것은 잊어버려야 한다, 잊어버려야 한다.' 이렇게 생각하고 그는 얼른 그녀에 관한 생각을 씻어버렸다. '앞으로 자연히 알게 되겠지.' 그는 이렇게 자기 자신에게 말하고 이제부터 장군에게 얘기할 일들을 생각하기 시작했다.

장군 댁의 만찬은 부호나 고관들의 생활에 붙어 다니기 마련인 사치스러운 호사에 지나지 않아서, 네흘류도프에게는 그다지 색다르지도 않았으나, 오랫동안 사치는커녕 일상생활의 편익조차 누리지 못했던 터라 그에게는 유달리 즐겁게 여겨졌다.

여주인은 니콜라이 1세의 궁녀였던 페테르부르크식 옛 grande dame(귀부인)으로, 프랑스어는 자연스럽게 말했지만 러시아어는 아주 서툴렀다. 그녀는 지나칠 정도로 곧은 자세를 하고 있었는데, 손을 움직일 때도 팔꿈치를 허리에서 떼지 않았다. 남편에게는 조용하고 다소 수심 어린 존경의 태도를 보이고 있었으나, 손님들한테는 상대에 따라 미묘한 뉘앙스의 차이가 있긴 해도 유난히 다정스러웠다. 특히 네흘류도프에게는 집안 식구를 대하듯이 각별히 세심하게 아양까지 떨며 대했으므로 네흘류도프는 새삼스럽게 자신의 장점을 깨닫고 즐거운 만족감을 느낄 정도였다. 그녀는 시베리아까지 찾아온 그가 좀 파격적이기는 하지만 성실한 그의 인품을 잘 알고 있어서 그를 특수한 인간으로 보고 있다는 것을 은연중에 드러냈다. 미묘한 찬사와 장군 댁의 우아하고 호화로운 분위기 덕택에 네흘류도프는 이 훌륭한 분위기와 맛있는 요리와 익숙한 자기 사회의 품위 있는 사람들을 대하는 기쁨과 마음이 놓이는 데서 일어나는 만족감에 한껏 젖어 있었다. 마치 최근에 줄곧 자기 생활을 에워쌌던 온갖 것이 꿈이었으며, 겨우 지금 깨어나 정말 현실로 되돌아온 것만 같았다.

만찬에는 장군의 딸 부부와 부관 등 집안 식구 외에도 그 영국 사람과 금광 주인인 상인, 그리고 먼 시베리아 도시에서 찾아온 지사가 참석하고 있었다. 네홀류도프에게는 그 사람들이 다 즐겁게만 보였다.

영국 사람은 혈색이 좋은 건강한 남자로, 프랑스어는 몹시 서툴렀으나 영어는 무척 달변이어서 깊은 감명을 주었다. 게다가 꽤 견문이 넓어서 미국, 인도, 일본, 시베리아 등에 관한 그의 얘기는 매우 흥미를 돋우었다.

농부의 아들이라는 젊은 금광업 상인은 런던에서 맞춘 연미복에 다이아몬드 커프스단추를 달고 있었다. 그는 커다란 서재를 소유하고 자선사업에도 거액의 기부금을 냈으며, 유럽적인 자유주의 사상을 가지고 있었다. 네홀류도프는 이 청년에게서 건전한 어린 나무에다 유럽 문화를 접목한, 완전히 새로운 우수한 문화인의 유형을 보는 것 같아서 흥미롭기도 하고 호감도 갔다.

멀리서 온 지사라는 사람은 네홀류도프가 페테르부르크에 있을 때 그토록 소문이 자자했던 바로 모 국장이었다. 듬성한 고수머리에 상냥한 푸른 눈을 한 뚱뚱하게 살찐 사내로, 하반신이 무척 뚱뚱하고 깨끗한 하얀 손에 반지를 여러 개 끼었으며 웃는 얼굴은 참으로 인상이 좋았다. 이 지사는 뇌물이 횡행하는 가운데 혼자만 뇌물을 안 받는다고 해서 이 집 주인에게 존경을 받고 있었다. 한편 대단한 음악 애호가로서 매우 훌륭한 피아니스트이기도 했던 여주인은 현 지사가 뛰어난 음악가이며 자기와 피아노 연주(連奏)를 할 수 있다는 점에서 그를 존경하고 있었다. 네홀류도프의 심경도 그지없이 즐거운 상태였으므로, 지금은 이 사내까지도 불쾌하게 생각되지 않았다.

아래턱이 파란, 정력적이고 쾌활한 부관은 어떤 일에도 봉사 정신을 발휘하는 선량함을 보여 호감이 갔다.

그러나 누구보다도 네흘류도프가 호감을 보인 것은 사랑스럽고 젊은, 장군의 딸 부부였다. 이 딸은 아름답지는 않았으나 순진한 젊은 여성으로, 처음으로 가진 두 어린아이에게 온 정신을 바치고 있었다. 부모와의 오랜 싸움 끝에 연애결혼을 했다는 그녀의 남편은 모스크바 대학 출신인 겸손하고 총명한 자유주의자로서, 관청에 봉직하면서도 통계에 흥미가 있었다. 그는 특히 토착 민족을 조사했는데, 애정을 갖고 그들을 연구하며 그들을 파멸에서 구해내려고 노력하고 있었다.

누구나 다 네흘류도프를 단순히 상냥하고 친절할 뿐만 아니라 분명히 새롭고도 흥미로운 인물로 여기며 그의 방문을 기꺼워하는 눈치였다. 군복에 백십자 훈장을 목에 걸고 만찬에 나온 장군은 마치 오랜 친구처럼 네흘류도프와 인사를 하고 곧 손님들을 자쿠스카와 보드카가 놓인 식탁으로 안내했다. 오늘 아침 방문 뒤에 무엇을 했느냐는 장군의 질문에 네흘류도프는 우체국에 가서 오전에 얘기한 인물이 특사를 받은 사실을 알았다고 말하고 나서, 한번 감옥을 방문하게 해달라고 청했다.

장군은 만찬 자리에서 사무적인 얘기를 하는 것을 좋아하지 않는 듯 미간을 찌푸리고 아무 말도 하지 않았다.

"보드카는 어떻습니까?" 하고 그는 곁으로 다가온 영국 사람에게 프랑스 말로 물었다. 영국인은 보드카 한 잔을 들이켜고는, 오늘 교회와 공장을 견학하고 왔는데 이번에는 커다란 이동 감옥을 보고 싶다고 말했다.

"그것 참 잘됐군요" 하고 장군은 네흘류도프 쪽을 바라보면서 말했다. "함께 가도록 하시죠. 두 분에게 통행증을 드리도록 하게" 하고 그는 부관에게 말했다.

"언제 가시겠습니까?" 하고 네흘류도프는 영국인에게 물었다.

"저는 밤에 감옥을 보고 싶습니다" 하고 영국 사람이 말했다. "그러면 모두 모여 있고 아무 준비도 없을 테니까, 그대로의 모습을 볼 수 있겠죠."

"가장 매력적인 장면을 보시겠다는 게로군? 보여드리도록 해. 나도 꽤 많이 쓰기는 했지만 아무도 내 말을 들어주지 않는단 말이야. 영국 신문에서라도 알아달라고 하는 게 좋겠군." 장군은 이렇게 말하면서, 부인이 손님들의 자리를 정하고 있는 식탁 쪽으로 다가갔다.

네흘류도프는 여주인과 영국인 사이에 앉았다. 그의 앞에는 장군의 딸과 전직 모 국장이 앉았다.

식사하는 동안 영국 사람은 인도 얘기를 꺼냈고, 장군은 프랑스의 통킹 원정을 신랄하게 비판했으며, 때로는 시베리아의 일반적인 부패와 뇌물에 대한 이야기가 나오기도 했다. 하나같이 네흘류도프에게는 그다지 흥미가 없는 얘기들뿐이었다.

그러나 식사 후 응접실에서 커피를 마시면서 그는 영국인과 부인을 상대로 글래드스턴(영국의 정치가)에 관해서 매우 흥미진진한 대화를 시작했다. 이 대화에서는 네흘류도프도 상대방의 주의를 끌 만한 현명한 말을 많이 했다고 느꼈다. 좋은 식사와 술이 있은 후 친절하고 예의 바른 사람들에 에워싸여 부드러운 안락의자에 앉아 커피를 마시는 동안 네흘류도프는 더욱더 즐거워졌다. 특히 영국 사람의 요청에 따라 여주인이 전 모 국장과 함께 피아노 앞에 앉아 충분히 연습한 베토벤 교향곡 5번을 연주하기 시작했을 때, 네흘류도프는 오랫동안 맛보지 못했던 완전한 자기만족의 정신 상태를 느꼈다. 마치 자기가 얼마나 좋은 인간인지 이제야 비로소 깨달은 듯한 생각이 들었다.

피아노도 좋았거니와 교향곡 연주도 훌륭했다. 적어도 이 교향곡을 잘 알고 또 사랑하던 네흘류도프에게는 그렇게 생각되었다. 아름다운 안단테를 듣는 동안에 그는 자기 자신이나 자신의 선행에 대한 감동으로 콧속이 찡해지는 것을 느꼈다.

네흘류도프가 오랫동안 맛보지 못했던 즐거움을 베풀어준 데 대해서 부인에게 감사를 표하고 작별 인사를 나누며 돌아가려고 할 때, 장군의 딸이 결심 어린 표정으로 그에게로 다가오더니 얼굴을 붉히면서 말했다.

"우리 아이들에 대해서 물으셨는데, 그 애들을 보시겠어요?"

"어머나, 얘는 누구든지 아이 보는 걸 흥미로워한다고 생각하는 게로군." 부인은 딸의 귀여운 억지를 보고 웃으면서 말했다. "공작님은 애들에겐 흥미가 없으시단다."

"천만에요, 매우 흥미롭습니다." 넘쳐흐르는 행복한 모성애에 감동되어 네흘류도프는 이렇게 말했다. "어서 보여주십시오."

"어린것을 봐달라고 드디어 공작을 끌고 가는군." 장군은 사위, 금광 소유주, 부관과 함께 앉아 있던 카드 탁자에서 웃으면서 이렇게 외쳤다. "그래, 그래, 의무를 다해야지."

젊은 여인은 이제부터 자기 아이들이 남의 비평을 받는다는 생각에 흥분하면서 네흘류도프를 앞장서서 총총걸음으로 안방으로 들어갔다. 천장이 높고 흰 벽지를 바른 네 번째 방에는 검은 갓을 씌운 조그만 램프가 켜져 있고 귀여운 침대 두 대가 가지런히 놓여 있었다. 침대 사이에는 하얀 숄을 두르고 시베리아 사람답게 광대뼈가 두드러진 선량해 보이는 유모가 앉아 있었다. 유모는 일어나서 인사를 했다. 아이의 어머니는 처음 침대 위로 몸을 굽혔다. 거기에는 길게 물결치는 머리칼을 베개에 흐트린 두 살가량 된 계집애가 조그만 입을 벌린 채 곤히 잠들어 있었다.

"이 애가 카탸예요." 조그맣고 흰 발꿈치가 삐죽이 나온 푸른 줄무늬로 짠 이불을 고쳐주면서 어머니가 말했다. "귀엽지요? 이제 겨우 두 살밖에 안 됐어요."

"정말 귀엽군요!"

"그리고 이 애가 바슈크예요. 할아버지께서 그렇게 부르신답니다. 완전히 모습이 달라요. 시베리아 형이에요. 그렇지요?"

"참 귀엽게 생겼습니다." 엎드려 자고 있는 토실토실한 사내애를 바라보면서 네흘류도프는 이렇게 말했다.

"정말이에요?" 아이 어머니는 여러 가지 뜻이 깃들인 웃음을 지으면서 말했다.

네흘류도프는 쇠사슬과 박박 깎은 머리, 구타, 타락, 빈사 상태의 크릴초프, 카튜샤와 그 밖의 모든 과거를 상기했다. 그러자 그는 불현듯 부러운 마음이 들면서 이렇게 우아하고 깨끗하게 느껴지는 행복이 아쉬웠다.

네흘류도프는 아이들을 몇 번이고 추어올려주고 그 칭찬을 탐욕스럽게 받아들이는 어머니를 어느 정도 만족시킨 다음에, 그녀를 따라 응접실로 나왔다. 거기서는 약속한 대로 함께 감옥에 가려고 영국 사람이 그를 기다리고 있었다. 늙고 젊은 부부 두 쌍에게 작별을 고하고, 네홀류도프는 영국 사람과 함께 현관 층계로 나왔다.

날씨는 변해서 탐스러운 함박눈이 펑펑 내리고 있었다. 어느새 길도, 지붕도, 뜰의 나무들도, 마차 지붕도, 말 잔등도 온통 흰 눈으로 덮여 있었다. 영국 사람은 자기 마차가 있었으므로 네홀류도프는 그 마부에게 감옥으로 가도록 이르고 자기 마차에 올랐다. 그는 불쾌한 의무를 다할 괴로운 감정을 느끼면서, 영국인 뒤에서 달리기 힘든 보드라운 눈길을 따라 마차를 몰았다.

25

문 밑에 등불이 켜지고 문지기 한 사람이 서 있는 음침한 감옥 건물은 마차 대기소도, 지붕도, 벽도 모두 깨끗한 흰 눈으로 뒤덮여 있었는데도, 불빛에 비친 정면의 창문들 때문에 오늘 아침보다도 더욱 음침한 인상을 풍겼다.

소장이 위엄을 떨치며 나와서 네홀류도프와 영국인에게 발부된 통행 허가증을 불빛에 비춰 보더니 납득이 안 간다는 듯이 떡 벌어진 두 어깨를 흠칫해 보였으나, 명령을 준수하여 두 방문객을 안내했다. 그는 두 사람을 먼저 안마당으로 들이고, 거기서 오른쪽 문을 통해 계단을 올라가서 사무실로 안내했다. 그러고는 두 사람에게 의자를 권한 다음 또다시 용무를 물었다. 네홀류도프가 카튜샤를 만나고 싶다고 하자 그녀를 부르러 간수 한 사람을 보내고, 영국인이 네흘류도프의 통역으로 묻기 시작한 질문에 대답할 준비를 갖추었다.

"이 감옥의 수용 인원은 몇 명입니까?" 하고 영국인이 물었다. "현재 수용된 사람은 몇 명이죠? 남자와 여자가 각각 몇 명이고, 아이는 얼마나 됩니까? 징역수, 유형수, 그리고 자발적으로 따라온 사람의 수는 몇입니까? 병자는 몇 명 정도 있습니까?"

네흘류도프는 눈앞에 다가온 카튜샤와의 면회 때문에 자신으로서도 뜻밖일 만큼 마음이 산란해서, 말뜻은 전혀 생각지도 않고 영국인과 소장의 대화를 통역해주었다. 그가 영국인에게 어느 한 구절을 통역해주고 있을 때 사무실로 다가오는 발소리가 들렸다. 이어 사무실 문이 열리고, 여느 때와 마찬가지로 간수가 먼저 들어오고, 그 뒤를 따라 죄수옷을 입고 머릿수건을 쓴 카튜샤가 들어왔다. 그녀의 모습을 보자 그는 마음이 무거워졌다.

'나도 살고 싶다, 가정을 꾸리고 아이를 갖고 싶다. 인간다운 생활이 하고 싶다.' 그녀가 눈을 내리깐 채 잰걸음으로 방에 들어왔을 때 그의 머리에는 이런 생각이 스쳐 지나갔다.

그는 일어나서 그녀 앞으로 몇 걸음 다가갔다. 그녀의 얼굴은 무뚝뚝하고 차가워 보였다. 언젠가 그를 책망했을 때의 얼굴 그대로였다. 그녀는 얼굴이 붉으락푸르락하면서 바르르 떨리는 손가락으로 옷자락을 붙잡고 있었는데, 고개를 들어 네흘류도프를 바라보기도 하고 눈을 내리깔기도 했다.

"특사가 내린 것을 알고 있소?" 하고 네흘류도프는 물었다.

"네, 간수가 말해주더군요."

"그러니까 원본이 도착되는 대로 방면되어 어디든지 살고 싶은 데서 살 수가 있소……. 우리는 잘 생각해서……."

그녀는 얼른 그의 말을 가로챘다.

"제가 무슨 다른 생각을 하겠어요? 블라디미르 이바노비치(시몬손)가 가는 곳으로 저도 따라가겠어요."

카튜샤는 몹시 흥분해 있었는데도 네흘류도프를 똑바로 바라보면서 마치 그 말을 미리부터 준비하고 있었다는 듯이 재빨리 딱 잘라 말해버렸다.

"아, 그렇군요!" 하고 네흘류도프는 말했다.

"저, 드미트리 이바노비치, 그가 저와 함께 살기를 원한다면……." 그녀는 놀란 듯 말을 멈추었다가 다시 고쳐 말했다. "그가 저를 곁에 두기를 원한다면, 저로서도 그보다 좋은 일이 어디 있겠어요? 정말이지 그런 행복이 없겠지요……. 저 같은 사람에게 대체 무엇이……."

'둘 중 하나다. 시몬손을 사랑해서 내가 바치려는 희생을 전혀 원하지 않거나, 아니면 아직도 나를 사랑해서 내 행복을 위해 마음에도 없는 거절을 하고 시몬손과 운명을 결합함으로써 영원히 인연을 끊어버리려 하거나.' 네흘류도프는 이렇게 생각하자 어쩐지 부끄러워져서 얼굴이 뜨거워지는 것을 느꼈다.

"당신이 그 사람을 사랑하고 있다면……" 하고 네흘류도프는 말했다.

"사랑하건 안 하건 무슨 문제예요? 그런 것은 이미 오래전에 버렸어요. 게다가 블라디미르 이바노비치는 다른 사람들하고 아주 다르잖아요."

"아, 물론이지" 하고 네흘류도프는 말했다. "그는 훌륭한 사람이오. 그래서 내 생각으론……."

그녀는 마치 네흘류도프가 쓸데없는 말을 하거나 자기가 하고 싶은 말을 다 하지 못할까 봐 두렵기라도 한 듯 또다시 그의 말을 가로챘다.

"아니에요, 드미트리 이바노비치, 혹시 제가 당신이 바라는 대로 하는 게 아니더라도 나쁘게 생각진 말아주세요." 그녀는 신비로운 느낌을 주는 사팔눈으로 슬그머니 그의 눈을 보면서 말했다. "모든 것이 이렇게 되어버렸고, 또 당신도 역시 살아가셔야 하지 않겠어요."

그녀는 그가 방금 스스로에게 한 말과 똑같은 말을 했다. 그러나 그는 지금 그런 생각을 하고 있지 않았다. 전혀 딴것을 생각하며 느끼고 있었다. 그는 수치스러웠을 뿐만 아니라 그녀와 함께 잃어버린 모든 것이 아쉬워졌다.

"이렇게 되리라곤 생각지도 못했어" 하고 그는 말했다.

"당신이 이런 데서 고생하실 필요는 조금도 없어요. 당신 수고는 이미 충분해요." 그녀는 이렇게 말하고 빙긋 웃어 보였다.

"수고라기보다는 나 자신을 위해서도 무척 좋은 일이었소. 되도록이면 더 도와주고 싶군요."

"우리에게는," 그녀는 '우리'라고 말하고 흘끗 네흘류도프를 쳐다보았다. "우리에게는 아무것도 필요하지 않아요. 당신은 저를 위해서 너무나도 많은 수고를 해주셨어요. 만일 당신이 아니었더라면……." 그녀도 무슨 말인가 더 하려고 했으나 그 목소리가 떨리기 시작했다.

"아, 내게 감사할 건 하나도 없어요." 네흘류도프는 말했다.

"그걸 계산할 순 없겠지요. 우리 계산은 하나님이 해주실 거예요" 하고 그녀는 말했다. 그때 그 검은 눈은 솟아오르는 눈물로 반짝이기 시작했다.

"당신은 정말 훌륭한 여자요!" 하고 그는 말했다.

"제가 훌륭하다고요?" 그녀는 눈물 속에서 말했다. 애수 어린 미소가 그녀의 얼굴을 밝게 빛내주었다.

"Are you ready(다 됐습니까)?" 하고 영국인이 물었다.

"Directly(이제 곧)." 네흘류도프는 이렇게 대답하고 크릴초프의 일을 그녀에게 물었다.

그녀는 흥분을 가라앉히고 차분차분 아는 대로 얘기했다. 크릴초프는 오는 길에 무척 쇠약해져서 도착 즉시 병원에 들어갔고, 마리야 파블로브나가 몹시 걱정하며 간호를 위해 병원으로 보내달라고 간청했지만 허가되지 않았다고 했다.

"그럼 전 이만 가봐도 될까요?" 그녀는 영국인이 기다리고 있는 것을 눈치채고 말했다.

"작별 인사는 하지 않겠소. 어차피 또 만날 테니까." 네흘류도프는 말했다.

"용서하세요." 그녀는 들릴 듯 말 듯한 소리로 이렇게 말했다. 눈과 눈이 마주쳤다. '안녕히 가세요'가 아니라 '용서하세요'라고 말했을 때의 사시기 어린 묘한 시선과 애수 어린 웃음을 보자, 네흘류도프는 그녀의 결심에 대한 자신의 두 가지 가정 중 두 번째 것이 옳았음을 깨달았다. 그녀는 네흘류도프를 사랑했기 때문에 그를 언제까지나 옭아맴으로써 그의 일생을 망치기보다는 시몬손과 함께 그의 곁을 떠남으로써 그를 해방하려 했던 것이다. 그리고 그녀는 지

342

금 자기 희망대로 실행한 것을 기뻐했지만, 동시에 그와 헤어지는 것을 슬퍼하고 있었다.

그녀는 네흘류도프의 손을 잡고는 획 몸을 돌려 나가버렸다.

네흘류도프는 함께 가려고 기다리고 있는 영국 사람을 돌아보았으나, 영국인은 자기 수첩에 뭔가 적고 있었다. 네흘류도프는 그를 방해하지 않으려고 벽 앞에 놓인 벤치에 앉았다. 그러자 갑자기 심한 피로가 느껴졌다. 수면 부족이나 여행이나 흥분에서 오는 피로가 아니라, 생활 그 자체에 지쳐버린 무서운 피로였다. 벤치 등받이에 몸을 기대고 눈을 감은 그는 곧 죽은 듯이 깊은 잠에 빠져들었다.

"어떻습니까, 이제부터 감방을 한 바퀴 돌아보시겠습니까?"하고 소장이 물었다.

네흘류도프는 퍼뜩 정신이 들면서 자기가 이런 데 와 있는 것에 놀랐다. 메모를 마친 영국인은 감방을 돌아보고 싶다고 말했다. 네흘류도프는 지칠 대로 지친 몸으로 정신없이 그들의 뒤를 따랐다.

26

현관 입구를 지나 구역질이 날 만큼 악취가 풍기는 복도를 지날 때, 소장과 영국인과 네흘류도프는 두 죄수가 바로 마룻바닥에 대고 오줌을 누는 것을 보고 놀라면서 간수들과 함께 첫 번째 감방으로 들어갔다. 이 감방 한가운데 나무 침대가 있고 죄수들은 모두 누워 있었다. 모두 70명쯤 되었다. 그들은 머리와 머리, 옆구리와 옆구리를 맞대고 자고 있었다. 참관인이 들어가자 모두 쇠사슬 소리를 절거덕거리며 얼른 일어나 반만 깎은 머리를 번들거리면서 나무 침대 옆에 섰다. 그냥 누워 있는 사람도 두 명 있었다. 하나는 아마도 열이 있는 듯 얼굴이 달아오른 젊은 사내였고, 또 하나는 끊임없이 신음하고 있는 노인이었다.

영국인은 이 젊은이가 병이 난 지 오래됐느냐고 물었다. 소장이 말하기를, 이 젊은이는 오늘 아침부터지만 노인 쪽은 이미 오래전부터 배를 앓고 있는데 병원이 쭉 가득 차서 옮길 데가 없다고 했다. 영국인은 불만스러운 듯 머리를 흔들고는, 이 사람들에게 몇 마디 하고 싶으니 통역을 해달라고 네흘류도프에게 부탁했다. 알고 보니 영국인은 시베리아 유형지와 감옥을 기록하는 목적 말고도 신앙과 속죄를 통한 구원을 알리고 전도하려는 또 다른 목적이 있었다.

"이 사람들에게 좀 전해주십시오. 그리스도는 당신들을 가엾이 여기고 사랑하셨습니다" 하고 그는 말했다. "그리고 당신들을 위해 세상을 떠나셨습니다. 만일 이것을 믿는다면, 구원을 받을 것입니다." 그가 얘기하는 동안 죄수들은 모두 두 손을 바지 솔기에 댄 채 나무 침상 앞에 묵묵히 서 있었다. "저들에게 얘기해주십시오." 그는 말을 맺었다. "이 책에는 그런 말씀이 전부 쓰여 있습니다. 책을 읽을 줄 아는 사람이 있습니까?"

스무 명 넘게 책을 읽을 수 있다고 했다. 영국인은 손가방에서 제본된 신약성서 몇 권을 꺼냈다. 딱딱하고 까만 손톱을 기른 우람한 손들이 거친 삼베 소매 속에서 나와 서로 밀치며 그에게로 내밀어졌다. 영국인은 이 감방에서 성경 두 권을 나누어주고 다음 감방으로 갔다.

다음 감방도 마찬가지였다. 숨 막힐 듯한 악취도 같았거니와, 창

문과 창문 사이에 성상이 걸려 있고 방문 왼쪽에 오물통이 놓여 있
는 것도, 모두 일제히 뛰어 일어나 부동자세를 하는 것도, 그리고 죄
수 셋이 일어나지 않는 것까지 모두 전 감방과 똑같았다. 세 사람 중
둘은 몸을 일으켜서 앉았지만, 한 사람은 누운 채 들어온 사람들을
보려고도 하지 않았다. 그들은 환자였다. 영국인은 여기서도 똑같
은 말을 하고 역시 성경 두 권을 나누어주었다.

세 번째 감방에서는 고함 소리와 요란스럽게 떠들어대는 소리
가 들려왔다. 소장은 문을 두드리고 "조용히들 해!" 하고 외쳤다. 문
이 열리자 또다시 전원이 나무 침상 옆에 똑바로 섰는데, 몇몇 병자
와 맞붙어 싸우고 있는 두 죄수만은 예외였다. 이들 두 사람은 증오
로 일그러진 얼굴로 한쪽은 머리털을 잡고 다른 한쪽은 턱수염을
움켜잡은 채 서로 싸우고 있었다. 소장이 그들 옆으로 달려가자 그
제야 겨우 두 사람은 손을 놓았다. 한쪽은 코를 얻어맞아 콧물, 침과
함께 흐르는 코피를 수의 소매로 훔치고 있었다. 또 한쪽은 턱수염
에서 빠진 털을 주워 모으고 있었다.

"반장!" 소장이 사납게 외쳤다.

힘이 세 보이는 잘생긴 남자가 앞으로 나왔다.

"도무지 뜯어말릴 수가 없습니다, 각하." 즐거운 듯이 눈웃음을
치면서 반장은 이렇게 말했다.

"그럼 내가 말려주지." 미간을 찌푸리며 소장이 말했다.

"What did they fight for(무엇 때문에 그들은 싸웠죠)?" 하고 영국인
이 물었다.

네흘류도프는 반장에게 그들이 싸운 이유를 물었다.

"덮는 것 때문에 그러죠. 남의 걸 덮었거든요." 여전히 웃음을 지

345

으면서 반장이 말했다. "한 사람이 떼미니까 상대방이 응수를 한 거죠."

네흘류도프는 영국인에게 그 말을 전했다.

"이 사람들에게 잠깐 얘기하고 싶습니다만." 영국인이 소장을 뒤돌아보며 말했다.

네흘류도프가 그 말을 통역해주자, 소장은 그렇게 하라고 했다. 그러자 영국인은 가죽 표지로 장정한 자신의 성경을 꺼냈다.

"자, 동역 좀 부탁합니다." 그는 네흘류도프에게 말했다. "당신들은 말다툼을 하고 싸움을 벌였습니다. 그러나 우리를 위해 돌아가신 그리스도는 싸움을 해결하는 다른 방법을 가르쳐주셨습니다. 저들에게 한번 물어봐주십시오. 그리스도의 말씀에 따른다면, 우리를 모욕한 인간에게 어떠한 태도를 갖지 않으면 안 되는가를 그들이 알고 있는지."

네흘류도프는 영국인의 말과 질문을 통역했다.

"상관한테 호소하면 해결해줄 게 아닙니까?" 위엄 있는 소장을 곁눈질해 보면서 죄수 한 사람이 묻는 듯이 말했다.

"때려눕히면 돼요. 그러면 모욕도 안 받게 될 거야." 다른 사람이 말했다.

동감이라는 듯한 웃음소리가 몇 군데서 들렸다. 네흘류도프는 그들의 대답을 영국인에게 통역했다.

"그렇다면 저들에게 얘기해주십시오. 그리스도의 말씀을 따른다면, 이와는 정반대 일을 하지 않으면 안 됩니다. 만일 한쪽 뺨을 치거든 다른 쪽 뺨을 내줘야 합니다." 자기 뺨을 내놓는 시늉을 하면서 영국인은 이렇게 말했다.

346

네흘류도프는 통역했다.

"그렇게 말하는 자기 먼저 한번 해보라지." 누군가의 목소리가 들렸다.

"다른 쪽 뺨까지 얻어맞는다면 그다음엔 어느 쪽을 내밀어야 하지?" 누워 있던 병자 한 사람이 말했다.

"그러다간 만신창이가 돼버리게."

"어디 한번 해보시지." 뒤쪽에서 누군가가 말하고 유쾌한 듯이 웃어댔다. 억누를 수 없는 웃음보가 터져서 감방 전체가 웃음바다로 변했다. 아까 얻어맞은 사내까지도 피와 콧물이 범벅된 얼굴로 웃어댔다. 병자도 웃고 있었다.

영국인은 조금도 당황하지 않고, 그리스도를 믿는 자에게는 불가능해 보이는 것도 가능해지고 쉬워진다는 말을 전해달라고 부탁했다.

"한번 질문해주세요, 저들은 술을 마시는지?"

"암, 마시다마다요." 한 목소리가 이렇게 말하자, 이와 동시에 또다시 콧방귀와 폭소가 터져 나왔다.

이 감방에는 병자가 넷 있었다. 영국인이 어째서 병자만 한방에 모으지 않느냐고 묻자, 소장은 자신들이 희망하지 않기 때문이라고 대답했다. 이 병자들은 전염병도 아니고, 의사 조수가 가끔 진찰하고 치료도 해주고 있다고 덧붙였다.

"벌써 2주나 조수의 얼굴을 볼 수가 없어요." 누군가가 말했다.

소장은 그 말에는 아무 대꾸도 없이 다음 방으로 갔다. 또다시 문이 열리고, 또다시 모두 일어나 정숙해지고, 또다시 영국인이 성경을 나누어주었다. 다섯 번째 방에서도, 여섯 번째 방에서도, 좌우

347

양쪽 어느 감방에서도 모두 마찬가지였다.

그들은 징역수 감방에서 유형수 감방으로 옮기고, 유형수 감방에서 마을에서 추방된 죄수들의 감방으로 옮긴 다음, 다시 자발적으로 따라가는 사람들한테로 옮겨 갔다. 어디를 가나 마찬가지였다. 어느 감방을 들여다보아도 추위에 떠는 자, 굶주린 자, 태만한 자, 병든 자, 모욕을 당한 자들이 우리에 갇힌 짐승과 다름없는 상태를 보여주었다.

영국인은 예정한 수만큼 성경을 나누어주자 그 이상은 더 나누어주지 않고 설교도 하지 않았다. 처참한 광경과 특히 숨 막힐 듯한 공기가 그의 정력을 압도해버린 듯, 소장이 각 감방마다 어떤 죄수가 수감되어 있다고 설명을 해도 그저 "그렇습니까" 하고 중얼거리며 감방에서 감방으로 옮겨 갔다. 네흘류도프도 역시 거절하고 떠나갈 만한 기력도 없이 여전히 똑같은 피로와 절망감을 느끼면서 꿈꾸는 듯이 그 뒤를 따라갔다.

27

유형수의 어느 한 감방에서 네흘류도프는 놀랍게도 오늘 아침 나룻배에서 만난 그 이상한 노인을 발견했다. 헝클어진 머리에 주름투성이 얼굴을 한 노인은 어깨가 해진 더러운 회색 셔츠에 바지를 입고, 맨발로 나무 침상 옆 마룻바닥에 앉아서 힐문하는 듯한 매서운 눈으로 들어오는 사람들을 바라보았다. 더러운 셔츠의 해진 구멍으로 들여다보이는 그의 여윈 몸은 가련할 정도로 쇠약해 보였지만, 그 얼굴은 나룻배 위에서 보았을 때보다 더한층 집중적이며 진지하고 생기가 넘쳐흐르고 있었다. 다른 감방과 마찬가지로 여기서도 죄수들은 모두 소장의 모습을 보는 즉시 뛰어 일어나서 부동자세를 했지만, 노인은 앉은 채로 움직이지 않았다. 그의 눈은 빛나고 눈썹은 분노로 일그러졌다.

"일어서!" 하고 소장이 외쳤다.

노인은 꼼짝도 않고 멸시하는 듯이 싱긋 웃을 뿐이었다.

"네 앞에는 네 종들이나 서기 마련이지. 그러나 난 네 종이 아니야. 네 얼굴에도 낙인이 찍혀 있군……" 하고 노인은 소장의 이마를 가리키면서 말했다.

"뭐라고?" 소장은 한 걸음 앞으로 다가서며 위협조로 말했다.

"나는 이 사내를 압니다." 네흘류도프는 성급히 소장에게 말했다. "무슨 죄로 수감됐습니까?"

"여권이 없다고 경찰이 보내온 겁니다. 이런 자는 보내지 말라고 부탁했는데도 자꾸 보내는군요" 하고 소장은 화가 난다는 듯이 노인을 곁눈질로 노려보면서 말했다.

"아, 자네도 역시 반기독교인이었군?" 하고 노인은 네흘류도프에게 말했다.

"아니요, 나는 참관자입니다" 하고 네흘류도프는 말했다.

"그럼 반그리스도 놈이 사람들을 못살게 구는 것을 구경하러 왔다는 겐가? 자, 어서 보도록 해. 인간을 붙들어다가 한 부대는 되는 사람들을 한우리 속에 가둬두다니. 인간은 이마에 땀을 흘려 빵을 먹어야 하는데, 이런 데 처박아놓고 돼지처럼 일도 안 시키면서 처먹이기만 하니 짐승이 될 수밖에."

"이 사내는 무슨 말을 하고 있습니까?" 영국인이 물었다.

네흘류도프는 소장이 부당하게 사람을 감금하고 있는 것을 노인이 비난하고 있다고 말했다.

"그럼 한 가지 질문해주십시오. 법률을 지키지 않는 인간에게는 어떤 조치를 취해야 하느냐고요?" 영국인이 말했다.

네흘류도프는 질문을 전했다.

노인은 잇새가 고른 치아를 드러내며 이상하게 웃어댔다.

"법률이라고?" 노인은 경멸하는 듯한 어조로 되뇌었다 "먼저 자기 쪽에서 모든 사람 것을 약탈해서 토지 재산을 다 뺏고, 거기에 항거하는 자들을 모조리 죽여버린 다음에 약탈을 하지 마라, 살인을 하지 마라 하는 식의 법률을 만들지 않았느냐 말이야. 그런 법률은 그런 일이 있기 전에 만들었어야지."

네흘류도프는 통역했다. 영국인은 웃음을 지었다.

"그건 그렇다 치고, 현재의 도둑과 살인자에 대해서는 어떻게 하면 좋을지, 그것을 한번 물어봐주십시오."

네흘류도프는 또 그 질문을 전했다. 노인은 사납게 얼굴을 찡그렸다.

"먼저 자기 이마에서 반그리스도의 낙인을 떼버리라고 말해주게. 그러면 도둑도 살인자도 없어질 테니까. 그렇게 말해줘."

"He is crazy(그는 돌았습니다)." 네흘류도프가 노인의 말을 통역해주자, 영국인은 이렇게 말하고는 어깨를 움츠리고 감방을 나갔다.

"사람은 자기 일만 하면 되는 거야. 남의 일에 참견할 것 없어. 자기는 자기고 남은 남이니까. 누구를 벌하고 누구를 용서할지 아는 분은 하나님이지, 우리가 아니야" 하고 노인은 말했다. "자기가 자기 상관이 되는 거야. 그러면 상관 따위는 필요가 없게 되지. 자, 어서 가게, 어서 가!" 노인은 화가 난 듯이 이맛살을 찌푸리고, 감옥에서 꾸물거리고 있는 네흘류도프를 빛나는 눈으로 노려보면서 이렇게 덧붙였다. "반그리스도의 하수인들이 인간을 미끼로 이를 기르고 있는 걸 봤을 테지? 자, 가라, 가!"

네흘류도프가 복도로 나왔을 때, 영국인은 소장과 함께 문이 열린 빈방 앞에 서서 이 방의 용도를 묻고 있었다. 소장은 시체실이라고 말했다.

"오오!" 네흘류도프가 통역을 해주자 영국인은 이렇게 소리를 지르고, 들어가보고 싶다고 말했다.

시체실은 그리 크지 않은 보통 감방이었다. 벽에 조그만 램프가 하나 켜져 있어 한구석에 쌓아올린 배낭과 장작, 오른쪽 나무 침상에 놓인 시체 네 구를 희미하게 비춰주고 있었다. 대마 셔츠에 바지를 입은 첫 번째 시체는 키가 크고, 끝이 뾰족한 조그만 턱수염을 기르고 머리를 반쯤 깎은 사내였다. 시체는 이미 굳어져서, 청자색 양손은 아마도 가슴 위에서 깍지 꼈던 모양인데 지금은 풀려 떨어져 있었다. 두 맨발도 역시 벌어져서 발바닥이 따로따로 비죽이 나와 있었다. 그 곁에는 주름투성이 누렇고 조그마한 얼굴에 뾰족한 코를 하고 숱이 적은 짧은 머리를 조그맣게 땋아 늘인 노파가 맨발에 머릿수건도 없이 흰 재킷과 스커트 차림으로 누워 있었다. 노파 뒤에는 무엇인지 모를 보랏빛으로 감싸인 사내의 시체가 있었다. 이 빛깔은 네흘류도프에게 누군가를 생각나게 했다.

그는 바싹 다가가서 시체를 살펴보기 시작했다.

날카롭게 위로 뻗친 조그만 턱수염, 날이 선 아름다운 코, 새하얀 높은 이마, 숱이 적은 고수머리. 그에게는 모든 것이 낯익은 윤곽이었으나 자기 눈을 믿을 수가 없었다. 어제 그는 이 얼굴이 흥분해서 분노에 타오르고 괴로워하는 것을 보았다. 지금 그 얼굴은 편안해 보이고 움직이지도 않았으며, 말할 수 없이 아름다웠다.

그렇다, 크릴초프였다. 아니, 적어도 그의 물질적 존재가 남긴 한 흔적이었다.

'무엇 때문에 그는 괴로워했을까? 무엇 때문에 그는 살았을까? 그는 지금 이깃을 알고 있을까?' 하고 네흘류도프는 생각했다. 그 대답은 없을 것 같았다. 죽음 외에는 아무것도 존재하지 않는 것 같았다. 그러자 그는 갑자기 마음이 언짢아졌다.

영국인에게 작별 인사도 없이 네흘류도프는 간수에게 밖으로 데려다 달라고 부탁하고는, 오늘 밤 경험한 모든 것을 곰곰이 되씹어보기 위해 혼자 있어야 할 필요성을 느끼면서 마차를 타고 숙소로 돌아왔다.

28

자리에 들려고도 하지 않고 네흘류도프는 오랫동안 여관방 안을 왔다 갔다 하고 있었다. 카튜샤의 문제는 끝나버렸다. 그는 이제 그녀에게 필요 없는 존재였다. 네흘류도프에겐 그것이 슬프기도 하고 부끄럽기도 했다. 그러니 지금 그를 괴롭히는 것은 그 일이 아니었다. 또 한 가지 일은 결말이 나지 않았을 뿐만 아니라, 지금까지보다도 더욱 강하게 그를 괴롭히고 한층 더 맹렬히 그의 활동을 요구하고 있었다.

그가 요즈음 줄곧 듣고 보아온 그 가공할 만한 모든 사악함, 특히 오늘 그 무서운 감옥에서 목격한 모든 사악함, 사랑스러운 크릴초프를 멸망시킨 저 사악함은 승리를 구가하며 이 세상에 군림하고 있다. 이를 물리칠 가능성은커녕 그것을 어떻게 물리쳐야 할지 그 가능성조차도 전혀 보이지 않았다.

지금 그의 머릿속에는 냉담한 장군이며 검사며 소장 등에 의해 부패된 공기 속에 감금되어 있는 저 몇백 몇천의 학대받는 사람들 모습이 떠올랐다. 위정자들의 죄를 폭로해서 광인 취급을 받고 있는 저 굴할 줄 모르는 이상한 노인이 떠오르고, 다른 시체들 틈에 누워 있던 크릴초프의 백랍처럼 아름다운 데스마스크가 상기되었다. 그러자 네흘류도프 그 자신이 광인인가, 아니면 스스로를 현명한 인간으로 여기며 그 모든 일을 하고 있는 사람들이 광인인가 하는, 전부터의 의문이 더한층 새로운 힘으로 그의 앞을 막아서며 해결을 요구했다.

걷다 지치고 생각하다 지친 그는 램프 앞의 긴 의자에 걸터앉아서 아까 호주머니 속 물건을 꺼낼 때 탁자 위에 내던졌던, 영국 사람에게 기념으로 받은 성경을 기계적으로 펴보았다. '이 속에 모든 해결책이 있다고 했는데' 하고 그는 생각했다. 그리고 그는 복음서의 펼쳐진 곳을 읽기 시작했다. 〈마태복음〉 18장이었다.

1. 그때에 제자들이 예수께 나아와 이르되 천국에서는 누가 크니이까

그는 계속 읽었다.

2. 예수께서 한 어린아이를 불러 그들 가운데 세우시고

3. 이르시되 진실로 너희에게 이르노니 너희가 돌이켜 어린아이들과 같이 되지 아니하면 결단코 천국에 들어가지 못하리라

4. 그러므로 누구든지 이 어린아이와 같이 자기를 낮추는 사람이 천국에서 큰 자니라

'그렇다, 그렇다, 정말 그렇다.' 지금까지의 경험으로 봐서 자기를 낮추었을 때에 삶의 평안과 기쁨을 느꼈던 것을 상기하면서, 그는 이렇게 생각했다.

5. 또 누구든지 내 이름으로 이런 어린아이 하나를 영접하면 곧 나를 영접함이니

6. 누구든지 나를 믿는 이 작은 자 중 하나를 실족하게 하면 차라리 연자맷돌이 그 목에 달려서 깊은 바다에 빠뜨려지는 것이 나으리라

'이건 무슨 뜻일까? 도대체 누가 영접하고, 또 어디로 영접한다는 것일까? 내 이름으로라고 했는데, 이건 무슨 뜻일까?' 이런 말이 아무 해결책도 주지 않는다는 것을 느끼면서 그는 자기 자신에게 물었다. '게다가 맷돌을 목에 단다느니, 깊은 바다니 하는 것은 대체 무엇을 뜻하는 걸까? 아니, 이건 어딘지 좀 이상하다. 정확하지 않다, 분명하지가 않다.' 지금까지도 여러 번 복음서를 읽다가 언제나 이렇게 애매한 대목에 싫증이 나서 팽개쳤던 일을 상기하면서 그는 생각했다. 다시 7, 8, 9, 10절을 읽었다. 거기에는 죄의 유혹과 그 유혹이 반드시 세상에 온다는 얘기며, 사람들이 지옥 불에 던져져서

벌을 받으리라는 얘기며, 하늘에 계신 아버지의 얼굴을 보는 어린 천사의 얘기 들이 적혀 있었다. '유감스러운 일이지만, 너무 조리에 맞지 않는군' 하고 그는 생각했다. '그러나 어딘지 모르게 좋은 점도 있는 것 같은데.'

11. 인자가 온 것은 잃은 자를 구원하려 함이니라

그는 계속해서 읽어 내려갔다.

12. 너희 생각에는 어떠하냐 만일 어떤 사람이 양 백 마리가 있는데 그 중의 하나가 길을 잃었으면 그 아흔아홉 마리를 산에 두고 가서 길 잃은 양을 찾지 않겠느냐
13. .진실로 너희에게 이르노니 만일 찾으면 길을 잃지 아니한 아흔아홉 마리보다 이것을 더 기뻐하리라
14. 이와 같이 이 작은 자 중의 하나라도 잃는 것은 하늘에 계신 너희 아버지의 뜻이 아니니라

'그렇다, 그들이 멸망하는 것은 아버지의 뜻이 아니다. 그러나 현재 몇백 몇천의 인간이 멸망해가고 있지 않은가. 그리고 그들을 구할 수 있는 길은 없다' 하고 그는 생각했다. 그는 계속 읽어갔다.

21. 그때에 베드로가 나아와 이르되 주여 형제가 내게 죄를 범하면 몇 번이나 용서하여 주리이까 일곱 번까지 하오리이까
22. 예수께서 이르시되 네게 이르노니 일곱 번뿐 아니라 일곱 번을 일

혼 번까지라도 할지니라

23. 그러므로 천국은 그 종들과 결산하려 하던 어떤 임금과 같으니

24. 결산할 때에 만 달란트 빚진 자 하나를 데려오매

25. 갚을 것이 없는지라 주인이 명하여 그 몸과 아내와 자식들과 모든 소유를 다 팔아 갚게 하라 하니

26. 그 종이 엎드려 절하며 이르되 내게 참으소서 다 갚으리이다 하거늘

27. 그 종의 주인이 불쌍히 여겨 놓아 보내며 빚을 탕감하여 주었더니

28. 그 종이 나가서 자기에게 백 데나리온 빚진 동료 한 사람을 만나 붙들어 목을 잡고 이르되 빚을 갚으라 하매

29. 그 동료가 엎드려 간구하여 이르되 나에게 참아 주소서 갚으리이다 하되

30. 허락하지 아니하고 이에 가서 그가 빚을 갚도록 옥에 가두거늘

31. 그 동료들이 그것을 보고 몹시 딱하게 여겨 주인에게 가서 그 일을 다 알리니

32. 이에 주인이 그를 불러다가 말하되 악한 종아 네가 빌기에 내가 네 빚을 전부 탕감하여 주었거늘

33. 내가 너를 불쌍히 여김과 같이 너도 네 동료를 불쌍히 여김이 마땅하지 아니하냐 하고

"고작 이런 것뿐인가?" 성경 말씀을 읽으면서 네흘류도프는 갑자기 소리를 내서 이렇게 외쳤다. 그러자 그의 전 존재 내면에서 이런 소리가 들려왔다. '그렇다, 그런 것뿐이다.'

그리고 영적인 생활을 하는 사람들에게 흔히 일어나는 일이 네흘류도프에게도 일어났다. 즉 처음에는 이상하고 역설적이며 농담

처럼 생각되기도 하던 것이 점차 실생활에서 확증을 발견하게 되고, 나중에는 갑자기 가장 단순하고 의심할 여지가 없는 진리로서 그의 앞에 나타난 것이다. 그래서 많은 사람들이 고통받고 있는 사악함에서 구원받을 수 있는 단 하나의 확실한 길은 언제나 하나님 앞에서 자기 자신을 죄인이라고 인식하고, 따라서 남을 벌하거나 교정할 만한 힘이 자기에게는 절대로 없다는 것을 깨닫는 데 있음을 그는 분명히 알게 되었다. 그리고 그는 또 감옥과 구치소에서 목격한 저 무서운 사악함도, 그러한 사악함을 행하고 있는 사람들의 태연한 자신감도 요컨대 그들 자신이 악인이면서 악을 교정하려는 따위의 불가능한 일을 하려고 원하는 데서 비롯된다는 것을 명백히 알았다. 죄 많은 인간이 죄 많은 인간을 교정하려 들고, 기계적인 방법으로 이를 달성하려고 생각하고 있는 것이다. 그런데 이러한 모든 것에서 생기는 결과는, 생활이 곤란한 탐욕스러운 사람들이 헛된 형벌과 인간 교정을 직업으로 삼고 자기 스스로 극단적인 타락에 빠지는 동시에 자기가 괴롭히는 사람들까지도 끊임없이 타락시키고 있다는 것이다. 이제 네흘류도프에게는 자기가 목격한 이러한 공포가 어디에서 나오며, 또 그것을 근절하려면 어떻게 해야 하는지 명백해졌다. 지금까지 그가 찾아내지 못하고 있던 해답은 바로 그리스도가 베드로에게 준 말에 있었다. 곧 누구든 죄가 없는 사람은 없으며, 따라서 사람을 처벌하거나 교정할 수 있는 사람은 없으므로, 항상 모든 사람을 몇 번이고 한없이 용서해야 한다는, 이 한 가지에 있었다.

'그렇지만 이 문제가 이렇게 간단히 해결될 리는 없다.' 네흘류도프는 자기 자신에게 말했다. 그러나 그는 오랫동안 그 반대 일에만 익숙해왔기에 처음에는 몹시 이상하게 느껴졌지만, 그것이 단지 이론적인 면에서뿐만 아니라 가장 실제적이고 확실한 해결법이라는 것을 너무나도 잘 알게 되었다. 그렇다면 악인들은 어떻게 할 것인가? 아무 벌도 주지 않고 그대로 내버려둘 것인가? 언제나 품고 있던 이런 반박 문구도 이미 그를 당황케 하지는 못했다. 가령 형벌이 범죄를 감소시키고 범죄자를 교정한다는 것이 입증된다면, 이 반박도 큰 의미를 가질 수 있을 것이다. 그러나 전혀 반대의 사실이 증명되어 사람이 사람을 교정할 수 없다는 것이 명백해진 이상, 할 수 있는 유일한 합리적 방법은 유익하지 않을뿐더러 해롭고 비도덕적이며 잔혹하기 그지없는 일에서 손을 떼버리는 것이다. '너희들은 여러 세기에 걸쳐서 너희들이 범죄인이라고 인정하는 사람들을 수없이 처벌해왔다. 그것으로 죄인은 근절되었는가? 아니, 근절은 커녕 형벌을 통해 더욱 타락한 죄인과, 판사와 검사와 예심판사와 옥리 등의 남을 재판하고 처벌하는 죄인들 때문에 도리어 그 수가 늘고 있는 형편이다.' 이제야 네흘류도프는 사회와 질서가 존속하고 있는 것은 남을 재판하고 처벌하는 이들 합법화된 범죄인들이 있기 때문이 아니라, 이러한 부패와 타락에도 아랑곳하지 않고 사람들이 서로 돌보며 서로 사랑하고 있기 때문이라는 사실을 뚜렷이 깨달았다.

여기서 네흘류도프는 이 사상의 확증을 복음서에서 찾으리라 생각하고 처음부터 다시 읽기 시작했다. 언제나 그를 감동시키는 산상수훈을 읽는 동안에 그는 오늘 처음으로 그 설교에서 아름답고 추상적인 사상, 대부분 과장된 실현 불가능한 사상만을 요구하는 것이 아니라 극히 단순하고 명백하며 실제로 실행할 수 있는 계율이 있다는 것을 발견했다. 그 계율만 실행한다면(충분히 실행할 수 있는 것이다) 인간 사회는 완전히 새로운 체제를 갖게 되고, 그때에는 네흘류도프를 그토록 분격케 했던 온갖 폭력도 자연히 소멸될 뿐만 아니라, 인류에게 허용된 최고의 행복인 지상천국을 얻을 수 있다.

그 계율이란 다음 다섯 가지였다.

첫 번째 계율(〈마태복음〉 5장 21~26절), 사람은 사람을 죽여서는 안 될 뿐만 아니라 동포에 대해서 화를 내서도 안 된다. 어떤 사람도 하찮은 '어리석은 자'로 보아서는 안 된다. 만일 누구하고 다투는 일이 있다면, 먼저 그와 화해를 한 다음 하나님께 공물을 바쳐야 한다. 즉 기도를 드려야 한다.

두 번째 계율(〈마태복음〉 5장 27~32절), 사람은 간음을 해서는 안 될 뿐만 아니라 여성의 아름다움을 향락해서도 안 된다. 일단 한 여자와 맺어진 다음에는 결코 그녀를 배반해서는 안 된다.

세 번째 계율(〈마태복음〉 5장 33~37절), 사람은 무슨 일에서든지 맹세를 하고 약속을 해서는 안 된다.

네 번째 계율(〈마태복음〉 5장 38~42절), 눈에는 눈으로 하는 식의 복수를 해서는 안 될뿐더러, 만일 한쪽 뺨을 맞았으면 다른 쪽 뺨도 내주지 않으면 안 된다. 모욕을 용서하고 유순히 참아내며 사람들이 자기에게 요구하는 것은 상대가 누구든 거절해서는 안 된다.

다섯 번째 계율(〈마태복음〉 5장 43~48절), 사람은 원수를 미워하거나 그들과 싸워서는 안 되며, 그들을 사랑하고 도와주고 섬기지 않으면 안 된다.

네흘류도프는 타오르는 램프 불빛에 눈을 박은 채 꼼짝도 하지 않았다. 그는 우리 생활의 온갖 추악함을 상기해보고, 이와 같은 계율로 양육된 인생은 어떻게 될 것인가를 머릿속에 선명히 그려보았다. 그러자 오랫동안 맛보지 못했던 환희가 그의 마음을 사로잡았다. 그것은 마치 기나긴 괴로움과 고통 끝에 갑자기 평안과 자유를 찾아낸 것과도 같았다.

그는 밤새껏 잠을 이루지 못했다. 그리고 성경을 읽는 많은 사람들에게 흔히 있는 일이지만, 지금까지 여러 번 읽었으면서도 알지 못하고 지나쳤던 말의 참뜻을 이제야 비로소 완전히 깨닫게 되었다. 마치 해면이 물을 빨아들이듯이, 그는 이 책에서 자기에게 제시된 필요하고 중요하며 기꺼운 부분을 마음껏 흡수해갔다. 그리고 지금 읽은 모든 것이 이미 오래전부터 알고는 있었으나 완전히 의식하지 못하고 또 믿지도 않았는데, 이제 비로소 확실히 알게 되고 의식하게 된 것 같은 생각이 들었다. 이제야말로 그는 충분히 의식하고 또 믿게 된 것이다.

그는 이 계율을 실행하기만 하면 인간으로서 바라고 기대하는 최고 행복에 도달할 수 있음을 인식하고 확신했다. 뿐만 아니라 모든 사람은 이 계율을 실행하는 이외에 아무것도 없으며, 또 인생의 유일한 합리적 의의는 바로 이 계율에 있어서 거기에서 조금이라도 벗어나면 곧 벌을 초래하게 됨을 인식하고 또한 확신하기에 이르렀다. 이러한 가르침은 교리 전체에서 흘러나왔지만, 포도밭 농부들에 대한 비유에 더욱 뚜렷하고 힘차게 묘사되어 있었다. 농부들은 주인을 위해 일하라고 맡겨진 포도밭을 자기들 재산으로 여기고, 포도밭에 있는 전부가 자기들을 위해서 만들어졌다고 생각했다. 그리고 자기들의 일은 이 포도밭에서 즐기는 일뿐이라고 생각해 주인을 잊어버렸을 뿐만 아니라, 주인과 주인에 대한 의무를 상기시키려 드는 사람들을 모두 죽여버리고 말았다.

'우리도 이와 똑같은 짓을 하고 있다' 하고 네흘류도프는 생각했다. '우리 자신이 우리 생명의 주인이라느니, 생명은 우리의 향락을 위해서 주어졌느니 하는 어리석은 확신 속에 살고 있다. 그러나 이 것은 분명히 어리석은 생각이다. 만일 우리가 이 세상에 보내졌다면, 그것은 누군가의 의지로 어떤 목적을 위해서 보내진 것임에 틀림없다. 그런데도 우리는 다만 자신의 쾌락만을 위해서 살고 있다고 확신한다. 이렇다면 주인의 의지를 거역했던 포도밭 농부가 나쁜 보답을 받은 것처럼 우리도 나쁜 보답을 받는 것은 자명한 일이다. 그런데 주인의 의지는 이들 계율에 다 표현되어 있다. 사람들은 다만 이 계율을 실행하기만 하면 된다. 그러면 자연히 이 지상에 신의 왕국이 건설되고, 사람들은 자신들에게 허용된 최대의 행복을 받게 되는 것이다.

너희는 먼저 하나님의 나라와 그 의를 구하라, 그러면 나머지 것은 모두 너희에게 돌아가리니, 라고 하는데, 우리는 그 나머지 것만을 찾고 있으니, 발견되지 않는 것은 당연한 일이다.

그렇다, 바로 이것이 내 평생의 사업이다. 이제 한 가지 일이 끝나자마자 또 다른 일이 시작되었다.

이날 밤부터 네흘류도프에게는 완전히 새로운 삶이 시작되었다. 그가 새로운 환경에 들어갔기 때문만이 아니라, 그때부터 그에게 일어난 모든 일이 그에게 이제까지와는 완전히 다른 의의를 갖게 되었기 때문이었다. 그의 삶의 이 새로운 시기가 어떤 식으로 결말을 맺을지, 그것은 미래가 보여줄 것이다.

작품 해설

　톨스토이가《부활》을 쓰기 시작한 것은 1889년, 예순한 살 때였다. 처음에는 '코니의 수기(手記)'라는 제목이었다. 이 작품을 창작하게 된 동기가 당시의 저명한 변호사 코니에게서 들은 애기였던 것이다. 야스나야 폴랴나를 방문한 코니는 톨스토이에게 이런 이야기를 들려주었다. 그의 법률사무소에 한 젊은이가 찾아왔다. 그 젊은이는 시골 지주인 친척 집에 놀러 갔다가 부모를 잃고 그 집에서 자라는 열여섯 살 처녀를 유혹한 일이 있었다. 그녀는 임신해서 그 집에서 쫓겨났다. 그녀는 낳은 아기를 양육원에 맡기고 살 길을 찾았으나, 몸을 팔 정도로 타락하는 데 이른다. 마침내 그녀는 어느 취객의 주머니에서 돈을 훔쳐낸 죄목으로 법정에 서게 된다. 그곳 배심원 자리에 앉은 것이 그 젊은이였다. 생각지도 못한 곳에서 그녀를 다시 만난 젊은이, 그는 자기 죄를 깨닫고 양심의 가책에 괴로워하다가 그녀와 결혼할 것을 결심한다. 그리하여 코니에게 상의하러 온 것인데, 그는 실제로 그 처녀와 결혼까지 했다. 그러나 4개월의 형기가 끝나자 그녀는 이내 티푸스에 걸려 죽고 말았다.

362

이 이야기는 톨스토이를 깊이 감동시켰다. 톨스토이 자신도 젊었을 때 숙모 집의 하녀를 유혹했고, 그 처녀는 나중에 숙모 집에서 쫓겨나 윤락의 길에 떨어진 일이 있었다. 그래서 그는 코니의 허락을 받고 이 얘기를 바탕으로 한 소설 창작에 몰두했다.

이 작품은 1895년경 '부활'이라는 제목으로 일단 완성을 보았다. 이 초고에서는 네흘류도프가 그 젊은이의 경우와 마찬가지로 카튜샤와 정식으로 결혼하는 것으로 되어 있었다. 그러나 초고는 몇 년 동안 처박아둔 채로 있었다. 그러다가 1898년 두호보르 교도를 캐나다로 이주시키는 데 돈이 필요해지자, 톨스토이는 이 소설을 완성하여 팔 것을 결심하고 초고를 철저히 개작했다. 정치적·사회적 테마를 날카롭게 분석하고 제정 러시아에서의 재판, 교회, 행정 등의 불합리를 지적함으로써, 오늘날 볼 수 있는 바와 같은 복잡하고 거대하고 광범한 작품이 탄생한 것이다.

흔히 독자들은 《부활》하면 카튜샤와 네흘류도프의 사랑 이야기로 알고 읽어가지만, 그 저변에는 기성 질서에 대한 네흘류도프의 과격한 부정, 유형수들의 음울한 에피소드 등이 깔려 있다. 《부활》은 세 부분으로 이루어져 있다. 하나는 '코니의 이야기를 중심으로 한 사건'이다. 또 하나는 재판 제도, 군대, 관료 기구, 나아가서는 국가 그 자체에 대한 철저한 부정이다. 나머지 하나는 신의 계시다. 즉 첫째는 '카튜샤의 정신'이요, 둘째는 '네흘류도프의 의식'이요, 셋째는 '신의 부분'인 것이다. 흔히 독자들은 카튜샤의 가련한 운명에 눈물을 흘리고, 네흘류도프의 의식에 대해서는 로맨스의 배경 정도로밖에 흥미를 갖지 않는다. 이것은 톨스토이에게는 불친절한 독서 방법이겠으나, 소설의 독자로서 잘못된 독서는 아니다. 왜냐하면 카튜샤의 운명만이 소설로서 빈틈없이 짜여 있고, 또 그것이 소설 전편을 잇는 끄나풀이 되어 있다. 그것은 소설적 흥미에 그치는 것이 아니다. 카튜샤의 운명, 그녀의 기쁨과 설움은 역사의 그늘 속에서 태어났다가 죽어가는 수많은 무력한 대중의 바로 그것이었다. 《부활》에서 카튜샤는 거의 말다운 말을 하지 않는다. 거기에는 이유가 있다. 러시아 사회에서 그녀는 지배받고 조종당하는 노동력이다. 때로는 짐승으로 화한 사내에게 농락당하고, 때로는 네흘류도프 등에게 '해석'되는 '사물'이다. 키튜샤에게 하고 싶은 말, 해야 할 말이 없음은 당연하다. 그러나 톨스토이는 카튜샤를 중심으로 한 사건 전개에만 만족할 수 없었다. 카튜샤의 사건을 계기로 그 배후에 있는 사회적 잔인함을 들추어내어 규탄함이 그가 목적한 것이다. 그래서 카튜샤의 상대역으로 네흘류도프가 등장한다.

그러나 네흘류도프는 작자의 로봇에 지나지 않는다. 이 작품 속에서 생각하고, 말하고, 행동하는 것은 네흘류도프가 아닌 톨스토이 자신이다. 열광적인 톨스토이 찬미자의 하나인 로맹 롤랑은 이렇게 말하고 있다. "인물의 성격 가운데서 단 하나 객관적인 진실성이 없는 것은 주인공 네흘류도프의 그것이다. 톨스토이가 자기 자신의 사상을 그를 시켜서 말하고 있는 까닭이다." 그는 또 말한다. "톨스토이는 이 작품에서 35세 도락가의 육체에 걸맞지 않은 70세의 정신을 가지고 네흘류도프를 창조하고 있다." 한마디로 네흘류도프는 톨스토이가 러시아 사회의 상하(上下)를 모스크바에서 농촌에 이르기까지, 페테르부르크에서 시베리아의 유형지까지 모든 각도에서 샅샅이 점검해 19세기 러시아 문명의 암흑과 기만과 비인도주의를 고발하기 위해 내세운 괴뢰다. 카튜샤의 얘기가 그 자체로서 하나의 뛰어난 예술인데도 거대한 《부활》은 거대하기만 한 채 완벽성과 일관성이 결여된 예술이라고 평가되는 것은 이 때문이다. 예술 작품으로서 《전쟁과 평화》, 《안나 카레니나》에 그 영광의 앞자리를 내주고 있는 이유도 여기에 있다.

톨스토이는 네흘류도프를 통해서 지금까지 설교자나 고발자로서 말해온 모든 주장, 또 도덕가나 문명 비평가로서 반대해온 모든 의견을 집약하고 있다. 이 작품은 "음식의 목적 및 의의가 쾌락에 있다고 믿는 사람들에게는 먹는 것의 참다운 의미가 이해되지 않는다. 마찬가지로 예술의 목적이 쾌락이라고 생각하는 사람에게는 그 참다운 의미도 목적도 이해되지 않는 것이다(《예술이란 무엇인가》에서)"라는 그의 예술관을 대표해주는 것이기는 하지만, 여기에는 리얼리스트 작가로서 톨스토이의 모습이 유감없이 발휘되어 있다. 또한 극히 효과적으로 쓰이고 있는 대치법, 매우 간결한 필치, 정확하고도 생동하는 서정적 묘사 등으로 일흔 살 노작가의 건재를 증명하고 있다.

《부활》은 발표와 동시에 커다란 반향을 불러일으켰다. 〈니바〉라는 주간지에 연재되었는데, 전국 독자들은 "…… 하나님, 오래도록 이 소설이 계속되게 해주소서. 우리는 전 러시아에 〈니바〉가 배달되는 금요일 아침만을 기다리고 있습니다" 하고 열광했지만, 동시에 제정 러시아 당국은 격노했고 129장 중 삭제 없이 통과될 수 있었던 것은 25장뿐이었다. 기도식을 그린 데서 남은 것은 "기도식은 시작되었다"라는 단 한 구절이었다. 러시아에서 완전한 책은 가까스로 1936년에야 햇빛을 볼 수 있었다. 또한 작자는 이 소설로 1901년 그리스 정교에서 추방까지 당했다. 학생, 노동자들은 분노하여 가두 항의 시위까지 벌였다. 동시에 발표된 영국을 비롯해 그 밖의 나라에서도 이 책은 독자에게 크게 환영을 받았으나, 질서의 옹호자는 격노했다. 《부활》은 도전이라기보다 도발의 서(書)였다.

김학수

작가 연보

1828년	8월 28일, 니콜라이 톨스토이 백작의 4남으로 야스나야 폴랴나에서 출생하다. 부친은 나폴레옹 전쟁에 참가한 퇴역 육군 중령, 모친은 볼콘스키 공작의 딸이었다.
1830년(2세)	8월 7일, 어머니 마리야 니콜라예브나가 여동생 마리야를 낳고 사망하다.
1837년(9세)	1월, 모스크바로 이사하다. 6월 21일, 아버지 니콜라이 일리치가 툴라에 갔다가 거리에서 졸도해 사망하다. 숙모 오스틴 사켄 부인이 고아가 된 다섯 형제자매의 후견인이 되다.
1841년(13세)	가을, 후견인 오스틴 사켄 부인이 사망하다. 형 셋과 함께 다른 숙모인 펠라게야 일리치나 유시코프 부인의 카잔 집으로 옮기다.
1844년(16세)	9월 20일, 카잔 대학 동양어학과(아랍·터키어 전공)에 입학하다.
1845년(17세)	진급 시험에 낙제, 법과로 전과하다.

1847년(19세)   4월, 카잔 대학을 중퇴하고 고향 야스나야 폴랴나로 돌아가, 진보적인 지주로서 새로운 농업 경영, 소작인의 계몽 및 생활 개선 등에 힘썼으나, 농노제 사회에서는 실현되지 못하다.

1848년(20세)   페테르부르크 대학 학사 시험에 합격하여 법학사 칭호를 얻다. 이 해부터 23세까지는 모스크바를 오가며 도박, 술, 여자에 빠져 부랑 생활을 하다.

1851년(23세)   3월,《지나간 이야기》집필하다. 5월, 큰형 니콜라이가 복무하는 캅카스 포병대에 사관후보생으로 입대하다.

1852년(24세)   6월,《유년 시대》탈고, 네크라소프가 주재하는 잡지〈동시대인〉에 익명으로 9월부터 게재하기 시작해 작가로서의 첫걸음을 내딛다.

1854년(26세)   1월, 장교로 승진, 고향에 돌아오다. 3월, 다뉴브 파견군에 종군하다. 7월, 크림 군으로 옮겨져, 세바스토폴에서 전쟁에 참가하다.《소년 시대》를 발표하다.

1855년(27세)   8월, 흑하(黑河) 전투에 참가했다가 11월 페테르부르크로 귀환해 투르게네프, 네크라소프 등〈동시대인〉동인들의 환영을 받다. 투르게네프와 불화하다.

1856년(28세)   11월, 군대에서 제대하다.《눈보라》,《2인의 경기병》,《진중의 해후》,《지주의 아침》발표하다.

1857년(29세)   1월, 유럽 여행 후 7월에 귀국하다. 야스나야 폴랴나에 정착해 농사일을 하다.《청년 시대》발표하다.

1859년(31세)   농민의 자녀들을 위해서 야스나야 폴랴나에 학교를 세우다.《세 죽음》,《가정의 행복》발표하다.

1860년(32세)	교육 문제에 중대한 관심을 가져《국민 보통 교육 초안》을 기초하다. 7월, 교육 제도 시찰을 목적으로 다시 외유하다. 9월, 큰형 니콜라이의 사망으로 큰 충격을 받다.
1861년(33세)	유럽 제국을 돌며 교육 시설을 시찰하고 4월에 귀국. 야스나야 폴랴나에 소학교를 설립하다. 잡지 〈야스나야 폴랴나〉를 발행하다. 투르게네프와 논쟁, 불화는 극에 이르다.
1862년(34세)	교육에 관한 논문《국민 교육에 관해서》,《읽고 쓰기 방법에 대하여》,《누가 누구에 대해서 쓸 것을 배우는가》를 발표하다. 9월, 궁정의 베르스의 차녀로 당시 18세인 소피야 안드레예브나와 결혼하다.
1863년(35세)	장남 세르게이가 태어나다. 〈야스나야 폴랴나〉 종간호를 내다.《진보와 교육의 정의》,《카자흐》,《폴리쿠슈카》발표하다.
1864년(36세)	장녀 타티야나가 태어나다. 사냥을 갔다가 말에서 떨어져 왼손을 다치고 모스크바에서 수술을 받다.《톨스토이 저작집》1, 2권 발간하다.
1865년(37세)	《전쟁과 평화》첫머리(1~38장)를 〈러시아 통보〉에 게재하다.
1866년(38세)	《전쟁과 평화》2편 발표하다. 5월, 차남 일리야가 태어나다.
1867년(39세)	초판《전쟁과 평화》전 3권 출판되다.
1869년(41세)	3남 레프가 태어나다.《전쟁과 평화》완결, 간행되다.
1872년(44세)	《초등 독본》,《신은 진리를 놓치지 않으신다》. 농민의

자녀 교육을 위해 집에 의숙을 열다.

1873년(45세)　사마라 지방에 온 가족을 데리고 가서 기근 구제 사업을 하다. 《사마라 지방의 기근에 대해서》를 〈모스크바 신문〉에 게재하다. 《톨스토이 저작집》 1~8권 간행하다.

1875년(47세)　《안나 카레니나》가 〈러시아 통보〉에 연재되기 시작하다.

1877년(49세)　《안나 카레니나》 완결되다.

1878년(50세)　투르게네프와 화해하다.

1879년(51세)　《참회》의 첫 부분을 발표하다. 러시아 본국에서는 발매 금지를 당하나 집필을 계속하다.

1881년(53세)　《사람은 무엇으로 사는가?》, 《요약 복음서》 간행하다.

1882년(54세)　모스크바의 민세(民勢) 조사에 참가하다. 《참회》를 완성해 〈러시아 사상〉에 발표하나 발행이 금지되다. 《모스크바에서의 민세 조사에 대하여》, 《교회와 국가》를 발표하다.

1885년(57세)　아내에 의해 《톨스토이 저작집》 12권 간행되다. 민화(民話) 《바보 이반》, 《두 노인》, 《양초》, 《사랑이 있는 곳에 하나님이 계시다》, 《소년은 노인보다 현명하다》, 《두 형제와 황금》 등을 집필하다.

1886년(58세)　마차에서 떨어져 허리를 다쳐 2개월을 병상에서 보내다. 《이반 일리이치의 죽음》 간행되다. 민화 《소악마가 빵값을 한 이야기》, 《회개하는 사람》, 《사람에게는 얼마만 한 토지가 필요한가》, 《3인의 은자(隱者)》 등을 집필하다.

1887(59세)　3월, 육식을 끊다. 9월, 은혼식을 올리다. 《인생론》을 간

	행하나 발행이 금지되다. 〈음주 반대 동맹〉을 일으키다.
1888(60세)	소학교 교사로 봉직하기 위해 원서를 내나 당국이 거부하다.
1889(61세)	《크로이체르 소나타》,《악마》,《하나님을 섬길 것인가, 황금을 섬길 것인가》,《손의 노동과 지적 노동》 집필하다.
1891(63세)	4월, 재산을 분배하다. 중앙 러시아, 동남 러시아 등 20개 주에 기근이 일어나 농민 구제에 맹활약하다.《기근 보고》,《두려운 문제》,《법원에 관해서》,《어머니의 수기》 집필하다. 전 저작권을 포기하다.
1894(66세)	모스크바 심리학회 명예 회원으로 선출되다.
1895(67세)	《주인과 머슴》 탈고하다. 두호보르 교도와 친교가 있었는데, 이해 4천 명의 교도가 징병 기피 운동을 일으키고, 톨스토이가 그 지도자로 지목되어 박해를 받다.
1896(68세)	병역 거부 운동을 찬성하는 논문을 국외에서 발표하다.
1897(69세)	3월, 와병 중인 체호프를 모스크바로 방문하다.《예술론》 간행하다.
1898년(70세)	툴라와 오룔 두 지방의 기근 구제에서 활약하다. 두호보르 교도를 원조할 자금을 만들기 위해《부활》을 완성하여 출판할 결심을 하다.
1899년(71세)	3월,《부활》을 발표하여 세인의 주목을 끌다.
1900년(72세)	1월, 아카데미 예술 회원에 선출되다.
1901년(73세)	그리스 정교회(正敎會)에서 파문되다. 9월, 크림에 가서 티푸스와 폐렴이 발병, 중태에 빠지다.
1904년(76세)	전쟁 반대론 〈반성하라〉 기고하다.

1906년(78세)   《1일 1선》,《셰익스피어론》을 〈러시아의 소리〉에 게재하다.《유년 시대의 추억》,《표트르 헤리치스키》,《파스칼》 발표하다.

1907년(79세)   야스나야 폴랴나에 학교를 재건하다.

1908년(80세)   탄생 80주년 축하회가 거행되다.

1909년(81세)   톨스토이 탄생 80년 기념 톨스토이 박람회가 페테르부르크에서 열리다.

1910년(82세)   10월 28일 미명, 아내에게 최후의 유언장을 남겨놓고 딸 알렉산드라와 주치의를 데리고 가출하다. 도중에 사형을 논한《유효한 수단》을 쓰다. 10월 31일, 여행 도중 발병, 간이역 아스타포보에서 하차하다. 11월 3일, 최후의 감상을 일기에 쓰다. 11월 7일 오전 6시 5분, 역장 관사에서 사망하다. 11월 9일, 야스나야 폴랴나에 매장되다.

옮긴이 **김학수**

한국외국어대학교 노어과를 졸업하고 미국 인디애나대학교 대학원을
졸업했으며 한국외국어대학교와 고려대학교 교수를 역임했다.
옮긴 책으로 투르게네프《첫사랑》,《사냥꾼의 수기》,《루진》,
톨스토이《인생의 길》, 안톤 체호프《체호프 단편선》,
도스토옙스키《죄와 벌》,《신과 인간의 비극》,
두진체프《빵만으로 살 수 없다》, 솔제니친《이반 데니소비치의 하루》,
《1914년 8월》,《수용소군도》등이 있다.

부활 2

지은이   톨스토이
옮긴이   김학수
펴낸이   전병석·전준배
펴낸곳   (주)문예출판사
신고일   2004. 2. 12. 제 312-2004-000005호
        (1966. 12. 2. 제 1-134호)
주 소   서울특별시 마포구 월드컵북로 6길 30
전 화   393-5681   팩 스 393-5685
이메일   info@moonye.com
블로그   blog.naver.com/imoonye

제1판 1쇄 펴낸날 2014년 1월 10일

ISBN 978-89-310-0764-0 04890
     978-89-310-0762-6 04890(세트)

■ 문예 세계문학선

★ 서울대, 연세대, 고려대 필독 권장도서   ▲ 미국 대학 위원회 추천 도서
● 《타임》 선정 현대 100대 영문 소설   ▽ 《뉴스위크》 선정 세계 100대 명저

(뒷면 계속)